U0028668

暮光之城 twilight

new moon 新月

史蒂芬妮・梅爾
Stephenie Meyer

To my Chinese readers,

I never imagined that my books would reach such an international audience. I want to thank everybody for their support and hope they enjoy *The Twilight Saga!*

Steph

致中文版讀者，

我未曾想過我的書能夠遠渡重洋到大家手上，誠摯的感謝大家的支持，同時也希望大家能夠藉由閱讀《暮光之城》系列得到樂趣！

史蒂芬妮

獻給家父——史提夫・摩根——無人像您如此愛我，無條件的支持我。我也愛您。

如此猛烈悸動的歡愉，亦猛烈地結束。
在他們親吻的剎那，勝利的死亡，就像火與火藥結合的瞬間，煙消雲散。

羅密歐與茱麗葉，第二幕第六場

目錄

preface

我覺得自己像是深陷在可怕的夢魘中，那種你非跑不可，跑得肺都炸開了，卻還是跑得不夠快的惡夢。我想穿越冷漠的人群，但雙腿卻似乎愈跑愈慢，高大鐘塔，指針的走動速度絲毫未減。持續不懈、不顧一切的滴答走，指針冷酷地走向盡頭，一切的盡頭。

但這並不是夢，而且，不像作惡夢，我並不是為自己而逃命，我是忙著要拯救我的最愛。今天，我的生命微不足道。

艾利絲說過，我們可能會死在這裡。若不是明亮的陽光困住她，只剩下我得一個人跑到這個明亮、擁擠的廣場對面，那麼，結果可能會全然不同。

而我卻怎麼都跑不快。

事已至此，即便我們被極端危險的敵人包圍，我都覺得無所謂。當時鐘開始報時，我遲緩的雙腳，感受到鐘響引起的地面震動，我知道，我來不及了——但我很高興我那嗜血的人，在側翼等著我。若失去他，我也無法獨活。

時鐘再度敲鳴，陽光從天空正中央射向地面。

chapter 1

生日派對

這不是祖母。

這是我，鏡中的人是我——衰老、皺顏、枯萎。

愛德華站在我身邊，但鏡中沒有他的倒影，

他還是那樣的俊美，永恆的十七歲模樣。

他那冰冷完美的唇，貼著我枯槁的臉頰，輕吻我。

「生日快樂。」他低聲說。

百分之九十九點九的把握，我確定自己在作夢。

讓我如此確信的理由是因為：首先，我站在一道明亮的日光下——那種亮得讓人睜不開眼的眩目烈陽，不可能出現在我陰雨綿綿的新家——華盛頓州福克斯。第二，我正望著祖母瑪麗。她六年前就過世了，這正足以證明我在作夢。

祖母沒多大改變，她的面容和我記憶中一模一樣。肌膚鬆垮乾枯，無數的皺摺，下垂的肌膚貼著臉骨。像一顆枯萎的杏桃，但她一頭濃密蓬鬆的白髮，相當引人注目。

我們的嘴——她的嘴已經乾癟皺縮——同時因為驚訝而張得大大的。很顯然，看見我她也同感驚訝。我想問她一個問題，其實我有好多問題：她在我的夢中做什麼？過去六年她在做什麼？祖父還好嗎？他們倆見面了嗎——無論在哪裡？但當我剛張開口想提問時，她也同時張開口，所以我閉嘴打算讓她先說。她也頓了一下，然後我倆同時給對方一個挺尷尬的微笑。

「貝拉？」

叫我的人並不是祖母，於是我倆同時轉身，想看看是誰加入我們重逢的這一刻。不用看我也知道是誰，這是一個我到哪裡都絕對不會認錯的聲音——不但知道，也會回應——無論我醒著或睡著……我敢說，就算我死了也一樣。我願意為這個聲音赴湯蹈火，或者不那麼誇張的說，我願意一輩子忍受寒冷與綿綿陰雨。

這是愛德華的聲音。

無論是否清醒，每次看到他，我仍舊感到悸動，就算我很確定現在正在作夢，當愛德華穿越豔陽走向我時，仍讓我感到一陣驚慌。

我會驚慌，是因為祖母並不知道我愛上了吸血鬼，沒人知道。當明亮的陽光照在他的肌膚上，發出千萬縷虹彩光芒，好像他是磁器或鑽石做成的，這讓我該如何解釋才好？

好吧，祖母，也許妳已經注意到，我男朋友會閃閃發光，但那只是陽光造成的效果，不用擔心……

他在做什麼？他之所以住在福克斯，因為那是全世界最陰雨綿綿之地，所以他能在白天出門，不會洩露全家人的祕密。但他現在卻在這裡，優雅地緩步走向我，天使般俊美的臉龐，露出全世界最帥氣的笑容，好像這裡只有我一個人。

在這一刻，我真希望，我不是他那神奇超能力的唯一例外。他能聽見所有人腦中思想的內容，就像當著他的面大聲說出來似的，而我是唯一的例外。對於這一點，我一直都很感激。但現在，我卻希望他能聽見我的想法，那麼他就能聽見我腦中尖叫的警告。

我驚慌的回身看著祖母，卻發現來不及了，她正好也轉回頭看著我，雙眼像我一樣充滿警覺。

愛德華，俊美的笑容一如既往，我的心像要跳出胸口似的，他用手臂環住我肩頭，轉身面對祖母。

祖母的表情讓我驚訝。她並不害怕，反而羞怯的望著我，像等著挨罵似的神情。她的站姿也很奇怪，一手怪異的伸出去彎曲，像是在擁抱空氣。好像她的手臂圍著某個我看不見的東西……

直到這時，當我望著眼前的景象，我才注意到，有一圈巨大的金色光環圍繞著祖母。我感到迷惑不解，於是我抬起手，不是摟住愛德華腰身那隻，想觸摸她。她模仿我的動作，像鏡中人似的。照理說，我們的手應該會相觸，但我只摸到冰冷的玻璃……

靈光一閃，我的夢瞬間成為夢魘。

這不是祖母。

這是我，鏡中的人是我——衰老、皺顏、枯萎。

愛德華站在我身邊，但鏡中沒有他的倒影，他還是那樣的俊美，永恆的十七歲模樣。

他那冰冷完美的唇，貼著我枯槁的臉頰，輕吻我。

「生日快樂。」他低聲說。

我被嚇醒，雙眼睜得大大的喘不過氣來。昏暗的光線，是熟悉的多雲晨光，我夢中的豔陽不再。那只是個夢，我告訴自己，只是個夢。我深吸一口氣，突地鬧鐘響起，又把我嚇了一跳。時鐘角落的日曆告訴我，今天是九月十三號

雖然不過是個夢，但某種程度來說，卻像是個預兆。今天正是我的生日，我滿十八歲了。幾個月來，我都害怕這一天的到來。

完美的夏日剛結束——我未曾有過的快樂夏日，也是所有人都不曾有過的快樂夏日，還是奧林匹克半島有史以來雨水最多的夏日——這個殘酷的日子也潛伏著，伺機而動。

現在，這一天來了，比我之前擔憂的還要糟。我感覺得出來——我變老了。雖然每一天我都變得更老一些，但這一天到來的感覺卻極為不同，更糟糕，因為算得出來，我．已．經．十八歲了。而愛德華永遠不會有這一天。

當我刷牙時，看到鏡中沒多大改變的臉，讓我有點驚訝。我瞪著鏡中的自己，想在光滑的肌膚上，設法找出一絲絲即將出現的皺紋。唯一找到的皺紋，在我的前額。但我知道，只要放鬆，額頭的皺紋就會消失，可是我就是放鬆不了。在我焦慮的棕色雙眼上方，我的眉毛因為擔憂而擠成一條線。

那只是一個夢，我不斷提醒自己。只是一個夢……但卻是我作過最糟的惡夢。

我略過早餐，只想趕快出門。當然，不可能完全避開老爸，所以還是花了幾分鐘，裝出開心的神情。對他送的禮物，我努力裝出興奮的表情，雖然我一直要他別買，然而每次我得擠出笑容時，都覺得像是要哭一樣。

開車朝學校去的路上，我一直要自己冷靜。祖母的身影——我不願意承認那是我——還印在腦海。我無

法思考，滿腦子都是絕望，直到我將車停在福克斯高中後方熟悉的停車場，看見愛德華一動也不動地倚著他那輛閃亮的銀色富豪，就像一尊令人難忘的美麗大理石雕像。我的夢境並未完全表現出他的俊美。他正等著我，和平常沒有兩樣。

我的絕望瞬間消失，取而代之的是驚喜。雖然和他交往了半年，我仍舊不敢相信，自己何德何能。站在他身邊一起等著我的，是他的姊姊艾利絲。

當然愛德華和艾利絲並沒有血緣關係（福克斯盛傳的版本是：庫倫家的孩子，全都是卡萊爾・庫倫醫生和他妻子艾思蜜領養的，因為這兩個人都很年輕，不太可能會有十來歲的孩子），但全家人都有同樣蒼白的膚色、同樣奇特的金色眼眸，及像瘀青般深深的黑眼圈。她的臉，和他一樣，擁有驚人的美麗。對知道內情的人來說，例如我，他們的相似性正足以說明他們的身分。

看見艾利絲也在等我，我不自覺地皺起眉頭，她黃褐色的雙眼，充滿興奮的神采，手中握著一個方正的小銀盒。我告訴過艾利絲，在我生日這一天，我不要東西，什麼都不要，不要禮物，不想引人注意。但很顯然，沒人理會我的願望。

我用力甩上我那五三年雪佛蘭卡車的車門，破舊車門的鐵屑因為這樣的震動，像雨般落在潮溼的柏油路上。我緩緩走向他倆。艾利絲蹦蹦跳跳的走向我，她那頭黑髮下，小精靈般的臉龐，洋溢著興奮光采。

「生日快樂，貝拉！」

「噓！」我邊要她噤聲，邊環視停車場，想確定沒人聽見。我最不想要的，就是在這黑暗的日子裡慶祝。但她不理我，「妳要現在拆禮物還是等一下？」她急切的問我，此時我倆正一同走向愛德華，他還在原地等我。

「不要禮物。」我咕噥說。

這總算讓她注意到我現在的心情。「好吧……那就晚點。妳喜歡妳媽寄給妳的剪貼本嗎？還有查理送的相機？」

我嘆口氣。當然她早知道我會得到那些生日禮物，愛德華並不是他家唯一的超能力者。當別人決定好要送我的禮物時，艾利絲就能預先「看見」。

「喔。很好呀。」

「我覺得那是一個很棒的主意。一生只有一次高年級時光，讓剪貼本好好留住妳的生活經歷。」

「妳念過幾次高年級了？」

「那不一樣。」

我們走到愛德華那裡，他伸出手，我急切的握住，鬱悶的情緒瞬間消失。他的肌膚仍如以往，光滑、堅硬，而且很冰冷。他輕輕擠壓一下我的手指。我望著他如水晶般的金黃色雙眸，心狂跳個不停。聽見我的心跳聲，他又笑了。他舉起另一隻手，冰冷的手指沿著我的唇線輪廓游移，對我說：「那麼，一如之前討論的，我不可以祝妳生日快樂，是嗎？」

「是的，完全正確。」我老是改不了這習慣，模仿他使用完美、正式的發音用字，只有上個世紀的人才會這樣說話。

「只想再確認一次。」他用手順順紅褐色的蓬亂髮絲。「說不定妳會改變心意。大部分的人都很喜歡生日和禮物之類的。」

艾利絲笑了，她的笑聲就像清脆的風鈴般悅耳。「當然妳會喜歡。在這一天，所有人都會對妳特別好，依妳的心意去做。貝拉，事情還能有多糟呢？」她用誇張的語氣問我。

「我變老了。」我回答，聲音不如我希望的穩定。

在我身旁，愛德華的笑容不見了，嘴唇緊抿成一條線。

「十八歲才不老，」艾利絲說：「通常女人不是要到二十九歲生日才會那麼沮喪嗎？」

「比愛德華老。」我咕噥著。

他嘆口氣。

「理論上沒錯，」她輕聲說：「才不過大一歲而已。」

但我以為……如果我確信能獲得我想要的未來、如果我能確定，未來的歲月我能與愛德華、艾利絲，以及庫倫全家人共度餘生的話（當然希望屆時的自己，不是一個滿臉皺紋的老女人）……那老個一兩歲這樣的事，我才不會在乎呢。但愛德華完全反對任何會改變我未來的計畫，任何讓我變得像他一樣，包含讓我長生不老的事。

一個無解的僵局，他向來這麼形容。

老實說，我不太瞭解愛德華的觀點。當凡人有什麼好處？當個吸血鬼看起來不算太糟，至少以庫倫家的生活方式來說還不錯。

「妳幾點會到我家？」艾利絲繼續說，改變了話題。從她的表情就看得出來，她正在計畫一件我超想避開的事。

「我不知道我有計畫要去妳家。」

「喔，貝拉，別這樣。」她抱怨：「妳不會想毀了我們的樂趣吧？」

「我以為既然是我生日，我就能隨心所欲。」

「下課後，我就把她從查理家帶走。」愛德華說，完全不理會就在旁邊的我。

「我得工作。」我抗議。

「老實說，妳不用，」艾利絲沾沾自喜的說：「我把一切計畫都告訴紐頓太太了。她願意和妳換班，同時還要我轉告妳『生日快樂』。」

「我——我還是不能過去，」我結結巴巴的說，努力想找出一個藉口。「我，嗯，我還沒看英文課的作業——羅密歐與茱麗葉。」

艾利絲輕笑一聲，「羅密歐與茱麗葉，妳早就熟得不得了。」

「可是伯特先生說，我們要看具體的演出才能體會箇中意含，這是莎士比亞當初創作的原意與精神。」

愛德華翻翻白眼。

「妳已經看過電影了。」艾利絲指出。

「但不是一九六〇年的版本，伯特先生說那是最好的。」

終於，艾利絲那沾沾自喜的笑容不見了，她瞪著我。「軟的不行只好來硬的，貝拉，無論如何——」

愛德華打斷她的威脅。「放輕鬆，艾利絲，如果貝拉想看電影，就讓她看，今天是她生日耶。」

「沒錯。」我補上一句。

「我大約七點會帶她過去，」他繼續說：「讓妳有更多時間能好好布置。」

艾利絲又揚起悅耳的笑聲。「聽起來不錯。晚上見，貝拉！會很好玩的，妳等著看吧！」她張嘴大笑，大大的笑容，露出她完美閃亮的貝齒。接著她輕吻我的臉頰，在我還來不及反應前，就跳躍著離開，往她的第一堂課走了。

「愛德華，拜託——」我開口想求他，但他用冰冷的手指壓住我的唇。

「我們晚點再談，上課要遲到了。」

我倆走進教室，坐在後面平常的老位子上，沒有任何人注意我們（我們現在幾乎每堂課都一起上

——愛德華如何讓教務處裡的女性愛慕者幫他忙的技巧真的令人嘆為觀止）。愛德華和我交往得夠久了，不再是八卦重點。就連麥克．紐頓也不再悶悶不樂的望著我，他那種神情，之前曾讓我感到內疚。現在他會對我微笑，似乎已能接受我們只是好友的事實，這讓我很高興。暑假過後，麥克整個人改變很多。臉不再那麼圓，使他的顴骨更為突顯。淺金髮也換了造型，之前那頭衝冠怒髮，留成長髮，上了髮膠，小心梳理成似乎是隨興亂抓的模樣。一眼就能看出他的靈感出自何處，但愛德華的模樣不是隨便模仿便學得來的。

隨著時間消逝，我想過好幾種方法，希望今晚能不用去庫倫家。我的心情如此哀傷，要在這種情況下慶祝已經夠糟了，還有，更糟的是，這意味著成為眾人的注目焦點，以及禮物。

成為焦點從來就不是好事，任何笨手笨腳而常出意外的人都會同意。那種容易在眾人之前做出丟臉之事的人，才不想成為眾所矚目的焦點呢。

還有，我說得很清楚——嗯，應該說，命令大家，今年大家都不准給我任何禮物。看來查理和芮妮並不是唯一決定不理會這點的人。

我一直沒什麼錢，這一點並未造成我的困擾。芮妮擔任幼稚園老師，用那筆薪水扶養我長大。查理工作的薪水也不高，他是福克斯小鎮的警長。我唯一的收入，是每週三天在當地運動用品店打工賺的薪水。在這樣的小鎮，能找到這份工作算我走運。我賺的每一分錢，都存入我微薄的大學基金。（念大學是B計畫，我還是希望能執行A計畫，但愛德華始終堅持要我維持人類的身分……）

愛德華很有錢，我根本連想都不敢想他究竟多有錢。對愛德華或其他的庫倫家人來說，錢不算什麼。當你擁有長生不老的生命，加上你的姊姊又有預測股市的奇特超能力時，財富自然不斷累積。愛德華似乎無法瞭解，為什麼我反對他把錢花在我身上。例如，他帶我去西雅圖的昂貴餐廳，為什麼我會不自在；為什麼我不肯讓他幫我買一輛時速能超過五十五哩的新車；或是，為什麼我不肯讓他幫我付大學學費（他對我的B計畫超熱情的）。愛德華認為我不可理喻的難搞。

但既然我無法回報，我怎麼能接受他的給予呢？為了某些無法理解的原因，他想跟我在一起。但他給我的任何東西，都只會讓我倆的關係發展更不平衡。

隨著這一天時間經過，無論是愛德華還是艾利絲，都沒再提起我的生日，我稍稍放心。

午餐時我們依舊坐在老位子。

餐桌上有股奇怪的停戰氣氛。我們三個人，愛德華、艾利絲，還有我，坐在餐桌的最南端。我其他的朋友們，麥克和潔西卡（他倆正處於尷尬的分手後朋友關係階段）；安琪拉和班（暑假後，他倆仍在交往）；艾瑞克、康納、泰勒，以及蘿倫（蘿倫其實不算是朋友），都坐在同一張餐桌，卻像被一條看不見的線隔在另一頭。在陽光普照的日子，當愛德華及艾利絲因此翹課時，那條線會自動消失，他們會自在的和我談話。

愛德華及艾利絲並沒發現這種不明顯的小排斥，他們根本沒注意到。一般人無法自在地和庫倫家相處，甚至帶點懼意，但他們自己都不知道原因何在。我是唯一的例外。我能自在的和他貼近，這一點有時讓愛德華極為困擾。他擔心自己會傷害我，每當他提起這點，我就會激烈的反對。

下午過得很快。下課後，愛德華陪我走到卡車旁，就像平日一樣。但這一次，他幫我拉開乘客座的車門。他的車一定是被艾利絲開回去了，好讓他盯著我，讓我跑不了。

我雙手交疊在胸前，不肯讓步。「今天是我的生日，我不能開車嗎？」

「我正在假裝今天不是妳的生日，就像妳一直希望的。」

「如果今天不是我的生日，那我今晚就不用去你家……」

「好吧。」他關上乘客座車門，繞過我，打開駕駛座的門。「生日快樂。」

「噓。」我冷淡的要他安靜。從他拉開的車門爬上駕駛座，希望他有別的建議。

當我開車時，愛德華不斷地轉動我的收音機，不甚滿意的搖頭。

「妳的收音機收訊真糟。」

我皺眉，每次他挑剔我的卡車時，總讓我不高興。我的卡車很好，很有個性。

「你想要好一點的音響嗎？那就去開你自己的車。」我對艾利絲的計畫感到緊張不安，更何況，我的情緒本來就夠低落了。我的口氣很重，但那不是我的本意。我從未對愛德華這麼發脾氣。我的語氣聲調，讓他緊閉著嘴，忍著不笑出來。

當我把車停在查理屋前，他靠向我，雙手捧住我的臉。他的動作十分小心，指尖輕柔的托著我的頸項、臉頰和下巴，好像我是某種特殊的易碎品。這樣說其實也沒錯，跟他比起來，我算是易碎品了。

「今天一整天，妳的心情應該都很好。」他低聲說，甜美的呼吸拂過我臉龐。

「萬一我想心情不好呢？」我氣息不穩的問。

他金色的雙眸充滿熱情。「太可惜了。」

他貼得更近，冰冷的唇吻上我的，剎那間，我天旋地轉。他是故意的，我知道。我頓時忘卻一切擔憂，專心要記住他的吻，飢渴的吸吮。

他的唇貼著我的，冰冷、光滑又溫柔，我忘情的用雙手圈住他頸部，急切的回吻他。他略微退開，不再貼著我的臉，並掙脫我的雙手，但我知道，他臉上充滿笑容。

愛德華對我倆的身體接觸設下一道小心的防線，目的是保住我這條小命。我的肌膚和他利如刀鋒的毒牙間，應維持安全的距離，對於這一點我當然尊重，但只要他一吻我，我就會忘記這一點。

「乖一點，拜託。」他貼著我的臉頰低聲說。又溫柔的吻我一次，然後退開，將我的雙手拉開，交疊放在我的小腹上。

我的雙耳間仍能聽見脈搏的跳動聲。我將一手貼住心口，猛烈的心跳像鼓聲悸動不已。

「你想我會有習慣這一切的一天嗎？」我低聲說，其實是說給自己聽。「有朝一日你碰我時，我的心臟不會像要跳出胸口般劇烈撞擊？」

「我不認為這樣的事會發生。」他有點沾沾自喜的說。

我翻翻白眼。「我們去看蒙特鳩家族（羅密歐）與世仇凱普雷特家族（茱麗葉）的故事好嗎？」

「妳的願望就是我的命令。」

當我開始放片，快轉跳過片頭時，愛德華癱躺在沙發上。我擠在他身前的沙發邊邊，他用手摟著我的腰，讓我貼著他胸口。兩個人這樣擠在沙發上並不舒服，加上他的胸口又冷又硬——雖然完美，但他就像座完美的冰雕。於是他將老舊的阿富汗羊毛毯從沙發背上取下，包裹住我，這樣我才不會因為貼著他而凍傷。

「妳知道嗎，我挺受不了羅密歐。」電影開演後他說。

「羅密歐有什麼不好？」我有點受傷。在我遇見愛德華前，羅密歐是我最愛的虛擬人物，我對他有某種情愫。

「嗯，首先，他愛上羅瑟琳，你不認為他有點用情不專嗎？然後，婚禮後沒多久，他就殺了茱麗葉的堂兄，這一招實在太不聰明了。一再犯錯。他非得這樣徹底毀掉自己的幸福嗎？」

我嘆口氣，「你想讓我自己單獨看嗎？」

「不要，反正我比較想看的是妳。」他的手指滑過我手臂，害我起了雞皮疙瘩。「妳會哭嗎？」

「可能，」我承認，「如果我夠專心的話。」

「那我就不打擾妳了。」但我覺得他的唇貼著我的髮，這絕對會讓我分心。

之後電影終究抓住我的注意力，這得歸功於愛德華，他不停在我耳邊低吟羅密歐的對白，他那讓人無法抗拒、感性的聲音，讓演員的聲音更顯得粗啞無趣。當茱麗葉醒過來，發現她新婚夫婿已經死亡時，我真的哭了，這讓他覺得更加有趣。

「我得承認，我有點妒嫉他。」愛德華說，用我的一縷髮絲，想擦乾我的淚。

「她真的很美麗。」

他發出不屑的聲音。「我並非妒嫉他有這樣的女朋友，而是妒嫉能這麼容易就自殺，」他用戲謔的語氣說：「人類想死真是太容易。只要服下一小瓶植物精華……」

「什麼？」我倒抽一口氣問。

「這個念頭我有過一次，我從卡萊爾的經驗知道，這並不簡單。我甚至不敢想，卡萊爾一開始自殺過多少次……從他發現自己變成……」他的聲音先是嚴肅，然後又轉為輕柔。「現在他顯然健康得不得了。」

我轉過身子，這樣才能看到他的臉。「你在說什麼？」我打破沙鍋追問。「你說動過這個念頭是什麼意思？」

「春天時，就是妳……差點死的時候……」他頓住，深吸口氣，想辦法恢復成之前戲謔的口吻。「當然，我全心都專注在保住妳的小命，但某一部分的心思在思考應變計畫。像我說的，我想做的這件事，不像人類那麼容易。」

那一瞬間，上回那趟鳳凰城之旅的記憶浮現腦海，頓時讓我暈眩。我仍舊清楚的記得——明亮的豔陽，我焦慮的狂奔時，柏油路上揚起的熱氣，我一心只想找到那個想折磨我至死的殘酷吸血鬼。那個吸血鬼——詹姆斯，挾持我母親當人質，在舞蹈教室等著我——至少我當時是這麼認為。我並不知道這一切都是他耍的花招，就像詹姆斯並不知道愛德華已經一路追來，想拯救我。愛德華及時趕到，但真是千鈞一髮。

不假思索的，我手指輕觸著手上新月形的疤痕，那塊疤痕比我其他部分的皮膚都還冰冷。

我甩甩頭，好像這樣就能甩開那些壞記憶，想要專心瞭解愛德華的話中之意。我的胃不舒服的抽搐。

「應變計畫」我重複他剛說的字眼。

「嗯，萬一失去妳，我也不打算獨活。」他翻翻眼，好像這樣的事實，就算是小孩都懂。「但我不確定該怎麼做，我知道艾密特和賈斯柏是不會幫我的……所以我想，也許我可以去義大利，做些瘋狂的事，去挑釁佛杜里。」

我不敢相信他是認真的，但他的金色雙眸充滿沉思，彷彿沉浸在某個他打算結束自己生命的遙遠之地。我頓時大發雷霆。

「什麼是佛杜里？」我追問。

「佛杜里是一個家族，」他解釋，眼神仍舊遙遠。「一個很古老，甚具權勢的吸血鬼家族。是我們這族中最緊密的一群，我想，他們就像皇親貴族一般。卡萊爾早年和他們住過一陣子，在義大利，在他到美國定居前。妳還記得他的故事嗎？」

「我當然記得。」

我才不會忘記第一次到他家的景象，深藏在河畔林內深處，巨大的白色大宅，以及卡萊爾的房間——現實生活中，他是愛德華的父親——他房內有一整面牆上都掛著畫，訴說他個人的故事。帆布畫上滿是生動、狂野的色彩，最大的一幅就是描繪卡萊爾在義大利的歲月。我仍舊記得畫中四位平靜的男人，每一位都有著天使般美麗的臉龐，站在色彩鮮豔的高臺俯瞰底下，充滿色彩張力。雖然畫作本身已經有好幾百年那麼古老，但畫中那位金髮天使——卡萊爾，面容依舊。我也還記得其他三位，是卡萊爾早期的老友。但愛德華從沒用佛杜里這個名詞來稱呼那三人。三人中，兩位黑髮，一位白髮。他說他們的名字分別是厄洛、凱撒和馬庫斯，藝術的夜間守護神……

「總之，妳不要招惹佛杜里，」愛德華繼續說，打斷我的回想。「除非妳想找死，或不管是什麼我們這族群會面臨的結果。」他的聲音很冷靜，以致於聽起來，似乎對這個話題不感興趣。

我的憤怒變成驚恐，用雙手捧起他的臉，緊緊扶住。

「你永遠、永遠、永遠不准再有這樣的念頭！」我說：「無論我發生什麼事，你都不准傷害自己。」

「我不會再讓妳陷入險境的，所以討論這個毫無意義。」

「讓我陷入危險？我以為我們已經有共識了，這些不幸都是我自己的問題！」我更氣了。「你竟然還敢這樣想？」一想到我死後，愛德華也不復存在，就讓我痛苦不已。

「如果情況相反的話，你會怎麼做？」

「那不一樣。」

他似乎不理解其中的差異。反而輕聲笑著。

「萬一你發生不幸呢？」光想到有這個可能，就讓我臉色發白。「你希望我自殺嗎？」

他完美的臉上閃過一絲痛苦。

「我想我懂妳的意思了……一點點，」他承認：「但失去妳，我該怎麼辦？」

「去做那些在我出現之前你在做的事，繼續生存。」

他嘆口氣，「妳說得倒簡單。」

「本來就是。我沒那麼有趣。」

他想爭辯，但很快就放棄了。「只是假設。」他提醒我。突然，他起身端正坐好，同時將我的身子轉正，這樣我們才不會再有身體上的接觸。

「查理回來了？」我猜。

愛德華笑了。不一會，我就聽見警車開進車道的聲音。我伸出手，緊緊握住他的——這樣我爸還能接受。

查理雙手捧著披薩走進來。

「嗨，小鬼們。」他對我笑笑。「我想，生日這天，妳應該不會想要煮飯洗碗吧？餓了嗎？」

「是啊，謝了，爸。」

對愛德華食慾不佳一事，查理似乎並不在意，他已經習慣愛德華不吃晚飯了。

「您介意我晚上帶貝拉出去嗎？」當我和查理吃完後，愛德華問他。

我充滿期盼的看著查理。也許他會認為，生日算是家務事，就該待在家裡。但畢竟這是我媽芮妮再婚，搬去佛羅里達後，我跟他共度的第一個生日，所以我不太清楚他的想法。

「好呀。今晚水手隊要出戰紅襪隊，」查理解釋，我的希望頓時落空。「所以我不會是個好伴……拿著！」他掏出芮妮建議他買的相機（因為我需要拍照片來放滿我的剪貼簿），丟給我。

他應該知道我的協調性一向不佳，相機從我指尖擦過，落向地板，愛德華在相機還沒落到地毯摔壞前便接起。

「接得好，」查理說：「貝拉，如果今晚庫倫家有什麼好玩的，妳應該拍些照片。妳瞭解妳媽的，妳還沒動手拍，她就等不及要看照片了。」

「好主意，查理。」愛德華說，同時把相機交給我。

我將相機對準愛德華，按下快門。「能用耶。」

「好極了！對了，幫我跟艾莉絲問好，她好久沒來我們家了。」查理的嘴角有一邊垂了下來。

「才三天，爸！」我提醒他。查理很欣賞艾利絲。自從春天時她幫助我度過彆扭的恢復期以來，他就變得對她死心塌地；查理會永遠感激她免除了自己必須幫助幾乎是成年人的女兒沐浴的可怕差事。「我會轉告她的。」

「很好。你們倆今晚好好玩。」這句話就像是解散令。查理已經走向客廳，準備要看電視了。

愛德華笑笑，勝利的笑容，牽起我的手，拉著我從廚房走出去。

當我們走到卡車旁，他再次打開乘客座的車門，這一次我沒反對。晚上我沒法在偏僻的彎道中找到通往他家的路。愛德華朝北開，穿越福克斯，將我這臺古董級的雪佛蘭的時速，飆到有史以來的極限。當他開到超過五十時，引擎聲比平常更吵。

「開慢點。」我警告他。

「妳知道妳會喜歡什麼嗎？一輛可愛的奧迪雙人座跑車。非常安靜，馬力又強……」

「我的卡車很好。說到昂貴的非必需品，如果你真的知道怎麼做才是對的，你就不會花錢買生日禮物給我。」

「我一毛都沒花。」他彬彬有禮的回答。

「很好。」

「妳能幫我一個忙嗎？」

「要看是什麼事。」

他嘆口氣，可愛的臉龐變得嚴肅。「貝拉，我們最後一次過真正的生日，是幫艾密特慶生，那是一九五三年。放我們一馬，今晚脾氣別那麼固執，大家都很興奮。」

每次他這樣說，總讓我嚇一跳。「好吧，我會乖乖的。」

「我可能應該先警告妳……」

「請說。」

「當我說大家都很興奮……我說的是所有的人。」

「所有的人？」我差點說不出話來。「我以為艾密特和羅絲莉在非洲。」福克斯的人都以為庫倫家的長子今年離家，到達特茅斯念大學，只有我知道內情。

「艾密特想參加。」

「但……羅絲莉？」

「我知道，貝拉。別擔心，她會乖乖的。」

我沒回答。要我不擔心，說得容易。美麗金髮的羅絲莉，和愛德華另一個「養姊」艾利絲不一樣，她不怎麼喜歡我。老實說，那種感覺比不喜歡更嚴重些。羅絲莉認為我是個不請自來，打擾他們神祕生活的人。

我對現在的情況也有點內疚，我認為艾密特和羅絲莉離家在外，都是我的錯，雖然我真的很高興不用看見她。但我很想念艾密特，他是最愛與愛德華嬉鬧的熊大哥，我真的很想念他。在許多方面，他就像我想要的大哥哥一樣……不過個頭嚇人些。

愛德華決定改變話題。「好吧，如果妳不願意我送妳一輛奧迪，那有什麼是妳願意接受的生日禮物？」

我的回答像是低語。「你明知道我要什麼。」

他皺起眉頭，原本平滑的額頭出現皺紋。顯然，他寧願話題再轉回羅絲莉身上。

我們今天好像不斷在爭執這個話題。

「別在今晚，貝拉。拜託。」

「好吧，可能艾利絲會給我我想要的禮物。」

愛德華號叫一聲，深沉、兇惡的吼聲。「這不會是妳的最後一個生日，貝拉。」他慎重的說。

新月

「真不公平！」

我想我聽到了他咬牙切齒的聲音。

這時他已經將車停在他家門前。明亮的燈光從一、二樓映照出來。長長的一排日本燈籠，掛在前陽臺屋簷下，圍繞房舍的香柏樹，在燈火的映照下，反射出輕柔的光輝。一簇簇的粉紅玫瑰花，沿著樓梯通向大門。

我喃喃呻吟。

愛德華也深吸口氣，讓自己平靜。「這是生日派對，」他提醒我。「試著別掃興。」

「當然。」我咕噥著。

他下車繞過來幫我打開車門，向我伸出手。

「我有一個問題。」

他小心翼翼的等著。

「如果我去沖洗底片，」我把玩著手中的相機說：「照片中的你會顯影嗎？」

愛德華大笑不已，將我拉出車子，牽著我走上樓梯，直到打開大門時，仍笑個不停。

巨大的白色客廳內，全部的人都在等我，當我走進大門時，全體大聲喊出『生日快樂，貝拉！』來歡迎我。我頓時滿臉通紅，低頭不知所措。地上放滿粉紅蠟燭及幾百個水晶碗，碗內裝著玫瑰，我猜，是艾利絲做的。在愛德華的鋼琴旁，有張桌子，鋪著白色桌巾，上面有個粉紅色的生日蛋糕，桌上有更多的玫瑰、玻璃杯塔，以及成堆的銀色禮物。

比我想的還糟上一百倍。

愛德華察覺我的痛苦，用手臂環著我的腰替我打氣，吻吻我頭頂。

愛德華的雙親，卡萊爾及艾思蜜，站在玄關，他們永遠那麼不可思議地年輕俊美。艾思蜜細心的擁抱我，當她親吻我的額頭時，那頭焦糖色的輕柔秀髮，掃過我臉頰。接著是卡萊爾，用手環摟著我肩頭。

「抱歉弄成這樣，貝拉，」他低聲對我說：「但我們沒辦法制止艾利絲。」

羅絲莉和艾密特站在他倆身後。羅絲莉的臉上雖然沒有笑容，但至少沒有怒目注視我。艾密特倒是咧開大嘴，露出一個特大笑容，我已經好幾個月沒看過他們了，我都忘了羅絲莉有多美，光看著她就讓我感到受傷，而艾密特，他一直是這麼……大隻嗎？

「妳一點都沒變，」艾密特裝出不滿的聲音說：「我以為會有很大的不同，但看看妳，還是和以前一樣會臉紅。」

「真是謝了，艾密特。」我臉更紅了。

他笑了，「我得出去一下，」他停頓一下，瞄一眼艾利絲，「有什麼樂子要等我回來喔。」

「我盡量。」

艾利絲鬆開賈斯柏的手，蹦蹦跳跳的躍向我，她笑得如此開心，燈光下，一口貝齒閃閃發光。賈斯柏也面帶笑容，但仍舊與我保持距離。他修長、一頭金髮的身影倚著樓梯口的欄柱。我們之前在鳳凰城，躲在旅館內，共度了好幾天，我以為他對我的反感已經消失，但如今他的行為舉止又和之前一樣，極盡可能的避開我。當時他之所以能較為自在與我相處，完全是因為他肩負暫時性的任務——負責保護我。我知道他的行為並不是針對我個人，只是預防措施，因此我也努力不要過度反應。賈斯柏是庫倫家最無法嚴格節制「飲食」的人，人血的味道，對他而言比其他人更難抗拒——他的歷練不如其他人那麼久。

「該打開禮物了。」艾利絲宣布。她冰冷的手握住我的手肘，拖著我走向堆著蛋糕和閃亮禮盒的桌邊。

我裝出殉道的表情，「艾利絲，我想我跟妳說過，我不要——」

「但我沒聽見，」她自顧自的打斷我。「打開吧。」她把我手上的相機拿走，將一個又大又方的銀色禮盒放在我手心。

禮盒很輕，好像是空的。上面的標籤說明這是艾密特、羅絲莉和賈斯柏合送的。小心翼翼的，我撕開包裝紙，發現裡面是個盒子。

看起來像是某種電子設備，寫了許多數字。我打開盒子，希望能得到更多啟示。但盒子內空無一物。

「嗯……謝了。」

我的反應卻讓羅絲莉笑了出來，賈斯柏也笑了。「這是妳卡車的新音響，」他解釋。「艾密特現在正在外頭幫妳裝上去，這樣妳就不能退貨了。」

艾利絲永遠比我早一步。

「謝謝，賈斯柏，羅絲莉。」我說，我想起愛德華今天下午抱怨我車子音響的事，不禁苦笑，他們顯然早就計畫好了。「謝了，艾密特！」我大聲的喊著。

我聽見卡車內傳出如雷的笑聲，讓我也忍不住大笑。

「再開我和愛德華送的。」艾利絲說，她的聲音如此興奮，像女高音般的顫音。她手上拿著一個小小的正方盒。

我轉身瞪了愛德華一眼。「你答應過的。」

他還沒來得及回答，艾密特已從大門衝進來。「剛剛好！」他得意洋洋的說。他擠向賈斯柏，站在他身後，賈斯柏也已悄悄的站得靠近些，想看得更清楚。

「我一毛錢都沒花。」愛德華向我保證。他將一縷髮絲從我臉上拉開，我的肌膚因為他的輕觸而顫抖不已。

我深吸口氣，轉向艾利絲。「拿來吧。」我嘆口氣。

艾密特開心的輕笑。

我拿起小盒子，用手指戳破包裝紙的邊角，扯開膠帶，同時瞪著愛德華。

「該死。」手指被包裝紙割傷了，我咕噥地說，然後將手指伸出來，要看看傷口的情況，一小滴血沿著傷口滴下來。

接下來的一切，發生得好快。

「不！」愛德華嘶吼。

他急奔向我，抱住我衝向桌子。我被他的衝勁壓倒，壓毀蛋糕、禮物、花朵和盤子。我和一大堆水晶碎片一同摔落地面。

賈斯柏撞上愛德華，聲音就像岩石崩落般驚人。

還有其他的聲音，某種可怕的咆哮聲，似乎是從賈斯柏胸膛發出的嘶吼。賈斯柏衝向愛德華，他的利齒離愛德華的臉不到一吋。

下一秒，艾密特馬上從後方抓住賈斯柏，用他有力的雙手箝制他，但賈斯柏不斷掙扎，他狂野、空洞的雙眼瞪著我。

驚嚇之餘，我開始感到痛苦。我摔倒在鋼琴旁，直覺伸出手遮擋，想讓自己不要摔得太慘，但我摔在那一堆玻璃碎片上。現在我只感覺一片灼痛，尖銳的痛楚從我的腰部及手肘不斷湧來。

望著手臂不斷湧出的鮮血，暈眩茫然的我抬起頭，卻只看見六雙眸子，充滿貪婪，吸血鬼的雙眸。

chapter 2 縫合

他搖搖頭，

「傷口內有太多玻璃碎片。」

他將白色桌巾扯成長條當成止血帶，

將我的手臂到手肘處整個包住。

血的味道讓我昏眩，

耳鳴得很嚴重。

卡萊爾是所有人當中，唯一仍舊保持冷靜的。他平靜權威的聲音，顯示出幾百年來在急診室累積的經驗。

「艾密特、羅絲莉，把賈斯柏弄出屋外。」

艾密特的笑容不見了，他點點頭。「來吧，賈斯柏。」

賈斯柏想要掙脫艾密特牢不可破的箝制，不斷掙扎扭動，尖銳的利牙朝著他弟兄威嚇，眼中仍舊充滿獸性。

當愛德華衝過來伏在我身上時，他的臉色蒼白無比，他用肉身當成我的防護罩。緊咬的牙關傳出低吼聲，我敢說，他當時根本沒呼吸。

羅絲莉精靈般的臉龐露出奇異的洋洋得意的神情，她走到賈斯柏面前，但小心地與他的利齒維持一定的距離，協助艾密特抓住他，走出玻璃門，艾思蜜早就幫忙一手將門拉開，另一手壓住自己的口鼻。

艾思蜜心形般的臉蛋漲得通紅。「我很抱歉，貝拉。」她邊哭邊跟著他們走出屋外。

「讓我來吧，愛德華。」卡萊爾低聲說。

愛德華過了好一會才緩緩點頭，讓開他的位置。

卡萊爾跪在我身邊，俯身向我，靠得很近，以便仔細檢查我的手臂。我感覺自己的臉上充滿震驚的僵硬，我試著讓自己冷靜。

「拿去，卡萊爾。」艾利絲將毛巾交給他。

他搖搖頭，「傷口內有太多玻璃碎片。」他將白色桌巾扯成長條當成止血帶，將我的手臂到手肘處整個包住。血的味道讓我昏眩，耳鳴得很嚴重。

「貝拉，」卡萊爾輕柔地說：「妳要我載妳去醫院，還是要我在這邊幫妳護理？」

「這邊，拜託。」我低聲說。如果他帶我到醫院，那就瞞不了查理。

「我去拿你的醫藥袋。」艾利絲說。

「我們把她搬到廚房桌上。」卡萊爾對愛德華說。

愛德華毫不費力的抱起我，而卡萊爾在一旁幫忙壓住我的手臂替我止血。

「妳感覺如何，貝拉？」卡萊爾問。

「我很好。」我的聲音很穩定，這讓我感到很高興。

愛德華的神情像石頭一樣。

艾利絲已經在廚房等著。卡萊爾的黑色醫生袋放在桌上，一盞小燈掛在牆上，但光線亮度很強。愛德華溫柔地將我放在椅子上，卡萊爾拉來另一把椅子，馬上開始進行。

愛德華站在我身邊，還是處在保護我的戒備狀態，仍舊沒有呼吸。

「出去吧，愛德華。」我嘆氣說。

「我可以的。」他堅持，但他的下巴繃得很緊，雙眼洩露出他努力抗拒的飢渴，與其他人相比，他更慘。

「你不需要在這邊當英雄，」我說：「不需要你在旁邊幫忙，卡萊爾一個人就能醫好我。出去呼吸點新鮮空氣。」

卡萊爾在我手臂扎了一針，我頓時抽搐一下。

「我要留在這。」他決定了。

「你幹麼要自討苦吃。」我含糊的說。

卡萊爾決定出面處理。「愛德華，你去外面看看賈斯柏，免得他跑太遠。我想他一定也很沮喪，而他現在只會聽你的話。」

「沒錯，」我急切地贊同。「去找賈斯柏。」

「你可以做點有用的事。」艾利絲也補充。

愛德華看到我們聯手勸他，他瞇起眼，但最後還是點頭同意，他流利的轉身，從廚房的後門出去。我相當確信，從我手割傷那一刻起，他就沒呼吸過。

我整隻手臂都變得麻木、無生命似的，感覺不到手臂的存在。雖然疼痛消失了，卻提醒了我傷口有多大。我看著卡萊爾，小心地與我維持距離，雙手不停忙碌著。當他彎身處理我的手臂時，他的髮在燈光下，閃耀著金色光芒。我覺得胃部深處的疼痛仍舊存在。但我決定，不要讓平常這種神經質打敗自己。現在已經不痛了，只有輕微的拉扯感，我試著不理會。沒理由像小嬰孩一樣噁心嘔吐。

接著我從眼角瞥見艾利絲也放棄，走出屋外，她的唇微微露出抱歉的笑容，消失在廚房門廊外。

「嗯，全都出去了，」我嘆口氣，「至少，我讓屋內清空了。」

「這不是妳的錯，」卡萊爾輕笑著安慰我。「任何人都可能發生這樣的事。」

「可能，」我重複他用的字眼。「但通常是我。」

他又笑了。

和其他人的反應比起來，他放鬆的冷靜態度，更讓我覺得不可思議。我在他臉上找不到一絲焦慮。他的動作很快，精準又俐落。除了我倆低沉的呼吸聲外，唯一的聲音，只有輕柔的叮鈴聲，那是小小的玻璃碎片陸續掉在桌上的聲音。

「你是怎麼做到的？」我追問，「連艾利絲和艾思蜜……」我說不下去，狐疑地搖搖頭。雖然其他人也像卡萊爾一樣，放棄吸血鬼傳統的獵食方式，但他仍是唯一一個，在聞到我的血的味道後，未顯露出被誘惑的獸性。很顯然，要做到這一點，不像表面上這麼容易。

「年復一年的練習，」他說：「我幾乎已經不再注意氣味了。」

「如果你離開醫院一段時間，例如去度假，不再被滿是血味的環境包圍，你認為會變得更困難嗎？」

「可能，」他聳聳肩，但雙手仍舊穩定的動作。「我從不覺得自己需要長假。」他給我一個燦爛的微笑。「我很享受我的工作。」

叮鈴，叮鈴，叮鈴。沒想到手臂上竟然有這麼多玻璃碎片，讓我極為驚訝。我原本試著想偷瞄愈堆愈高的發亮碎片，想知道究竟有多少，但我知道最好不要看，以免影響我極力遏止嘔吐的策略。

「你最享受哪一部分？」我好奇的問，看不出其中的道理，是什麼讓他能看似輕易的忍受年復一年的掙扎與不斷的自我否認。此外，我想讓他一直跟我說話，說話讓我的腦海不會回想反胃的感覺。

當他回答時，他漆黑的眼眸既平靜又充滿思慮。「嗯，我最享受的部分是，當我……異於常人的能力，讓我能救活那些原本可能死亡的人。我很高興知道這一點，也很感謝我能做到，那些人因為我的存在，而能生活得更好。其實，敏銳的嗅覺通常也是診斷參考的一部分。」說到此，他露出一絲苦笑。

當他在我手臂傷口翻翻找找，要確定所有碎片都被清除乾淨時，我仔細思索他所說的話。接著他在醫生工具袋內仔細尋找新的工具，我試著不要想像可能是針頭和縫線。

「你很努力地想補償，但那些並非是你的錯，」我暗示他，此時他用某種線在我傷口上進行縫合。「我的意思是，你並沒有要求變成這樣。你並沒有選擇要過這樣的生活，你如此努力想成為一個善良的人。」

「我不認為我在補償什麼，」他輕聲抗議。「就像生活中的其他事，當它發生時，我就做出決定。」

「聽起來很容易。」

他再次檢查我的手臂，然後喀嚓一聲剪斷縫線。「好了，全都清乾淨了。」他拿出大枝的棉花棒，沾上某種糖漿般的液體後，擦拭整個傷口。那味道很奇怪，我覺得一陣天旋地轉，肌膚上都是那種液體。

「不過，在剛開始時，」當他將另一片長紗布貼在傷口上後，我壓住，然後問他：「你為什麼會想要去嘗試其他的方式，而放棄最直接的那種？」

他露出幽幽的笑容。「愛德華沒告訴過妳這個故事嗎？」

「有，但我想知道當時你究竟是怎麼想的……」

他的臉突然變得嚴肅，我猜想，此時他的思緒，是否和我一起神遊到同樣的地方。也很好奇，如果換做是我的話，我會怎麼想。當然，我並不喜歡「如果」這種假設語氣。

「妳知道我父親是牧師，」他邊說邊小心地清理桌面，不停地用濕紗布沾起碎片。酒精味道直撲腦門。「他對世界的觀點有點嚴厲，在我還沒改變之前，就已經對他的看法產生質疑了。」卡萊爾將髒紗布及玻璃碎片丟進一個空的水晶碗內，接著他點燃火柴，我完全不知道他想幹什麼。接著他將火柴丟進這個水晶碗內，原本沾有酒精的棉球突地燒成一團火球，害我嚇得跳起來。

「抱歉，」他說：「但得這樣做……所以我並不同意我父親獨特的信仰，但是，在我人生的前四百年間，從未有任何事會讓我懷疑上帝，就連鏡中的我都不曾懷疑。」

我假裝檢查手臂上的包紮，好隱藏我的驚訝，我真沒想到，我們之間的對話竟會引導到這一方面。我怎麼想都不可能想到會是宗教原因。我的生活中完全沒有信仰。查理認為自己是馬丁路德教派，因為他的雙親都是，但週日他不上禮拜堂，反而和同僚去釣魚。芮妮偶爾會上教堂，但就像她對網球、陶藝、瑜珈和法文課一樣，都只有三分鐘熱度，三不五時我就會聽到她又有了新花樣。

「我相信剛才說的話，聽起來有點超乎尋常，特別是出自吸血鬼的口中。」他笑笑，因為他知道，他說這個字眼並不會嚇到我。「但我仍舊希望生命還是有意義的，就算是身為吸血鬼。我承認，這是一場長期抗戰的硬仗。」他流暢的繼續說：「人們大多不尊重吸血鬼。也許我的想法有點傻，但我真的希望，透過嘗試，能得到一些肯定。」

「我不認為這個想法很傻。」我低聲說。我無法想像，有誰能不被卡萊爾感動，就連神明應該也會吧。此外，我也希望我的天堂中，能有愛德華的容身處。「我想其他人也不會認為這個想法很傻。」

「老實說，妳是第一個同意我的人。」

「其他人沒有同感？」我驚訝的問，當然我腦中想到的只有特定的那一個人。

卡萊爾猜中我的心思，他繼續說：「某個程度上，愛德華的看法和我相同。神和天堂的確存在……但同樣的，地獄也是。但是他並不相信我們這類族群能有來生。」卡萊爾的聲音很輕柔，他透過水槽上的大窗戶看著窗外。「妳要知道，他認為我們早已經沒有靈魂了。」

我馬上想到愛德華下午說過的話：除非妳想死，或是我們想。我腦中靈光一閃。

「這才是真正的問題，是嗎？」我猜。「所以他對我的事才這麼為難。」

卡萊爾緩緩的說：「當我看著我的……兒子。他的優點、善良，他展現的都是光明面，這些都有助於希望、信心等等。像愛德華這樣的，為什麼不能得到更多？」

我忙點頭，再同意不過了。

「但如果我也同意他相信的……」他低頭用深不可測的眼神看著我。「如果妳也相信他的看法，妳會奪走他的靈魂嗎？」

他提問的方式讓我啞口無言。如果他要求我，為了愛德華，是否願意冒著犧牲我的靈魂的危險，我的回答顯而易見。但，我會願意拿愛德華的靈魂冒險嗎？我不高興的抿著嘴，這交易真不公平。

「現在妳瞭解問題了吧。」

我搖搖頭，一臉倔強。

卡萊爾嘆口氣。

「這是我的選擇。」我堅持。

「也是他的選擇。」他看出我還想和他爭辯，於是舉起手做投降狀。「他要為妳的結果負責。」

「他不是唯一一個能做的。」我別有用心的看著卡萊爾。

他笑了，情緒突然變好。「喔，不行！妳們倆得自己解決。」但他接著又嘆口氣。「這一部分正是我無法確定的。我想，在許多方面，我已經盡我所能做到最好。但怎麼做，對別人的人生才是對的？我仍無法決定。」

我沒回答。我在腦海中想像著，如果卡萊爾當初抗拒了那個想改變他寂寞生活的誘惑，那我現在的生活會是什麼情況……我不禁顫抖。

「是愛德華的母親讓我下定決心的。」卡萊爾的聲音突然變得像是低語。他還是望著窗外，但眼神視而不見，像是沉浸於往事。

「他母親？」我問過愛德華他雙親的事，但他只說雙親去世多年，他沒什麼印象。如今我知道卡萊爾仍舊記得他們，雖然他們認識的時間很短暫，但那段記憶仍舊如新。

「是的。她名叫伊莉莎白。伊莉莎白．梅森。他父親，愛德華一世，在醫院過世，死於第一波流感，但伊莉莎白一直到流感末期才受到感染。愛德華長得和她很像，他倆的髮色相同，都是特別的紅褐色，她的眼眸和他一樣，同樣是綠色。」

「他的眼睛是綠色的？」我喃喃自語，在腦海中想像他眼眸的樣子。

「是的……」卡萊爾的眼神似乎神遊回幾百年前。「伊莉莎白顯然很擔心她的兒子。儘管她臥病在床，寧願犧牲自己，將治療的最後機會留給她的兒子。我原本以為他會先走一步，因為他比她嚴重多了，但她走得很快。太陽才剛下山，日班醫生看到我出現，鬆了一口氣。那段時間真的不好過，忙不完的工作，但我不需要休息。想到有這麼多人快死了，我卻得回家，躲在黑暗中，假裝睡覺，我其實很討厭。

我先去查看伊莉莎白和她兒子的狀況。我對他們的情況日益不捨——但因為人類的本質很脆弱，這麼留戀是種危險的事。我一眼就能看出她快不行了。流感造成的發熱已經無法控制，她的身體虛弱不堪，已經撐不住了。但當她躺在病床上看著我時，她看起來一點都不虛弱。」

「救他！」她用盡一切力量，從喉嚨中吼出嘶啞的聲音命令我。

「我會盡我所能。」我握住她的手，向她保證。她的熱度很高，可能無法感覺我異於常人的冰冷。跟她的肌膚相比，所有東西都很冷。

「你必須。」她堅持。她的手有力地握住我，我幾乎懷疑她應該能撐得過去。她的眼神像石頭一樣堅定，像祖母綠寶石一樣湛綠。「你要盡你一切的力量。其他人不能，只有你，才能拯救我的愛德華。」

「我嚇壞了。她的眼神好像能看透我，我馬上瞭解，她知道我的祕密。然後流感征服了她，她失去意識，在她說完要求的一小時後就去世了。

我一直想為自己創造另一個伴，這念頭我想了好幾十年。一個能真正瞭解我的人，在他面前，我不用假裝。但如果我對別人做出同樣發生在我身上的事，我永遠無法為自己行為的正當性辯護。

可是愛德華躺在那邊，瀕臨死亡，顯然他的生命只剩幾小時不到。在他身旁，他母親的臉龐仍未顯安寧，絲毫不像死者。」

卡萊爾回想起一切。他的記憶清楚的回到事情發生的那個世紀。隨著他的敘述，我彷彿也能清楚的看見：醫院的絕望、死亡的氛圍充斥，愛德華發著高燒，時間滴答，他的生命隨時可能走到盡頭……我再度戰慄，想趕走在我腦海中的影像。

「伊莉莎白的命令在我腦海迴響。她怎麼知道我能做到什麼？怎麼會有人希望我這樣對她兒子？」

「我看著愛德華，雖然生著病，他還是很俊美。他的臉龐如此純真善良。我希望我的兒子也能擁有這樣的臉龐……

多年來我總是優柔寡斷，但是我當時念頭一轉，就此下了決定。於是我先將她母親推到太平間，然後回來將他也推過去。沒有人會注意到他仍在呼吸。當時人手不夠，連一半的病患都照顧不來。太平間沒有人，不，應該說，沒有活人。然後我從後門將他偷運出去，背著他從屋頂走回我家。

當時，我並不確定該怎麼做，只好如法炮製了我自己幾百年前在倫敦所受的傷。之後我覺得這樣很不妥，因為那樣既痛苦，又不必要地拖延甚久。但我並不感到抱歉，我不後悔救了愛德華。」他搖搖頭，思緒回到現在，他對我笑笑。「我想，我應該送妳回家了。」

「我來吧。」愛德華說。他從餐廳的陰影處現身，緩緩地走過來。他的臉色很平靜，沒有表情，但眼神有點不對勁——某種他很努力想隱藏的情緒。我覺得胃很不舒服。

「卡萊爾能帶我回去。」我低頭看著身上的襯衫，淺藍色襯衫上血跡斑斑，右肩還包著厚紗布。

「我沒事。」愛德華的聲音沒有感情。「不過妳得先換衣服。妳這樣子回去，會害查理心臟病發作的。我讓艾利絲找些衣服給妳穿。」說完他隨即走出廚房。

我焦慮的看著卡萊爾。「他很沮喪。」

「是的，」卡萊爾同意我的看法。「今晚發生的事，是他最害怕的情況。因為我們，而讓妳陷入危險。」

「這不是他的錯。」

「也不是妳的錯。」

我躲開他聰慧美好的眼神。我就是沒辦法同意這一點。

卡萊爾伸出手將我從桌子上拉起來，我跟著他走進客廳。艾思蜜已經回來了，正用拖把清理我摔倒的那塊區域，空氣中飄散著奇特的漂白水味道。

「艾思蜜，讓我來。」我覺得自己又臉紅了。

「我已經做完了。」她抬頭對我笑笑。「妳覺得如何？」

「我很好，」我向她保證。「卡萊爾縫得比我看過的所有醫生都還快。」

他們都笑了。

艾利絲和愛德華從後門走進來。艾利絲衝到我身邊，但愛德華逗留在門邊並未過來，他的臉色讓人猜不透。

「來吧，」艾利絲說：「我找些不那麼可怕的衣服給妳穿。」

她幫我找到一件艾思蜜的襯衫，和我身上穿的這件顏色很相近，我很確信，查理不會注意到的。手臂上的血塊清潔乾淨後，長長的白色繃帶看來也不太明顯。反正查理看到我包著繃帶也從不驚訝。

「艾利絲。」我低聲叫她，她面朝門背對著我。

「嗯？」她聲音也很低，小心的看著我，頭偏向一邊。

「情況有多糟？」我不知道這樣低語是不是多此一舉，雖然我們在樓上，也關著門，但他可能仍舊可以聽見。

她臉色緊繃。「我不確定。」

「賈斯柏的情況如何？」

她嘆口氣。「他很生自己的氣。這對他來說就像是個挑戰，他討厭自己這麼軟弱。」

「這不是他的錯。請妳告訴他，我沒生他的氣，一點都沒有，可以嗎？」

「當然。」

愛德華在前門等我。我走到樓梯底時，他將門打開，但沒說話。

「別忘了妳的東西！」當我小心翼翼的走向愛德華時，艾利絲在身後大叫。她撈出兩件東西，一件是開了一半的禮物，另一個是落在鋼琴下的相機，她撿起來後，將這兩樣東西塞在我完好的那隻手中。「等妳打開後，可以晚點再謝我。」

艾思蜜和卡萊爾，兩人都沉重的向我道別。我看見他們像我一樣，不時偷瞄那臉無表情的兒子。

走到屋外真讓我鬆了一口氣。我快步走過燈籠及玫瑰，現在這些都是我不歡迎的記憶了。愛德華沉默的跟著我，他打開乘客座車門，我一句話也沒說，乖乖的坐進去。

儀表板上有個大紅蝴蝶結，是新的音響。我將蝴蝶結打開，丟在腳踏墊上。當愛德華坐進駕駛座時，我連忙將蝴蝶結踢到我座椅下。

他沒看我，也沒看新的音響。我們倆都沒將音響打開，沉默被突然的引擎聲打斷。他開得很快，一頭衝進黑暗彎曲的小路。

沉默讓我抓狂。

「說點話。」當他轉上公路時我終於忍不住開口求他。

「妳要我說什麼？」他用陌生的聲音說。

我不理會他的冷漠。「說你原諒我。」

這句話讓他面無表情的臉龐忽然閃過一絲情緒——憤怒的情緒。「原諒妳？為什麼？」

「如果我小心點，就不會發生這樣的事了。」

「貝拉，妳不過是被紙割點小傷，通常像這類的事，不可能讓人送掉小命。」

「還是我的錯。」

我這句話像打開水門似的，他開始滔滔不絕的宣洩。

「妳的錯？如果妳和潔西卡、安琪拉，或妳其他的人類朋友一起在麥克．紐頓家，妳不小心割傷自己，最糟能發生什麼事？可能不過就是他們無法幫妳找到繃帶。妳絆倒，自己撞翻一堆玻璃盤，但不是被某人衝向妳而撞翻的，就算這樣，結果能有多糟？不過就是當他們開車送妳趕往急診室時，妳的血流到椅子上而已。當醫生縫合妳的傷口時，麥克．紐頓能握住妳的手，他不用一直抵抗那股想殺了妳的衝動。貝拉，不要把這怪在自己身上，那只會讓我更鄙視我自己。」

「麥克．紐頓跟這有什麼關係？」我追問。

「麥克．紐頓出現在對話中，是因為麥克．紐頓對妳比較健康，妳應該和他在一起。」他大吼著說。

「我寧願死也不願和麥克．紐頓在一起，」我抗議。「我寧願死，也不願跟除你之外的任何人在一起。」

「別這麼誇張，拜託。」

「好呀，只要你別那麼不可理喻。」

他沒回答，只是瞪著擋風玻璃，神情茫然。

我腦中拼命思索，該怎麼挽救今晚。但直到車停在屋前，我還是想不出任何方法。

他關上引擎，但雙手還是放在方向盤上。

「你今晚會待在這嗎？」我問。

「我應該要回家。」

我最不希望的就是他在痛苦自責中打滾。

「這是我的生日。」我求他。

「妳不能這樣搖擺不定，一會要別人別幫妳過生日，一會又拿生日出來當藉口。只能選一個。」

他的聲音很堅定，但不像之前那麼認真，我頓時鬆了口氣。

「好吧，我決定不要你忽視我的生日，我們樓上見。」

我跳下車，從後座拿出我的禮物，他皺起眉頭。

「妳不用接受那個禮物。」

「我想要。」我反射似的回答。接著心想，他是否故意用激將法來對付我。

「不，妳不用。卡萊爾和艾思蜜為妳花了很多錢。」

「我會好好享受。」我將禮物尷尬的塞在我沒受傷的腋下，關上車門。不到一秒他已經離開車子，站到我身邊。

「那至少讓我來拿，」他邊說邊接過去。「我會在妳房間。」

「謝了。」我笑了。

「生日快樂。」他嘆口氣，靠過來親吻我的唇。

我踮起腳尖，想讓這個吻能久一些，但他旋即抽身，露出我最喜愛的帥氣笑容，隨即消失在黑暗中。

球賽仍在進行。當我走進前門，馬上就聽見播報員的閒聊及群眾的歡呼聲。

「貝拉？」查理大喊。

「嗨，爸。」我邊說邊繞過轉角。我將手臂貼著身子，吸吸鼻子，有微微的燒焦味，麻醉的味道還沒有散。

「玩得好嗎？」查理躺在沙發上，翹著光腳，紅棕色的鬈髮都躺亂了。

「艾利絲弄得太誇張了。花、蛋糕、蠟燭、禮物，全套都有。」

「他們送給妳什麼？」

「卡車音響，其他的還沒拆。」

「哇！」

「沒錯。嗯，我看今晚就到此結束了。真是精采的一晚。」

「那明早見。」

我揮揮手，「晚安。」

「妳手臂怎麼了？」

我立刻臉紅，在心底暗罵自己。「我摔倒了，沒事。」

「貝拉。」他嘆口氣，搖搖頭。

「晚安，爸。」

我衝進浴室，習慣將睡衣留在裡面，正是為了像今晚這樣的日子。我掙扎著換上，那是一整套的睡衣，無袖上衣搭棉褲，並非我平常睡覺穿的破舊運動衣。換衣的動作拉扯傷口，痛得我不時畏縮抽搐。我用單手洗臉刷牙，然後匆匆走進房間。

他早已坐在我的床上，無聊地把玩其中一個銀色的盒子。

「嗨。」他聲音很悲傷，仍舊沉浸在自怨自艾中。

我走到床邊，從他手中將禮物搶了過來，接著坐在他膝上。

「嗨，」我貼著他堅硬如石的胸膛。「我現在可以打開我的禮物嗎？」

「幾時變得這麼等不及了？」他問。

「誰叫你弄得那麼神祕。」

我拿起扁平的長方形包裝盒，應該是卡萊爾和艾思蜜合送給我的禮物。

「讓我來。」他從我手上拿走禮物，流利地撕除銀色包裝紙，將白色的長方盒遞給我。

「你確定我能安全打開蓋子嗎？」我喃喃低語，但他不理會我。

盒內是一疊長長厚厚的票券，上面印滿了密密麻麻的小字。我過了好一會才看懂。

「我們要去傑克遜維（美國佛羅里達州的海港）？」那是兩份機票，我和愛德華的。我興奮極了。

「沒錯。」

「我真不敢相信。芮妮會高興地跳起來的！但你不介意嗎？那邊終日豔陽，你得整天待在屋內。」

「我想我能處理，」他說，然後皺起眉頭。「如果我早知道妳對這個禮物的反應會這麼好，那我應該讓妳在卡萊爾和艾思蜜面前拆開它。我還以為妳會抱怨呢。」

「嗯，當然，這禮物有點太貴重。可是你能跟我一起去呀。」

他輕聲低笑。「現在我倒希望我有花錢幫妳買禮物了，我不知道原來妳這麼講理。」

將機票放在一旁，伸手去拿他的禮物，我十分好奇。他從我手上拿走禮物，替我拆開，像之前一樣。

他將一片CD盒遞給我，裡面有片銀色CD。

「這是什麼？」我困惑的問。

他沒說話，拿出CD片，繞過我，將CD放進床邊桌上的CD音響內，按下播放鍵，我倆沉默的等待，接著，音樂流洩出來。

那樂聲讓我說不出話來，雙眼大睜。我知道他在等我的反應，但我說不出話來。淚不自禁流下，我趕忙在眼淚還沒氾濫前，伸手擦掉。

「妳的手又痛了嗎？」他焦慮的問。

「不，跟手臂無關，這音樂太美了，愛德華。這是你給我最棒的禮物，我太喜歡了。我不敢相信。」接著我閉上嘴好專心聆聽。

這是他的音樂，他編的。第一首就是搖籃曲。

「我想妳不會願意接受一架鋼琴，讓我在這邊為妳演奏。」他解釋。

「沒錯。」

「妳的手臂現在覺得如何？」

「沒事。」老實說，繃帶下那塊傷口像熊熊烈火在燒，痛死我了。我想要冰敷——可以借用他的手，但那樣便會讓他知道。

「我可以幫妳拿一些止痛藥？」

「我什麼都不要。」我反對。但他還是走下床，朝門口走去。

「查理在。」我低聲說，查理並不知道愛德華經常在這過夜。老實說，如果他發現的話，說不定會嚇到中風。但這樣欺騙他，我並不感到內疚。反正我們沒發生任何他不希望我做的事。愛德華也有自己的堅持……

「他抓不到我的。」愛德華邊回答我，邊靜悄悄的從門外消失……然後回來，連門都還沒關上，就回來了。他已經從浴室倒了杯水，另一手還拿著藥片。

當他把藥遞給我時，我乖乖的吃了，我知道我吵不贏他的。再說，手臂的痛楚，也真的讓我很難受。

我的搖籃曲繼續播放出輕柔又優美的音樂聲。

「很晚了。」愛德華點點頭。他用一手將我抱起來，另一隻手把被子拉出來。接著將我安頓在床上，為我拉上被子。然後躺在我旁邊——躺在毛毯上，這樣我才不會覺得冷，然後用手環住我。

我將頭靠在他肩上，快樂的輕嘆。

「謝謝。」我低聲說。

「不客氣。」

我倆無言沉靜了好一會，聆聽著我的搖籃曲漸漸結束。接著另一首曲子開始。我發現那是艾思蜜的最愛。

「你在想什麼？」我低聲問。

他猶豫了好一會才回答。「老實說，我在思考對與錯。」

我背脊一冷。

「你還記得嗎，之前我的決定是希望你不要不理會我的生日？」我很快的問，希望這個讓他分心的小主意，不會被他查覺。

「是的。」他小心的說。

「嗯，我在想，因為現在還是我的生日，我想要你再親我一次。」

「妳今晚真貪心。」

「沒錯，我是。但拜託，不用做任何你不想做的事。」我微帶惱怒的補充。

他笑了，然後嘆口氣。「我應該做些我不想做的事，願上帝阻止我！」他用奇怪絕望的語調說，一手捧住我的下巴，抬起我的臉。

一開始，這個親吻和以往沒有不同，愛德華和平常一樣小心，我的心也和以往一樣，跳得飛快，像快死了似的。突然間，一切都變了，他的唇變得更為飢渴，另一隻手伸入我的秀髮內，將我的臉更加貼緊他。我的手愛撫著他的髮，雖然我一開始很小心的不要跨越他的界線，但這一次，他並沒有阻止我。隔著毛毯，他的身軀仍舊冰冷如昔，但我急切的壓在他身上。

他突然停下來，溫柔堅定的手推開我。

我潰然地倒在枕頭上，呼吸急促，腦海中天旋地轉。某些記憶湧現，但就是想不起來，像是……

「抱歉，」他說，但是他並沒有呼吸。「這太過頭了。」

「我不介意。」我喘著氣說。

他在黑暗中皺眉看著我，「快睡吧，貝拉。」

「不要，我要你再親我。」

「妳太高估自己的控制力了。」

「哪一個更能誘惑你？我的血？還是我的身體？」我挑釁的問。

「都一樣。」他低吼著回答我，接著又變得嚴肅。「好了，不要再挑戰妳的好運，快睡覺吧。」

「好吧。」我同意，但向他貼得更緊。我真的精疲力竭了。這一天真是漫長，但我到現在，仍覺得無法鬆懈，好像有些不對勁的事會延續到明天。這念頭似乎有點傻，還能有什麼事會比今天更糟？但那種震驚的感覺似乎揮之不去。

我偷偷將自己受傷的手臂緊貼他的肩膀，讓他冰冷的肌膚能鎮定我的疼痛。這樣好多了。

半醒半睡間，也許睡得更深時，我突然記起來，剛才和他熱吻時，我腦中湧起的究竟是什麼了：去年春天，當他不得不離開我，好擺脫詹姆斯對我的追蹤時，因為不知道何時我們才能再相見，因此愛德華與我親吻道別。那個吻讓我痛心之至，箇中原由至今我仍不願猜想。我逐漸陷入昏睡中，好像我剛剛作了個惡夢似的。

chapter 3
結束

林中找不到他留下的腳印蹤跡——

沒有腳印，沒有拂動的樹葉，

但我想也沒想地就追了進去。

我不知道還能做什麼，只是無意識的一直走。

如果我再也看不到他，那一切都完了。

愛、生命、意義……都結束了。

早上醒來我覺得很不舒服，昨晚沒睡好，手臂像火燒一樣刺痛，頭也很痛。即使愛德華平靜漠然的臉，很快地親吻我額頭，接著迅速從我窗外消失，仍舊沒有幫助。在我睡著的那一段時間，我好擔心，擔心他趁我入睡時，在我身邊思考著對與錯。這樣的焦慮，讓我的頭更痛。

愛德華和平常一樣在學校等我，但他的神情還是不太對勁。眼中有股我不確定的感覺，嚇壞了我。我不想提起昨晚，但我不確定避談這件事會不會更糟。

他為我開門。

「妳覺得如何？」

「好得不得了。」我說謊，關門的尖銳聲讓我的頭更不舒服。

我們沉默的走著，他調整步伐好與我一致。我有好多問題要問，但許多問題都可以等，因為那些都可以問艾利絲：像是，賈斯柏情況如何？我離開後，他們怎麼說？羅絲莉說了什麼？更重要的是，她那奇怪的未來透視力，怎麼沒告訴她會發生這樣的事？她能猜到愛德華在想些什麼嗎？他為何如此陰鬱？為什麼我就是無法擺脫這種微弱的直覺感？

上午過得很慢。我等不及要見艾利絲，儘管有愛德華在我不一定能問她問題。愛德華還是很冷漠，偶爾他會問問我手臂的情況，我依舊說謊。

艾利絲通常在午餐時會和我們碰面，她不像我那麼懶散。但她今天不在這一桌，不像平常那樣端著一些她不吃的東西等著我。

愛德華沒解釋她的缺席。我納悶著，是否她還沒下課？但接著我看到康納和班，他們和她一起上第四節的法文課。

「艾利絲呢？」我焦慮的問愛德華。

他看著燕麥棒，緩緩用手指將食物搗碎，邊回答我：「她和賈斯柏在一起。」

「他還好嗎？」

「他要出門一陣子。」

「什麼？去哪裡？」

愛德華聳聳肩。「沒有特定地方。」

「所以艾利絲也……」我用微弱絕望的聲音說。那是當然的，如果賈斯柏需要她，她就會去。

「是的，她也會離開一陣子，她想要說服他去德納利。」

德納利是另一群奇特的吸血鬼家族──譚雅和她的家人──居住的地方，他們像庫倫家一樣善良，我不時聽到他們。去年冬天，當我來到福克斯，對他的生活造成困擾時，他就是跑去他們那兒。羅倫特，詹姆斯那一群中最文明的一位，也去了那邊，不願協助詹姆斯來對付庫倫家。艾利絲鼓勵賈斯柏去那邊，倒也說得通。

我嚥口口水，想要壓下喉嚨中突然湧起的不舒服。內疚讓我垂下頭，無精打采的垮著肩。我害他們得離開家，就像羅絲莉和艾密特，我是罪魁禍首。

「妳的手臂又不舒服嗎？」他急切的問。

「誰在乎手臂呀？」我沮喪的說。

他沒回答，我將頭靠在桌上。

到下課時分，沉默變得更難受。我不想開口，但如果我想要他再跟我說話，顯然我得主動。

「你今晚晚一點會過來嗎？」當他沉默的陪我走向我的卡車時，我問他。他通常會過來。

「晚一點？」

他似乎很驚訝，這讓我很高興。「我得上班，我跟紐頓太太換班，昨天才能休假。」

「喔。」他低聲說。

「所以我回家後你會來吧？」我討厭這種無法確定的感覺。

「如果妳要我過去，我就去。」

「我一直都要你來。」我提醒他，不過比起平常，我的反應可能太過急躁了。

我希望他因此取笑我，或者給我一個微笑，或至少對我的話有些反應。

「那，好吧。」他的聲調和之前一樣，絲毫沒有不同。

他親吻我的額頭，替我關上車門，然後轉身優雅的走向自己的車。

我原本平順地將車開出停車場，但突然間的痛楚讓我差點開不下去，等我開到紐頓商店時，我已經有點喘不過氣來。

我告訴自己，他只是需要時間，他會熬過來的。他之所以悲傷，可能是因為他的家人都離開了。但艾利絲和賈斯柏很快就會回來，羅絲莉和艾密特也是。如果有幫助，我願就此遠離那棟白色的河畔大宅，我會永遠不再踏入。這沒有什麼大不了，我還是能在學校見到艾利絲。她一定會回學校的，不是嗎？而且，我不時也會在急診室見到卡萊爾。

畢竟，昨晚發生的事沒什麼大不了，又沒出什麼大事。沒錯，我是摔倒了，但這就是我的人生。和去年春天發生的事情相比，昨晚簡直微不足道。詹姆斯不但害我摔倒，還讓我差點失血過多瀕臨死亡，在醫院那幾週似乎永無止盡的日子，愛德華都熬過來了，為什麼他對昨晚那件事如此難以釋懷。難道是因為，之前他要保護我遠離的是敵人？但昨晚他面對的，是他的兄長？

如果讓他帶我離開這裡，而不是讓他的家人離開，也許情況會好一點。當我想到，未來的人生能這樣與他獨自生活時，我就不那麼沮喪了。只要他能念完這個學期就行了，這樣查理就不會反對。我們可以離開此地，外出去念大學，或者，假裝我們去了外地念大學，像羅絲莉和艾密特這一年來一樣。當然愛德華得等我一年，但對具有永生的人來說，一年算不了什麼。就算對我來說，一年也都不算什麼。

我不斷這樣對自己說，總算讓自己能平靜的走出卡車，邁向店裡。麥克．紐頓是今天的大麻煩。當我走進店裡時，他愉快的對我微笑揮手，我抓起制服背心，朝他的方向隨意點點頭，腦海中還在幻想我和愛德華離家外出，到不同的異國之地的各種愉快場景。

麥克打斷我的幻想。「妳的生日過得如何？」

「呃，」我咕噥著說：「我很高興終於過去了。」

麥克斜眼瞄我，似乎覺得我不可理喻。

工作工作工作。我好想快點再看到愛德華，希望等我再看到他時，他的壞情緒已經結束，無論他是為了什麼原因難過，我一再告訴自己，會沒事的，一切都會恢復正常。

當我轉進我家的車道，看到愛德華的銀色車子已經停在屋前時，我頓時鬆了一口氣，但這一點同時也讓我困擾。

我很快地衝進家門，還沒進屋就大聲喊著。

「爸？愛德華？」

我喊著，同時聽見遠遠的客廳裡傳出 ESPN 運動節目的樂聲。

「我們在這邊。」查理大喊。

我掛好雨衣，匆匆衝過轉角。

愛德華坐在扶手椅，我爸坐在沙發上，兩人雙眼都盯著電視，這樣的事，對我父親來說很正常。但對愛德華來說則不然。

「嗨。」我無力的說。

「嗨，貝拉。」我父親回答我，但眼睛還是盯著電視。「我們吃了冷披薩，剩下的應該還在桌上。」

「好。」

我在門口等著，終於，愛德華轉過來，給我一個禮貌性的笑容，對我說：「我一會就過去。」他說，眼睛又轉回電視。

震驚的我愣了好一會。兩個人都不理我，一種感覺壓住我胸口，可能是痛苦。我默默走到廚房。

披薩引不起我的興趣。我坐在椅子上，彎起腳，用手臂環住膝頭。事情不太對勁，可能比我想的更糟。客廳傳來電視機裡男子的談笑聲。

我試圖控制自己，告訴自己，要理性，事情能有多糟？我心情頓時一沉。不該這樣自問的，我立刻覺得呼吸困難。

好吧，我又想，我能忍受的最糟結果是什麼？我還是不喜歡這些問題。但我今天已經考慮過各種可能性。

遠離愛德華的家人。當然，他不會希望連艾利絲也要避開。但如果賈斯柏被禁止靠近，那我能跟她見面的機會也不會太多。我對自己點點頭，我可以熬過來。

或者，馬上離開。也許他不想等到學期結束。

可能就是現在。

在我面前的桌上，是查理和芮妮送我的禮物。相簿旁，是那臺我還沒機會使用的相機。嘆口氣，我輕撫著美麗剪貼簿的封皮，這是母親送我的禮物。我想著芮妮。我和她分開生活也有挺長一段時間了，但不知怎地，一想到未來要永恆地與她分開，就讓我很不好受。還有，這樣的話，就得留下查理一個人過活。他們兩人都會難過的……

但我們會回來的，不是嗎？當然，我們可以三不五時回來探訪他們，不是嗎？

我自己也無法確定的回答。

我用下巴抵著膝頭，看著禮物，那代表雙親對我的愛。我知道自己選擇了一條困難的路。可是，我已經考慮過最糟的可能，我能忍受的最糟結果……

我再次輕撫剪貼簿，翻開封面。小小的金屬邊角，等待著貼上第一張照片。用這本簿子來記錄我在此地的生活，其實這主意倒不壞。我覺得有股奇怪的激勵力量要我開始。也許，我並不想永遠離開福克斯。

我把玩著相機的腕繩，好奇的想著，我拍的第一張照片不知道會不會成功。真的能拍得出來嗎？我挺懷疑的，但他似乎完全不擔心出來的照片會是一片空白。我想起昨晚他那不在乎的笑聲，自己也忍不住笑了出來。接著笑聲頓失。事情如今變得大為不同，這麼突然，我有些茫然，好像站在懸崖邊那種暈眩感。

我不想再想下去了，抓起相機往樓上走。

這十七年來，我的房間沒多大改變，和我母親住在此地時一樣。仍舊是淺藍色的牆面，窗前同樣是黃色蕾絲窗簾。房間內放的已經不是搖籃，而是我的床，但床上那床棉被，她一定認得出來，那是祖母送的禮物。

不顧一切地，我在房間內狂拍照。反正今晚我也沒辦法做什麼事，外面太黑，我有種奇怪的感覺，就像難以抗拒的衝動，我想在離開福克斯前記錄一切。

改變已經發生，我感覺得出來。當生命不如預期中完美時，這樣的看法，讓人並不愉快。

然後我帶著相機走下樓，我一想到愛德華雙眼中那種遙遠的神情，就整個胃不舒服，但我假裝不在意。他會熬過來的。可能他只是擔心，當他要求我與他一起離開此地時，我會沮喪難過。不過我不會干涉，我會讓他自己解決。當他問我時，我早就先準備好了。

當我悄悄繞過角落時，相機已經在手中準備好。我很確定，我不會有機會能捕捉到愛德華驚訝的畫面，不過他沒抬頭仍舊讓我鬆了一口氣，但胃中那冰冷的抽搐仍揮之不去。我置之不理，繼續拍照。

「妳在幹麼，貝拉？」查理抱怨。

「喔，得了。」我坐在查理沙發前的地板上，邊擠出微笑。「你知道媽一會就會打電話來，問我是不是有使用她的禮物。我得在她還沒傷心前就拍點東西。」

「那妳幹麼拍我的照片？」他咕噥。

「因為你很帥，」我回答，還是假裝心情很好。「還有，因為是你買的相機，你有義務成為我的主角。」

他又咕咕噥噥的說著一些我聽不懂的話。

「嗨，愛德華，」我用同樣假裝開心的語調說：「幫我和我爸拍一張。」

我將相機丟給他，小心避開他的眼神，然後坐在沙發扶手上，貼著查理的臉，查理無奈的嘆口氣。

「笑一個，貝拉。」愛德華低聲說。

我盡力擠出笑容，相機閃光燈一閃。

「我幫你們兩個小傢伙拍一張。」查理建議。我知道他只是不想再成為被拍的主角。

愛德華站起來，將相機交給他。

我站在愛德華身旁，這樣的安排對我來說，又正式又奇怪。他一手輕柔的環著我肩頭，我的手小心的環著他的腰，我想看他的臉，但我不敢。

「笑，貝拉。」查理再次提醒我，

我深吸氣，裝出笑臉，臉又紅了。

「今晚拍夠了，」查理將相機扔在沙發墊的旁邊，自顧自坐下。「不急著把一整捲底片都拍完。」

愛德華放下環著我肩頭的那隻手，腰一扭，小心避開我原本摟著他的手，坐回扶手椅。

我猶豫了一下，然後再次靠坐在沙發前。我突然感到害怕，雙手不自覺發抖。我將雙手貼在腹部，避免被發現。下巴抵住膝頭，望著面前的電視，但什麼都看不進去。

當節目結束時，我仍舊沒動。從眼角餘光，我看到愛德華站起來。

「我得回家了。」他說。

查理還是專心看著廣告，隨意說了聲：「再見。」

我拖著發麻的腳，跟著愛德華走出前門，都是緊張僵硬的錯誤坐姿造成的。他逕自走到車旁。

「你不留下來嗎？」我問他，但聲音中不抱希望。

我期待他的回答，希望能聽到不讓我難過的答案。

「今晚不行。」

我沒問理由。

他上車，開走，我仍舊站在車道上，動也沒動，完全沒注意到下雨了。我等著，不知道自己在等待什麼，直到身後的門打開。

「貝拉，妳在做什麼？」查理驚訝的問，發現我站在雨中，整個人都濕了。

「沒事。」我轉身跑進屋內。

長夜漫漫，我一夜難眠。

當窗外凌晨的微微曙光一照進屋內，我馬上就起床，像機械人一樣穿上制服，等著天色變亮。我吃著燕麥片時，認為這樣的光線應該能拍照片了，於是我拍了一張車子，一張屋前，接著轉身拍了幾張查理小屋旁的森林。有趣的是，此時的森林，不像以往那樣陰森可怕。我知道日後我會想念它的——想念林中樹木的翠綠、永恆和神祕。

出門時，我將相機放在背包內，滿腦子都想著拍照這件事，不敢去想愛德華昨晚沒來的事。

懷著恐懼，我開始失去耐心。這樣的情況會持續多久？

整個早上就這樣度過。他沉默的走在我身邊，從未正眼看我。我想要專心上課，但英文課一點都引不起我的興趣。伯特先生問了一個凱普雷特夫人的問題，他問了兩次以後，我才發現原來他問的是我。愛德華低聲偷偷告訴我正確答案，然後又回到不理會我的狀態。

午餐時沉默依舊。我覺得自己隨時都會尖叫，所以，為了讓自己分心，我靠在椅背上，隔著那條無形的線，對潔西卡說話。

「嗨，小潔？」

「什麼事，貝拉？」

「妳能幫我一個忙嗎？」我問，手伸進袋子裡。「我媽要我拍些朋友的照片，好放在剪貼簿內。可以幫每個人拍一張嗎？」

「當然。」她咧嘴一笑說，接過相機，很快地轉身，趁麥克不備，拍到他張大嘴的照片。

果然會拍到這樣的照片，我猜得到。我看著他們把相機一個個傳下去，咯咯笑鬧著，抱怨彼此拍的照片。充滿怪異的孩子氣。可能我今天就是沒有那種平常人的心情。

「喔喔，」當潔西卡把相機交回給我時抱歉的喊著：「我想我們用完底片了。」

「沒關係。我已經拍到我需要的照片了。」

放學後，愛德華沉默地陪我走到停車場。我得再去上班，這是第一次我對於要上班感到高興。顯然時間經過對我仍舊沒有幫助，獨處也許更好。

去紐頓商店的路上，我將底片交給斯福特威超商，打算下班後再去拿。到家時，剛洗好的照片夾在腋下，我只簡單跟查理打聲招呼，到廚房拿了根燕麥棒就衝上樓躲進房間。

我坐在床上，小心的打開信封，說來可笑，我竟然有點期望第一張照片會是空白的。

當我拿出照片，我差點喘不過氣來。照片中的愛德華，和他活生生的模樣一樣俊美，照片中的他，用溫暖的眼神看著我，這是過去幾天我一直想念的眼神。真是不可思議，怎麼有人能長得這麼……我無法形容。一張照片勝過千言萬語。

我匆匆翻閱其他照片，將其中的三張照片並排放在床上。

第一張是愛德華在廚房的照片，他溫暖的眼神充滿容忍的趣味。第二張是愛德華和查理一起看 ESPN 的合照。愛德華的表情很正經。眼神很小心、冷淡。雖然還是驚人的俊美，但臉色更冷漠，更像雕像，缺乏生命力。

最後一張是愛德華和我尷尬的合照。和前一張一樣，愛德華一臉冷淡的雕像神情。但這張照片中最令我不安的並不是這一點，而是我們兩人對照之下的懸殊差異讓我痛苦。他就像天神一般俊美，而我，再平庸不過了，以人類來說，並不算出色，平凡極了。我沮喪的闔上相片。

不想做功課，我將時間花在整理照片，將照片一張張放進相本內，用原子筆在每一張照片下寫下標題、名字和日期。我拿起愛德華和我的合照，沒多想，就將這張照片對半反折，塞進金屬邊框，愛德華那一面朝上。

當我做完後，我將加洗的第二份，加上一封給芮妮的感謝信，一起放進信封內。

愛德華今晚還是沒來。我不想承認他是我熬夜的原因，但當然就是因為他。我回想上一次他沒說理由、沒打電話，沒來我這過夜的缺席情景……不過，他從來沒這樣過。

我再度輾轉難眠。

和前兩天一樣，我帶著沉默、沮喪，擔心的情緒一路開往學校。當我看到愛德華依舊在停車場等我時，頓時鬆了一口氣，但放鬆的情緒旋即消失，他還是一樣，而且似乎更遙遠。

事情怎麼會變成這樣一團糟的呢？我連原因都有點想不起來。我的生日好像是很久以前的事了。但願艾利絲能回來，快回來。在事情失控前回來。

但我不能將希望全都託付在她身上。我決定了，我今天一定要跟他說話，真正的談話，然後我明天要去見卡萊爾。我得做點什麼。

我告訴自己，放學後，愛德華和我一定得把這件事談開，我不接受任何藉口。

他陪我走到卡車旁，我下定決心，武裝起自己。

「妳介意我今天過去妳家嗎？」我們還沒走到我的卡車時他就開口了。他的反應比我還快。

「當然不介意。」

「現在過去呢？」他邊問，邊幫我開門。

「好啊，」雖然我不喜歡他聲音中急切的語氣，但我盡量維持聲音平穩。「我想順路寄信給芮妮，待會見。」

他看著乘客座上那包鼓鼓的信封袋，突然越過我一把抓起來。

「我來寄吧，」他沉靜的說：「我還是會比妳早到的。」他露出我最愛的帥氣笑容，但不對勁，他眼中完全沒有笑意。

「好吧，我同意。」但怎麼都擠不出笑容給他。他替我關上車門，然後朝自己的車走去。

他真的比我先到我家，當我在屋前停好車，他的車已經停在查理平常的車位。這不是什麼好預兆，他不打算久待。我甩甩頭，深吸口氣，給自己一些勇氣。

我走出卡車時，他也下車朝我走來。他接過我的書包，這很正常，但他將書包丟在後座，這就不正常了。

「陪我走走。」他牽起我的手用平靜的聲音說。

我沒回答。我不知道該如何反對，但我一定得弄清楚我想知道的。我不喜歡他這樣。這樣不好，非常不好，我腦中一再出現這樣的警告。

可是他根本沒打算等我回答。他拉著我走到院子的東邊，也就是樹林邊緣。我不情願的跟著他，想要在痛苦中釐清思緒。我提醒自己，這是我要的，這樣我就有機會能跟他談談。那為什麼我還如此痛苦？

我們走入森林沒多遠他就停下了腳步。我們沒走很遠，從此處還能看見房舍，這哪算「走走」？

愛德華靠在樹上看著我，表情漠然。

「好吧，我們來談談。」我的聲音聽起來比我想的勇敢些。

他深吸口氣。

「貝拉，我們要離開了。」

我也深吸口氣，我沒想到會是這樣，我以為我準備好了。但我還是得問清楚。

「為什麼是現在？再一年……」

「貝拉，是時候了。畢竟我們還能在福克斯待多久？卡萊爾不可能永遠三十幾歲，他現在告訴別人他三十三歲，我們無論如何都得盡快重新開始。」

他的回答讓我困惑。我原本以為離開是為了讓他的家人都能和平的生活。如果他們要走，為什麼我們得分開？我瞪著他，試圖瞭解他話中的含意。

他冷漠的望著我。

一股噁心的反胃感湧上來，我發現自己完全誤會了。

「當你說我們——」我低語。

「我說的是我的家人還有我。」他說的每一個字都清楚又疏離。

我不自覺地猛搖頭，試圖弄清楚他話中的意義。他耐心等著我，我花了好幾分鐘才能開口。

「好吧，」我說：「那我跟你一起走。」

「不可能，貝拉。我們要去的……那地方不適合妳。」

「你在的地方就是適合我的地方。」

「我不適合妳，貝拉。」

「別開玩笑了。」我想讓聲音充滿怒氣，但聽起來卻像是哀求。「你是我生命中最美好的事。」

「我的世界不適合妳。」他堅定的說。

「賈斯柏做出的事……那沒什麼！愛德華，那沒什麼！」

「妳說得沒錯，那沒什麼，」他說：「那只是可預期的。」

「你答應過的！在鳳凰城時，你答應過會永遠留——」

「只要對妳是好的。」他打斷我。

「不！又是關於我的靈魂，是嗎？」我沮喪的大喊，忘情的大叫，但不知怎的，聽起來還是很像懇求。「卡萊爾告訴過我，我不在乎，愛德華。我不在乎！你可以擁有我的靈魂，失去你，我的靈魂也不完整

新月

——那已經是你的了！」

他深吸一口氣，視而不見的看著草地，看了好一會。嘴唇扭曲、緊繃。當他最後終於抬頭時，雙眼有點不同，更堅定，像液態的金凝固後似的。

「貝拉，我不要妳跟我走。」他緩緩清楚的說出每一個字，以冷漠的眼神看著我的臉，看著我，確定我聽懂他說的每一個字。

我腦中響著他說的話，頓時一片空白，然後努力思考他說的話究竟是什麼意思。

「你……不……要……我……了？」我想把話說出口，但聽起來斷斷續續的，充滿困惑。

「是的。」

我無法理解，深深望進他眼中。他絲毫不感歉意的回瞪我。他的眼睛就像黃寶石，又硬又清澈，深不見底。我覺得他好像離我千哩遠，在他無盡的眼神深處，我看不見他說的那個世界。

「嗯，這改變了一些事。」我驚訝自己的聲音竟如此平靜理性，我一定是嚇呆了。我不瞭解他說的話，我覺得說不通。

他望著遠方的樹叢，再度開口。「當然我會永遠愛妳……以某種方式，但那晚事情發生後，讓我體會到是時候做出改變。因為我……不想再假裝成我所不是的那種人，我不是人類。」他再次望著我，完美的臉龐冷漠淡然，沒有人性的感情。「是我讓情況變得不可收拾的，我很抱歉。」

「不，」我的聲音像低語，如今我聽懂了，但聽懂的感覺像冰滑過脊椎般掃遍全身，讓我忍不住打個冷顫。「不要這樣做。」

他只是看著我，我從他眼中看見，我說什麼都沒用——他已經決定了。

「妳不適合我，貝拉。」他轉變話題，這點我沒法和他爭辯。我本來就知道，自己對他來說，本來就不夠格高攀。

我張開嘴想說話，卻又閉上。他耐心的等著，臉龐閃過一絲情感。於是我再試一次。

「如果……這是你要的。」

他點點頭。

我整個身體變得麻木，頸部以下失去感覺。

「但我想請妳幫一個忙，如果可以的話。」他說。

我不知道他在我臉上看到什麼，因為他臉上閃過一些情緒，像是對我神情的反應。但我還來不及辨認，他又轉回原本冷漠的雕像表情。

「要我做什麼都行。」我答應他，聲音微弱怪異。

當我這樣看著他，他如冰的眼神逐漸軟化，冰冷的金熔化，又變成液態。他熱切的看著我。

「不要魯莽或做任何傻事，」他命令我，不再那麼遙不可及。「妳知道我在說什麼嗎？」

我無助的點點頭。

他的眼神又變回冷漠遙遠。「我說的是查理，他需要妳。為了他，好好照顧妳自己。」

我再次點點頭，低聲說：「我會的。」

他似乎放鬆了些。

「我也會承諾妳一件事做為回報。」他說：「我答應妳，這是妳最後一次見到我，我不會再回來了，我不會再介入妳的生活。妳可以不受我的干擾，繼續過妳的日子，就像我從來不存在。」

我膝蓋一定抖個不停，因為樹木突然間都在搖晃。我耳內可以聽見血液流動得比平日快，他的聲音聽起來好遙遠。

他溫柔的笑笑。「別擔心。妳是人類，妳的記憶不會永存。時間會治癒一切創傷。」

「那你呢？」聲音塞在我的喉嚨，好像嗆住似的。

「嗯，」他猶豫了一會才回答。「我不會忘記。但像我們這類族群……很容易就會分心。」他笑笑，笑容很平靜，但眼中沒有笑意。

他退後一步。「就這樣了，我想，我們不會再來煩妳了。」

後面這句話突然引起我的注意。我嚇壞了，我突然想起原本沒注意到的事。

「艾利絲不會回來了。」我突然瞭解。我不知道他是否聽見我說的，因為我並沒有說出聲音來，但他似乎完全瞭解。

他緩緩搖搖頭，還是盯著我看。

「是的。大家都走了，我留下來跟妳道別。」

「艾利絲走了？」我的聲音很空洞，完全不敢相信。

「她想跟妳道別，但我說服她，這樣乾脆的清楚了斷，對妳比較好。」

我覺得頭好暈，很難專心。他說的話在我腦中轉個不停，彷彿去年春天，在鳳凰城醫院，當醫生給我看X光片時，對我說的話：**妳可以看見清楚的斷裂。他的手沿著片子中我的骨頭移動。這樣很好，比較容易治療，也會比較快好**。

我試圖恢復正常的呼吸。我需要專心，得找出逃離這惡夢的方法。

「再見，貝拉。」他用同樣安靜平和的聲音說。

「等一下！」我哽咽地喊出來，想要抓住他，希望我麻木的腳能往前走。

我以為他會伸出手接住我。可是，他只是用冰冷的雙手握住我的手腕，壓制著將我雙手貼在身體兩側。他低下頭，唇輕柔地印在我額頭好一會。我情不自禁地閉上眼。

「好好照顧自己。」他低語，冰冷的氣息拂過我肌膚。

一陣輕柔，怪異的微風吹過，我趕忙睜開眼。他離開引起的微風，讓小小的藤楓樹葉微微顫動。

他走了。

拖著顫抖的雙腿，不理會我的行動全然無助的事實，我追進樹林。林中找不到他留下的腳印蹤跡——沒有腳印，沒有拂動的樹葉，但我想也沒想地就追了進去。我不知道還能做什麼，只是無意識的一直走。如果我再也看不到他，那一切都完了。

愛、生命、意義……都結束了。

我走了又走，時間對我來說沒有意義，我一再緩緩地推開一叢叢濃密的樹叢。過了好幾小時，卻像才過了幾分鐘。可能時間就此被冰凍住了，因為樹林看起來和我離開的地方一樣。我開始擔心自己其實是在繞圈子，小小的圈子，但我還是繼續走。我不斷被絆倒，天色愈來愈暗，我也不時跌倒。

最後我被某個東西絆倒，此時天色已經全黑。我不知道腳底絆住什麼東西，我乾脆躺下來，正面朝上曲起身子，這樣才能呼吸，整個人潰倒在潮濕的蕨叢上。

我躺著，知道經過的時間應該比我想像的還久，但我不知道從天黑到現在過了多久。這裡的夜晚一直都是這麼黑嗎？當然，一般說來，會有些隱約的月光，會透過雲層穿過頂上濃密的樹叢，灑落地面。

但今晚沒有。今晚的天空是全黑的。可能今晚沒有月光，月全蝕，新月之夜。

新月。我渾身顫慄，但不是因為冷。

天黑了很久之後，我聽見有人喊叫著。

有人大聲喊著我的名字。隔著包圍我的濕樹叢，聽得並不清楚，但絕對是在喊我的名字。我不知道是誰的聲音，我想回答，但我有點恍惚，隔了很久才想起我該回應。但那時候，喊叫聲已經消逝了。

又過了不知多久，雨打醒我。我不認為自己真的陷入昏睡，應該只是不醒人事的僵住了，我竭力維持麻木的感覺，因為拒絕承認我不想知道的真相。

下雨讓我有點煩。好冷。我原本用手臂環住腿，現在只得用手遮住臉。

此時，我又聽見喊叫的聲音。這一次距離更遠，有時聽起來，像是有好幾個不同的聲音都在喊。我試著深呼吸。我知道自己應該回應，但我不認為他們能聽得見。我要怎麼才能喊得夠大聲？

突然，我聽見另一個聲音，驚奇的離我好近。是一種動物似的鼻音，聽起來是隻大個子。我不知道自己應不應該害怕。我不怕，只是麻木。管它的呢。鼻音又離我遠去。

雨還在下，我能感覺雨水打在我臉頰。當我看到燈光，我鼓起所有的力量，讓自己維持清醒。

一開始，隱約的光線出現在遙遠方向的樹叢間。接著愈來愈亮，不像手電筒，而是大型的照明燈。燈光照進濃密的樹叢間，我認出那是瓦斯燈的亮光，但我只看見燈，因為強烈的燈光讓我一時什麼都看不清。

「貝拉。」

這聲音很低沉，不是我熟悉的聲音，但很大聲。他不是呼喊我的名字來找我，而是相當確定我的位置。

我揚起頭，看見頭上遠處有張黑色的臉龐望著我，怎麼會離我那麼遠呢？接著我才隱約想起，他離我這麼遠，是因為我躺在地面上看著他的關係。

「有人傷害妳嗎？」

我聽得懂他說的話，但我只是困惑的看著他。這很重要嗎？

「貝拉，我是山姆．烏利。」

我沒聽過這個名字。

「查理派我來找妳。」

查理？我心一沉，試著專心聽他說的話。其他都不重要，但查理不一樣。

高個子伸出一隻手。我眨眨眼，不確定該怎麼做。

他黑色的雙眼打量我好一會，然後聳聳肩。下一秒，他馬上動作，將我從地上拉起來，用雙臂抱住我。

我無力地癱在他身上，任由他抱著我穿過潮濕的森林。一部分的我瞭解到，這樣的情況，照理說應該讓我更沮喪——被一個陌生人抱著。但現在沒有什麼事情能讓我更沮喪了。

沒走多久，我聽見更多男性的聲音，看見更多燈光。當快走近那些騷動的人群時，山姆．烏利慢下腳步。

「我找到她了！」他用如雷的嗓音大喊。

喧鬧聲立刻安靜，接著變得更吵。我認不出眼前有哪些人，一片混亂中，我只認得山姆的聲音，可能是因為我的耳朵貼在他胸口。

「不，我認為她沒受傷，」他跟某人說：「她只是不停的說『他走了』。」

我真的有大聲說出來嗎？我連忙閉上嘴。

「貝拉，親愛的，妳還好嗎？」

這個聲音我絕對認得，雖然現在這個聲音有點破音又充滿擔憂。

「查理？」我的聲音聽起來既怪異又小聲。

「我在這裡，寶貝。」

我被傳過去，接著聞到我爸熟悉的警長夾克的味道。查理吃力地抱著我。

「也許讓我抱比較好。」山姆．烏利建議。

「我來就好。」查理有點喘不過氣。

他走得很慢，腳步有些蹣跚。我想告訴他放我下來，讓我自己走，但說不出話來。

到處都是燈，跟他一起走的群眾把燈提在手上，像遊行，也像葬禮進行曲。我閉上眼。

「寶貝，我們快到家了。」查理不時低語。

當我聽見開門聲，我睜開眼，我們已經抵達我家的前臺。那位名叫山姆，高大黝黑的人，為查理拉開門，同時一手伸向我們，好像萬一查理鬆手的話，他能抓住我。

但查理順利地抱我進門，將我放在客廳的沙發上。

「爸，我全身都濕了。」我無力的告訴他。

「沒關係，」他的聲音很粗啞。然後他對著某人說話。「毛毯在樓梯上的櫥櫃內。」

「貝拉？」另一個新的聲音喊著我。我看見一個灰髮的男子靠過來，幾秒後才認出來。

「葛蘭迪醫生？」我低聲說。

「沒錯，親愛的，」他說：「妳哪裡受傷了，貝拉？」

我花了好一會才聽懂他問的意思。前不久在森林中，山姆問過相似的問題，讓我的記憶有點混亂。但是山姆用的字有點不同：有人傷害妳嗎？他是這樣問的。這樣的不同似乎意義深長。

葛蘭迪醫生等我回答。一邊眉毛挑得高高的，前額的皺紋顯得更深了。

「我沒受傷。」我說謊。不過以他問的問題來說，這樣的答案其實也算是真的。

他溫暖的手按著我的前額，手指壓住我的脈搏。他看著手錶計算脈搏跳動，我讀著他的唇。

「妳發生什麼事了？」他若無其事的問。

我整個人僵住，喉嚨中充滿苦澀的味道。

「妳在森林中迷路了嗎？」他提醒我，我發現有幾個人在聽。其中有三個皮膚黝黑的男子，我猜應該是來自於拉布席印第安保護區下方海岸線的人家。其中一位就是山姆．烏利，他們站得離我很近，全都盯著我。還有紐頓先生、麥克、韋柏先生——安琪拉的父親，他們都用比奇怪還更猜疑的眼神看著我。廚房及門外傳來其他低沉的聲音。鎮上一半的人都出來找我。

查理離我最近，他靠過來聽我的回答。

「是的，」我低聲說：「我迷路了。」

醫生點點頭，想了一下，手指頭溫柔的檢查下巴喉頭，查理臉色更難看。

「妳累了嗎？」葛蘭迪醫生問。

我點點頭，乖乖的閉上眼。

「我想她沒事，」一會後，我聽見醫生對查理低聲說：「只是體力耗盡。讓她睡一會，我明天再過來看她。」他頓了一下，一定是看了看手錶，因為他接著補了句，「嗯，我今天晚點過來。」

接著只聽見這一群人走出去吵雜的腳步聲。

「這是真的嗎？」查理低聲問，聲音聽起來有點遠。我拉長耳朵聽。「他們全都走了？」

「庫倫醫生要我們什麼都別說，」葛蘭迪醫生回答：「新工作來得很突然，他們得立刻決定。卡萊爾不希望他的離開驚動大家。」

「小小的提示大家又無妨。」查理咕噥著。

葛蘭迪醫生回答，但聽起來有點不安。「沒錯，嗯，在這樣的情況下，是應該要說一聲才對。」

我不想再聽下去了，我將某人幫我蓋的毛毯拉起來，蓋住雙耳。

在半夢半醒間，我聽見查理低聲謝謝出來幫忙找我的自願者，一位一位感謝。當他們離開後，我感覺他用手指摸摸我額頭，然後拿另一床毯子幫我蓋上。電話響了好幾次，他都衝去接起來以免吵醒我。他低聲向來電者確定我沒事。

「嗯，我們找到她了。她沒事，只是迷路了。她現在很好。」他一次又一次地說。

當他決定在扶手椅上陪我度過夜晚時，我聽見椅子的嘎嘎聲。

幾分鐘後，電話又響了。

查理邊呻吟著掙扎起身，腳步蹣跚地衝到廚房。我縮在毛毯下蒙住頭，不想再聽同樣的對話。

「喂。」查理邊打呵欠邊說。

然後他的語調變了，當他再次開口時，聲音變得警覺。「哪裡？」停頓一會。「妳確定是在保護區外嗎？」又停頓一下。「但怎麼會在那裡燒起來呢？」他的聲音聽起來很擔心又困惑。「聽著，我會去看看。」

當他撥出去時，我更專注的聆聽。

「嗨，比利，是我查理。抱歉這麼早打給你……不，她沒事，還在睡……謝了。這不是我打來的原因。我剛接到史丹利太太的電話，她說從二樓窗戶看見海邊懸崖上有火，但我不是真的……喔！」突然他的聲音變得尖銳，有點不耐……或者說憤怒。「他們為什麼要這樣做？嗯嗯，真的嗎？」他諷刺的說：「嗯，不用抱歉，是呀，是呀，只要確定火沒擴散……我知道，我知道，我很驚訝他們在這樣的天氣還進行點火。」

查理猶豫了一會，然後不情願的補了句。「謝謝你派山姆和其他男孩來幫忙。你是對的，他們對森林比我們熟，是山姆找到她的，我欠你一次……那，不多談了。」他帶著不悅的語氣掛上電話。

查理轉身走回客廳時，仍舊咕咕噥噥的。

「怎麼了？」我問。

他立刻衝到我身邊。

「抱歉吵醒妳了，寶貝。」

「有東西燒起來了嗎？」

「沒事，」他向我保證。「只是懸崖那邊有些篝火。」

「篝火？」我聲音中沒有好奇，聽起來死氣沉沉的。

查理皺眉回答我：「保護區有些孩子鬧著玩。」

「為什麼？」我無精打采的問。

我應該告訴他，他其實不用回答的。他低頭看著腳下的地板，苦澀的說：「他們在慶祝。」

於是我想起原本早忘記的一些事，突然間，那些事一件件都拼在一起了。「因為庫倫家離開了，」我低語：「拉布席區的人不喜歡庫倫家，我幾乎忘記這一點。」

保護區的人，對冷血人有某種盲目的恐懼。傳統上，吸血鬼是他們的敵人，他們以身為大洪水和狼人的後代為榮。雖然大多數人認為這些都是故事、傳說。但有少部分人相當堅信。查理的好友，比利．佈雷克，就對此深信不疑。雖然他兒子雅各，認為他這樣的猜疑有點笨，比利還是警告過我，要我遠離庫倫家……

這名字突然喚醒我，一些我知道自己不願面對的事情浮上記憶。

「真是太離譜了。」查理氣急敗壞的說。

我們沉默的坐了好一會。窗外的天空不再漆黑。雨停之後，太陽也逐漸升起。

「貝拉？」查理問。

我不情願的抬起頭。

「他把妳一個人留在森林裡？」查理猜測。

我沒想到他這麼快就問出這個問題，我遲疑了一會，企圖轉開話題。「你怎麼知道去哪裡找我？」

「妳留下的紙條。」查理驚訝的回答。他從牛仔褲口袋拿出一個黑色皮夾，打開後拿出一張折疊過的紙，又髒又破，應該是反覆取出看了很多次。他打開，像展示證據那樣舉高。紙上的手寫字體，和我的字跡很像。

和愛德華去散步，很快就回來，貝拉。

「但妳一直沒回來，於是我打電話到庫倫家，但沒人接，」查理低聲說：「接著我打電話到醫院去，葛蘭迪醫生告訴我卡萊爾離開了。」

「他們去哪了？」我低聲問道。

他瞪著我，「愛德華沒告訴妳？」

我搖搖頭，整個人往後縮。聽見他的名字，讓我想起我不願回想的事，痛苦讓我無法呼吸，我對於痛楚的力量竟然如此強大感到驚訝。

查理邊回答邊狐疑的看著我。「卡萊爾獲得洛杉磯一間大醫院的工作機會，我猜他們付給他更高的薪水。」

夏季的洛杉磯是他們最不可能去的地方，我仍舊記得在舞蹈教室的那場惡夢……明亮的陽光讓他肌膚閃閃發亮——

想起他的臉，那痛楚幾乎將我撕裂。

「我想知道，是不是愛德華將妳一個人留在森林中。」查理堅持的問。

他的名字無異是另一次的酷刑折磨。我搖搖頭，狂亂絕望的想逃離這種痛楚。「那是我的錯，他把我留在看得到屋子的地方然後離開……但我想找到他。」

查理似乎說了些什麼孩子氣之類的。我摀住耳朵。「我不想再談這件事，爸，我想回我房間。」

趁他還來不及回答，我從沙發上蹣跚起身，急忙地衝上樓。

有人留了張紙條給查理，一張讓他能找到我的紙條。一種可怕的猜疑充斥我腦海，那一刻我突然想起來，我衝進房間，甩上門，上鎖。然後衝往床邊的CD音響。

屋內的一切和我離開時一模一樣，我按下打開鍵，蓋子緩緩彈開。

CD不見了。

芮妮給我的相本落在床邊的地板上，和我之前丟的地方一模一樣。我用顫抖的手把相本撿起來。

我一打開第一頁，就知道不用再翻開後面的了。小小的四個金色邊角中央並沒有照片，只剩下我自己手寫的字跡：愛德華．庫倫、查理的廚房、九月十三日。

我當場愣住，可以確定，他考慮得十分周詳。

就像我從不曾存在似的，這是他的承諾。

我感覺自己跪倒，膝蓋碰觸到光滑的木頭地板，接著是手掌心，然後是我的臉頰。我多希望我就這麼昏過去，但世事未能盡如人意，我並沒有失去意識。在此之前，我只是感到一陣陣的心痛，但現在，痛苦變得更加難以忍受，愈來愈強，淹沒我的腦海，拖我下沉，不斷下沉。

我無法掙脫，終至滅頂……

October

10月

November

11月

December

12月

January

1月

chapter 4

甦醒

「妳什麼都沒做，這就是問題——妳什麼都不做。」

「你要我惹上麻煩嗎？」

我被弄糊塗了，不解的皺著眉。

我試著想專心，好聽懂他說的話。

這可真不容易，我已經習慣什麼都不在意，耳朵已經練就聽而不聞的本領了。

「就算惹上麻煩，也比妳……死氣沉沉的好。」

時間流逝。即使看來似乎不太可能，即使流逝的分秒滴答，都像一個瘀青傷痕背後的血液跳動，讓我痛苦不已。然而時間茫然的流逝，有時奇怪的恍恍惚惚，有時又是無盡的平靜，但還是慢慢過去，我也漸漸熬過來了……

查理的拳頭重重地擊打在餐桌上。「夠了，貝拉！我要送妳回家。」

我原本低頭在吃玉米片，其實不算在吃，是在沉思，而查理的話讓我震驚的抬頭望著他。我一直不怎麼專心聽他說話，老實說，我根本沒注意到他在跟我說話，我不曉得他是什麼意思。

「我是在家呀。」我困惑的低聲說。

「我要送妳回傑克遜維芮妮的家。」他清楚的說明。

查理用惱怒的眼神看著我緩緩意會出他的意思。

「我做了什麼？」我臉一沉。這真不公平，過去四個月我的舉止都很良好呀。事情過後的第一週，雖然我們都沒再提起，但我沒錯過任何一堂課或工作，我的分數還是很高。我也都在宵禁規定時間前就回到家，我不會去任何會讓我晚回家的地方。我還幾乎每天都做飯。

查理還在吼個不停。

「妳什麼都沒做，這就是問題——妳什麼都不做。」

「你要我惹上麻煩嗎？」我被弄糊塗了，不解的皺著眉。我試著想專心，好聽懂他說的話。這可真不容易，我已經習慣什麼都不在意，耳朵已經練就聽而不聞的本領了。

「就算惹上麻煩，也比妳……死氣沉沉的好。」

這句話傷了我。我一直很小心，不想讓他看出我的陰鬱，更別說是死氣沉沉了。

「我又不是一直都死氣沉沉。」

「錯，」他不情願的修正。「死氣沉沉還算好聽的了，應該說妳什麼都不做。妳只是……槁木死灰的生活著。貝拉，我認為這才是真正足以形容妳的字眼。」

這指控切中要害。我嘆口氣，試圖讓自己的反應多一些活力。

「爸，我很抱歉。」連我都覺得自己的聲音聽起來平淡無力。我以為自己能騙過他，我之所以這麼努力假裝，就是不希望讓查理難過。一想到我的努力竟然白費了，真讓人沮喪。

「我不是要妳道歉。」

我又嘆口氣。「那告訴我，你要我做什麼。」

「貝拉，」他猶豫了一會，仔細觀察我的反應，小心斟酌接下來要說的字眼。「寶貝，妳不是第一個經歷這種事的人，妳知道的。」

「我知道。」我裝出無奈的表情，但虛弱萎靡的神情沒什麼用。

「聽著，寶貝，我想——妳可能需要一些幫助。」

「幫助？」

他頓了頓，尋找適合的字眼。「當妳母親離開，」他皺著眉開口說：「一起將妳帶走時，」他深深吸口氣，「嗯，對我來說，那段日子真是難熬。」

「我知道，爸。」我低聲說。

「但我熬過來了，」他指出重點。「寶貝，妳還沒熬過來。我一直等著，希望情況能逐漸好轉。」他看著我，我馬上低下頭。「我想，我們都知道情況一直沒有變好。」

「我很好。」

他不理我。「可能，嗯，可能妳該找個人談談。一位專家。」

「你要我去看心理醫生？」當我聽懂他的目的時，我尖叫出來。

「那樣可能會有幫助。」

「我對精神分析不怎麼瞭解，但我相當確定，除非實驗對象能相對誠實，否則沒多大用處。當然，我可以說實話，如果我希望下半輩子都在瘋人院度過的話。」

他看我一臉頑固，於是改用另一招。

「我已經無能為力了，貝拉，也許妳母親——」

「好吧，」我用有氣無力的聲音說：「如果你要的話，我今晚會出去。我會約小潔或安琪拉。」

「這不是我要的，」他沮喪地和我爭辯。「我沒辦法看著妳這樣努力虛假的過日子。妳是我看過偽裝得最認真的人。看妳這樣過日子，讓我更痛心。我不忍心再看下去了。」

我假裝聽不懂，低頭看著桌子。「我被你弄糊塗了，爸。你先因為我什麼都沒做而生氣，然後你又說你不要我出去。」

「我要妳快樂，不，我沒這麼貪心。我只希望妳別再那麼悲傷。我想，如果妳離開福克斯，妳可以有更好的機會。」

我眼中閃過一絲想法，我很久沒有這樣思考了。

「我不會離開的。」我說。

「為什麼？」他追問。

「我只剩最後這一學期，這樣會毀了一切。」

「妳是個好學生，妳可以熬過來的。」

「我不想回去和媽及費爾一起住。」

「妳媽很希望妳搬回去。」

「佛羅里達太熱了。」

他的拳頭再次重擊在餐桌上。「我們都知道這裡真正發生的事，貝拉，這對妳不好。」他深吸口氣。「已經好幾個月了，沒有電話、沒有信、沒有聯絡。妳不能一直這樣等他。」

我怒視著他。熱氣慢慢上升，衝到我臉龐——我已經好久沒有因為情緒而漲紅臉了。

他明知道，我不准他提起這件事的。

「我沒有在等任何事，我也不期望任何事。」我用死板板的語氣說。

「貝拉——」查理再次開口，聲音很激動。

「我得去上學了。」我打斷他，站起來，推開我根本沒吃的早餐，將碗放在水槽內，但沒洗。我不能再和他談下去了。

「我會約潔西卡，」我背起學校背包，轉頭大喊，不敢迎上他雙眼。「我可能不會回家吃晚飯，我們會去安吉拉斯港看看電影。」

我在他還來不及反應前走出大門。

因為急著逃離查理，我成為第一個到校的學生。好處是我停到很棒的停車位，壞處是我有太多自由時間，而我一直都想避免有自由時間。

在我開始回想查理對我的指控前，我已經快速地拿出我的數學課本，打開到今天要上的章節，試圖看懂書中的內容。讀數學課本比聽數學課還難受，但我已經很拿手了。過去幾個月，我花在數學上的時間，比以前還多出十倍，結果讓我維持A⁻的分數，我知道瓦納先生認為我的進步全歸功於他卓越的教學技巧，如果這能讓他高興，我不會打破他的美夢。

我強迫自己待在停車場，等到車都快停滿了，才衝進英文課教室。這堂課要讀的是「動物農場」，是一本輕鬆的讀物。我不介意共產社會主義，在經歷精疲力竭的羅曼史後，如果課程都能像這樣，我倒挺歡迎的。我坐好後，心不在焉的聽著伯特先生講課。

在學校的時間總是過得很快。下課鈴很快就響起，我開始收包包。

「貝拉？」

我認出這是麥克的聲音，他還沒開口我就知道他想說什麼。

「妳明天要上班嗎？」

我抬起頭，他靠在走道旁，臉上帶著焦急的神情。每週五他都問我同樣的問題。根本不管我從未請過病假。嗯，唯一的例外是幾個月前那一次，但他沒理由這麼關心我是否去上班，我可是模範員工。

「明天是週六不是嗎？」我說，這正是查理之前對我說的話，我這時才瞭解到，我的聲音是多麼的死氣沉沉。

「嗯，是啦，」他同意。「西班牙文課見。」他揮揮手，轉身離開，並沒打算陪我走去上課。

我步履艱難的走向數學課教室，這堂課我坐在潔西卡旁邊。

已經過了好幾週，也許過了好幾個月，我在大廳經過小潔身邊時，她都沒跟我打招呼。我知道自己不愛交際的態度惹惱她，她很生氣。現在想跟她談談的話，應該不太容易，特別是我想請她幫忙。我在教室外徘徊，小心地拿捏態度，不斷預演。

我知道自己得從事一些社交活動，否則無法再面對查理。我知道我沒法騙他，但也許我可以獨自一人開車去安吉拉斯港再開回來，這樣我車子的里程表才會顯示正確的里程數字，預防他會檢查的可能，這個方法挺吸引我的。潔西卡的母親是本鎮最大的八卦中心，讓查理愈早遇見史丹利太太愈好。等他遇見了，那我向他提起時，他就不會產生懷疑。謊言就完成了。

嘆口氣，我衝進門打開的教室。

瓦納先生給我一個白眼，他已經開始上課了。我衝到坐位上，當我坐在她旁邊時，潔西卡並沒抬頭看我。我很高興我有四十五分鐘能預習。

這堂課過得比英文課還快。部分是因為我早上在卡車內預習過，但主要原因則是，當我想進行某些不情願的事情時，時間總是過得比較快。

當瓦納先生提早五分鐘宣布下課時，我沉下臉。他的笑容彷彿表示，他提早下課是給我們很大的恩惠。

「小潔？」我諂媚的擠眉弄眼喊她，等著她轉向我。

她還是坐在位置上，半轉過身子面向我，眼神充滿懷疑。「妳在跟我說話嗎，貝拉？」

「當然。」我睜大眼裝無辜。

「怎麼啦？妳數學有不懂的地方嗎？」她的語氣有點諷刺。

「不是，」我搖搖頭，「老實說，我想知道妳是否願意……今晚和我一起去看電影？我真的需要一個姊妹淘之夜。」我知道自己說的話聽起來很虛假，並沒表達出真情切意，她一臉懷疑。

「妳為什麼想找我？」她的態度仍舊不甚友善。

「當我想到姊妹淘之夜時，妳是我想到的第一人選。」我投以微笑，希望我的笑容夠真誠。但這其實也是事實。當我想到我得避開查理時，她的確是我腦海中浮現的第一個人，所以我不算騙她。

她的反應似乎有點緩和，「嗯，我不知道。」

「妳有約了嗎？」

「沒有……我想我可以跟妳一起去。妳想看什麼？」

「我不確定現在有哪些片子。」我模稜兩可的說。這有點棘手，我趕快回想，最近聽人提起的那部片子是什麼？我記得自己看過一張海報。「那部關於一位女總統的故事的片子如何？」

她古怪的看著我，「貝拉，那部早就下片了。」

「喔，」我皺眉。「那有哪部片子是妳想看的嗎？」

潔西卡習慣把思考的內容大聲說出來。「嗯，有一部新的愛情喜劇片，口碑不錯，我想看那一部。我爸剛看完《死路》，他很喜歡。」

我連忙抓住這個主題。「那部片的內容是關於什麼？」

「殭屍之類的，他說那是他看過最嚇人的一部影片。」

「聽起來不錯。」我寧願看殭屍片也不要愛情片。

「好吧。」她似乎很驚訝。我試圖回想自己之前是否愛看恐怖片，但無法確定。「妳要我放學後去接妳嗎？」她主動建議。

「好呀。」

潔西卡離開前，給我一個猶豫的親切笑容，向我道別。我愣了一會才微笑以對，我想她應該有看見。

接下來的時間過得很快，我滿腦子都專心在今晚的計畫。我從經驗知道，和潔西卡聊天時，只要適時的嗯哼應答即可，我可以自由的思索自己的事，只要抓準反應的時機就行了。

這一天我過得很茫然，當我突然發現自己已經回到房間內時，感到相當震驚，我完全不記得我開車回家，或打開家門的過程。但這並不會讓我感到困擾，我最近常有這種失去時間的情況。

我不理會這種茫然感，對著衣櫥發呆。這時，我發呆茫然的情況又會特別嚴重。我心不在焉的拉開衣櫥門，從左邊一堆衣物中翻找，壓在下面的是尚未穿過的衣服，就隨便抽了出來。

我也沒再注意那個黑色塑膠袋，裡面裝的是我前次生日拿到的禮物，也沒發現音響的邊角已經快要扎破塑膠袋了，我也不再回想，之前為了將這音響從我車上拔下來時，把指甲弄得遍體鱗傷……

我隨手一扯，將牆上掛的一個很少使用的皮包給扯了下來，用力甩上門。

剛好，我聽見喇叭聲響起，我趕忙將書包內的皮夾取出，塞到皮包內，接著迅速衝下樓，好像這樣衝就能讓今晚過得快一點似的。

我打開大門之前，朝玄關的鏡子打量自己一眼，努力擠出一個笑容，希望這個笑容能保持久一些。

「多謝妳今晚陪我。」我邊爬上車邊對小潔說，並努力裝出感激的聲調。我已經很久沒跟查理以外的人說話了。面對小潔更是困難。我不確定該用什麼樣的情緒和她說話。

「這不算什麼。對了，是怎麼回事？」小潔邊把車開動邊問。

「什麼怎麼回事？」

「為什麼妳突然決定……出門？」聽她的語氣，她原本打算問的並不是這個。

我聳聳肩。「只是認為需要改變改變。」

我認出收音機播的歌，於是伸出手想轉臺。「妳介意嗎？」我問。

「不會，自己動手吧。」

我一臺臺輪流轉動，直到找到一臺我覺得沒有大礙的。當我新選定的頻道的音樂充滿車內，我偷瞄小潔的神情。

她斜眼看著我，「妳什麼時候改聽饒舌樂了？」

「不知道，」我說：「好一陣子了吧。」

「妳喜歡？」她懷疑的問。

「當然。」

如果我繼續停留在音樂的話題上，很難與小潔互動，於是我隨著音樂點頭，希望能跟得上拍子。

「好吧……」她睜大眼，望著前方。

「妳跟麥克近來如何？」我很快地轉變話題。

「妳比我更常看見他。」

這個話題顯然沒達到我預期的效果。

「工作時很難聊天，」我咕噥，然後再接再厲。「妳最近有跟誰約會嗎？」

「沒有，我有時會和康納出去。兩星期前，和艾瑞克出去過一次。」她翻翻白眼，我察覺這會是個能聊很久的話題，於是抓住機會。

「艾瑞克．約基？誰約誰的？」

她呻吟著，但整個人立刻變得活潑多了。「當然是他！我找不到理由拒絕。」

「他帶妳去哪裡？」我心知她對我這麼感興趣的追問，一定會願意說更多的。「告訴我嘛！」

她立刻興致勃勃的開始敘述，我調整好坐椅，讓自己更加舒服。我相當專心，不時咕噥些贊同的話，或是在她述說討厭恐怖之事時配合的大喊大叫。當她說完她和艾瑞克的故事後，她毫不遲疑繼續敘說康納和她的事。

電影開演得很早，所以小潔認為我們應該先看黃昏場，再吃晚餐。她說什麼我都贊同，畢竟，我已經得到我要的——不用再面對查理。

放預告片時我仍讓小潔不斷說話，這樣我能更容易不理會影片。但等電影開始放映後，我變得緊張。一對年輕愛侶在海邊漫步，手牽著手，虛情假意的情話綿綿。我抗拒用手矇眼的衝動，不斷呻吟。我說過不想看愛情片的。

「我以為我們挑的是殭屍片。」我不滿的對潔西卡低聲說。

「這是殭屍片呀。」

「那為什麼還沒有人被吃？」我絕望的問。

她睜大眼看著我，一副被打擾的模樣。「我確定馬上就會演到了。」她低聲說。

「我去買些爆米花。妳要什麼？」

「不，謝了。」

有人在背後噓我們噤聲。

我在糖果櫃檯消磨時間，看著時鐘，暗自想著，九十分鐘的電影，會花多少時間在浪漫愛情上。我想最多十分鐘，但我重新走回戲院包廂內時，仍舊先在門口徘徊了一會，以防萬一，我聽見喇叭傳來尖叫聲，所以知道應該差不多可以進去了。

「妳錯過一切，」當我重回坐位時，小潔低聲說：「現在每個人幾乎都變成殭屍了。」

「排了很久。」我給她一些爆米花。她接過去。

電影的其他部分包含了可怕的殭屍攻擊，及少數人僥倖逃生後無盡的尖叫，生還者人數減少得很快。照理說應該沒有什麼會影響我自己冥想，但我發覺不太容易，一開始我不確定為什麼。

直到影片快結束時，我看著憔悴的殭屍，蹣跚追趕最後一個尖叫的生還者，我才找出原因。螢幕不斷播放偉大英雄驚恐的臉，以及追趕他那死亡、無情殭屍的臉，還有兩人前前後後來來回回追逐的近距離畫面。

我突然發現這很像我的現況。

我站起來。

「妳要幹麼？沒兩分鐘又要出去。」小潔噓我。

「我要喝飲料。」我邊走出去邊低聲說。

我坐在戲院包廂門外的長椅上，努力要自己不要回想這一切有多諷刺。但真的夠諷刺的了，我費盡心思，沒想到最後卻被一個殭屍捉弄。這我事先倒沒想到。

我不是沒夢想過成為一個神話般的怪物，只要不是變成一個奇形怪誕、逼真的屍骸即可。我搖搖頭打斷思緒，感覺很痛苦，但我還是忍不住回想我之前希望過的夢想。

此刻我絕望的發現，我不是英雄，我的故事結束了。

潔西卡從戲院包廂門走了出來，猶豫了一會，可能不知該去哪找我。當她看到我，似乎鬆了口氣，但馬上就對我露出不高興的表情。

「這部片對妳來說太可怕嗎？」她問。

「嗯，」我同意她的看法。「我想我是膽小鬼。」

「真有趣。」她皺眉。「我不認為妳被嚇到了，我一直尖叫，但我沒聽見妳尖叫，一聲都沒有。我真不知道妳為什麼要出來。」

我聳聳肩。「只是害怕。」

她似乎放鬆了一些。「這是我看過最可怕的電影。我敢說我今晚一定會作惡夢。」

「沒錯。」我想讓聲音正常些。我今晚也一定會作惡夢，但不會是殭屍。她眼神在我臉上游移，可能我的聲音偽裝得還是不夠正常。

「妳想吃什麼？」小潔問。

「都行。」

「好吧。」

我們一邊走，小潔則開始談起男主角。當她滔滔不絕地說男主角有多帥時，我頻頻點頭附和，卻一點都記不得男主角的長相。

我沒注意小潔帶著我往哪走，只是朦朧的感覺周圍又暗又安靜。過了好久我才發現為什麼如此安靜，因為潔西卡已經停止淘淘不絕的談話。我抱歉的看著她，希望不是因為我的反應而傷害了她的感情。結果潔西卡並不是因為我。她神情緊張，向前直視，走得很快。發現我注意著她，她眼神很快的瞄向右邊的馬路對面，然後又直視前方。

我這才第一次專心打量著四周。

我們走在一條長長的小路，人行道不太明亮。街邊的小店已經打烊，連櫥窗都關上了。前方半條街都是漆黑一片，再往前才有街燈。我看見遠遠盡頭處那道麥當勞的金色拱門，正是小潔想快步走到的目標。

馬路對面，有一間仍在營業的店。窗戶由內部遮住看不見裡面，店外有著霓虹招牌，廣告各式啤酒品牌，閃閃發亮。最大的招牌是明亮的綠色，顯示著酒吧的名字——獨眼皮特的店。我好奇店內是否以海盜做為裝潢主題，但從外面看不見。金屬大門敞開，看得到裡面極為昏暗，低沉的噪音傳到街上，從這兒都聽得見冰塊在玻璃杯內鏗鏘的聲響。有四名男子倚著門旁的牆壁。

我將注意力轉回潔西卡。她仍然專注著眼前的路，迅速的往前走。看起來並不害怕，只是小心翼翼，試著別讓自己引人注意。

我暫時停止剛才的胡思亂想，又回頭看著那四名男子，這感覺似曾相識。雖然街道不同，是不同的夜晚，但場景神似。有一位也是又壯又黑。發現我停下腳步，轉身看著他們，其中一個感興趣的抬起頭。

我也瞪回去，整個人僵在人行道上。

「貝拉？」小潔低呼：「妳在幹什麼？」

我搖搖頭，自己也搞不清楚。「我想我認識他們……」我結結巴巴地說。

我在幹什麼？我應該盡量擺脫這個記憶，在我腦海中封鎖這四個懶洋洋的男子，讓自己維持麻木茫然，這樣我才不會受到影響。我幹麼要停在街上發呆？

多麼巧合，我和潔西卡在安吉拉斯港時，也同樣走在黑暗的街上。我專注盯著那名男子，與我記憶中，一年前，在那一夜威脅我的人，進行比對。但就算真的是他們，我不知道自己是否認得出來。我記憶中那個特別的夜的特別場景，如今已模模糊糊。我的身體倒是記得比腦中的記憶還深刻。當我猶豫不定著該跑還是站在原地時，雙腿緊張得不得了；當我掙扎著想大聲發出尖叫時，喉嚨卻乾澀不已；我想將手握成拳頭，卻發現手指關節僵硬；當那名黑髮男子叫我「甜心」時，我頸背全都是雞皮疙瘩……

這些人模糊暗示的言行，和之前那一晚的人，完全不同。我突然瞭解，他們不過就是一群陌生人，雖然這裡很暗，雖然他們人數比我們兩人多，但就只是這樣而已。接著潔西卡擔憂的聲音打斷我的思緒，她在我背後喊著。

「貝拉，走吧！」

我不理她，緩緩向前走著，不自覺地向那邊移動。我不知道原因，但那個男子所呈現的隱隱威脅，將我引向他們。這是一種不自覺的衝動，我已經很久沒有這種衝動了……我跟著本能走。

我的脈搏中傳來不熟悉的悸動，腎上腺素，我突然瞭解，這正是我長期缺乏的東西，如今沿著我的脈搏很快的衝刺，和我麻木的感官產生衝突。這感覺好奇怪，既然不恐懼，為什麼還會產生腎上腺素？好像我此刻回到前一次的場景，回到安吉拉斯港黑暗的街道上，和那群陌生人產生的回應。

我沒有害怕的理由。我無法想像，在這世界上還有什麼事能讓我害怕，至少心理上不會有。這是變得麻木，失去感覺的好處之一。

我跨越馬路，正走到一半，小潔抓住我的手臂想阻止我。

「貝拉！妳不能進去酒吧！」她氣急敗壞的說。

「我沒打算進去，」我粗魯的甩開她的手。「我只是想看看……」

「妳瘋了嗎？」她低聲說：「妳要自殺嗎？」

這問題抓住我的注意力，我雙眼瞪著她。

「不，我沒有。」我帶著防禦的口氣回應她，但我說的是真的。我沒有要自殺。就算一開始，死亡毫無疑問能帶來解脫，我都沒考慮過。我欠查理太多。我覺得對芮妮也有責任，我得為他們想想。

而且我承諾過，絕不做任何蠢事或魯莽行事。因為這些原因，我至今還活著。

想起我的承諾，我頓感內疚，不過我不認為自己現在做的事算是蠢事。這又不像割腕之類的。

小潔雙眼睜得圓大，嘴半張。她說自殺其實是種誇張的說法，我太當真，沒及時察覺。

「去吃東西吧，」我鼓勵她，朝快餐店方向揮比。我不喜歡她看我的眼神。「我一會就過去。」

我轉身離開她，再次朝那男子走去，他用頑皮好奇的眼神看著我們。

「貝拉，馬上停下來！」

我全身僵住，無法行動地站在原地。這不是潔西卡斥責的聲音。這是發怒的聲音，熟悉的聲音，美麗的聲音。雖然語帶怒氣，但仍舊像像天鵝絨般輕柔。

這是他的聲音，我異常小心的避免想起他的名字。而且我很驚訝，這個聲音竟然沒讓我膝頭一軟，沒被沮喪折磨得跪倒在人行道上。這一點都不痛苦，完全不會。

我一聽到他的聲音，一切事情馬上都變得清清楚楚。好像我的頭，突然間從某種黑洞中抽離。我的感官現在能夠察覺一切——招牌、聲音、冰冷空氣，我沒發現冷空氣銳利地掃過我臉龐，以及從敞開的酒吧門內散發的氣息。

我震驚的望著四周。

「回到潔西卡身邊，」那可愛的聲音命令我，但還是很生氣。「妳答應過我不做傻事的。」

我一個人站著。潔西卡站在離我幾呎遠的地方，雙眼恐懼的望著我。倚著牆的陌生人困惑的看著我，狐疑我想幹什麼，怎麼會站在馬路中央，動也不動。

我搖搖頭，想弄清楚。我知道他人不在這兒，但感覺他離我好近，這是自從……自從我們結束後，第一次這麼靠近我。他聲音中的憤怒充滿關切，這種憤怒我原本很熟悉，我覺得好像已經一輩子都未曾聽過了。

「妳說到要做到。」聲音漸漸遠離，好像音量被關小聲的收音機。

我開始懷疑自己是不是得了妄想症。沒錯，一定是被回憶觸發的。因為這似曾相識的場景，奇特的和那一夜如此相似。

我在腦中快速思考所有的可能性。

可能一：我瘋了。這是一般人聽見腦海中有聲音時的普遍性看法。

可能。

可能二：我的潛意識提供我想要的東西。痛苦造成的短暫鬆懈，腦海中產生不正確的念頭——他關心我的生死，所以潛意識滿足我的希望。腦海中反射的是我的希望——第一個是：如果他在這裡，第二個是：他關心我的遭遇。

可能。

暫時我還沒想到第三種可能。所以我希望是第二個可能，我的潛意識發揮過了頭，這樣想，總比認為自己該進醫院治療好些。

不過，我的反應一點都不正常，因為我太高興了。我一直害怕從此再也聽不見他的聲音，其他什麼都可以不要，唯獨他的聲音不行。我頓時滿懷感激，感謝我的潛意識讓我再度聽到他的聲音。

我不可以再想他。這是我一直嚴格禁止自己的。當然我不可能完全做到，我畢竟是人。但我練習得愈來愈好，所以我能避免再度感到痛苦，一直維持到現在。但這樣練習的結果是，我變得無窮無盡的麻木茫然。在痛苦和麻木中間，我選擇麻木。

我等著痛苦再度來襲。我不要麻木，經過這幾個月的麻木後，我的感官如今變得不尋常的緊張，但正常的痛苦已經不再產生。如今唯一的痛楚來自絕望，因為我再也聽不見他的聲音了。

還有第二個選擇。

聰明的做法是不要被這消極的可能發展，繼續影響我——這絕對是神志不清造成的。如果繼續鼓勵這種妄想，那就太愚蠢了。

可是他的聲音消失了。

我向前走一步，想測試。

「貝拉，轉回去。」他怒吼。

我鬆口氣，安心了。這正是我想要聽到的憤怒聲，是他仍然關心我的證明，雖然不真實，是我自己杜撰出來的，來自我的潛意識。

我花了一會時間，慢慢理出頭緒。我的小觀眾還是好奇的注視著我。可能我看起來一副無法決定該不該過去找他們的樣子。他們怎麼可能猜得出來，我站在此地，竟然是為了享受意料之外的精神錯亂的那一瞬間！

「嗨。」其中一位男子朝我喊叫，他的語氣充滿自信及挑逗。他有著一頭金髮，是個白人，站的姿勢和神情，顯示出他對自己的長相充滿自信。我說不出來他到底帥不帥，因為我心中已經有先入為主的對象。

我腦中的聲音還是不停的咆哮。我笑了，那充滿信心的男子，好像認為我在鼓勵他。

「我能幫忙嗎？妳好像迷路了。」他笑笑說。

我小心停下腳步，站在路邊的排水溝旁，溝底黑水深不見底。

「不用了。我沒有迷路。」

現在我離他們夠近了，但我覺得雙眼很難集中注意。我研究那個壯黑個的臉龐，看起來卻不再面熟。我頓時有種難以解釋的失望感，他並不是一年前，想傷害我的那個壞人。

我腦中的聲音又消失了。

矮壯男人注意到我的凝視。「我能請妳喝杯飲料嗎？」他有點緊張，似乎認為我只盯著他一個人看，是打算挑逗他。

「我太年輕了。」我不自覺的回答。

他有點困惑，不知道我為什麼要走近他們，我覺得應該解釋。

「從對街看，你很像我認識的一個人，抱歉，我認錯人了。」

某種被威脅的情緒讓我不自覺地走過馬路，但那種威脅感已經消退。這和我記憶中的危險男子完全不同，他們應該是好人。安全了，我也失去興趣了。

「那沒關係，」充滿信心的金髮男子說：「過來和我們聊聊。」

「謝謝，但我不過去了。」潔西卡在馬路中央猶豫著，她睜著大眼，眼中充滿憤慨和氣憤我的背叛。

「喔，待幾分鐘嘛。」

我搖搖頭，轉身回去與潔西卡會合。

「我們去吃東西吧。」我建議，但不敢看她。雖然很明顯地，我有好一會不會再被她敘述的殭屍片情節分心，但我還是與她保持疏離。我滿腦子都是剛剛發生的事。原本的安全、麻木、無精打采的感覺不再存在。但接著我每分每秒都感到焦慮，擔心無法再聽到他的聲音。

「妳在幹什麼？」潔西卡頓聲問，「妳又不認識他們，他們可能是瘋子。」

我聳聳肩，希望她能放棄這個話題。「我以為我認識其中一個人。」

「貝拉．史旺，妳真是個怪人。我覺得我不認識妳了。」

「抱歉。」我不知道還能說什麼。

我們沉默地走到麥當勞。我敢說，她一定希望我們是開她的車從戲院過來這裡，而不是走路過來，這樣她就能在得來速買。她現在十分渴望今晚快點結束，就像我之前一樣。

我們吃東西時，我找了好幾次話題想跟她聊天，但潔西卡不太合作。我想我是真的惹毛她了。

當我們回到車上，她打開收音機，轉到她最喜歡的電臺，把音量開得很大，這樣我們就不必聊天。

我無須費心就能無視電臺聲音的存在。雖然現在我的腦海，第一次不再是麻木空洞，有太多事我得弄清楚，沒空理會音樂聲。

我等待著，等著麻木，或是痛楚的感覺再度回來，因為我確信痛楚一定會再來。我打破我的個人原則，不再趕走回憶，反而迎向回憶。我聽見他的聲音，在我的腦海中，清清楚楚。我很確定，接下來的日子，我會不斷回憶，然而現在我已經找不回原本保護著自己的麻木茫然了。我渾身警覺，這嚇壞了我。

但我全身至今最強烈的情緒仍舊是解脫，解脫來自我的靈魂深處。

我愈是努力不去想他，就愈不容易忘記他。夜深時，當無法入眠的精疲力竭，打破我的防備，我擔心，自己對他的記憶將會消逝。有一天，我將再也想不起他眼珠的顏色、他冰冷肌膚帶給我的感覺、或是他聲音的特質。我可以不再想，但我一定不能忘記。

因為那是唯一我相信、讓我活著的證據，我要知道他真的存在過。只要這樣就好，其他一切我都能忍受，只要他真的存在過。

這正是為什麼我現在變得願意待在福克斯的原因，也是為何當查理建議我改變時，我與他爭辯的原因。但老實說，我留不留應該無所謂，因為他們都不會再回來了。

然而，一旦我搬去傑克遜維，或是其他明亮和不熟悉的地方，那我要如何才能確定他真的存在過？在一個我無法想像他的地方，我的信念將會漸漸遺忘……那樣我真的會活不下去。

不准自己再去回想，卻又不敢忘記，真難拿捏。

我驚訝的發現潔西卡已經將車停在我家門前。回來的路途好像沒花多少時間，短得多。我沒辦法想像潔西卡竟然這麼久都沒說話。

「感謝妳陪我出來，小潔，」我邊打開車門邊說：「今晚真的……很有趣。」我希望有趣是個正確的字眼。

「當然。」她低聲說。

「看完電影後的那……我很抱歉。」

「算了，貝拉。」她望著前方的擋風玻璃，並沒有看我。她似乎更生氣了。

「星期一見？」

「好，再見。」

我放棄，關上車門。她立刻開走，還是沒看我一眼。

我一走進屋內就忘了她。

查理在客廳中央等我，手臂緊緊交叉環在胸前，手握成拳。

「嗨，爸。」我心不在焉的說，避開查理，直接往樓梯走去，我想在被他逮住前上樓。

「妳去哪了？」他追問。

我驚訝的看著父親。「我和潔西卡去安吉拉斯港看電影。我早上說過了。」

「嗯哼。」他悶哼一聲。

「有問題嗎？」

他研究我的神情，雙眼圓睜，好像看到某種意料之外的東西。「嗯，沒事，玩得開心嗎？」

「當然，」我說：「我們看殭屍吃人，很好的電影。」

他眯起眼。

「晚安，爸。」

他這才讓開，我急忙衝進房間。

我在床上躺了幾分鐘，痛楚漸漸浮現，我躺不下去了。

這痛楚如此嚴重，就像我的胸口被打出一個大洞，裡面所有的器官都被割除，什麼都不剩，大洞邊緣形成的傷口，無法治癒，隨著時間經過，心仍在跳動，傷口也不斷流血。理智告訴我，我知道我的肺一定沒事，但我還是喘不過氣似的，頭昏腦脹，天旋地轉，好像我所有的努力全都無效。我的心也一定還在跳，但我的耳中聽不見脈搏的跳動聲，我覺得雙手發冷黑青。我縮起身子，環抱著自己。我低聲尖叫，我想忍住，但怎麼都忍不了。

還有，我發現我活下來了，我全身警戒，感覺到痛楚，痛楚從我胸口向周圍發散，一波波的痛楚掃過我的肋骨和頭，但我還忍得住，我可以撐過的。痛楚慢慢減弱，好像我慢慢能控制得住了。

新月

無論今晚發生什麼事，無論是因為殭屍、腎上腺素，或是幻想，都喚醒了我，讓我開始承認真相。這麼久以來第一次，我不知道明早該期望什麼。

chapter 5

騙子

我們偷偷摸摸回到那簡陋的車庫，我想著自己的好運。

只有青少年才會同意這件事：

欺騙我們的家長，

挪用我的大學基金來維修危險的交通工具。

他似乎不覺得這有什麼不妥。

雅各真是上帝賜給我的禮物。

「貝拉，妳怎麼不休假？」麥克建議，不過他雙眼並沒看著我，而是避著我。我心想，不知要等多久，他才會不那麼注意我。

紐頓商店的午後時光十分緩慢。當時店內只有兩位顧客，從他們的對話中，就能知道兩人都是徒步旅行愛好者。麥克下班前的一小時，都耗在和他們討論其中兩款輕材質背包的優缺點。但討論到一半，他們忽然談起近期各自在旅行時經歷的驚險過程，熱烈較勁，麥克就趁他們分心時溜走。

「我不介意上班。」我仍舊無法拋開我茫然麻木的防禦罩，今天一切都變得古怪又吵雜，好像我把耳塞拔走似的。那兩位旅行者的談笑聲，我試著聽而不聞，但一點都沒用。

「我告訴你，」矮胖男子說，他留著橘色山羊鬍，和他一身黝黑肌膚挺不搭調。「我在黃石公園曾經近距離看過一群灰熊，但是牠們都沒有這隻那麼大。」他的鬍子都糾纏在一起，衣服看起來似乎穿了好幾天。應該是剛從山上下來。

「不可能。黑熊通常沒那麼大，你看見的灰熊可能是小熊。」第二位男子又高又瘦，臉曬得很黑，滿臉風霜。

「說真的，貝拉，一等這兩個傢伙離開，我就打烊。」麥克低聲說。

「如果你要我走……」我聳聳肩，不在乎。

「四腳著地個頭都比你還高，」山羊鬍男子堅持。我開始整理東西。「大得像棟房子，毛是全黑色的。我待會就會跟森林管理員報告。得警告人們，那離登山口才幾哩遠。」

滿臉風霜的男子笑笑，翻翻白眼。「我猜猜看，你一定是一路過來的吧？一整週沒吃沒睡是嗎？」

「嘿，嗯，麥克，你是麥克嗎？」山羊鬍男望著我們大喊，轉移話題。

「星期一見。」我喃喃自語說。

「是的，先生。」麥克回答，轉過身朝向他們。

「對了，最近這邊有沒有關於黑熊的警告通知？」

「先生，沒有。但與動物保持距離，將食物妥善保存，永遠是正確的做法。你看過這個新的防熊器嗎？只有兩磅重……」

自動門滑開讓我出去，外面下著雨。我用夾克遮住頭，衝向卡車。打在夾克上的雨，似乎比平常大，但車子一發動，也就沒什麼大不了了。

查理還沒回來，我不想回去孤獨一人。昨晚真是難受，我一點都不想回去。雖然之後痛苦稍減，我也逐漸入睡，但痛楚並未消失。像我在看完電影後告訴潔西卡，我知道自己回來一定會作惡夢。

我一直作惡夢，每晚都是。其實不能算是惡夢，因為每晚都是同樣的夢魘。你也許會認為，經過這幾個月，我應該會對同樣的惡夢感到厭倦，應該不會再受到影響。但每晚我都被這個惡夢嚇壞，最後我總是尖叫著醒來。我的尖叫聲並不會驚動查理上樓查看，擔心是不是我出事，或有人闖入之類的，因為他已經習慣了。

我的惡夢，對其他人來說，可能一點都不可怕。沒有任何東西跳出來大喊「喝！」沒有殭屍、鬼或瘋子。什麼都沒有，真的什麼都沒有。只有被樹叢遮蔽，綿延無盡的迷宮，一片寂靜，靜得讓人不安。夢境中一片漆黑，像陰天的黃昏，僅有的些微光芒，讓我發現什麼都沒有。我想走出這片黑暗，但找不到路，只能一直找、一直找、一直找，更加心慌意亂，隨時間經過，我想走快些，但卻愈來愈蹣跚……我的夢有一個特點，我知道某件事情快要發生，但總是沒法在發生前醒過來——因為我老是記不得自己在找什麼。直到我發現，其實什麼都沒有，我搜尋不到，發現不了，除了陰鬱的樹木外，空無一物，我什麼都找不到……什麼都沒有，都沒有……

接著，我便會尖叫著醒來。

我並沒有專心看路，只是憑直覺往前開，我不想回家，只好在空無一人、濕淋淋的路上亂開亂逛，不知該去哪才好。

我希望此刻的自己，能夠再回到茫然麻木的狀態，但我也想不起來，之前自己是如何做到的。惡夢在我腦海盤旋不去，讓我不斷回想起會讓自己痛楚的記憶。我不想再回憶起森林，我一想到森林，整個人就抖個不停，覺得心像破了一個大洞，好痛好痛，淚流不停。我用一手抓著方向盤，另一手環抱住自己，想讓自己鎮定下來。

就像我從不曾存在。我腦海突然閃過他說的這句話，不過並不是像昨晚那種宛若聽到他聲音的幻覺。就只是想起來這句話，一字一字，無聲的，像印在紙上的文句。只是一字字的文句，卻讓我受傷的心窩被扯得更大洞，我突地猛踩煞車，知道在這樣的情況下，不能夠繼續開車。

我縮起身子，臉貼在方向盤上，喘個不停。

我不知道這樣會持續多久。也許幾天，也許幾年，等到痛楚減緩到我能承受的程度後，我也許能回頭追憶過去那幾個月的時光，那段我人生中最美好的時光。如果痛楚能減緩到那樣輕微時，我相信，那時我應該會轉而感激，他曾帶給我的美好時光。他所給予我的一切，遠多於我所要求的，比我應得的更多。也許有一天，我能這樣追憶。

但如果受傷的心永遠好不了呢？如果心口的傷洞永遠無法癒合呢？如果這傷害是永恆且無法消逝的呢？

我緊緊抱住自己。如果他從未存在過，我絕望的想著，我怎麼會做出那麼愚蠢又做不到的承諾！他偷走我拍的照片，拿走他送我的禮物，但他沒法讓時光回到我認識他之前。處處可見實際的證據。我變了，我內在的認知感官改變了。我的外在也改變了，我的臉色慘白，氣色很差，臉上唯一的顏色，是惡夢造成的黑眼圈。我慘白憔悴的膚色，讓黑色眼眸更顯突出，如果我夠美，而且站得遠遠的，去試鏡演吸血鬼，應該會當選。但我並不美，而且我現在的模樣，應該比較像殭屍而不是吸血鬼。

如果他真的從未存在過？這真是瘋了。是他自己不守諾言，他自己打破的。

我用頭猛力撞擊方向盤，希望劇烈的痛能讓我不要再想。

每次想到我答應過他的諾言，就覺得自己很傻。如果對方先不守信諾，那自己為什麼還要死守不放呢？怎麼說都說不通。就算我行事魯莽或做蠢事，有誰會在乎？根本沒理由小心行事，為什麼我不能做蠢事？

在福克斯魯莽行事，這根本是個不可能的想法。我為這其中的諷刺性放聲狂笑，但還是喘不過氣來。這諷刺性的黑色幽默讓我暫時分心，分心讓痛楚略減。呼吸變得平順多了，我抬起頭，靠著椅背坐。雖然今天挺冷的，我的前額卻滿是汗水。

我專心想著這個不可能的想法，以免思緒又回到會讓我痛苦的記憶。要在福克斯魯莽行事，需要一些創意，遠非我能力可及。但我希望自己能找出一些方法……如果我不要那麼固執，不是獨自一人，違反承諾可能會讓我好過些。如果我違背誓言，也許也會好過些。但在這個善良的小鎮，我要如何才能達成我的目的？當然啦，福克斯並不是全然的良善，但至少看起來是如此。這裡很陰暗，很安全。

我望著擋風玻璃前方好一會，思緒懶洋洋的轉呀轉，我想不出方法。我關上引擎，因為這樣空轉也不是辦法，然後下車走入濛濛細雨中。

冰冷的細雨打在我髮上，順著臉頰流下，像流淚似的。這讓我的腦袋清醒了些。我猛眨眼，想甩去雨水，茫然望著馬路對面。

看了好幾分鐘後，我才發現自己置身何處。我現在位於小鎮北方中央，一條名為羅素大道的道路上。我站在錢尼斯之家前面，我的卡車停在人家的車道上，馬路對面是馬克之店。我知道自己得將車開走，我應該要開回家，這樣亂逛是不對的，胡思亂想又心煩意亂，對福克斯路上的車輛行人都是一種危險。再者，也許已經有人看見我，回報查理了。

我深呼吸，準備離開，但前方馬克之店的一塊板子引起我的注意，那不過是塊大紙板，倚在郵筒邊，紙板上有黑色文字。

有時，就是命中注定。

巧合嗎？還是命中注定？我不知道，但若這樣就認為是命運的指示，又好像有點蠢，馬克之店的前院有堆生鏽老舊的機車，旁邊是手寫的「出售」紙板，此時看到這塊紙板似乎別具意義，就在我需要的時候出現。

所以，也許不是命中注定。可能本來就到處都有魯莽行事的機會，我現在只需要張開眼就能看見。魯莽行事和做蠢事——這正是查理最喜歡用來形容摩托車的用語。

和一般大城市的警察比起來，查理要做的工作並不多，但他常收到交通意外的呼叫。綿長潮濕的高速公路蜿蜒穿越森林，一個又一個視線死角的轉彎路口，常讓駕駛來不及反應。當連結車經過轉彎路口時，多數人都會閃得遠遠的，只有摩托車騎士不會，查理看過太多命喪輪下的死者，通常都是年輕人，造成公路上血跡斑斑。我還不到十歲時，他就逼我答應他，永遠不會騎乘摩托車。當時，我連想都沒想就答應了，誰會想在這裡騎摩托車？那就像是時速六十哩的戰鬥澡。

原來我還真的答應了很多事……

這點醒了我。我想做點既魯莽又蠢的事，我想要不守諾言，沒道理顧忌這一個承諾？

新月

我邊走邊想。走過雨中的泥濘地，來到馬克之店的前門，按下門鈴。

馬克家的其中一個男孩打開門，年紀小的那個，學校新生。我不記得他的名字，他黃棕色的頭髮只到我肩膀高。

他倒是記得我的名字。「貝拉．史旺？」他驚訝的喊著。

「摩托車賣多少錢？」我喘著氣問，大拇指比著陳列的那一輛。

「妳不是開玩笑吧？」他追問。

「當然不是。」

「那輛已經沒辦法騎了。」

我不耐的嘆口氣，從紙板上早就猜出來不會太妙的。「多少錢？」

「如果妳真的想要，就拿走吧。我媽逼我爸把車拿出去的，好讓收垃圾的拿走。」

我再看那些車一眼，車子靠在一堆剪報和樹枝旁。「你確定嗎？」

「當然，妳要自己問她嗎？」

最好別跟大人說話，免得他們跟查理提起。

「不用了，我相信你。」

「妳需要幫忙嗎？」他主動提議。「車子不輕喔。」

「好呀，謝了。不過我只需要一輛。」

「最好都拿，」他建議。「妳可能會需要一些零件。」

他跟著我走進傾盆大雨中，幫我將兩輛摩托車搬上卡車車斗裡。他似乎很想擺脫這些車子，所以我沒和他爭辯。

「妳要這些車子幹什麼？」他問：「已經好幾年沒用了。」

「我猜也是，」我聳聳肩說。我其實只是一時興起，並沒想好整個計畫。「可能我會帶它們去給都靈看看。」

他不屑的哼了一聲。「都靈收的維修費比買新的還貴。」

他說得沒錯。約翰．都靈的收費是出了名的貴，除非緊急，不然沒人想找他。多數人只要車況允許，寧願開車到安吉拉斯港。我之前運氣不錯，當查理送我這輛古董卡車時，我原本還很擔心，自己會付不出維修費。但到目前為止，除了引擎聲吵了些，時速最多只到五十五哩之外，這輛卡車一點問題都沒發生過。這輛車原本屬於雅各．佈雷克的父親，雅各將它保養得很不錯。比利……

就像燈泡突然發亮，我靈光一閃，理性的思考可能引發的動盪。「你猜怎麼，沒問題的。我知道有人可以幫我修理。」

「喔。那很好。」他鬆了一口氣，笑了。

當我開走時，他在原地對我揮手道再見，還是滿臉笑容。真是個友善的孩子。

我開得很快，因為現在有了目的地，想趕在查理之前回到家，雖然他不太可能這麼早下班。我急急忙忙進屋，衝向電話，鑰匙還握在手上。

「請接史旺警長，」當副警長接起電話時，我說：「我是貝拉。」

「喔，嘿，貝拉，」副警長史提夫親切的說：「我去找他來聽。」

我等著。

「怎麼了？貝拉。」查理一拿起電話就問。

「沒什麼急事就不能在你上班時打電話給你嗎？」

他愣了一會。「妳以前沒這樣做過啊，有什麼急事嗎？」

「沒有。我只是想知道佈雷克家要怎麼走，我不太記得了。我想去拜訪雅各，好幾個月沒看到他了。」

當查理再度開口，他的聲音似乎高興許多。「這主意真不錯，貝拉。妳有筆嗎？」

他給我的指示很簡單。我向他保證我會回來做晚飯，但他一直要我不要趕。他想去拉布席與我會合，但我不想。

因此我將車開得飛快，穿越漆黑一片的街道，朝城外而去。我希望雅各一個人在家。比利如果知道我的計畫，可能會告發我。

我一邊開車，一邊小小地擔憂比利見到我的反應。他應該會相當高興。在比利心中，毫無疑問的，這樣的結果比他原本希望的好太多了。他的高興及鬆了一口氣，只會提醒我那個我忍不住一再回想的人。但今天不行，我沉默的祈求。我已經精疲力竭了。

我對佈雷克家還有點熟悉感，小小的木造房舍，小小的窗戶，晦暗的紅色油漆讓這棟屋子看起來像個小車庫。我還沒下車，雅各的頭就探出窗外。應該是卡車熟悉的引擎聲，讓他知道是我來了。當查理買下比利的卡車時，雅各很感激，因為他成年了，但不想開這輛卡車。我很喜歡這輛卡車，但雅各似乎認為這輛車的時速限制是個缺點。

他跑出屋外迎接我。

「貝拉！」他笑得嘴都合不攏，潔白的牙齒和他黝黑的膚色形成強烈對比。他總是將頭髮綁成馬尾，這還是我第一次看見他披頭散髮的模樣。好像黑色的掛毯垂在他寬闊的臉龐兩側。

過去八個月，雅各又長高不少。從原本還有些嬰兒肥的胖小子，搖身一變成為瘦高壯實的青少年。紅褐色的手臂、手掌青筋畢露。他的臉和我記憶中的一樣溫和，但也變得堅毅多了，兩頰的顴骨變得更突出，下巴方正，孩童時期圓圓的臉已經消失。

「嗨，雅各！」看到他的笑容，我湧起一股熱切的情緒，好久沒有這樣的感覺了。我知道自己很高興看到他。這一點讓我相當驚訝。

我也向他微笑，沉默中，某種奇怪的一見如故的情愫發酵，好像兩片拼圖歸位。我這才想起，我真的很喜歡雅各．佈雷克。

他在離我幾呎處停下腳步，我抬頭驚訝的看著他，雨水直接打在我臉上。

「你又長高了！」我訝異的對他說。

他笑了，嘴咧得好大。「六呎五吋。」他很滿意的宣布。他的聲音變得更低沉，但仍舊是我記憶中嘶啞的嗓音。

「還沒長夠呀？」我難以置信的搖搖頭。「你真高。」

「但還是個瘦竹竿。」他做了個鬼臉。「進來吧！妳都淋濕了。」

他帶路，邊走邊整理頭髮，從屁股口袋內拿出髮圈，把頭髮綁成馬尾。

「嗨，爸，」他走進前門後大喊。「看看誰來了。」

比利人在小客廳，正在看書。他將書放在膝上，看見我後，推著輪椅迎向我。

「真是稀客！很高興見到妳，貝拉。」

我們握手。但他出的力氣比較大。

「怎麼會有空來？查理沒事吧？」

「當然沒事。我只是想來看看雅各，很久沒見到他了。」

聽見我說的話，雅各雙眼睜得大大的。他笑得好開心，真擔心他的臉頰會裂開。

「留下來吃晚飯？」比利急切的問。

「不了，我得回去幫查理準備晚餐。」

「我打電話給他，」比利建議。「永遠歡迎他來。」

我用笑聲掩飾我的不安。「你又不是不會再見到我。我答應，我很快會再來的，讓你看到最後都嫌煩。」畢竟，我不但需要雅各幫我修好摩托車，還得教我騎才行。

比利對我說的話大笑不已。「好吧，那下一次好了。」

「那貝拉，妳要做什麼？」雅各問。

「都行。我來之前你在幹什麼？」我有種奇怪的安心感。既熟悉又遙遠。最近常發生的痛楚回憶好像不見了。

雅各猶豫了一下。「我本來正打算出去弄弄我的車，但我們可以做點別的……」

「不，那樣很好！」我打斷他。「我想去看看你的車。」

「好吧，」他說，但不太相信我是真心想看。「就在後面，車庫裡。」

這樣更好，我對自己說。我向比利揮揮手。「再見。」

從屋子看過去，車庫被濃密的樹木和灌木遮蔽，看不見。雖說是車庫，但其實只不過是個用遮陽板搭起的車棚，內牆十分殘破。在遮雨篷下，是用煤渣磚搭建的牆面，裡面停了輛汽車，至少透過間隙，我認出了車子的標誌。

「這是福斯的哪一款？」我問。

「一九八六年的小兔子（福斯的第一代 Golf），經典車款。」

「進行得如何？」

「差不多快完成了，」他興奮的說。接著他突然小聲的說：「我爸一直很信守他去年春天的諾言。」

「喔。」我說。

他似乎瞭解我不願意多談這個主題。我一直不願回想去年五月的舞會，雅各的父親付錢和汽車零件給他，要他帶個口信到舞會給我。比利要我和我生命中最重要的那個人保持距離，結果證明他的擔憂是沒必要的。我現在安全得不得了。

但我想知道我能不能改變這個情況。

「雅各，你對摩托車瞭解多少？」我問。

他聳聳肩。「不多。我朋友安柏瑞有一輛舊機車，我們一起修過一段時間。怎麼了？」

「嗯……」我思索著該怎麼說才好。我不知道他是否能保守祕密，但我想不到其他方法。「我最近得到兩輛機車，兩輛情況都很糟。我不知道你能不能把他們修好？」

「酷。」他似乎對這個挑戰相當興奮，臉上滿是光采。「我要試試。」

我舉起一隻手指警告他。「問題是，」我解釋，「查理不准我騎機車。老實說，如果他知道這件事，可能會氣得中風，所以你也不能告訴比利。」

「當然，當然。」雅各笑了。「我瞭。」

「我會付錢。」我繼續說。

這似乎冒犯了他。「不。我只想要幫忙，妳不用付我錢。」

「嗯……那交換一下，如何？」我是突然想到的，但應該很合理。「我只需要一輛機車，我也需要學習如何騎車。那這樣如何？另外一輛給你，你教我騎車。」

「帥呆了。」他一字一字的說。

「等一下，你成年了嗎？你生日是什麼時候？」

「妳錯過了，」他取笑我，瞇起眼裝出一副生氣的樣子。「我已經十六歲了。」

「你的年紀從來就沒讓你規矩過，」我低聲說：「抱歉沒能參加你的生日。」

「沒關係，我也錯過妳的。妳多大了？四十？」

我喝斥他。「別鬧了。」

「那我們一起辦個聯合晚會來慶祝吧。」

「聽起來像是約會。」

聽我這樣說，他眼睛都亮了起來。

我得控制一下自己這股熱情，免得給他錯誤的引導，但我好久沒有這種活潑愉快的感覺了。這種罕有的感覺讓我更難控制自己。

「也許等機車修好以後，我們一起騎車出去。」我補充。

「就這麼說定了。妳什麼時候要把車拿來？」

我咬著唇，有點尷尬。「就在我的卡車上。」我只得承認。

「太好了。」他似乎是真心的。

「如果我們把車扛出來，比利會發現嗎？」

他對我眨眨眼。「我們偷偷搬就行了。」

我們溜到東邊，躲在樹下，免得被比利從窗戶內看見，接著故作悠閒的緩步行走，以防萬一。雅各從卡車後方扛下機車，分別推向剛才躲藏的樹後。他做起來似乎毫不費力，但我明明記得機車很重。

「這些還不算差，」我們從用來當遮蔽物的樹後一邊將車推向車棚時，雅各一邊打量車子。「這一輛等我修好後，應該值點錢，這是舊的哈雷機車，斯普林特車款。」

「那這輛給你。」

「妳確定？」

「當然。」

「修理得花不少錢，」他皺著眉，低頭打量眼前這些黑色鐵塊。「我們得先存錢買零件。」

「不是我們，」我不同意。「如果你要免費幫我修，那就由我來付零件錢。」

「我不知道……」他結結巴巴。

「我存了一點錢，大學基金。」大學，我想著。反正我現在存的一點點錢，哪兒都去不了，再說，反正我也不想離開福克斯。就算拿一點來花，又有什麼關係？

雅各點點頭。他似乎也認為這樣很合理。

我們偷偷摸摸回到那簡陋的車庫，我想著自己的好運。只有青少年才會同意這件事：欺騙我們的家長，挪用我的大學基金來維修危險的交通工具。他似乎不覺得這有什麼不妥。

雅各真是上帝賜給我的禮物。

chapter 6

朋友

她用關心，而不是某種「她是不是腦子糊塗了」的唐突眼神看著我。

「妳還好嗎？」

這正是我找潔西卡去看電影，而沒找安琪拉的原因。

雖然我其實比較喜歡安琪拉，但安琪拉太敏感了。

「不太好，」我承認。「但漸漸變好了。」

「我很高興，」她說：「我很想念妳。」

機車就這樣簡單的放在雅各的簡陋車庫內，根本不需要遮掩。比利的輪椅沒辦法在崎嶇不平的小徑行走，所以他不會過去那邊。

雅各馬上開始維修第一輛車，紅色，屬於我的。他將汽車的乘客座車門打開，好讓我能坐在裡面，不用坐在地上。當他進行維修時，雅各會高興的喋喋不休，我只需要略加反應，他就會自己說個不停。他告訴我高二生活的進展，談到他上的課及他的兩位好友。

「奎爾及安柏瑞？」我打斷他。「這兩個名字都不常見。」

雅各竊笑。「奎爾的意思是二手衣（繼承別人的舊物），安柏瑞則是來自肥皂劇明星。就這樣，我不能再多說了。如果妳拿他們的名字開玩笑，他們會不爽動手，會聯手對付妳的。」

「真是好朋友呀。」我挑了挑眉毛說。

「沒錯，正是。所以別拿他們的名字開玩笑。」

此時，大喊聲傳來。「雅各？」

「是比利嗎？」我問。

「不。」雅各低下頭，棕黑色的臉龐突然發紅。「說人，」他咕噥。「人到。」

「小各？你在嗎？」大喊聲愈來愈近。

「在這！」雅各也大喊回應，然後嘆口氣。

我們沉默的等了好一會，兩個又高又黑又瘦的男孩繞過屋角，走進車庫。

一位較瘦長，幾乎和雅各一樣高。長到下巴的黑髮，是中分的髮型，但只有左邊的頭髮塞在耳後，右邊的頭髮並沒有。另一位較矮的，身材很魁梧，穿著白色運動衫，貼著強壯的胸肌，他似乎對自己的體格挺自豪的，留著很短的平頭短髮。

他們一看見我，就停下腳步。瘦高男孩的眼光滴溜溜的在我和雅各身上游移，魁梧的那個男孩眼睛則是緊盯著我，臉上慢慢露出笑容。

「嗨，哥兒們。」雅各不怎麼熱情的和他們打招呼。

「嗨，小各。」較矮的男孩回應他，但還是盯著我不放。我只好回他一個笑容，他似乎得意極了。當我微笑時，他對我眨眨眼，說：「嗨，妳好。」

「奎爾，安柏瑞——這是我朋友，貝拉。」

奎爾和安柏瑞，我不知道誰是誰，他們兩人交換一個意味深長的眼神。

「查理的女兒是嗎？」魁梧的男孩問我，對我伸出手。

「是的。」我回答，與他握手。他握手的勁道挺有力的，好像故意展現二頭肌。

「我是奎爾．亞德瑞。」他放開手，自豪的介紹自己。

「很高興認識你，奎爾。」

「嗨，貝拉，我是安柏瑞，安柏瑞．寇——妳應該知道了。」安柏瑞露出羞怯的笑容，對我揮揮手，然後將手插在夾克口袋內。

我點點頭。「也很高興認識你。」

「你們在幹什麼？」奎爾問，還是看著我。

「貝拉和我要修好這兩部機車。」雅各漫不經心地說，但是機車這個詞似乎對男孩有某種魔力。兩人立刻靠過來研究雅各目前的進度，問他一堆深奧的問題。他們說的一些字眼我根本聽不懂，我想，不是男生，還真的沒辦法體會他們這種興奮的感覺。

當我決定在查理出現在這裡之前先回家時，他們還在熱烈的討論零件組裝。嘆口氣，我悄悄往外走去。

雅各抬起頭，帶著歉意說：「我們害妳很無聊，是嗎？」

「還好。」這不算謊話。我自己過得挺有趣的，雖然有點奇怪。「我得回家幫查理做晚飯。」

「喔……好吧，我今晚會弄好這幾個零件，然後想想我們還需要什麼別的東西。妳下次什麼時候要過來？」

「我可以明天來嗎？」星期天對我來說簡直和毒藥沒有兩樣。功課一下就做完了，我總是無聊到極點。

奎爾輕推安柏瑞手肘，兩人交換一個鬼臉。

雅各高興的笑了。「那好極了！」

「你可以寫個採購清單，我們一起去採買零件。」我建議。

雅各臉一沉。「我還是不確定該讓妳付零件的錢。」

我搖搖頭。「別再說了。我負責零件，你提供勞力和專業。」

安柏瑞朝奎爾翻個白眼。

「聽起來不太對。」雅各搖搖頭。

「小各，如果我送去給機車行維修，你想他會收我多少錢？」我指出。

他笑了。「好吧，就這麼說定了。」

「別忘了還有騎車的教練課。」我補充。

安柏瑞對著奎爾低語，奎爾笑得齜牙咧嘴，我聽不見他們說的話，但雅各伸出手，朝奎爾腦後重重給了他一掌。「夠了，別鬧了。」他低聲說。

「沒關係，真的，我得走了，」我朝外面走去。「明天見，雅各。」

我一離開他們的視線，就聽見奎爾和安柏瑞異口同聲的說：「喔喔！」

接著是一些「哎呦！」、「喂！」之類的笑鬧聲。

「明天你們誰敢給我出現在這邊……」我聽見雅各警告他們。接著我穿越樹林，再也聽不見他的聲音。

我靜靜的傻笑。笑聲讓我雙眼圓睜。我在笑，真的在笑，而且沒有人看見。當我又再次笑開時，我覺得身輕如燕，讓感覺更持久。

我比查理還早到家。當他走進來時，我剛將炸雞起鍋，堆放在紙巾上。

「嗨，爸。」我很快地朝他一笑。

他臉上閃過震驚的神情，但很快便克制住。「嗨，寶貝，」他的聲音中帶著猶豫。「妳今天和雅各玩得開心嗎？」

我將晚餐拿到桌上。「嗯，很開心。」

「喔，那很好。」他還是很小心。「你們倆做了什麼？」

現在換成我小心翼翼了。「我在他的車庫待了一會，看他修車。你知道他把整輛福斯車重新組裝嗎？」

「嗯，我記得比利提過。」

等查理開始吃晚餐後，他的詢問總算告一段落，但他一邊吃，一邊打量我的神情。

晚餐後，我拖拖拉拉地，將廚房打掃了兩次，當查理在客廳看曲棍球時，慢慢地將作業做了兩次。我覺得等了好久，好不容易總算查理說睡覺時間到了。看我沒理他，他起身，伸伸懶腰，走開時還關上燈。我只好不情願的跟著離開。

我爬上樓梯時，感覺下午那種不正常的情緒已經不見了，取而代之的是每晚我都將面對的那種隱隱的恐懼。

但我已經不再麻木。毫無疑問，今晚會和昨晚一樣糟糕難眠。我躺在床上，將身子蜷成球狀，準備迎接黑暗中的衝擊。我勉強自己閉上眼……接下來我只知道，天亮了。

我瞪著窗外蒼白的銀色曙光，愣住了。

四個月來第一次，我沒作惡夢入睡，沒有惡夢也沒有尖叫。我說不出那種奇怪的感覺——是鬆了一口氣、還是震驚。

我躺在床上好一會，等著熟悉的感覺回來。因為一定會有某種感覺回來，如果不是痛楚，就會是麻木。我等著，但什麼都沒發生。這是這麼久以來，我首次覺得輕鬆。

但我不相信這種情況能夠持久。我彷彿站在危險的尖刀上試著保持平衡，但不用多久便會投降。我突然用清醒的雙眼打量自己的房間，注意到房間很奇怪，太乾淨了，好像我並不住在這裡似的，這很危險。

我叫自己不要再胡思亂想，我起來梳洗，專心想著今天要跟雅各再見面這件事。一想到此，讓我覺得好像……充滿希望。可能就像昨天一樣，可能我不記得自己有多久沒有對事情顯露興趣，或和別人點頭微笑，這都是以前我常做的。雖然不相信今天會和昨天完全一樣，不可能那麼簡單，但我不想讓自己這麼快灰心。

吃早餐時，查理更加小心翼翼。他想隱藏這份小心，眼睛盯著蛋，直到他發現我並沒有注意他。

「妳今天要幹什麼？」他眼睛望著袖口，好像只是隨意問問，不怎麼真的關心似的。

「我還是要去找雅各。」

他點點頭，但沒抬頭。「喔。」

「你介意嗎？」我假裝擔心的問：「我可能會待……」

他很快瞄我一眼，眼中閃過驚恐。「不會，不會！儘管去吧。反正哈利要來這看球賽。」

「說不定哈利能順路載比利一起過來？」我建議。目擊者愈少愈好。

「這主意不錯。」

我不確定他是不是想用看球賽這個藉口讓我出門，但他似乎真的挺高興的。我穿上雨衣時，他走到電話旁。我口袋內裝著支票簿，所以我有點擔心。我以前從沒用過。

外頭下著傾盆大雨，像有人提了水桶往下倒似的。我開得比平常慢，因為幾乎看不見前面的車，但總算找到通往雅各家那條模糊的小路。我車還沒停好，比利家的大門就打開了，雅各拿著一把大黑傘衝進雨中。

當我打開車門時，他拿著傘為我擋雨。

「查理打電話來過，要妳好好玩。」雅各笑著對我說。

不自覺地，毫不費力地，我揚起笑容，笑意愈來愈濃。儘管冰冷的雨打在臉上，但某種溫暖泡泡般的奇妙感覺湧上喉頭。

「嗨，雅各。」

「打電話邀請比利這招真是太棒了。」他舉起手，打算跟我擊掌。

我只得跟他互擊，這讓他笑得更開懷。

幾分鐘後，哈利出現來載比利。趁沒人理我們時，雅各先帶我簡單參觀他的小窩。

「維修專家，今天的計畫如何？」比利一走，我便迫不及待的問。

雅各從口袋內拿出一張對折的紙，打開來。「我們先去垃圾場看看手氣如何。這樣能省點錢，」他提醒我。「要讓這兩臺機車能跑，可是件大工程。」他看我似乎不怎麼擔心，於是又繼續說：「我想應該會超過一百元喔。」

我拿出支票簿當扇子搧，對他的擔憂翻翻白眼。「小問題。」

這一天很特別。雖然是去垃圾場，下著傾盆大雨，又滿地泥濘。但我過得很開心。一開始，我以為是麻木消失後的必然反應，但我不認為這足以解釋。

然後我開始認為是因為雅各的緣故。不是因為每次看到我他總是如此高興，也不是因為他不會用眼角瞄我，等著想看我是否會做出別人口中那些瘋狂或絕望的行徑。一切都與我這個人完全無關。是因為雅各他這個人。雅各本身就是一個快樂不已的人，快樂在他身上好像形成一個光環，凡是接近他的人，都會被他的快樂磁場所影響。就像地球受太陽的引力影響一樣，雅各的溫暖也是。這是一種天性，是他的一部分。難怪我這麼想再見到他。

就連他批評我車子儀表板上那個大洞時，我也不覺得痛苦。

「音響壞掉了嗎？」他好奇的問。

「是呀。」我說謊。

他用手指戳玩著洞緣。「誰拿走的？損壞情況很……」

「我。」我承認。

他笑了。「那可能妳不適合太靠近機車。」

「沒問題。」

依雅各所說，我們在垃圾場的手氣算不錯。他找到幾塊油膩膩的黑色金屬零件，似乎很興奮。而我也很驚訝，他竟然分辨得出來那到底是什麼鬼東西。

之後我們一路往南，去荷奎安的卻克汽車零件商店。依卡車里程看來，也不過就是朝南邊蜿蜒的高速公路開兩個小時，但跟雅各在一起，時間過得很快。他閒聊他的朋友及學校，我發現自己問了許多問題，而且不是應付式的問題，是真的對他說的內容感興趣。

「都是我在說話，」說完奎爾一個很長的故事，以及因為他想約一個學姊當女朋友引起的軒然大波後，他說：「妳為什麼不轉學？福克斯的情況如何？一定比拉布席刺激多了。」

「錯，」我嘆口氣。「什麼都沒有。你的朋友似乎比我的朋友有趣得多。我喜歡你的朋友，奎爾很有趣。」

他皺眉。「我想奎爾也喜歡妳。」

我笑了。「對我來說，他太小了。」

雅各的眉皺得更深了。「他沒比妳小多少。不過一年又幾個月。」

我有種感覺，好像現在說的並不是奎爾。我將語調放輕，測試性的問：「是沒錯，但想想男女成熟的差異，就好比是計算狗的年紀，照這樣算來，我大概比他老十二歲吧？」

他笑了，翻翻白眼。「好吧，但如果妳這麼挑剔，那妳還得計算個子大小的平均值。妳太矮了，所以妳換算後的總年齡還得再扣掉十年才對。」

「五呎四吋是最完美的平均身高，」我嗤之以鼻。「你長得這麼高又不是我的錯。」

我們就一路笑鬧著開到荷奎安，一路上不停的爭辯，計算年紀的最佳方程式──例如，因為不會換輪胎，所以我輸兩年，但因為擔任家中家計的負責人，算打平了之類的，直到我們到了卻克商店，雅各要專心才停止。我們找到他清單上的所有東西，雅各深具信心，我們接下來的維修進度將大有斬獲。

等我們回到拉布席，根據我們的討論，我應該是二十三歲，而他是三十歲，依他的說法，他比較有利。

我幾乎快忘記我要這麼做的原因了。雖然和他在一起的時光，比我原本想的還要享受，但我最初的想法並沒改變，我還是想胡搞一下。這樣做毫無意義，但我不在乎。我就是要在福克斯盡可能的魯莽行事。和雅各一起消磨時光只是我等待過程中的額外收穫。

比利還沒回來，所以我們不用偷偷摸摸的拿出今天的戰利品。等我們把所有東西都拿到雅各工具箱旁的塑膠地板上後，他馬上開始動手，一邊談天說笑，雙手邊俐落的取用面前的零件。

雅各的手藝真的很棒。他的手很大，卻輕鬆精確的進行精緻複雜的工作。在他工作時，他似乎一直都很優雅，和他的人一點都不像。平常的他，個頭又高，一雙大腳，在我面前感覺好像跟笨手笨腳的我一樣危險。

奎爾和安柏瑞並沒出現，可能他昨天的威脅，那兩人當真了。

這一天過得很快。外面天色暗得比我估計得還快，然後我們聽見比利喊叫我們的聲音。

我跳起來，想幫雅各收拾，但猶豫著不知該怎麼幫忙。

「就放著吧，」他說：「我晚點再過來收。」

「別忘了做作業。」我覺得有點內疚。我不想害他惹上麻煩，這是我一個人的計畫。

「貝拉？」

聽見查理熟悉的聲音從樹叢那頭傳了出來，我們兩人都愣住了，聲音聽起來很近，不像是在屋子那頭。

「該死，」我低聲說，然後朝房子的方向大喊：「來了！」

「我們快走。」雅各笑笑，對於這種間諜般的行動很享受。他關上燈，我完全看不見。雅各牽住我的手，帶我走出車庫，穿越樹林，他輕鬆的穿越在熟悉的小徑。他的手很粗，但很溫暖。

走在小路上，在黑暗中，我們不時被彼此絆住，所以我們一路笑個不停，直到看到屋子。我們笑得並不大聲，只是輕微的笑鬧，但感覺很好。我相信他沒注意到我情緒中隱約的歇斯底里，我已經很久沒笑了，有種不知是對還是錯的情緒。

查理站在小小的陽臺上，沒有燈，暗暗的，比利從陽臺後的玄關看著我們。

「嗨，爸。」我們同時開口，這讓我們又笑得更開懷。

查理睜大眼看著我，眼光從雅各的手，看到我的手。

「比利邀請我們吃晚飯。」查理有點心神不寧的對我們說。

「義大利麵，我的神祕配方，祖傳的。」比利認真嚴肅的說。

雅各嘲笑他父親說：「我不認為羅吉這個牌子的義大利麵醬真的有那麼久。」

屋內變得很擁擠。哈利．克利爾沃特也在，還有他的家人——妻子蘇，我還是孩子時，來福克斯過暑假曾見過她，但不太有印象，以及他兩個孩子。老大利雅和我念同年級，但比我大一歲。她帶著一點異國風情魅力，長得很美麗，漂亮的古銅膚色，閃亮的黑色秀髮，睫毛纖長，讓人看得目不轉睛。我們進屋時，她用比利的電話正說個不停，一直沒停下來。老二賽斯十四歲，他用偶像般崇拜的眼神聆聽雅各說的每字每句。

廚房餐桌容納不下我們這麼多人，所以查理和哈利將椅子搬到院子裡，我們將盤子放在膝上，透過比利家敞開大門流洩出的燈光，在微亮的院子裡吃著義大利麵。男人聊著球賽，哈利和查理負責將食物吃光。蘇一直說哈利膽固醇太高，要他別吃那麼多，應該多吃點綠色蔬果，但沒成功。雅各多半和我及賽斯聊天，當賽斯認為雅各忽略他時，就會迫不及待插嘴。查理用高興但仍舊警戒的眼神看著我，不過努力不引起我的注意。

當大家彼此談天時，周圍變得吵雜混亂，笑話一個傳一個時，引發大笑。我不太說話，但我常笑，因為我很喜歡笑的感覺。

我不想離開。

但這裡是華盛頓，不可避免的雨打斷今晚的聚會。比利的客廳太小了，無法讓大家繼續。查理搭哈利的車過來的，所以回家時便改坐我的卡車回家。他問我今天過得如何，大部分我說的都是事實——我跟雅各去採買零件，看他在車庫進行維修。

「妳想妳會很快再來嗎？」他好奇的問，假裝只是隨便聊聊。

「明天放學後，」我承認。「我會寫好作業的，別擔心。」

「妳最好是。」他下令，想假裝很滿意。

當我們到家時，我有點緊張。我不想上樓，雅各存在的溫暖感，因為他人已不在而消退，焦慮變得更嚴重，我知道自己不希望只有連續兩個平靜的夜晚。

我拖延著不想上床，查看電子郵件，有封芮妮最近寄的信。

她在信上述說著她的生活，她上完靈修課後，最近參加讀書會，她已經升到第二級，很想念她初級班的同學們。她寫到費爾很滿意新的教練工作，他們計畫到迪士尼樂園二度蜜月。

我發現她整封信就像一篇旅行日記，而不是一封信。我感到痛悔自責，有種不安。我真是不孝。

我很快回信給她，對她信中的所有內容提出意見，自動提供我的資料——描述我在比利家吃的義大利麵晚餐，我如何在一旁看雅各用一堆小零件組裝成有用的東西——帶著敬意及些許妒嫉。這封信和過去幾個月來，我寫給她的信大不相同。我不記得最近一次寫信給她是何時，似乎是上週，但我確定信中內容應該只是應酬她。我想得愈多，愈覺得內疚，我真的害她很擔心。

我拖延著不想上床，寫完更多不必要的作業。但和雅各在一起後，不太容易失眠，因為充滿太多愉快的感覺，能讓惡夢連著兩晚不來打擾我。

我突然醒過來，隔著枕頭尖叫。

窗外是隱約微亮的曙光，我躺在床上，想趕走腦海中的惡夢。夢境和以往似乎有點小小的不同，我專心想著其中的差異。

昨晚我不是一個人獨自在樹林中。山姆．烏利——那一夜將我從樹林中救出來的人，我幾乎快忘了他——也在那邊。有種奇特不尋常的警戒感。這男子的黑眼睛驚人的充滿敵意，還有隱約的神祕，但他並不打算洩露。我看著他跟著我發狂似的搜尋，這讓我不安，因為他在那邊，又湧起以往那種痛楚。因為我沒有直接看他，在我視線之外，只隱隱感受到他的外形似乎在顫抖，又會改變，可能這就是原因。他什麼都沒做，只是站在那裡，看著。和他那次找到我的真實情況不同，夢中的他並未對我提供幫助。

吃早餐時查理看著我，我試著不理會。我想他會這樣是我自找的，我無法要他別擔心。上次我看完殭屍片回來後，他也是這樣盯著我看了好幾週，我只能要自己盡量視若無睹。畢竟，連看完殭屍片都會被觀察了，才過兩天就說我全好了，也是不可能的。

學校情況剛好相反。現在我更能專心了，因為沒人注意我。

我還記得第一天到福克斯中學的情形，那時我絕望到想變成一隻超大變色龍，隱身在灰濛濛潮濕的人行道上。一年後，這個願望似乎實現了。

就像我根本不存在似的，當老師的眼光停在我的座位上時，好像座位是空的一般。

我早上聽了很多，聽周圍的人的談話聲。我試著聽懂他們在說什麼，但那些對話對我來說都完全無關，最後便放棄了。

當我進入數學教室坐在潔西卡身邊時，她並沒有抬起頭看我。

「嗨，小潔，」我裝出冷靜的聲音。「妳週末過得如何？」

她用猜疑的眼神打量著我。她還在生氣嗎？還是她已經不想再花時間跟瘋子打交道？

「很棒。」她又專心低頭看書。

「那真好。」我咕噥說。

冷漠這個字眼似乎活生生的在上演，我能感覺到地板排氣孔飄出來的暖氣，但我還是好冷。我脫下外套鋪在座椅上，然後又穿上。

第四節課我很晚才下課，等我到餐廳時，我常坐的那張餐桌已經坐滿人了。有麥克、潔西卡、安琪拉、康納、泰勒、艾瑞克和蘿倫。凱蒂．馬歇爾，紅頭髮的低年級生，坐在我對面的角落，艾瑞克、奧斯汀．馬克——給我摩托車那家的哥哥，坐在她旁邊。我不知道他們坐在那邊多久了，不記得是今天才這樣，還是這一直是他們固定的座位。

我開始生自己的氣。可能從上學期起，我就被包在氣泡袋中過日子。

當我坐在麥克旁邊時，沒人注意我，雖然我拖動椅子時，發出尖銳刺耳的聲音。

我試著跟上他們的對話。

麥克和康納在談運動，所以我放棄他們，改加入另一組。

「班今天去哪了？」蘿倫問安琪拉。我很感興趣，振作起來專心聽。我好奇這是否表示安琪拉仍然和班在一起。

我幾乎認不出蘿倫。她將那頭像玉米鬚般的金髮剪短成小精靈的短髮，從背面看像個小男孩。她幹麼把自己弄得這麼怪？我真希望自己知道原因。是因為黏到口香糖嗎？還是把長髮賣掉了？還是有人在體育課後堵到她，把她頭髮剪亂了？我決定不再亂猜，這樣評斷她是不公平的。就我所知，她可能試圖當個好人。

「班得了腸胃炎，」安琪拉低聲冷靜的說：「希望二十四小時後就會好，他昨晚病得很嚴重。」

安琪拉的髮型也變了，她打了層次。

「你們倆週末做了什麼？」潔西卡問，但聽起來她並不是真的想知道。我敢說，她只是拿這當開場白，好讓她有機會能說她自己的故事。隔著兩個位置，我不知道她會不會提起和我去安吉拉斯港的事。我在這裡就像隱形人，這些人在談到我時，看見我在，不會覺得不自在嗎？

「說實話，我們週六本來想去野餐，不過……後來我們改變計畫。」安琪拉聲音中某種緊張的語氣引起我的注意。但小潔並沒理會。

「那真可惜。」她打算開始說她自己的故事。但我並不是唯一注意到的人。

「為什麼改變主意？」蘿倫好奇的問。

「嗯，」安琪拉比平常還猶豫，雖然她本來就是一個保守的人。「我們一路往北開，靠近溫泉區那邊，從登山口過去約一哩左右，有個很棒的景點。但當我們開到半路時……我們看到某個東西。」

「看到某個東西？是什麼？」蘿倫皺起淡色的眉毛。現在就連小潔都很專心聽。

「我不知道，」安琪拉說：「我們認為是熊。黑色的，但是……很大隻。」

蘿倫輕蔑的哼了一聲，「喔，得了吧，不會連妳也這樣吧？」她眼神滿是嘲諷，我認為根本不用對她剪髮一事多加猜測。雖然她改變了髮型，但本性難移。「泰勒上周就說過一樣的故事啦。」

「妳平常不可能在觀光景點，這麼近距離的看到熊。」潔西卡支持蘿倫。

「我說的是真的，」安琪拉低聲力爭，但低頭看著桌面。「我們都看到了。」

蘿倫竊笑。麥克還在和康納聊天，對於女孩們的談話不怎麼注意。

「不，她說的沒錯，」我不耐的插話。「安琪拉，星期天在店內，有位登山客也說他看到熊了。他說是隻又大又黑的熊，就在城外，是不是，麥克？」

突然一陣沉默。桌上所有的眼睛都震驚的看著我。凱蒂，新女孩，嘴張得大大的，好像她剛目擊一場爆炸似的。大家全都愣住了。

「麥克？」我覺得很丟臉，低聲喊著他。「你還記得那男人說的有關熊的事情嗎？」

「呃，當然。」麥克過了一會才結結巴巴的回答。我不知道他為什麼用奇怪的眼神看著我，我工作時有和他說話呀？不是嗎？我以為……

麥克恢復正常。「是呀，有個男人說，他在登山口那邊看到一隻大黑熊，比灰熊還大隻。」他證實我的說法。

「哼。」蘿倫轉向潔西卡，身子很僵硬，開口轉變話題。

「妳收到南加大的回音了嗎？」她問。

所有人都轉頭不再看我，除了麥克和安琪拉。安琪拉很快對我一笑，我也匆匆回她一個笑容。

「那麼，妳週末做了什麼？貝拉。」麥克好奇的問，但有種古怪的小心翼翼。

除了蘿倫，所有人現在都轉回來看著，等著我的回答。

「星期五晚上，潔西卡和我去安吉拉斯港看電影。星期六下午和週日，我去了拉布席。」

潔西卡眼神先是閃開，然後又回到我身上。小潔看起來似乎挺生氣的。我不知道，是因為她不希望別人知道她和我一起出遊，還是她想自己說這件事。

「妳們看哪部片？」麥克笑著問。

「《死路》，有殭屍那部。」我試著笑著說。可能過去這幾個月我麻木僵呆的情形，已經漸漸平復。

「我聽說那部片很恐怖。妳認為呢？」麥克很想繼續這個話題。

「貝拉跑出去了，她太害怕。」潔西卡帶著羞怯的笑容插入話題。

我點點頭，試著裝出尷尬的表情。「真的很恐怖。」

整個午餐時間麥克問個不停，直到結束。慢慢的，其他人又開始接續原本聊的內容，雖然大部分時間，他們還是看著我。安琪拉多半時候和我及麥克聊天，當我起身清空餐盤時，她也跟了上來。

「謝了。」當我們一起離開餐桌時，她低聲說。

「謝什麼？」

「挺身為我說話。」

「不客氣。」

她用關心，而不是某種「她是不是腦子糊塗了」的唐突眼神看著我。「妳還好嗎？」

這正是我找潔西卡去看電影，而沒找安琪拉的原因。雖然我其實比較喜歡安琪拉，但安琪拉太敏感了。

「不太好，」我承認。「但漸漸變好了。」

「我很高興，」她說：「我很想念妳。」

蘿倫和潔西卡走過我們身邊，我聽見蘿倫大聲的說：「太好了，貝拉回來了。」

我嘆口氣。看來一切又要重新開始。

「今天幾號？」我突然好奇的問。

「一月十九。」

「嗯哼。」

「怎麼了？」安琪拉問。

「一年前的昨天，是我來這的第一天。」我若有所思的說。

「沒什麼改變。」安琪拉低聲喃喃自語，看著遠去的蘿倫及潔西卡。

「我知道，」我同意，「我只是想起同樣的事情。」

chapter 7

重複

另一部分理由則是似曾相識的怪異重複感。

今天在學校，對於日期的巧合讓我有某種感覺。

好像又要重新開始，

如果我真的是午餐時餐廳中最特別的人，

那我的第一天便會過去。

我真不知道自己在這裡幹什麼。

我真的想讓自己再回到殭屍般麻木僵呆的情況嗎？我是自虐狂，想自討苦吃嗎？或當成是折磨考驗？我應該一路到拉布席，跟雅各在一起，那會讓我覺得正常多了。繼續開並不是正常的事。

但我還是緩緩的繼續開，經過雜草叢生的蜿蜒小徑，頂上的樹叢像綠色隧道。我雙手抖個不停，只好緊緊握著方向盤。

我知道自己這麼做的部分理由，是因為惡夢，現在我真的醒著，夢中什麼都沒有的那種感覺讓我更緊張，像狗擔憂找不到骨頭。

我想尋找某個東西。根本做不到，根本不可能，心不在焉，心煩意亂……但他一定在某處。我必須相信。

另一部分理由則是似曾相識的怪異重複感。今天在學校，對於日期的巧合讓我有某種感覺。好像又要重新開始，如果我真的是午餐時餐廳中最特別的人，那我的第一天便會過去。

我腦中思緒轉個不停，好像我看著那些字，而不是聽見——

就像我從不曾存在。

將我來這的理由分成這兩部分，其實是謊言。我不想承認這強烈的動機，因為這根本就是心智失常。

事實是，我想再次聽見他的聲音，像我週五晚上那種奇怪的幻想。那一瞬間，當他的聲音從我的記憶深處傳來時，他的聲音比平常在我腦海中的迴響，更完美，更迷人，我希望能不含痛楚的永遠記得。那不持久，痛楚會抓住我，我很確定這是件蠢事。但我仍渴望能再次聽見他聲音的珍貴瞬間，對我而言，像致命的吸引力。我得找出方法讓這經驗再來一次……更好的形容詞是，像影集一樣，能再度演出。

我希望那種似曾相識的感覺是關鍵。所以我要到他家去，從我不幸的慶生會之後，我就再也沒去過那裡，已經好幾個月了。

濃密，像叢林般的茂盛樹木緩緩掃過我的車窗。我不停往前開。開得愈來愈快，有點急躁。我開了多久？我早就應該到他家了呀？雜草如此茂密，看起來一點都不熟悉。

萬一我找不到呢？我顫抖。萬一連這個證據都……

接著我看到樹木間有個空隙，讓我能看過去，之前沒注意到這麼明顯。這邊的植物長得特別濃密。高大的蕨類植物侵占房子周圍的草地，盤繞到西洋杉上，連陽臺都有，好像整片地區都被綠色的蕨類植物占領了。

房子還在，但變得不一樣了。雖然外觀仍舊一模一樣，但從空白的窗戶中似乎透出空無的尖叫。令人毛骨悚然。從我看過這棟美麗的房子以來，這是第一次看起來像是吸血鬼住的鬼屋。

我拉起煞車，轉過頭，不敢再往前。

但什麼都沒發生。我腦中沒有聲音。

因此我再度發動引擎，衝進那片綠色蕨海。可能，就像週五晚上一樣，如果我往前走……

我朝這片荒蕪靠近，面無表情，只有身後卡車傳來令我安心的怒吼聲。當我靠近陽臺樓梯口時，我停住腳步，因為已經空無一物了。沒有他們存在過的殘跡……也沒有他存在過的證據。房子依然堅固的存在，但沒有意義。房子存在的事實，打不贏惡夢中的空無。

我沒有再靠近。我不想看窗內，我不確定看到哪種情況會最痛苦。如果房間內是空的，從地板到天花板都空無一物，那看了只會讓自己難受。就像祖母的喪禮，我母親堅持，整個儀式中我都得待在外面。她說，我不需要看那樣的祖母，只要記得她生前的樣子就好，不應記得她離開時的模樣。

但如果都沒改變的話，不是更糟嗎？如果沙發和我之前看到時一樣，牆上的圖畫——更糟的是，鋼琴還是擺放在低矮的平臺上？那我寧願整個房子全都消失不見，沒有任何實體的證據存在。一切都在記憶中保持原樣，摸不到，也忘不了。

就像我。

我轉過身，衝向卡車。我幾乎是用跑的。我太急著走，想回到人類的世界。我感覺到可怕的空無，我想要見到雅各。可能我得了一種新的病，另一種上癮的病，像之前的麻木呆滯一樣。我不在乎。我急急發動車子開走。

雅各在等我。我一看到他，整個人就放鬆下來，也容易呼吸了。

「嗨，貝拉。」他喊著。

我放鬆的微笑。「嗨，雅各。」我向比利揮手，他從窗戶向外看。

「我們開始動手吧。」雅各低聲但急切的說。

我有點想笑。「你還沒厭倦我呀？」我好奇的問。他一定問過自己，我到底有多絕望才會想找他做伴。

雅各帶路繞過房子，來到他的車庫。

「沒。還沒。」

「如果我讓你厭煩的話，請讓我知道，我不想要變成討厭鬼。」

「沒問題。」他笑了，低沉宏亮的聲音。「我一定會讓妳知道的。」

我們走到車庫時，我驚訝的看見紅色那輛機車已經立了起來，不再像是一堆垃圾般的廢鐵，開始像一輛摩托車了。

「小各，你真厲害。」我猛吸氣說。

他又笑了。「在做自己喜歡的事情的時候，我是很認真的。」他聳聳肩。「不過如果我夠聰明的話，我會拖延一點。」

「為什麼？」

他望著地面，停了好久，害我以為他沒聽見我的問題。最後，他問我，「貝拉，如果我告訴妳，我無法修好這些機車，妳會說什麼？」

我也沒有馬上回答，他緊張的研究我的神情。

「我會說……那真糟，但我敢說，我們一定會想出其他方法的。如果真的沒法子了，我們就一起寫作業吧。」

雅各笑了，原本緊繃的肩膀也鬆了下來。他坐在機車旁的地上，拿起扳手。「所以妳認為，就算我們修好了，妳還是會過來？」

「這是你的意思嗎？」我搖搖頭。「我認為我在占你便宜，利用你這個廉價技工的技術。但只要你願意讓我過來，我就會來。」

「想再看到奎爾？」他逗著我問。

「被你猜中了。」

他笑了。「妳真的喜歡跟我在一起？」他驚訝的說。

「非常非常喜歡，我會證明的。我明天有工作，但星期三我們可以一起做一些非維修的事情。」

「例如？」

「目前還沒想到。我們可以去我家，這樣你就不必煩惱是否修車修太快了。你可以帶你的學校作業過來，你一定落後了，因為我自己也是。」

「做作業是個不錯的主意。」他扮個鬼臉，我不知道他會留下多少作業，好到時候和我一起做。

「是呀，」我同意。「我們偶爾也該負點責任，不然比利和查理不會那麼容易放過我們。」我打個手勢，表示我們兩人現在是命運共同體了。他似乎有點受寵若驚。

「一週一起做一次作業？」他提議。

「可能最好兩次。」我建議，想到我今天的一大堆功課。

他重重的嘆口氣。然後從他的工具箱內翻出一個裝滿東西的紙袋。拿出兩罐汽水，打開其中一罐遞給我。接著打開第二罐，慶祝式的高舉。

「祝負責任，」他舉杯祝福。「一週兩次。」

「其他時間魯莽放任！」我強調。

他咧嘴大笑，我們高舉飲料互擊。

＊　＊　＊

我比計畫中晚回到家，發現查理已經訂了披薩，並沒等我回來做飯。他也不要我道歉。

「沒關係，」他向我保證。「妳也需要休息，不能每天都要妳做。」

我知道他覺得我的表現像個正常人，感覺鬆了一口氣，他不想再自找麻煩。

做作業之前，我先收電子郵件，芮妮寄給我一封長信。她滔滔不絕的評論我給她的一切建議，因此我回她一封信，信中詳細描述我這一天的生活，一切細節，除了摩托車。就算是樂天無所謂的芮妮，萬一知道摩托車的事，也會有所警覺的。

星期二的學校生活上上下下。安琪拉和麥克似乎已經準備好張開雙臂歡迎我回來，不在乎我過去幾個月怪異的表現。小潔比較抗拒，我猜，也許我得為安吉拉斯港那件事，寫封正式的道歉信給她才行。

上班時，麥克活潑熱情的與我聊天。好像他將整學期聊天的內容存了起來，現在一次全倒出來。我發現我又能和他一起微笑、大笑，雖然不像和雅各在一起時那樣不費力氣。但似乎沒有傷害，直到下班時間。

當我將工作背心折好，放進櫃檯下時，麥克在窗戶放上打烊的牌子。

「今晚真有趣。」麥克高興的說。

「是呀。」我同意，雖然我寧願將這個下午的時間消磨在車庫。

「真可惜，妳上週沒把電影看完。」

他的思路突然跳到這邊，讓我有點搞不清楚。我聳聳肩，「我想，我是個膽小鬼。」

「我是說，妳應該去看好看的電影，妳真的會喜歡的。」他解釋。

「喔。」我低聲說，還是不清楚他的意思。

「不然星期五如何？和我一起。我們可以去看比較不那麼恐怖的片子。」

我咬著唇。

我不想跟麥克把關係弄僵，倒不是因為他是唯一一位不在乎我之前有多瘋狂的人，同時也是因為，我覺得和他的關係已經不像從前那麼熟悉了——好像去年從未存在過。我寧願現在邀請我的人是小潔。

「像約會嗎？」我問。此時誠實也許是最好的做法。快點弄清楚。

他順著我的話回答。「如果妳願意的話。但不一定就是約會。」

「我不想約會。」我緩緩的說，突然發覺我這次說的是真的。整個世界似乎不可思議的遙遠。

「像朋友一樣出去玩玩？」他提議，清澈的藍眼珠現在不那麼急切了。我希望他說我們一直是朋友，是真心的。

「那應該會很有趣。但我這個星期五已經有計畫了，或許下星期？」

「妳要做什麼？」他的語氣不像是隨便問問，我認為他是真的想知道。

「做功課。我和朋友已經計畫了一個……讀書會。」

「喔。好吧。那就下星期再說吧。」

他陪我走到車子那邊，不再那麼生氣活潑，這讓我想起我在福克斯的第一個月。我又從頭來過，如今一切事情就像回音，空洞的回音，缺乏原本存在的趣味。

第二天晚上，查理回來時，看到我和雅各趴在客廳地板上，身邊堆滿課本，他似乎不怎麼驚訝。所以我猜，他和比利應該有在背後談論我們。

「嗨，小傢伙們。」他說，眼神望著廚房。整個客廳都是千層麵的香味，是我花了整個下午做的，雅各只在旁邊看，偶爾試試味道，我想彌補披薩的內疚。

雅各留下來吃晚餐，還帶了一盤回去給比利。因為我做得太好吃了，他不情願的讓我在上次討論的年齡上增加一歲。

星期五待在車庫，星期六當我從紐頓商店下班後，再度是做功課之夜。查理如今認為我的神智已經完全正常了，所以他一整天都和哈利出去釣魚。當他回來時，我們都做好了，他再次認為我神智清楚，完全像個大人了，於是專心看著探索頻道的《怪物車庫》節目。

「我可能該走了，」雅各嘆口氣。「比我想的還晚。」

「那好吧，」我咕噥著說：「我開車載你回去。」

我那不情願的表情惹得他笑了，這似乎讓他很高興。

「明天，回到工作，」我們一坐上卡車我就說：「你要我幾點過來？」

他回我一個微笑，笑容中有某種我無法解釋的興奮。「我先打電話給妳好嗎？」

「當然。」我皺著眉，不知道究竟怎麼回事。他笑得更開心了。

第二天早上，我打掃屋子，等著雅各的電話，並試著擺脫最近的惡夢。惡夢的場景改變了，昨夜的夢中，我徘徊在寬廣無際的海邊，巨大的鐵杉樹上爬滿蕨類。其他什麼都沒有，我迷路了，覺得徬徨無助，孤單無援，尋找著，但不知該找些什麼。我想忘記上週那趟愚蠢的尋訪之旅的印象。我試著將那些記憶鎖在腦海深處，希望能鎖得夠深，永遠不會再想起。

查理在屋外洗他的警車，當電話響起時，我扔下馬桶刷，急速跑下樓接起來。

「哈囉。」我上氣不接下氣的問。

「貝拉。」雅各聲音中有種怪異，正經的語氣。

「嗨，小各。」

「我相信……我們有個約會。」他說，渾厚的聲音有種意在言外的暗喻。

我愣了一下才聽懂。「都修好了？我真不敢相信。」多完美的時間。我正需要一些東西，能讓我分心，不再回想惡夢及空無。

「是呀，運作完全正常。」

「雅各，你真的是我認識的人當中，最最有本領的人。因為這一點，你多得到十歲。」

「酷！現在我是中年人了。」

我笑了。「我現在就過去！」

我將清潔用品扔在浴室櫥櫃內，抓起外套。

「要去找小各。」當我跑過查理身邊時，他對我說，而不是問我。

「是呀。」我邊跳上車邊回答。

「我晚點會到局裡。」查理在我身後大喊。

「沒問題。」我也喊回去，同時轉動鑰匙發動車子。

查理又說了一些話，但我沒聽清楚，因為引擎聲太吵了。聽起來有點像「哪裡失火了嗎？」

我將車停在佈雷克屋旁，靠近樹叢處，這樣如果我們要偷偷將機車運出來，就方便得多。當我下車時，一道眩目色彩吸引我的目光，兩輛閃亮的機車，一輛紅色，一輛黑色，就藏在衫樹後，從屋子內看不見。雅各都準備好了。

兩輛車的把手上，都繫了一條藍色緞帶綁成的蝴蝶結。當雅各從屋內跑出來時，我笑個不停。

「準備好了嗎？」他低沉的聲音問，眼中滿是光芒。

我看著他身後，沒看見比利。

「是呀。」我說，但我已經不像之前那麼興奮了，我試著想像自己騎機車的樣子。

雅各輕鬆的將機車搬上卡車，同時小心的讓兩輛車平躺，才不會被看見。

「我們走吧，」他說，興奮情緒讓他的聲音變得高亢。「我知道一個很棒的地方，沒人會看見。」

我們開往小鎮的南邊。泥濘小路穿越森林，多數時候，除了樹木以外一片荒涼，有時又突然能看見太平洋美景，海天相連，雲層下深灰的海平面景色，美得讓人屏住呼吸。我們沿著海岸線走，在懸崖下有片寬廣的海灘，景色似乎遙遠無邊。

我開得很慢，這樣我才能不時的凝望海岸風光，還能保持安全，蜿蜒的道路似乎靠近懸崖。雅各談著他如何修好機車，但他的述說太過專業，所以我並沒怎麼注意聽。

當我注意到四個人影站在突出的岩石邊時，離斷崖很近。距離太遠，我看不出來是誰，但我猜想應該是男人。雖然今天很冷，他們卻只穿著短袖。

在我看著他們時，最高的那個人往崖邊走近。我自動減速，腳猶豫著該不該踩煞車。

然後他突然跳下懸崖。

「不！」我高呼，重重踩下煞車。

「怎麼了？」雅各警覺的大喊。

「那個人——他剛才跳下懸崖！他們怎麼不阻止他？我們得叫救護車！」我打開車門就要衝出去，這一點都說不通。最快找到電話的方法，是開回比利家。但我不敢相信自己剛才看到的。可能，潛意識中，我希望自己能看到一些不同的事，但不是隔著擋風玻璃。

雅各大笑，我轉身狂亂的瞪著他。他怎麼如此無情，如此冷血？

「那些是懸崖跳水者，貝拉。一種休閒活動。拉布席又沒有購物中心，妳知道的。」他取笑我，但聲音中有種奇怪的惱怒語氣。

「懸崖跳水？」我重複他說的話，有點暈眩。我不敢置信的看著第二個人也走到懸崖邊，優雅的縱身往下跳。他落下的瞬間，對我來說就像永恆，最後成功的跳入深黑色的海洋中。

「哇。這很高耶。」我坐回車上，眼睛還是睜得大大的，看著那兩位還未跳的人。「一定有一百呎高。」

「嗯，是呀，我們多半從較低的地方跳，就是懸崖半部突出的那塊岩石。」他探出窗外比給我看。他指的那地方就合理多了。「那些人是瘋子。可能只想表現他們有多厲害。我是說，今天真的很冷。水溫不好受。」他臉上的神情不太高興，好像那些人要的噱頭冒犯了他。這讓我有點驚訝。我以為雅各不容易不開心。

「你也會懸崖跳水？」我沒錯過他話中的「我們」。

「當然，當然，」他聳聳肩，做個鬼臉。「那很有趣。有點小可怕，有點莽撞。」我回頭看著懸崖，第三個人走近崖邊。我這一輩子，從未看過有人如此魯莽行事。我眼睛睜得大大的，笑了。「小各，你得帶我去懸崖跳水。」

他皺眉看著我，一臉不以為然。「貝拉，妳剛才才想替山姆叫救護車。」他提醒我。在這麼遠的地方，他竟然認得出那些人誰是誰，我相當驚訝。

「我想試試。」我堅持，想下車。

雅各抓住我手腕。「不要今天，好嗎？我們至少等天氣暖一點？」

「那，好吧。」我同意。因為車門被打開，冰冷的風吹進來，我整個手臂全是雞皮疙瘩。「但我想快點去。」

「很快。」他翻翻白眼。「有時候妳真的挺奇怪的，貝拉，妳知道嗎？」

我嘆口氣。「我知道。」

「而且我們不能從最高處跳。」

我著迷的看著，第三個男人先助跑，跳向空中，比其他人跳得更高。他旋轉身子，落下時，在空中雙側翻，好像在空中跳水似的。他似乎全然的自由，什麼都沒想，完全不負責。

「好吧，」我同意。「第一次不。」

現在換雅各嘆氣了。

「我們到底要不要去試機車？」他追問。

「好啦好啦。」我只得將眼光從第四個站在懸崖上準備跳水的人身上轉開。我繫好安全帶，關上門。引擎還在響，空轉的吼聲。我們再度往下開。

「那些人是誰──那些瘋子？」我好奇的問。

他清清喉嚨，好像作嘔聲。「拉布席幫派。」

「你們有幫派？」我知道自己的聲音聽起來很震驚。

我的反應惹他笑了。「不是那種幫派啦。我發誓，他們就像是變壞的糾察隊。他們不打架，維持和平。」他輕蔑的哼了一聲。「從上城來的那個馬考．芮茲，是個大個子，長得很恐怖。嗯，謠言說，他賣興奮劑給孩子，山姆．烏利和他的兄弟們把他趕出去。他們口口聲聲說什麼我們的土地、部落的驕傲之類的……真是瘋狂。最糟的是，議會認為這是很嚴重的事，完全當真。安柏瑞說，議會和山姆站在同一陣線。」他搖搖頭，一臉忿忿不平。「安柏瑞從利雅．克利爾沃特那邊聽說，他們自稱為保護者之類的。」

雅各雙手握成拳頭，好像他想打人似的。我從未看過他這一面。

聽見山姆．烏利的名字讓我很驚訝。我拒絕又想起惡夢中的影像，所以我想辦法讓自己分心，根據我觀察到的找話題。「你不喜歡他們。」

「這麼明顯嗎？」他諷刺的問。

「嗯……不過聽起來他們沒做什麼壞事。」我想讓他平靜，讓他變得高興。「只是某種煩人假正經的幫派。」

「是呀，煩人，說得沒錯。他們老是愛現，就像懸崖跳水。他們的行為就像……我說不上來。像群混帳。我有一次，和安柏瑞及奎爾在商店逛時，上學期吧，山姆和他那群人也在，賈德和保羅。奎爾說了一些話，妳知道他是個大嘴巴，結果把保羅惹毛了。他眼睛變黑，露出某種笑容──不，露出他的牙，但沒笑，他氣得整個人抖個不停。但山姆用他的手抵在保羅胸口，搖搖頭。保羅看著他好一會，就平靜下來了。老實說，好像山姆控制住他，彷彿山姆沒制止他的話，保羅會把人撕成碎片。」他抱怨著。「像一個西部壞人。妳知道的，山姆是個大塊頭，他二十歲。但保羅也才十六歲，比我還矮，也沒有奎爾那麼壯。我想我們隨便一個都能打贏他。」

「你們是硬漢。」我同意。當他述說時，我腦海中似乎浮現影像，這讓我想起……那三個高大黝黑的男子，站在我父親的客廳的畫面。畫面滑開，因為接下來出現的是，我頭靠在沙發上，葛蘭迪醫生和查理俯身看著我……他們就是山姆那一群人嗎？

我再次開口，說得很快，要讓自己分心，不要再回想那陰霾的影像。「山姆和這群孩子比起來，不是太老了嗎？」

「是呀。他應該要去念大學，但他留下來。沒人說什麼。當我老姊放棄部分獎學金，跑去結婚時，整個議會氣死了。不能比，山姆．烏利從來就不會出錯。」

他臉上有種我從未看過的憤慨，除了憤慨，還有某種我一開始不瞭解的情緒。

「這一切聽起來真的很惱人，又……奇怪。但我不懂，這又不關你的事，你為什麼這麼生氣？」我偷看他的臉色，希望這樣說，不會冒犯到他。他突然冷靜下來，看著窗外。

「妳錯過轉彎了。」他用平靜的語氣說。

我很快回轉，角度太大，差點撞到樹。

「多謝帶路。」我邊轉進岔路邊說。

「抱歉，我沒專心。」

接著我們好一會都沒再說話。

「從這邊開始就可以準備停車了。」他輕柔的說。

我停住車，關上引擎。雙耳不習慣引擎停住後的靜默。我們都下車，雅各帶路往後走，準備把機車搬下來。我試著猜他的表情。有些事讓他煩心。我有點緊張。

他不太認真的笑笑，邊將紅色機車搬下來到我身邊。「遲到的生日禮物。妳準備好了嗎？」

「我想是吧。」機車突然看起來好可怕，我嚇壞了，我突然瞭解，自己馬上就要騎上去。

「我們慢慢來。」他答應我。我小心謹慎的將機車斜靠在卡車邊，等著他將另一輛卸下來。

「小各……」我猶豫了一會，等他從卡車後繞過來。

「嗯？」

「到底是什麼讓你這麼煩心？我是說，跟山姆有關的事嗎？還是其他的事？」我看著他的臉。他做了個鬼臉，但並不是真的生氣。他低頭看著泥地，用鞋子輕踢他機車的前輪，踢了又踢，好像他在計算時間。

他嘆口氣。「只不過是……他們對待我的方式，讓我覺得不安。」開始滔滔不絕。「妳知道的，議會應該平等，如果要有一位領袖，應該是我爸。我一直不懂，人們為什麼那麼敬重他？為什麼他的意見這麼重要？一定和他父親及他祖父有關。我偉大的曾祖父，埃夫萊姆．佈雷克，是我們最後一任酋長，他們之所以仍舊聽比利的，可能就是因為這樣。但我和其他人一樣。沒有人對我特別……直到現在。」

這出乎我的意料。「山姆待你很特別？」

「是呀，」他說，抬起頭，用煩憂的眼神望著我。「他看我的樣子，就像他在等待什麼……好像我某一天會加入他那愚蠢的小幫派似的。他在我身上花的心力，比其他人還多。我討厭這樣。」

「你不用加入任何組織。」我聲音中充滿憤怒。這真的讓雅各心煩意亂，連帶我也生氣。這些「保護者」以為他們是誰？

「是呀。」他的腳總算不踢輪胎了。

「怎麼了?」我覺得還有事。

他皺眉，看起來很悲傷、擔憂，而不是生氣。「是安柏瑞。他最近都躲著我。」

這件事似乎不相關，但我不知是否該將這個問題歸罪於他的朋友。「你最近太常和我在一起了。」我提醒他，覺得有點自私。我最近都獨占了他。

「不，不是這樣。不只是我，還有奎爾和其他人。安柏瑞一整個星期都沒來上課，當我們去他家找他時，他總是不在家。等他回來後，他似乎……很反常，看起來嚇壞了。奎爾和我都試著要他告訴我們是怎麼回事，但他不肯跟我們談。」

我看著雅各焦慮的咬著唇，他真的嚇壞了。但他沒看我。他盯著自己的腳，還在踢輪胎，好像那是別人的腳。節奏愈來愈快。

「然後，這個星期，不知怎麼回事，安柏瑞竟然和山姆那一幫人在一起。他今天也參加了懸崖跳水。」他的聲音低沉緊張。

他總算抬頭看我。「貝拉，他們對他著迷的程度，比讓我煩惱更嚴重。安柏瑞原本不想有人打擾，但現在他跟著山姆一起混，就像加入邪教的狂熱分子似的。」

「這跟當初保羅的狀況一模一樣。他根本不是山姆的朋友，然後他有好幾個禮拜都沒上學，等他回學校時，突然間就變成山姆的人馬了。我不知道這是什麼意思。我弄不懂，我覺得，因為我是安柏瑞的朋友……山姆用好笑的眼光看我……還有……他……」他說不下去。

「你跟比利談過嗎?」我問。他的恐慌影響了我。我覺得背後一冷。

他的臉龐充滿憤怒。「是的，」他生氣的哼了一聲。「還真有用。」

「他怎麼說?」

雅各帶著挖苦的神情，當他再次開口時，聲音模仿他父親低沉的嗓音。「雅各，這不是你現在該擔心的事。幾年後，如果你不……嗯，我以後再告訴你。」然後他又恢復成自己的聲音。「這樣我怎麼聽得懂？他是想要說什麼愚蠢的青春期、還沒長大之類的嗎？還是類似的？一定有什麼不對勁。」

他咬著下唇，雙手緊握成拳，好像快哭了似的。

我本能的用手環住他，摟住他的腰，將我的臉貼住他胸口。他很高大，我覺得自己像是抱住大人的孩子。

「喔，小各，會沒事的！」我向他保證。「如果有什麼不對勁，你可以和我及查理一起住。別嚇到，我們聊點別的吧。」

他身體僵住好一會，修長的手臂猶豫地環抱著我。「謝了，貝拉。」聲音比平常更嘶啞。

我們就這樣站了好一會。這沒讓我沮喪，事實上，我覺得這樣的接觸讓我很安心，和以前有人抱我的感覺不同。就只是友誼，雅各真的很溫暖。

我覺得很不習慣，這麼親密——心理上而非身體上的親密，儘管與另一個人的身體如此親密，對我來說也是很不習慣的一件事。基本上，我通常不會那麼輕易的與人接近。

不和人類那麼親近。

「如果妳的反應都是這樣的話，我會想辦法把自己弄得更激動。」雅各聲音變得輕快多了，恢復正常，他的笑聲在我耳邊如雷聲般轟隆隆作響。他的手指輕觸我的髮，輕柔又躊躇。

嗯，對我來說，這是友誼。

我很快抽身，對他笑笑。但決定將事情回歸到原點。

「真難相信我比你老兩歲，」我說，強調那個老字。「你讓我覺得自己像個小矮人。」和他站得那麼近，我真的得抬起頭才能看到他的眼。

「妳忘了我四十歲了嗎？」

「喔，對喔。」

他拍拍我的頭。「妳像個小娃娃，」他逗弄著我。「一個瓷娃娃。」

我翻翻白眼，再站遠一步。「我們別再聊這些白痴話題了。」

「說實話，貝拉，妳確定妳不是嗎？」他伸展紅褐色的手臂，在我身邊。但不是在挑逗我。「我沒看過比妳更白的人了……嗯，除了……」他突然住口，我望向別處，假裝沒聽懂他想說的話。

「我們到底要不要騎？」

「來吧。」我同意，比之前更迫不及待。他剛才沒說完的那句話，提醒我原本的計畫。

chapter 8

腎上腺素

我又暈又茫然，好像三種吼聲同時存在，

　　身上的機車、腦中的聲音、還有……

「貝拉！」

　　雅各大喊，我聽見另一輛機車熄火的聲音。

壓在我身上的機車馬上被拉了起來，我翻動身子。

　　一切聲音都停了。

「哇。」我自言自語。

　　我在發抖，這就是幻聽的配方，

腎上腺素的興奮加上危險，還有愚蠢。類似啦。

「好吧，妳的離合器在哪？」

我指著左手把。鬆開手是個錯誤。沉重的機車晃動朝我倒下，差點把我壓倒。我趕忙再抓住把手，想握緊。

「雅各，車子立不起來。」我抱怨。

「等妳開始騎就會了，」他向我保證。「妳的煞車在哪？」

「我右腳那邊。」

「錯。」

他抓住我右手，將我的手指曲起來，握住油門前面的煞車把。

「但你說——」

「這才是妳要用的煞車。先不要用後煞車，那之後再學，等妳知道怎麼做才對以後。」

「聽起來不對，」我懷疑的說：「兩個煞車不是都很重要嗎？」

「先別管後煞車，好嗎？這裡——」他用大手包住我的，讓我壓一下把手。「這樣就是煞車。別忘了。」

「好。」我說。

他再次擠壓我的手。

「油門？」

我轉動右把手。

「變速排檔？」

我輕推左小腿處。

「很好。我想妳已經知道每個功能了，現在妳只需要開始騎。」

「嗯。」我悶哼一聲，不敢說話。我的胃有種奇怪的抽搐，我覺得自己的聲音變粗。我嚇壞了。我試著告訴自己，害怕沒有用。我已經準備好，要盡可能的從事魯莽的活動。比起來，這有什麼好怕的？我應該能談笑自在的面對死亡。

但我的胃不聽勸。

我低頭看著長長的泥濘路，到處都是綠色。道路滿是泥沙又很髒。但比泥巴好些。

「我要妳抓住離合器。」雅各指示我。

我用手指抓住。

「現在是重要關頭，貝拉，」雅各說：「別放開手，好嗎？我要妳假裝我給了妳一顆手榴彈，保險已經拉開，妳要準備往上丟。」

我抓得更緊。

「好。妳認為妳能發動了嗎？」

「如果我移動腳，我會摔下來。」我咬著牙關對自己說，緊緊抓住那顆想像中的手榴彈。

「好，我來。別鬆開離合器喔。」

他往後站一步，突然將腳踩在踏板上。一陣短促的吼聲，他的力量發動了機車。我往側邊摔落，但小各在我及車子還沒摔到地上前便接住車子。

「穩住，」他鼓勵我。「妳還是抓著離合器嗎？」

「是的。」我說。

「腳對準，我要再試一次。」但他將手放在後座上，以防萬一。

又試了四次才發動。我能感受到機車在我身下振動低吼，像憤怒的動物。我抓住離合器，直到手指發疼。

「轉動油門，」他說：「輕輕的，別鬆開離合器。」

猶豫的，我轉動右把手。雖然只是輕輕的轉動，機車卻大吼。聽起來既憤怒又飢餓。雅各帶著深深的滿足笑意。

「妳記得如何切進一檔嗎？」他問。

「記得。」

「好，往前騎。」

「好。」

他等了好一會。

「左腳。」他指示。

「我知道。」我深呼吸。

「妳確定妳要這麼做？」雅各問：「妳看起來很害怕。」

「我沒事。」我頓聲說，然後把變速排檔往下踩一次。

「很好，」他稱讚我。「現在，輕輕的，鬆開離合器。」

他遠離機車一步。

「你要我丟出手榴彈？」我不敢置信的問他。不知道他為什麼要後退。

「這樣妳才能往前騎，貝拉。一點一點來。」

我一鬆開排檔，就被身邊一個聲音嚇壞，但那個聲音並不是來自我身邊這個男孩。

「這真是魯莽，孩子氣又愚蠢，貝拉。」迷人的聲音說。

「喔。」我倒抽一口氣，手不自覺的鬆開離合器。

我身下的機車猛的一衝，帶我往前，又突然摔倒。吼叫的引擎停了下來。

「貝拉？」雅各輕鬆的幫我抬起機車。「妳有受傷嗎？」

但我沒理他。

「我告訴過妳。」那完美的聲音低聲說，像水晶一樣清楚。

「貝拉？」雅各搖搖我肩膀。

「我沒事。」我低聲說，感覺有點暈眩。

比沒事還好，我腦中的聲音又回來了，還在我耳中迴響，輕柔、迷人的回音。

我的腦中各種可能轉個不停。這裡一點都不熟悉，我在沒看過的道路，做著我從未做過的事，一點都不是似曾相識的情景。因此那些幻音一定是被別的事情引發的……我覺得腎上腺素激增，我想，我找到答案了。激動加上危險，可能還有愚蠢……

雅各拉拉我。

「妳撞到頭了嗎？」他問。

「我想沒有。」我將頭前後擺動，看看情況。「我沒把機車弄壞吧？」這念頭讓我擔憂。我想馬上再試一次，馬上。從事魯莽的事所獲得的報償，比我原本想的還棒。忘了欺騙大人的事，我可能找到一個方法能引來幻聽，這更重要。

「不，妳只是讓引擎熄火而已。」雅各很快打斷我的推測。「妳太快鬆開離合器了。」

我點點頭。「我要再試一次。」

「妳確定嗎？」雅各問。

「當然。」

這一次，我試著自己發動。這很複雜，我得用跳的，才有足夠的力量能踩動踏板，每當我發動時，機車就試著打敗我。雅各的手替我護著手把，準備一旦我摔倒時能接住我。

我又試了好幾次，終於才又發動引擎。得記住排檔，我實驗性的轉動油門，引擎微微抖動。我現在像雅各一樣滿意的笑。

「慢慢調整離合器。」他提醒我。

「妳想殺死自己，所以才這麼做？」那個聲音又說話了，語氣很緊張。

我笑了——聲音還在，但我不理會他的問題。雅各不會讓我出事的。

「回去查理家。」那聲音命令我。聲音中的美妙讓我驚嘆。我不能分心，無論要付出什麼代價。

「慢慢地鬆開。」雅各鼓勵我。

「我會的。」當我發現我得同時回答兩個人時，有點不知所措。

我腦中的聲音氣壞了，和機車的怒吼一樣。

試著專心，不讓腦中的聲音影響我，我緩緩鬆開手。突然間，齒輪切進了一檔，帶我往前衝。

我在飛。

有道原本沒有的風，吹過我肌膚，一路沿著我的脊椎和我的髮而去，我身後好像有足夠的力量推我向前，我覺得胃中緊張的感覺又回來了，腎上腺素的興奮刺穿全身，全身激動不已。樹撫過我，像模糊的綠牆。

但這只是一檔而已。當我催加油門時，我的腳迫不及待想嘗試踩進二檔。

「不，貝拉！」我腦中響起憤怒、卻甜蜜不已的命令聲。「看看妳在做什麼！」

那聲音完全分散我的注意力，急速中，我猛地發現道路微微向左邊彎過去，我不知道該怎麼辦，仍舊往前——雅各沒教我怎麼轉彎。

「煞車，煞車。」我對自己低聲說，我本能的將右腳往下踩，像我開卡車時一樣。

機車突然間不穩，從一側向另一側抖動。帶著我往前衝向樹叢，我衝得太快了。我想要將把手轉向另一個方向，突然間我的重量帶著機車摔向馬路，旋轉著朝樹叢撞去。

機車又倒在我身上，大聲的嘶吼，我滑過濕泥地，直到機車撞到某物。我看不見，我的臉全都是泥沙。我想要抬起頭，但有東西壓住我。

我又暈又茫然，好像三種吼聲同時存在，身上的機車、腦中的聲音、還有……

「貝拉！」雅各大喊，我聽見另一輛機車熄火的聲音。

壓在我身上的機車馬上被拉了起來，我翻動身子。一切聲音都停了。

「哇。」我自言自語。我在發抖，這就是幻聽的配方，腎上腺素的興奮加上危險，還有愚蠢。類似啦。

「貝拉？」雅各焦慮的俯身看著我。「貝拉，妳還活著嗎？」

「我很好！」我熱情的說。我伸伸手腳，看起來沒受傷。「我要再試一次。」

「我想不行，」雅各的聲音充滿擔憂。「我想，我最好先載妳去醫院。」

「我沒事。」

「嗯，貝拉？妳額頭有個好大的傷口，還在流血。」他告訴我。

我用手掌貼著前額。沒錯，是又濕又黏。我聞到一些不是青苔的味道，這讓我反胃。

「喔，我真抱歉，雅各。」我壓下反胃感，好像用力就能將血逼回腦中似的。

「妳為什麼要為流血抱歉？」他邊用手摟住我的腰，抬起我的腳，邊好奇的問：「我們走吧。我來開車。」他伸出手跟我要鑰匙。

「那機車怎麼辦？」我問，將鑰匙交給他。

他想了一會。「在這邊等。拿去。」他脫下T恤丟給我，上面沾到血。我折起來貼住前額。我已經聞到血的味道，我用口深呼吸，專心在其他事上。

雅各跳上黑色機車，發動後往回騎，車子揚起沙塵。看他操縱把手的樣子，既流線又專業，低著頭，身子往前，閃亮的頭髮更突顯他背後紅褐色的肌膚。我雙眼緊張的瞇起來。我確定自己騎車時一定不是那個樣子。

我並不知道自己騎了這麼遠。等他騎到卡車邊時，我幾乎已經看不見他了。他將機車搬到車上，坐上駕駛座。

當他開著我的卡車急忙過來時，我其實覺得還好。頭有點疼痛，胃不太舒服，但傷口並不嚴重。頭痛還比傷口難受。他的著急其實沒有必要。

雅各跳下卡車，跑到我身邊，用手抱起我。

「好了，我抱妳上卡車。」

「我真的沒事，」當他扶我起來時，我向他保證。「別激動。只是流了一點血。」

「是很多血。」當他將我的機車搬上卡車時，我聽見他低聲說。

「讓我們想一下，」等他回來後我說：「如果你載我去急診室，查理一定會知道。」我看著牛仔褲上的泥沙。

「貝拉，我想妳的傷口需要縫合。我不能讓妳失血過多而死。」

「我不會，」我向他保證。「我們先將機車運回去，然後回去我家，我才能布置一下證據，接著再去醫院。」

「那查理怎麼辦？」

「他說他今天要工作。」

「妳確定？」

「相信我，我很容易受傷流血。這沒那麼可怕。」

雅各不怎麼高興，他緊閉著唇，皺著眉，但他不想讓我惹上麻煩。我看著窗外，將他的衣服貼著額頭，他往福克斯開去。

騎機車這件事，比我夢想的還棒。這證明我原本的打算。我騙人，打破我的承諾，我不顧一切的魯莽行事。反正雙方都打破了承諾，這讓我覺得自己現在沒那麼可憐了。

而且，我找到能引發幻聽的關鍵！至少，我希望我找到了。我很快就會再試試這個理論。如果在急診室很快就能處理好，我今晚就能再試一次。

在路上跑的感覺真棒。風吹過臉上的感覺，自由的速度……讓我想起過去的時光，在濃密的樹叢間奔跑，但不是跑在路上，而是被他背著……我讓思緒停在這，突然間的痛苦讓我停止回憶。

「妳還好嗎？」雅各問我。

「沒事。」我想讓聲音像之前一樣充滿信心。

「對了，」他說：「我今晚要先弄斷妳的腳煞車。」

到家後，我先用鏡子檢查我的傷勢，有點可怕。血乾了，黏在臉頰、脖子上，和我滿是泥濘的頭髮挺相配的。我自己先檢查，假裝血是油漆，這樣才不會反胃噁心。我用口呼吸，就好一些。

我盡快梳洗。然後將髒污泥濘的衣物藏在洗衣籃內，小心的換上新的褲子和有扣子的襯衫（這樣穿脫才不用經過頭部）。我用一手完成更衣，小心的不讓新衣物弄到血。

「快一點。」雅各大喊。

「好啦，好啦。」我喊回去。確定什麼線索都沒留下後，我衝下樓。

「我看起來如何？」我問他。

「好多了。」他承認。

「我看起來像是在你車庫摔倒，頭撞到鐵鎚嗎？」

「當然，我猜可以。」

「那我們走吧。」

雅各與我衝出門，堅持由他開車。在往醫院的半路上，我才發現他還是裸著上身。

我內疚的皺眉。「我應該幫你拿件衣服的。」

「那又得花時間，」他逗弄著我說：「再說，又不太冷。」

「你開玩笑吧？」我抖著轉開暖氣。

我看著雅各，看他是否是開玩笑，好讓我不要擔心，但他看起來很自在。他一手放在我座椅背後，雖然我已經很暖了。

雅各看起來的確比十六歲成熟，雖然不是四十歲，但可能比我還大。奎爾跟他比起來，塊頭大多了，跟奎爾比起來，雅各算是瘦排骨。但在他光滑的肌膚下，絕對是結實的肌肉。他的肌膚是完美的色澤，讓我妒嫉。

雅各注意到我的凝視。

「怎麼了？」他問，突然害羞起來。

「沒事。我以前沒發現。你知道嗎，你算很英俊。」

我一說出口，就擔心他可能會錯意。

但雅各只是翻翻白眼。「妳的頭真的撞得不輕喔，是不是？」

「我是認真的。」

「好吧，那謝了。」

我咧嘴一笑。「不客氣。」

我縫了七針。但因為上了麻藥，所以縫時並不痛。當史諾醫生縫合傷口時，雅各一直握著我的手，我忍不住想這有多諷刺。

我們好像在醫院待了好久。等弄好時，我得讓雅各回家，再趕回去幫查理煮晚飯。查理對於我說在雅各車庫摔倒，似乎相信。畢竟，我經常出現在急診室。

這一晚，和我在安吉拉斯港聽見那迷人聲音後的第一晚一樣，不算差。空洞又回來了，每當我與雅各分開後都會這樣，但不那麼急切了。我已經做好計畫，期待更多幻覺，讓自己分心。此外，我知道等我明天再見到雅各，我的感覺會更好。有了這種想法，讓空洞和熟悉的痛苦比較能熬得過去，我嘆息地鬆了一口氣。惡夢一如以往，失去它的力量。我還是被空無一物嚇醒，但我有種奇怪的不耐，當我等了好一會，等待意識中的尖叫，然而卻沒有出現，我知道惡夢結束了。

隔週三，我從急診室回家前，葛蘭迪醫生打電話警告我爸，說我可能有點意識問題，並要他在晚上，每隔兩小時將我叫醒，好確定我的情況。當我虛弱的解釋我摔倒的原因時，查理懷疑的瞇起眼。

「可能妳得待在車庫外面，貝拉。」他在晚飯時建議。

我有點驚慌，擔心查理會禁止我去拉布席，甚至發現我的機車。我不能放棄，我今天獲得最棒的幻聽。在我將機車衝得太快，衝進樹叢前，我那迷人的聲音幻覺又對我大吼了將近五分鐘。無論這讓我受傷多嚴重或有多痛，我都不會抱怨。

「這不是在車庫內弄的，」我很快地抗議。「我們去爬山，我被石頭絆倒。」

「妳什麼時候開始爬山的？」查理懷疑的問。

「在紐頓商店上班就不能做別的嗎？」我指出。「每天賣那些戶外用品，最後一定也會想試試看的。」

查理盯著我，不怎麼相信。

「我會更小心點的。」我向他保證，但在桌下交叉手指。

「我不介意妳在拉布席附近走走，但不要離鎮上太遠，好嗎？」

「為什麼？」

「嗯，最近有許多看到野生動物的抱怨。森林部門會去查看，但可能為時……」

「喔，大熊，」我突然聽懂了。「是呀，有些來紐頓的登山客說有看見。你認為真的是大灰熊嗎？」

他的額頭鬆懈下來。「是有東西。所以別離小鎮太遠。好嗎？」

「好的，好的。」我很快的回答。但他並沒完全相信。

「查理一直追問。」我向雅各抱怨，當我在星期五放學後去接他時。

「可能我們應該暫時停止騎車。」他看到我反對的表情，繼續說：「至少停個一週，這樣妳至少有一週不會再去急診室，不是嗎？」

「那我們要做什麼？」我不高興的問。

他開心的笑了。「妳想做什麼都行。」

我想了好一會——關於我想要什麼。

我討厭自己想不到，雖然那些不請自來的回憶已經不會再讓我難過。如果我不能騎機車，我就得找出其他冒著危險的活動，這得好好想一想，還得有創意。我不想什麼都不做，即使是和小各在一起，我應該還是會因此沮喪。我得繼續保持忙碌……

可能有其他方式，其他的方法……其他的地方。

前往大屋是個錯誤的選擇。但他的存在表徵一定在某處，除了我記憶之外的某處。他一定在某個地方，在那些熟悉的地標，充滿人類的記憶。

我只想到一個地方，可能是真的。一個只屬於他而不屬於別人的地方。一個充滿魔力的地方，充滿陽光。我這一生只看過這一個如此迷人的草地，陽光讓他的肌膚閃閃發光。

這個主意帶有巨大可能的反效果，可能充滿危險的痛苦。就連想到，都讓我的胸口發疼不止。我連身子都站不直，無法放鬆自己。但當然，有很多地方，我都能聽見他的聲音。不過，我已經告訴過查理我在健行……

「妳想什麼想得那麼專心？」雅各問。

「嗯……」我緩緩開口。「我有一次在森林中發現一個地方……我在健行時……經過。一塊小小的草地，是全世界最美麗的地方。我不知道靠我自己一個人能不能再找到。一定很遠……」

「我們用羅盤和棋盤式搜尋，」雅各帶著充滿信心的聲音說：「妳知道從哪開始嗎？」

「是的，就在登山口下方，十分之一的盡頭處。我想應該是往南。」

「酷！我們一定能找到的。」一如既往，雅各對我想做的事總是充滿玩樂之心，無論那些事有多奇怪。

因此，星期六下午，我穿上新的登山鞋——那是第一次使用我的員工折扣八折購買的，抓起我的奧林匹克半島地圖，開車前往拉布席。

我們並沒馬上開始，首先，雅各趴在客廳地上，占據整個客廳，大約二十分鐘，在地圖上畫出複雜的網路，我則坐在廚房椅子上和比利聊天。比利對我們要去健行似乎不怎麼在意。我很驚訝雅各竟然會告訴他我們要做的事——當人們大驚小怪討論看見熊時。我想要請比利別告訴查理，但我擔心，這樣反而會有反效果。

「可能我們會看到大熊。」雅各開玩笑說，雙眼盯著他的地圖。

我很快瞄比利一眼，擔心會有查理式的反應。

但比利只是對他兒子笑笑。「或許你應該帶一罐蜂蜜，以防萬一。」

小各笑道：「希望妳的新鞋子跑得夠快，貝拉。一小罐蜂蜜是無法抵擋飢餓的大熊太久的。」

「我只要比你快就行了。」

「妳想得美！」雅各翻翻白眼，同時折起地圖。「我們走吧。」

「好好玩。」比利大聲的說。推著輪椅朝冰箱走去。

查理已經不算是個難相處的人，但我認為，雅各的日子好像比我更輕鬆。

我開到小路盡頭，將引擎熄火，停在登山口。距離我上次來已經過了好久，我的胃緊張抽搐。這可能是件錯事，但應該值得，如果我能聽見他的聲音。

我下車，看著濃密的樹林。

「我上次是走這邊。」我低聲說，比著前方。

「嗯哼。」雅各低聲說。

「怎麼了？」

他看著我比的方向，接著看看被旅客踩得平整的登山道，然後又回過頭來看我。

「我還以為妳是個只敢沿著登山道健行的女生。」

「我才不是呢。」我悲壯的笑笑。「我是一個鬥士。」

他笑了，然後拿出地圖。

「等我一下。」他拿出羅盤，專業的操作，轉動地圖，直到他要的角度。

「好了，棋盤的第一行。我們走吧。」

我知道是我害雅各速度變慢，但他並沒抱怨。我試著不要回想我上次的旅行路線，這是不同的情景，正常的記憶還是很危險。我將雙手交叉胸前，喘不過氣來，萬一我犯了錯，我要怎麼向雅各解釋？要自己專注當下似乎沒那麼困難。森林看起來就跟其他地方沒什麼兩樣，不過雅各的心情倒是很不同。他高興地吹著口哨，不熟悉的曲調，揮舞著手臂，輕鬆的穿越高大的草叢。森林內不像我想像的那麼陰暗，因為我不是一個人。

雅各每隔幾秒就查看羅盤，讓我們能走一直線。他看起來完全知道自己在做什麼。我差點想稱讚他，但我忍住，不然的話，他會因為這樣又多了幾歲。

我邊走邊胡思亂想，也更加小心。我沒忘記我們在海邊懸崖的談話，我等著他再次提起，但他好像沒這個打算。

「嗯……小各？」我猶豫的開口。

「怎麼了？」

「安柏瑞……的事情如何了？恢復正常了嗎？」

雅各沉默了一會，還是大步向前走。當他走了約十呎遠後，他停下來等我。

「不。他不會恢復正常。」雅各說，當我走到他身邊時，他撇著嘴。他並沒再往前走，我馬上後悔提起這件事。

「還是和山姆在一起？」

「是的。」

他用手臂環住我肩頭，整個人看起來心煩意亂，我不想在此時甩開他的手，所以我問另一題。

「他們還是用奇怪的眼神看你嗎？」我半低語的問。

雅各瞪著樹叢。「偶爾。」

「那比利呢？」

「一樣沒用。」他用乖戾憤怒的聲音說，讓我分心。

「我家沙發永遠等著你。」我說。

他笑了，不自在的心情馬上就被破解。「但這樣會害了查理……比利會打電話報警說我被綁架。」

我也笑了，很高興雅各又恢復正常。

當雅各說我們已經走了六哩時，我們停下腳步，往西走了一會，再依他畫的矩陣往回走。一切都和之前沒有不同，我有種感覺，我愚蠢的要求已經無望了。當天色變暗，我對自己承認，但雅各似乎更有信心了。

「妳確定我們一開始出發的地方是對的嗎……」他低下頭看我。

「嗯，我很確定。」

「那我們一定找得到。」他向我保證，抓起我的手，帶我穿越一大叢蕨類。另一邊是我的卡車。他驕傲的宣布。「相信我。」

「你真是了不起，」我承認。「下一次我們帶照明燈來。」

「我們以後週日就來健行吧。我不知道妳走得這麼慢。」

他取笑我，我抽回被他牽住的手，轉身瞪著另一邊。

「所以明天再試一次？」他坐上乘客座。

「當然。除非你不想再跟不良於行的我一起。」

「我熬得過，」他說：「如果我們要再健行，妳得帶些毛巾。我敢說，妳這雙新鞋子很打腳。」

「有一點。」我承認。我覺得好像長了點水泡。

「我希望明天我們能看到熊。我有點失望。」

「是呀，我也是，」我諷刺的同意。「可能我們明天夠幸運，能看到牠吃我們！」

「熊才不會吃人，我們又不好吃。」他在黑暗的車內朝我一笑。「當然，妳可能是例外。我敢說，妳應該很好吃。」

「真是謝了。」我轉過頭，他不是第一個這麼說我的人。

chapter 9

三人行

雅各還是一如平常，充滿陽光自信的模樣，
一路談天，說些什麼我不太記得，
後座的麥克一直都很沉默。
接著麥克突然改變策略，
他靠向前，下巴抵在我座椅的肩頭，
臉頰差點碰到我的。
我避開，轉過臉看著窗外。

時間過得比以前快。學校、工作、和雅各交疊在一起，雖然順序不一定是這樣，但這讓我的生活建立起一種整齊又不費力的模式。查理的希望達成了：我不再那麼了無生趣。當然，我無法欺騙自己。當我停止回顧生活——我試著不要太常這樣，我無法忽視我行為的意義。

我像失去主星的月亮，我的主星因為大洪水被毀了，一片荒蕪，但是我仍繼續不停止的依著小小的軌道，圍繞著虛無的空間運行，無視地心引力的存在。

我的機車騎得愈來愈好，不再有傷口，不會再讓查理擔心。但同時，我腦海中的聲音也不再出現。安靜帶來痛苦。我如今專心於尋找那片草地。

不知道經過了多少天——沒有需要計算的理由，我試著活在當下，而不是消逝的過去，也不管逼近的未來。因此，當某個一起做作業日，雅各拿出禮物給我時，我很驚訝。那天我下班後將車停在他家門前時，他正等著我。

「情人節快樂。」雅各笑著說，歪著頭迎接我。

他拿出一個小小的粉紅色盒子，穩穩的放在他掌心。一個心型。

「嗯，我覺得自己好笨，」我低聲說：「今天是情人節嗎？」

雅各搖搖頭，模仿我悲哀的神情，「妳真的不太活在現實。沒錯，今天是二月十四號，妳要擔任我的情人嗎？既然妳沒有買五十分的糖果給我，至少妳可以成全我的希望。」

我不怎麼舒服的看著他。雖然聽起來像是在開玩笑，但其實不然。

「這到底是怎麼回事？」我充滿戒心的問。

「老樣子——例行活動之類的事。」

「喔，那麼……」我接過糖果。但我想把事情弄清楚，與雅各之間的界線，似乎變得模糊不清。

「那我們明天要做什麼？爬山還是急診室？」

「爬山，」我決定。「對喜歡的東西有偏執狂的人可不是只有你而已。我認為我可以想像那個地方……」我皺著眉回想。

「我們一定會找到的，」他向我保證。「週五騎車？」他提議。

我看到一絲機會，馬上毫不猶豫的抓住。

「週五要去看電影。我答應我的午餐同學了。」麥克一定會高興死的。

但雅各臉垮了下來。我在他把視線移向地面時抓住他眼中的沮喪。

「你也可以來，好嗎？」我很快的補了句。「還是你覺得和一堆人看很無聊？」我的機會讓我們維持一些距離。我不能再繼續傷害雅各，我們兩人間有種奇怪的連結，他的痛苦刺痛了我。此外，有他陪我經歷折磨——我已經答應麥克，但實在不怎麼興奮——也不錯。

「妳想要我一起參加妳朋友的活動？」

「是的，」我老實的承認，知道自己心口不一。「如果你也來，我會覺得好玩些。帶奎爾一起來，我們可以像開派對一樣。」

「奎爾會樂死。學姊耶。」他得意的笑，翻翻白眼。我沒提安柏瑞，他也沒提。

我也笑了。「我會努力幫他介紹的。」

我在星期一的英文課時向麥克提起這件事。

「嗨，麥克，」下課時我向他說：「你週五有空嗎？」

他抬起頭，藍色雙眼馬上充滿希望。「是呀，有空。妳想出去嗎？」

我小心遣詞用句。「我在想，大家一起——」我強調用字，「一起去看《十字火線》。」我這次先做過功課，看過影評，好確定不會讓自己措手不及。這部電影從頭到尾都在大屠殺。我知道自己仍舊無法看愛情片。「這樣聽起來不是很有趣嗎？」

「當然。」他同意，但不那麼熱切了。

「酷。」

下課後，他又恢復原本的好心情。「我們要不要找安琪拉和班？或是艾瑞克及凱蒂？」

顯然他想將我的計畫變成幾對情侶的共同約會。

「都請如何？」我建議。「當然還要有潔西卡。還有泰勒及康納，也許還有蘿倫。」我不情願的加人。我答應奎爾的。

「好呀。」麥克低聲說，聲音悶悶的。

「還有，」我繼續說：「我也邀了幾位從拉布席來的朋友，所以我們需要開你的休旅車。」

麥克懷疑的瞇起眼。

「就是妳一起做功課的人？」

「是的，」我好心情的回答。「你可以認為我在當家教，因為他們只有高二。」

「喔。」麥克驚訝的說。想了一會後，他笑了。

但最後，休旅車沒用到。

麥克一通知她們這個計畫，因為牽涉我在其中，潔西卡和蘿倫馬上就藉口有事不能去。艾瑞克和凱蒂已經有計畫了，好像是他們認識三週的紀念日。蘿倫搶在麥克之前約走了泰勒和康納，所以這兩人也無法參加。連奎爾都沒法來，因為在學校打架被禁足。最後，只有安琪拉、班，當然還有雅各來。

新月

即使人數變少，似乎也不減損麥克的興致，他不斷的談論週五的計畫。

「妳確定妳不想改看《明日．永恆》？」他在午餐時問，提到目前上映的愛情喜劇片，是票房第一名。「《爛番茄》網站上，給這部片很高的評價。」

「我想要看《十字火線》，」我堅持。「我想看動作片，有血有子彈那種。」

「好吧。」麥克轉身，但我還是看到他那——她真是瘋了——的表情。

下課後我回到家，一輛熟悉的車停在屋前。雅各靠在車頂旁，笑得很開心。

「不會吧！」我大喊著跳向卡車後方。「你弄好了！我不敢相信！你修好小兔子了！」

他面有喜色。「昨晚弄好的。這是她第一次上路。」

「真不敢相信。」我們相互擊掌。

他與我擊掌時，手指抓住我的好一會，似乎不太想放開。「所以我們今晚開車去？」

「一定。」我說，然後嘆口氣。

「怎麼了？」

「我得放棄，我沒有比這更厲害的招數。你贏了。你比我大。」

他聳聳肩，對我的投降一點都不意外。「我當然是。」

麥克的休旅車從轉角繞過來。我將手從雅各手裡抽出，他露出一個我看不懂的神情。

「我記得這傢伙，」他低聲說，麥克將車停在對街。「他以為妳是他女朋友。他現在還是這麼認為嗎？」

我抬起一邊眉毛。「有些人很難放棄。」

「那麼，」雅各邊想邊說：「固執會獲得報償囉？」

「多數只是讓我很煩。」

麥克下車，走過馬路。

「嗨，貝拉。」他問候我，但一看到雅各眼睛就睜得很大。我偷瞄雅各一眼，想盡量客觀。他真的不像高二生。他好高，麥克頭才到他肩膀而已，我真不敢想像下次量他時會有多高，他的臉看起來也比同齡生成熟，雖然才一個月。

「嗨，麥克！你記得雅各．佈雷克嗎？」

「不太記得。」麥克伸出手。

「老朋友。」雅各介紹自己，與他握手。他們握手定住的時間比平常久。當兩人鬆手時，麥克揉揉手指。

我聽見廚房的電話響。

「我最好去接，一定是查理。」我告訴他倆，然後衝進屋內。

是班打來的。安琪拉腸胃炎病了，他不想自己一個人來，所以打電話向我們道歉。

我緩緩走向等待我的兩個男孩，搖搖頭，我真的希望安琪拉好點，但我得承認自己對這樣的結果有點失望。麥克、雅各和我，今晚只有我們三人，得想個好方法出來，我諷刺的笑笑。

我不在的時候，麥克和雅各似乎沒有什麼進展。兩個人隔了好幾碼，面對面，等著我。麥克繃著臉微怒，雅各還是一如往常的歡樂。

「小安生病了。」我悶悶不樂的告訴他們。「她和班都不能來。」

「我猜感冒傳染開來了，奧斯汀和康納今天都請假，可能我們下一次再去。」麥克建議。

我還沒同意，雅各就開口。

「我還是可以。但如果你不想去，麥克——」

「不，我可以。」麥克打斷他。「我只是想到安琪拉和班。我們走吧。」他朝休旅車走去。

新月

「嗨，你介意讓雅各開嗎？」我問：「我告訴他他可以——他剛修好車，用零件自己親手修的。」我帶著驕傲的口吻，像家長會中的母親談論自己的孩子似的。

「好吧。」麥克同意，有點用力的關上車門。

「沒關係。」雅各說，好像這樣就沒事似的。他比平常更自在。

麥克爬上小兔子的後座，有點厭惡的神情。

雅各還是一如平常，充滿陽光自信的模樣，一路談天，說些什麼我不太記得，後座的麥克一直都很沉默。

接著麥克突然改變策略，他靠向前，下巴抵在我座椅的肩頭，臉頰差點碰到我的。我避開，轉過臉看著窗外。

「這個音響能用嗎？」麥克故意任性的問，打斷雅各的滔滔不絕。

「可以，」雅各回答：「但貝拉不喜歡音樂。」

我驚訝的看著雅各，我從沒這樣說過。

「貝拉？」麥克不高興的問。

「他說得沒錯。」我低聲說，望著雅各安穩的神情。

「妳怎麼可能不喜歡音樂？」麥克追問。

我聳聳肩。「我不知道。就是讓我很煩。」

「嗯哼。」麥克往後靠。

當我們到戲院，雅各將一張十元遞給我。

「這是什麼？」我問。

「我年紀不到，無法買票。」他提醒我。

我大聲的笑了。「虧你還在跟我爭論什麼相對年齡咧。如果我帶你進去，比利會不會殺了我？」

「不會。我告訴他，妳打算毀滅我年輕的天真。」

我笑個不停，麥克在我們身後追上我們。

我真的希望麥克決定不來。他還是為這三人行悶悶不樂。但我不想獨自和雅各約會，這樣一點幫助都沒有。

電影和影評說的一樣。一開場，就有四個人被轟死，一個被砍頭。我前面的女孩用手遮住眼，將臉躲在她男友的胸口。他拍拍她的肩，偶爾退縮一下。麥克看起來似乎沒在看，臉色很僵硬，眼睛看著螢幕上的布幕。

我坐好，打算忍耐整整兩個小時，看著螢幕色彩和移動，但不敢看人和車及房子。然而雅各偷偷笑。

「怎麼了？」我低聲問。

「得了！」他低聲回答：「血從離那男人二十呎的地方噴出，假得不得了。」

當一根旗桿打中某個男子，撞到屋角時，他又偷笑。

因為這樣，我才真的開始看電影，隨著電影中的暴力情節愈發瘋狂，我也像他一樣笑個不停。既然我如此享受與他同在的時光，我要如何才能維持與他相處的那條模糊界線呢？

雅各和麥克兩人都認為靠我那邊的座椅扶手屬於他們。兩人的雙手都輕放在上面，掌心向上，呈現一種不自然的姿勢。好像鋼製的獵熊捕捉器，張開籠口，等待獵物上門。雅各已經習慣牽我的手，無論有無機會，但在黑暗的戲院中，又有麥克虎視眈眈，如果牽了我的手，會有額外不同的意含，我很確定他明白這一點。我不相信麥克也有一樣的想法，但他的手還是維持和雅各一樣的姿勢。

我將兩手交叉在胸前，緊緊抱住自己，希望兩人的手自動收回去。麥克先放棄。電影演到一半時，他收回手，向前靠，用雙手撐著頭。我一開始以為他被電影內容吸引，但之後他卻開始呻吟。

當他再次呻吟，我們前面的情侶轉頭看著他。

「你還好嗎，麥克？」我低聲問。

「不，」他喘著氣說：「我想我不太舒服。」

在電影院內微弱的光線下，我能看見他一臉的汗。

麥克又呻吟，起身衝出門。我站起來要跟上去，雅各馬上跟著我移動。

「不，留在這，」我低聲說：「我想確定他沒事。」

但雅各還是跟著我。

「你不用過來的。這樣八元的電影票錢就飛了。」我堅持，但他還是隨著我走向走道。

「沒關係的。妳一定接得起來，貝拉，這部電影真的很無聊。」當我們走出放映廳時，他的聲音從低語提高成正常的音量。

大廳內沒看到麥克，這時我反而很高興雅各和我一起來，因為可以由他去查看男廁。

雅各一會就回來了。

「喔，他在裡面，沒事。」他翻翻白眼。「真是個膽小鬼。妳應該帶個胃強壯點的人，人們取笑血案時，有時會讓不夠堅強的人吐出來。」

「我會找找看有沒有這樣的人。」

我們是唯二在大廳的人。兩個包廂內的電影都放映到一半，這真慘，安靜得連大廳角落爆米花爆起的聲音都聽得一清二楚。

雅各坐在牆邊棉絨布鋪成的長椅上，拍拍他身邊的空位。

「看樣子他會在裡面待上好一會。」他雙腳向前伸展，好舒服的等候。

我嘆口氣，坐在他旁邊。他一副想打破模糊界線的樣子。我一坐下，他馬上轉身，用手臂環著我的肩。

「小各。」我抗議，退開。他放下手臂，但我這小小反對似乎並未讓他煩心。他伸出手緊緊握住我的，當我想退開時，他用另一隻手緊緊握住我的腕關節。他哪來的信心？

「好啦，一下下就好，貝拉，」他用平靜的聲音說：「有些事想問妳。」

我做個鬼臉。我不想這樣做。不只是現在，而是永遠。目前我生活中沒有什麼事比雅各．佈雷克更重要。但他似乎決定要毀了一切。

「什麼事？」我不高興的問。

「妳喜歡我是嗎？」

「你知道我是的。」

「比那個在裡面吐的傢伙還喜歡？」他比著男廁。

「是的。」我嘆口氣。

「比妳認識的所有男生都還喜歡？」他平靜，安詳的問，好像我的答案無關緊要，或是他已經知道答案似的。

「也比那些女孩子都喜歡。」我指出。

「但也就這樣而已。」他說，好像這不是問題。

這很難回答，不知該說什麼。他會因此覺得受傷而遠離我嗎？那我該怎麼辦？

「是的。」我低聲說。

他咧開嘴笑了，低頭看著我。「這樣就好，妳知道，只要妳最喜歡我，妳認為我長得不錯，我準備要煩人的堅持下去。」

「我不會改變的。」我想讓聲音維持正常，但聽得出我聲音中的悲傷。

他的表情陷入沉思，不再挑逗。「還是那一個，是嗎？」

我瑟縮。有趣的是，他竟然知道不要說出那個名字，就像他問起車子的音響一樣。我雖然沒說，他卻好像都知道。

我點點頭，感激他這樣的表示。

「不要太氣惱我一直糾纏妳，好嗎？」雅各拍拍我後腦。「因為我不會放棄，我有無窮的時間。」

我嘆口氣。「你不應該浪費時間在我身上。」雖然我其實是這麼希望。特別是，如果他願意接受我現在想做的事——危險的事。

「反正是我自己願意的，只要妳喜歡我陪妳。」

「我無法想像，我怎麼可能不喜歡你陪我。」我老實的告訴他。

雅各整個人都亮了起來。「這樣就夠了。」

「不要期望太多。」我警告他，想抽出手，但他還是不肯放。

「妳並不是真的討厭我牽妳，是嗎？」他逼問，同時壓壓我的手指。

「唉……不算討厭。」我嘆氣。老實說，感覺很好。他的手比我的溫暖，這幾天我老是覺得冷。

「妳也不在乎他怎麼想。」雅各用大姆指比著男廁。

「我想是的。」

「那問題在哪？」

「問題，」我說：「這樣對我來說有不同的意義，對你來說也許不一定。」

「嗯，」他的手緊緊握住我的。「那是我的問題，是嗎？」

「好吧，」我咕噥著說：「但，還是別忘了。」

「我不會的。現在，我手榴彈的保險已經拔出來了，是嗎？」他戳戳我的肋骨。

我翻翻白眼。我猜他是在開玩笑，他故意的。

他低聲笑了好一會，粉紅色的手指沿著我的手掌邊緣畫線。

「妳這個疤很有趣，」他突然說，扭轉我的手，檢查著。「這是怎麼弄的？」

他另一隻手的食指沿著我肌膚上那個幾乎快看不見的銀色新月疤痕撫摸著。

我臉一沉。「你真的希望我記得每一個疤的原因嗎？」

我等著回憶打擊我，打開那崩裂的洞。但，就像平常那樣，雅各的存在，讓我仍舊維持完整。

「冰冰的。」他低聲說，輕輕壓著那個疤痕，那是詹姆斯用利牙咬傷我造成的。

此時，麥克跌跌撞撞地從男廁走出來，臉色慘白，滿臉是汗。他看起來很糟。

「喔，麥克。」我倒抽口氣說。

「妳介意提早走嗎？」他低聲問。

「不，當然不。」我抽出手，想扶麥克行走。他的腳步似乎不是很穩。

「這部電影對你來說太可怕了嗎？」雅各冷酷的問。

麥克惡意的看他一眼。「我沒怎麼看，」他低聲說：「還沒開演我就已經覺得反胃了。」

「你怎麼不早說？」我邊扶著他走向出口邊罵他。

「我原本以為一下子就會好。」他說。

「等一下。」當我們走到門口時，雅各突然說。他很快往回走向小攤子。

「能給我一個爆米花空盒嗎？」他問店員。店員看看麥克，然後抽了一個空盒給雅各。

「請帶他出去。」她說。顯然她是負責打掃地板的。

我拖著麥克走出去，外頭的空氣冰涼潮濕。他深呼吸。雅各站在我們後面，他幫我將麥克安置在車子後座，然後將空盒交給他，正經的看著他。

「請。」雅各只說了這個字。

我們將車窗搖下，冰冷的夜間空氣吹進車內，希望這對麥克有幫助。我將手放在腿上想保持溫暖。

「又冷了嗎？」雅各問，我還沒回答，他就用手環著我。

「你不冷嗎？」

他搖搖頭。

「你一定是發燒了。」我低聲說。今天冷斃了。我用手指輕觸他前額，他的頭很燙。

「哇，小各，你在發燒。」

「我覺得沒事，」他聳聳肩。「應該不是。」

我皺眉，再次摸他的頭。他的肌肉在我手指下像火一樣燙。

「妳的手像冰一樣。」他抱怨。

「可能是我的關係。」我同意。

麥克在後座呻吟，吐在空盒內。我做個鬼臉，希望我的胃能忍受得了他的聲音和氣味，雅各則焦慮的希望他的車沒有被弄髒。

回去的路似乎比來時漫長。

雅各很安靜，沉思著。他一直用手環著我，他是如此溫暖，讓我沒那麼冷。

我看著前方的擋風玻璃，暗自內疚。

這樣鼓勵雅各真是大錯特錯，真是自私。我讓我的立場更清楚並沒關係。但如果他覺得有任何希望，都會讓我們的友誼變質，那表示我說得不夠清楚。

我要如何解釋他才會懂？我是個沒有靈魂的空殼，就像一間空屋，被永世詛咒，已經無法居住。現在我有一點進步，屋前被維持得不錯。但就只是這樣，只有一小塊地方進步。他應該交往更好的人，比只有一間房、破敗凋敝的房子好的對象。不論他投資了多少時間和精神，都無法讓我再回到正常。

但我也知道，無論如何我都不想讓他走。我太需要他了，我真自私。可能我這一邊的立場很清楚，他知道後就會離開我。這個想法讓我發抖，雅各用手臂緊緊抱住我。

我開麥克的休旅車載他回家，雅各開自己的車在後面跟著，之後再載我回家。回我家的路上，雅各還是很安靜，我好奇，他想的是否和我一樣。可能他會改變心意。

「時間還早，」他將車停在我卡車旁時說：「但我想妳說我發燒可能是對的。我覺得有點……不舒服。」

「喔，你也不舒服，不會吧。你要我載你回家嗎？」

「不，」他搖搖頭，眉頭緊皺。「我覺得不是生病。只是……有點怪怪的。如果我不舒服，會將車停在路邊的。」

「你一到家就打電話給我？」我焦慮的問他。

「當然，當然。」他皺著眉說，同時緊緊捉住我的手腕，當他牽著我的手時，我再次注意到，他的肌膚有多燙。

「怎麼了，小各？」我問。

「我想跟妳說，貝拉……但我認為聽起來很陳腔濫調。」

我嘆氣。一定是和戲院一樣的話。「說吧。」

「我只想告訴妳，我知道妳有多不快樂。可能沒什麼幫助，但我要妳知道，我永遠在這裡。我永遠不會讓妳失望，我答應妳，妳永遠可以依靠我。嗯，聽起來雖然有點陳腔濫調，但妳懂對嗎？我永遠永遠不會傷害妳。」

「是呀，小各。我知道，我已經很依靠你了，可能比你想的更深。」

他露出一個笑容，就像陽光突破烏雲，我想剪斷我的舌頭。我說的都不是謊話，但我應該說謊的。真相是錯的，這樣會傷害他，我會害他失望的。

他臉上閃過一絲奇怪的表情。「我真的認為我該回去了。」他說。

我很快下車。

「打電話給我！」當他開走時我大喊。

我看著他開走，至少他車子還算開得不錯。他走後，我還是望著空無一人的街道，覺得自己也有點不舒服，但不是身體上的不適。

我多希望雅各．佈雷克是我的弟弟，我親弟弟，這樣我就能合法的和他在一起，讓自己不要如此內疚。上帝知道我從不想利用雅各，但我沒辦法，只得理解此時的這份內疚。

更過分的是，我無意愛上他。我真正知道的一件事，從我胃的反應知道，從我的脊椎知道，從我的頭到腳底，從我空洞的胸口，我知道愛會給人某種力量，傷害摯愛的力量。

我已經毀壞得怎麼補都補不好了。

但我現在需要雅各，需要他就像需要一種藥。我一直把他當成一個支撐，我陷得比我計畫的還深。現在我無法阻止他受到傷害，我無法不傷害他。他以為時間和耐心可以改變我，但我知道他徹頭徹尾錯了。我也知道我會一直讓他嘗試。

他是我最好的朋友。我會一直喜愛他，這樣就足夠了。

我走進屋內，坐在電話旁，咬著指甲。

「電影演完了？」當我走進屋內，查理驚訝的問我，他坐在電視機前的地板上，一定是場精采的球賽。

「麥克不舒服，」我解釋。「有點反胃。」

「妳還好嗎？」

「我覺得沒事。」我含糊的說。我當然是這樣希望。

我靠在廚房流理臺，手離電話只有一吋遠，要自己耐心等。我想起雅各開車離開前臉上奇怪的神情，我的手指神經質的敲打著流理臺。我應該堅持載他回家的。

我看著時間一分一秒滴答經過。十分，十五分，就算是我開，也只要十五分，雅各開得比我快多了。十八分。我拿起電話開始撥號。

電話響了又響。可能比利睡著了，也可能是我撥錯號碼了。我再試。

第八響，我正打算掛上，比利剛好接起。

「哈囉？」他的聲音很小心，好像在掩護什麼壞消息似的。

「比利，是我，貝拉，小各回到家了嗎？他約二十分鐘前離開的。」

「他在家。」比利單調的說。

「他應該打電話給我的，」我有點不高興。「他離開時有點不舒服，我很擔心。」

「他……病了，所以沒法打電話。他現在不太舒服。」比利聲音彬彬有禮，維持距離。我知道他一定想去照顧雅各。

「如果你需要幫忙，請通知我，」我提議。「我可以過去。」我想著比利，困在他的輪椅上，小各得自己照顧自己……

「不，不，」比利回答得很快。「我們很好，妳待在家就好。」

他說話的態度很不禮貌。

「好吧。」我同意。

「再見，貝拉。」

掛斷了。

「再見。」我低聲說。

嗯，至少他到家了。但奇怪的，我仍舊很擔心。我苦惱的走上樓。可能我應該在明天上班前先過去看他。我可以煮個湯，我們家好像有罐湯廚的罐頭。

當晚我醒來，醒得很早，我發現這些計畫都得取消，我的鐘顯示現在是四點三十，我衝到浴室。查理在半小時後發現我躺在浴室地板上，我的臉頰貼著冰冷的浴缸。

他看了我好一會。

「腸胃炎感冒。」他最後說。

「是的。」我呻吟。

「妳需要什麼？」他問。

「請幫我打電話去紐頓商店，」我嘶啞地告訴他。「跟他們說我的情況和麥克一樣，我今天沒法去上班了。跟他們說我很抱歉。」

「當然，沒問題。」查理向我保證。

這一天我都待在浴室地板上，只睡了幾小時，我的頭上有冰毛巾。查理說他得上班去，但我猜他是想上廁所。他將一瓶水放在我身邊的地板上，讓我不至於脫水。

當他回家時吵醒我。我發現屋內是黑的，已經天黑了。他爬上樓查看我的情況。「還活著？」

「算是。」我說。

「妳要什麼？」

「不用，謝了。」

他有點猶豫，清出他的東西。「那好吧。」他說，然後他下樓去廚房。

幾分鐘後我聽見電話響，查理低聲和某人談了好一會，然後掛斷。

「麥克好多了。」他大聲跟我說。

嗯，這算是鼓勵。他比我早八小時多生病。八小時多。一想到這，又讓我反胃，我撐著起身靠著馬桶。

當晚我又睡在浴室，但等到我醒來，我是在我床上，窗外是明亮的陽光。我記不得我有走動，一定是查理把我搬到房間的，他還在我床頭櫃上放了一杯水。我覺得很渴，整個人缺水乾透了。我咕嚕咕嚕喝下，雖然放了一夜有點味道。

我緩緩起身，試著不要再引起反胃感。我很虛弱，嘴巴裡口臭很嚴重，但我的胃覺得好多了。我看看鐘。

我睡了二十四小時。

我不急著吃東西，只拿了一些薄鹽脆餅乾當早餐。查理看我好多了，似乎鬆了口氣。

我一確定不用在浴室地板再待一天，就馬上打電話給雅各。

雅各接的電話，但我一聽見他的聲音就知道他還沒好。

「哈囉？」他聲音很虛弱，粗啞。

「喔，小各，」我同情的說：「你聽起來糟透了。」

「我覺得很糟。」他低聲說。

「我真抱歉要你跟我出去。這真糟。」

「我很高興我去了，」他的聲音還是很低。「別怪自己，這不是妳的錯。」

「你馬上就會好的，」我告訴他。「我今早醒來就好多了。」

「妳也病了？」他無精打采的問。

「是的，我也病了。但我現在好多了。」

「那就好。」他的聲音死氣沉沉。

「你可能幾小時後就會好多了。」我鼓勵他。

我幾乎聽不見他的回答。「我想我的病和妳不一樣。」

「你不是腸胃炎感冒嗎？」我不解的問。

「不。是其他的。」

「你怎麼了？」

「全身，」他低聲說：「我全身都不舒服。」

聽得出他聲音中的痛苦。

「我能為你做什麼，小各？我能帶些什麼給你嗎？」

「不用了，妳不能過來。」他很粗魯。這讓我想起那一夜比利的態度。

「我見過你所有的一切。」我指出。

他不理我。「等我好了我再打電話給妳。等妳可以過來時，我會讓妳知道。」

「雅各——」

「我得走了。」他突然急切的說。

「好點的話跟我說。」

「好。」他的聲音中有種奇怪的尖銳感。

他沉默了好一會。我等著他說再見，但他也在等。

「我很快就會看到你。」最後我說。

「等我打給妳。」他再說一次。

「好吧……再見，雅各。」

「貝拉。」他低聲呢喃我的名字，然後掛斷電話。

chapter 10
草地

我從未看過如此對稱的地方。

這是一個完美的圓形，完美無瑕的圓圈狀，

好像有人故意製造出來的，

所有的樹都被砍光，

但沒有留下暴力除草的證據。

在東邊，我能聽見小溪安靜的潺潺聲。

雅各沒有打電話來。

我第一次打去，是比利接的，他說雅各還在床上。我追問，想確定比利有帶他去看醫生。比利說有，但，不知怎地，我就是放不下心，我不相信他說的。我再打去，而且一天打了好幾次，但過了兩天電話還是沒有人接。

星期六，我決定去看他，才不管他有沒有邀我，但他家的小紅屋子空無一人。這嚇壞我，難道雅各病得太嚴重，所以得去醫院嗎？在回家的路上，我走了一趟醫院，但櫃檯的護士告訴我，醫院內沒有叫做比利或雅各的人。

查理一下班，我就逼他打電話給哈利．克利爾沃特。當查理和他的老朋友敘舊時，我焦慮的等著，他們聊了好久好久，而且對話中完全沒提到雅各的名字。內容似乎都是哈利去過醫院……做心臟檢查。查理前額皺了起來，但哈利和他鬧著說笑，輕描淡寫的打發過去，聊得查理最後也笑了出來。之後查理問起雅各，因為聽不到對方的回答，所以我猜不出所以然來，只聽見嗯嗯嗯、是呀是呀之類的。我手指不耐的在他身邊敲著流理臺，直到他用手壓住我的手，制止我。

終於，查理掛上電話，轉向我。

「哈利說電話線有點問題，所以沒法接通。比利帶小各去看過醫生，看起來像是白血病。他真的很累，比利說謝絕訪客。」他向我報告。

「謝絕訪客？」我不敢置信的問。

查理抬起一邊眉毛。「別忘了妳自己也生病，貝拉。比利知道怎麼做對小各才好。他很快就會好轉的。耐心點。」

我沒再多問。查理比較擔心哈利。這個問題目前顯然重要多了，我不應該拿自己的小擔心來煩他。於是，我直接上樓，打開電腦，進入醫學網頁，輸入「單核白血球增多症」（註1）。

我查到的是，人們會經由接吻感染這種病症，但顯然小各不是這樣得病的。我很快閱讀著症狀，會發燒，但還有呢？沒有可怕的喉嚨沙啞，沒有無力，不會頭痛，至少在他出門看電影前，他說過他覺得身體非常健康。這種病會發作得這麼快嗎？文章說，應該一開始會先有些症狀……

我看著電腦螢幕，好奇的想著原因，我幹麼要這樣做。我為什麼覺得這麼……不是猜疑，而是不相信比利的故事？比利為什麼要欺騙哈利？

我可能有點傻。我只是擔心，老實說，我擔心無法再見到雅各，這讓我緊張。

我看著其他文章，想找更多資料。當我看到「單核白血球增多症」可能持續一個月時，我愣住了。

一個月？我震驚的張大嘴。

但比利不可能這麼久都不准訪客去。當然不會。沒人跟他說話，小各這樣關在病房內，會發瘋的。

比利到底在擔心什麼？文章說，有「單核白血球增多症」的人需要避免身體活動，但沒說不能有訪客，這種病傳染力不高。

我決定，給比利一星期的時間，然後再進一步動作。一星期，夠大方了。

一週很長。到週三，我已經確定我撐不到週六。

我決定讓比利和雅各有一週的時間，我不太相信雅各能這麼乖的遵守比利的規定。我每天放學回家後，都跑向電話查看留言，然而一通都沒有。

註1　又稱「急性接吻病」，這是常見於年輕人身上的傳染性單核細胞增多症狀(Infectious Mononucleosis)。這種「接吻病」是由病毒感染，透過口水、飛沫散播，屬於急性的毒性細菌傳染病。

我試著打電話過去，三次，但電話仍舊不通。

我多半時間都在家，一個人在家。沒有雅各，我原先計畫用來刺激腎上腺素的消遣活動，都告吹了。夢境變得難受，我再也看不到結局。只有可怕的空無，半數的時間在森林內，半數的時間在一片空無的蕨海裡，白色的房子也不見了。有時候山姆．烏利也在森林內，再次看著我。我不在乎他，他的存在不再讓我安心，也不再讓我覺得不孤單。這並沒阻止我尖叫著醒來，夜復一夜。

我心痛的空洞比之前更嚴重。我想過，我以為我可以控制，但我發現自己傷得更重，背更駝，日復一日，喘不過氣來。

我無法獨自忍受這樣的情況。

我在清晨醒來時才略微鬆了一口氣，當然，是尖叫著醒來，想起這是週六。今天我會打電話給雅各，如果電話還是不通，我就去拉布席。二選一，今天會比上週孤獨的情況好轉。

我撥電話，不怎麼期待的等著。當比利在第二聲鈴響就接起時，我完全沒準備。

「哈囉？」

「喔，嗨，電話又好了！嗨，比利，是我，貝拉。我只是打來問問雅各的情況。他可以見訪客了嗎？我想過去——」

「我很抱歉，貝拉，」比利打斷我，我不知道他是不是在看電視，他的聲音心不在焉。「他不在。」

「喔。」我愣了一會。「所以他好點了囉？」

「是的，」比利猶豫了很久才回答。「結果不是『單核白血球增多症』，是其他的病毒。」

「喔。那麼……他去哪了？」

「他載一些朋友去安吉拉斯港，我想他們要去連看兩場電影之類的。他會出去一整天。」

「嗯，那我就放心了。我原本很擔心。我很高興他已經好了而且可以出門。」我嘮叨著說話，自己都覺得聲音很可怕。

雅各好多了，但沒有好到可以打電話給我。他和朋友出去了，我卻坐在家裡，每個鐘頭都在想念他。我很寂寞、擔心、無聊……全身像被刺穿一樣，當我發現這一週過去，他仍舊對我有一樣的影響力，我覺得更加悽涼。

「妳有什麼特別的事嗎？」比利禮貌的問。

「沒，沒有。」

「嗯，我會告訴他妳打過電話來。」比利答應。「再見，貝拉。」

「再見。」我回答，但他已經掛斷。

我握著話筒站了好一會。

雅各一定是改變心意了，就像我擔心的。他接受我的忠告，不再浪費時間在無法回報他感情的人身上。我覺得臉上滿是淚。

「怎麼了？」查理下樓看到，問我。

「沒事，」我說謊，掛上電話。「比利說雅各好多了。不是『單核白血球增多症』，這真好。」

「他要過來，還是妳要過去？」查理邊開冰箱邊心不在焉的問。

「都不是，」我承認。「他和一些朋友出去了。」

我聲音中的語氣引起查理的注意。他帶著突然的警覺抬頭看著我，手停留在一盒起司片上。

「現在吃午餐不會太早嗎？」我輕聲的問，盡量控制自己的語氣，想轉換他的注意力。

「不是，我只是打包要帶去釣魚時吃……」

「喔，今天釣魚？」

「嗯，哈利來電……又沒下雨……」他邊說邊在流理臺上做午餐包。突然他又抬起頭，好像剛發現。「嗯，既然雅各出門了，妳要我留在家裡陪妳嗎？」

「沒事的，爸，」我說，盡量讓語氣不同。「天氣好時釣魚一定很棒。」

他看著我，臉上帶著猶豫不決的神情。我知道他擔心，害怕留我一個人在家，以免我又悶悶不樂。

「老實說，爸，我想我會打給潔西卡。」我很快地說，寧願一個人也不願他一整天在家盯著我。「我們有個微積分測驗，得念書。我需要她的幫忙。」這倒是真的，但我沒她也行。

「這主意不錯。妳最近和雅各花太多時間在一起了，妳其他朋友會以為妳忘了他們。」

我笑笑，點點頭，好像我真的關心其他的朋友怎麼想。

查理正要轉身，突然帶著擔心的神情又轉回來。「嗨，妳要和小潔一起念書是嗎？」

「是呀，怎麼了？」

「嗯，我要妳小心，離森林遠一點，我之前說過。」

我心不在焉，過了好一會才聽懂他的意思。「又是熊的問題？」

查理點點頭，皺眉。「有位登山客不見了，森林巡防員今早發現他的營區，但沒見到他。同時還發現巨大動物的足跡……當然那些動物也可能是之後才來的，聞到食物的味道……總之，現在已經在登山口設下陷阱了。」

「喔。」我虛弱的說。對他的警告我不怎麼留意。我現在被雅各的情況弄得很沮喪，被熊吃反而不擔心。

我很高興查理趕著出門。他沒等我打給潔西卡，所以我不用演戲。我將放在廚房桌上的作業收進背包內。可能太多了，如果不是他急著出門，他應該會起疑心的。

我忙著假裝忙碌，直到他開車出門後，才猛地驚覺沒事可做的一天已經開始。我花了兩分鐘瞪著空無一人的廚房的電話，然後決定，我今天不要待在家，我考慮幾種選擇。

我才不會打電話給潔西卡。我敢說，潔西卡會出賣我的祕密。

我打算開車去拉布席，去拿我的機車，這主意很吸引人，但有個小問題：如果我需要急救，誰載我去急診室？

還是……我卡車內已經有地圖和羅盤。我相當確定，我對進行過程的瞭解程度，應該足以讓我不至於迷路。可能我今天可以排除兩條路線，讓我們的進度提前，無論雅各是否決定誠實的再次出現在我面前。我拒絕去想這需要多久時間。也可能是永遠……

當我想到查理對我的計畫會有什麼感覺時，我感到陣陣內疚的痛苦，但我不予理會。我今天就是不能待在屋內。

幾分鐘後，我已經走上熟悉的泥濘小路，不知道會通往何處。我將車窗搖下，開得飛快，好像這樣對卡車比較好，同時享受風吹拂過臉龐的感覺。天空烏雲密布，但很乾燥，對福克斯來說，算是很美好的一天。

我的起步，比起有雅各帶領，花了更久時間。我先將車停在老地方，花了十五分鐘研究羅盤指針的方向，在原本的地圖上做記號。直到我相當確定我是沿著正確的途徑路線走時，我才邁步走進樹林。

森林今天很熱鬧，所有的小動物都在享受這短暫的乾燥。不知怎地，鳥兒們啾鳴吵雜，昆蟲在我頭部附近嗡嗡叫，偶爾還有森林老鼠匆匆從我腳邊的灌木叢跑過，森林似乎比平常更恐怖，讓我想起最近的惡夢，我知道那是因為我只有一個人，我想念雅各無憂無慮輕鬆愉快的口哨，及另一雙腳步踩在濕地上的嘎吱聲。

我愈深入森林，心神不寧的感受就愈發強烈。呼吸變得困難，不是因為費力，而是因為我心口那愚蠢的空洞。我用雙臂緊緊環抱著身體，想要趕走腦海裡的痛楚。我好想回頭，但我不想浪費我已經走到這裡的努力。

步履艱難的走，我的腳步節奏讓我的思緒及痛苦變得更麻木。呼吸不平順，但我很高興我沒有放棄。我對於在樹林中開路愈來愈得心應手，我知道自己走得愈來愈快。

我不知道我走動得多有效率。我想可能已經走了約四哩遠，但我並沒注意周圍。就在此時，一個突發事件讓我失去方向，我踩到一個低矮的拱木，可能是兩個藤楓造成的，向前摔進一堆約有胸部那麼高的蕨葉群內，跌進一塊草地。

就是這個地方，我馬上就知道。我從未看過如此對稱的地方。這是一個完美的圓形，完美無瑕的圓圈狀，好像有人故意製造出來的，所有的樹都被砍光，但沒有留下暴力除草的證據。在東邊，我能聽見小溪安靜的潺潺聲。

沒有了陽光，這地方似乎失去魔力，但還是一個相當美麗的景點。目前不是野花盛開的季節，草地茂盛，高大的草叢隨著微風搖擺，像湖面的漣漪。

是同樣的地方……但是它並沒有我想尋找的東西。

我一認出這個地方，失望滿盈。我沮喪的跪在圓圈外緣，喘不過氣來。

走那麼遠所為何來?這裡什麼都沒留下。除了回憶，其他什麼都沒有，我無法收回記憶，就算我想忍受對應的痛苦。如今那痛楚讓我全身發冷。沒有他，這個地方一點都不特別。我不確定自己希望在這邊找到什麼，但草地充滿空無的氛圍，空無一物，就像其他地方一樣。就像我的惡夢一樣。我暈眩不已。

至少我是一個人來。我一想到這一點，立刻充滿感激。萬一我是和雅各一起發現這塊草地……嗯，那我現在落入深淵般的混沌感覺，將無法假裝。我要如何解釋，我像摔成碎片的情況？我想蜷成球狀，讓那個空洞不至於將我撕破。沒有觀眾在我身邊，好多了。

我也不用對任何人解釋，我為何要匆忙離開。雅各會假設，花了那麼多努力，找到這個愚蠢的地方，我一定會想在這裡待久一點。但我已經想要找到力量挪動腳步，強迫自己走出我想逃離的這個地區。這個空洞的地方充滿太多痛苦，就算要爬，我也要爬走。

我是獨自一人，多幸運！

一個人。儘管滿是痛楚，我一邊努力移動腳步，一邊堅強地不斷告訴自己這個字。就在此時，一個人影從北邊的樹蔭下走出來，離我大約只有三十步遠。

頭暈目眩的移動感覺突然衝擊我。一開始是驚訝，我離登山口很遠，並不期待有同伴。但，當我定睛看著不動的人影時，發現那影子動也不動，蒼白的肌膚，一絲希望從心頭燃起。我抑制不住的想，抗拒同樣的形狀，我雙眼緊緊跟著那黑髮下的臉，不是我想見到的那張臉。接著是恐懼，那不是讓我傷心的臉，但已經近得讓我知道，面對我的這個男人不是迷路的登山客。

最後，我終於認出來了。

「羅倫特！」我驚訝又驚喜的大喊。

真是不合理的反應，我可能該因為恐懼而住口。

我們初次見面時，羅倫特曾是詹姆斯旗下的一員。他不想介入之後發生的殺戮——獵殺我的殺戮，但那只是因為他害怕，我被一群比他們還強壯的人保護著。現在情況不同，應該結果也會不一樣，他沒有內疚，在此時，我就是他的一餐。當然，他也可能改變了，因為他去了阿拉斯加，和其他較文明的人住在一起，那些人因為道德的原因，拒絕喝人血。其他的人喜歡……但我不願意想起那個名字。

是的，感覺恐懼，應該較為合理，但我覺得有種無法抑制的滿意。草地再度變成一個充滿魔力的地方。當然，與我之前所期望的魔力相比，更為邪惡，但魔力相同。是我所追尋的連結。這證明了，無論多遙遠，我仍活在一個他存在的世界。

看到羅倫特仍舊和之前一模一樣，好不真實。我想，如果期望去年的事會造成某種改變，不但傻而且是人類才會有的想法。但某種……我說不出來。

「貝拉？」他比我還要驚訝。

「你記得。」我笑了。一個吸血鬼記得我的名字，我竟然如此高興，真是太奇怪了。

他笑了。「我沒想到會在這裡見到妳。」他慢慢走向我，表情充滿困惑。

「有什麼關係嗎？我住在這邊呀。我以為你去阿拉斯加了。」

他停在離我約十步遠處，頭歪向一邊。他的臉是我看過最美的，感覺像是永恆。我研究他的體形，帶著奇怪貪婪的放鬆感。這是一個我不用假裝的人，他已經知道我沒說出的一切。

「妳說得沒錯，」他同意。「我是去了阿拉斯加。但是，我沒想到……當我發現庫倫家人去樓空時，我以為他們都搬走了。」

「喔。」我咬緊唇，當那名字被他說出來時，我的傷口像被刺一樣，花了我好一會才平靜下來。羅倫特帶著狐疑的眼神等著我。

「他們是搬走了。」我最後總算能開口告訴他。

「嗯哼，」他咕噥。「我很意外他們竟然把妳留下來了。妳不是他們的寵物嗎？」他雙眼的神色顯露他似乎不是故意要說出這種挖苦人的話。

我無奈地笑了一笑。「有點類似。」

「嗯哼。」他陷入沉思。

在這一瞬間，我明白他為什麼看起來還是和之前一樣，太一樣了。當卡萊爾告訴我羅倫特與譚雅家人住在一起後，我偶爾也會開始想像他的樣子，因為他有著同樣的金色雙眸，和……庫倫家一樣，我強迫將這名字逐出腦海，為之瑟縮。金色眼眸的，都是好的吸血鬼。

我不由自主後退一步，他好奇、黑色發紅的雙眼跟隨我的移動。

「他們常回來嗎？」他像是隨便問問，但將重心移向我。

「說謊。」我腦中突然出現那美麗動人的聲音，焦慮低聲地對我說。

我想著他的聲音，但不感到驚訝。我不是陷入錯誤危險的想像？機車那場意外和這相比，像小貓一樣。

我希望這聲音再說話。

「三不五時，」我想輕聲說，假裝放鬆。「但在我的想像中，我覺得相隔好久。你知道他們讓我多……」

我開始變得結結巴巴。我得讓自己閉嘴。

「嗯哼，」他又說：「那屋子聞起來像空了許久……」

「妳得說更好的謊，貝拉。」那聲音急急的說。

我努力。「我會跟卡萊爾說，你來過。沒見到你的拜訪，他一定會覺得遺憾。」我假裝想了一下。「但我可能不應該提……愛德華，我想……」我幾乎無法說出這個名字，我的表情扭曲，差點毀了我的吹牛，「他脾氣不太好……嗯，我想你記得。他還為了詹姆斯的事在生氣。」我翻翻白眼，輕蔑地揮手，好像都是過去式了，但我聲音中有種莫名其妙的歇斯底里。我不知道他是否發現了。

「他真的這樣嗎？」羅倫特愉快的問……有點懷疑。

我讓回答盡量簡短，這樣我的聲音才不會洩露我的痛苦。「嗯嗯。」

羅倫特輕鬆的往旁邊走，巡視著小草地。我發現他每一步都逐漸靠近我。我腦中，那聲音發出低吼。

「德納利那邊的情況如何？卡萊爾說你和譚雅家在一起？」我聲音太尖銳了。

這問題讓他停了一下。「我很喜歡譚雅。」他低聲說：「她的妹妹艾琳娜更……我以前從未在一個地方待過那麼久，我很享受那些好處、新奇。但，限制太多……我很驚訝他們可以維持那麼久。」他邪惡的朝我笑笑。「有時我得說謊作弊。」

我無法吞嚥。我雙腳想往後退，但當他發紅的雙眼往下看著我的雙腿時，我動彈不得。

「喔，」我虛弱的說：「賈斯柏也有這種問題。」

「別動。」那聲音低聲說，我試著聽話。這很難，我本能的想抗拒。

「真的？」羅倫特似乎很有興趣。「這是他們離開的原因嗎？」

「不是，」我老實的回答。「賈斯柏在家時更小心。」

「是的，」羅倫特同意。「我也是。」

他向前走的腳步更敏捷了。

「維多利亞找到你了嗎？」我無法呼吸，絕望的想讓他分心。這是第一個浮現我腦海的問題，我一說出口就後悔了。維多利亞曾和詹姆斯一同獵捕我，然後消失，那是一個我不想再想起的回憶。

但這問題止住他。

「是的，」他說，腳步有點猶豫。「我來這就是幫她一點小忙……」他做個鬼臉。「她不太高興。」

「不高興什麼？」我急切的問，希望他繼續說。

他瞪著遠離我的樹叢。我趁他分心時，快步後退。

他回過頭來看著我，笑了，那表情讓他看來更像黑髮天使。

「關於要我殺了妳。」他用誘人的低沉聲調說。

我掙扎著後退好幾步。腦中發狂似的怒吼很難聽見。

「她想要親自殺了妳，」他快活的說：「她有點……怪罪於妳，貝拉。」

「我？」我尖叫。

他搖搖頭，笑了。「我知道，我覺得這聽來有點說不通。但詹姆斯是她男友，妳的愛德華殺了他。」

就連在此時，在這死亡關頭，他的名字都讓我無法治癒的傷口撕裂得更嚴重。

羅倫特對我的反應不以為意。「她認為應該殺妳而不是殺愛德華，伴侶對伴侶，這才公平。應該這樣說，她要我來這邊先替她看看情況。我沒想到這麼容易就能找到妳。可能她的計畫出了錯，顯然這不是她想像的復仇，他將妳遺留在沒有保護的情況，顯然妳對他沒有意義。」

又一次重擊，在我心口撕裂出一個大洞。

羅倫特輕輕將重心換個方向，我掙扎著再後退一步。

他皺眉。「我想這樣她應該會生氣吧？」

「那為什麼不等她？」我大喊。

淘氣的笑容閃過他臉上。「嗯，妳在最糟糕的時候被我逮到，貝拉。我來這裡不是因為維多利亞的命令，我是來獵食的。我很餓，而妳聞起來……真讓人口水直流。」

羅倫特用同意的眼神看著我，好像他是在讚美我。

「威脅他。」我腦中動人的聲音下令，他的聲音讓我的恐懼暫時分心。

「他會知道是你，」我遵命的低聲說：「你逃不了的。」

「怎麼會逃不了？」羅倫特笑得更開心了。他看看樹叢的小開口。「下一次下雨會洗去一切。沒有人會找到妳的屍體，妳只是失蹤，像其他人一樣。愛德華不會想到是我，就算他多小心的尋找線索。這無關個人恩怨，讓我告訴妳，貝拉，只是飢餓。」

「求他。」我腦中的聲音又說。

「拜託。」我喘著氣說。

羅倫特搖搖頭，表情很和善。「這麼想吧，貝拉。妳很幸運是被我發現。」

「是嗎？」我張大嘴，蹣跚後退一步。

「是的，」他告訴我。「我會很快。我向妳保證，妳不會有感覺的。喔，之後我會對維多利亞說謊，當然，讓她釋懷。但如果妳知道她對妳的計畫，貝拉……」他搖搖頭，緩緩移動，露出憎惡的表情。「我敢發誓妳會因此感謝我的。」

我驚恐的看著他。

他貪婪地嗅聞著撫過我的髮稍而吹向他的微風。「真可口。」他又說，深深吸氣。

我緊張的想轉身，瞇起眼，瑟縮著身子，我腦中遠遠傳來愛德華發狂的怒吼。他的名字打破我築起的高牆。愛德華，愛德華，愛德華。我快死了，現在我想他已經沒關係了。愛德華，我愛你。

雖然我瞇著眼，但我看到羅倫特的動作停頓，他的頭突然轉向左邊。我擔心的隨他向左望。雖然他不需要用其他的詭計就能讓我分心抓住我。不過當他緩緩的退開時，我相當驚訝。

「我不敢相信。」他的聲音低得讓我幾乎聽不見。

我得睜開眼看。我雙眼巡視著草地，尋找那救了我一命的東西。一開始我什麼都沒看見，然後我雙眼轉回羅倫特。他後退得更快，雙眼看著森林。

然後我看見了，一個巨大的黑色身影，出現在樹叢間，像陰影一樣安靜，優雅的偷偷朝吸血鬼靠近。

很巨大，像一匹馬，但更壯，更多肌肉。修長的口鼻嘶吼，露出像匕首般的利齒。齒縫間發出雷霆怒吼，像雷聲一樣。

熊。不過，一點都不像是熊。但是，這巨大的黑色怪物一定是某種生物，令人擔心。遠遠看來，任何人都會認為是熊。還可能是什麼動物，能有如此的力量？

我希望我運氣夠好，能從遠遠的地方看。然而，牠沉默的朝我走來，到離我十呎遠之處。

「別動。」愛德華的聲音低語。

我看著大怪獸，腦子遲疑，想要認出這是什麼動物。那像狗一樣的身影，當牠移動時，我只想到一個可能，壓住恐慌，我從未想過一隻狼能有那麼巨大。

牠喉間發出另一陣怒吼，我為之顫慄。

羅倫特退回樹叢，在僵住的恐慌中，我極為困惑。為什麼羅倫特會後退？就算那狼很巨大，但不過就是隻動物。一個吸血鬼怎麼會怕一隻動物？羅倫特是真的害怕，他雙眼因為恐懼睜得大大的，像我一樣。

彷彿要回答我的問題般，突然，巨狼不只一隻，兩側又出現另兩隻巨大的怪獸，沉默的走向草地。一隻深灰色，另一隻是棕色，不像第一隻那樣安靜高大。灰色的狼穿越樹叢，離我只有幾步遠，雙眼緊盯著羅倫特。

我還來不及反應，又有兩隻狼出現，排成V字型，像南飛的野雁。也就是說，那紅褐色的怪獸，最後一隻衝過樹叢的，離我近得可以摸到。

我驚呼一聲，不自覺地向後跳，那是我做過最笨的事。我再次僵住，等著狼群撲向我，祈禱是沒用的。我幾乎希望羅倫特能衝過來打敗狼群，對他來說應該很簡單。我猜，要在兩邊做選擇，被狼吃掉，一定比較痛苦。

狼群離我很近，紅褐色那隻，微微將頭轉向我。

狼的眼珠顏色很深，幾乎像是全黑的。看著我好一會，深黑的眼中好像有種不屬於野生動物的智慧。

牠一看我，我突然想起雅各，再一次的滿懷感激之情。至少我是一個人，在這充滿黑色怪獸童話般的草地。至少雅各不會死，至少他不會因我而死。

領袖的狼發出另一聲怒吼，紅褐色的狼轉回頭，瞪著羅倫特。

羅倫特看著這一群怪獸般的狼群，臉上充滿震驚和畏懼。我能瞭解他的震驚。但接著我愣住了，因為沒有任何警訊他就突然轉身從樹叢間消失。

他竟然逃跑了。

狼群追了他好一會，在草地分散追捕，怒吼噴氣的聲音好大，我雙手本能的遮住耳朵。聲音逐漸退去，消失在樹叢深處。

然後，我又是獨自一人。

我跪了下來，用手撐住地，低聲啜泣。

我知道我該離開，現在就該離開。狼群會追羅倫特多久才會轉回來追我？還是羅倫特會打敗牠們？他會回來看看嗎？

我起先無法移動，我的手腳都在發抖，不知道多久之後才恢復正常。

我腦中仍充滿恐懼，驚恐和困惑。我不瞭解剛剛發生的事。

一個吸血鬼怎麼會這樣逃離大狗？牠們的利齒碰到他堅硬冰冷的肌膚會怎樣？

而且狼群應該會離羅倫特遠遠的才對。雖然牠們巨大的身軀，讓牠們無懼，但我還是不解，狼群為什麼要追吸血鬼。我懷疑他冰冷的肌膚聞起來會像食物。牠們怎麼會放過溫暖的人血，像我這樣虛弱的人，而去追捕羅倫特？

我想不通。

一陣冷風吹過草地，草叢搖擺像有人經過。

我掙扎起身，吹撫的風很溫暖。痛苦蹣跚，我轉身，跑向樹叢。

接下來幾小時痛苦極了。我花了三倍時間逃離樹叢，遠離草地。一開始我沒注意往哪走，只專注在我要逃走。等我想起來該用羅盤時，我已經陷在不熟悉又險惡的森林內。我手抖個不停，連羅盤都拿不穩，得將羅盤放在爛泥地上才能看。每隔幾秒我就將羅盤放在地上，看看自己還是往西北，除了我的腳步聲之外，還聽見其他的聲音，安靜的低語聲，有看不見的東西跟著葉子移動。

鳥兒高興的鳴聲，讓我嚇了一跳，跌進剛落下的杉木堆，刮傷我的手臂，樹汁弄髒我的髮。突然一隻松鼠從鐵杉樹出現，害我大聲尖叫，差點震傷自己的耳朵。

至少樹叢前方有個缺口，我鑽出來後，來到一條無人的道路，大約是離我卡車一哩遠的南方。我累死了，在路上蹣跚行走，直到找到卡車。等我坐上車，我又哭了。我重重的按下鎖，才拿出口袋中的鑰匙。引擎的怒吼聲讓我安心，神志恢復正常，讓我能控制眼淚，一邊將卡車開得飛快，轉向主高速公路。

我平靜多了，但當我回到家時還是一團糟。查理的警車已經停在車道上，我不知道多晚了，天空還是微暗。

「貝拉？」當我甩上前門，猶豫的轉開鎖時，查理喊。

「是的，是我。」我聲音很不穩。

「妳去哪了？」他出現在廚房門口，帶著不祥的表情。

我猶豫了一下。他可能打過電話給潔西卡。我最好說實話。

「我去登山了。」我吐實。

他瞇起眼。「原本說要跟潔西卡出去的計畫怎麼了？」

「我不想做微積分。」

查理雙手在胸前交叉。「我想我跟妳說過不要進去森林。」

「是的，我知道。別擔心，下次不會了。」我聳聳肩。

查理似乎第一次專心看我。我想起，我今天在森林內待了很久，我一定糟透了。

「怎麼了？」查理追問。

再一次，我決定說實話，或是一部分的實話，誠實是最佳策略。我太震驚，無法假裝我這一天平靜無事的和花朵動物在一起。

「我看到熊，」我想平靜的說，但聲音又高又尖。「不過不是熊，是某種狼。有五隻，一隻又高又黑，還有灰色，紅褐色……」

查理眼中出現驚恐。他快步走向我，抓住我雙手。

「妳沒事吧？」

我虛弱的點點頭。

「告訴我事情經過。」

「牠們沒理我。等牠們離開後我跑走跌倒。」

他鬆開我肩膀，用手環住我。好一會他什麼都沒說。

「狼。」他低聲說。

「怎麼了？」

「森林巡防員說那足跡不是熊，但狼不可能那麼大隻……」

「牠們很大隻。」

「妳說妳看到幾隻？」

「五隻。」

查理搖搖頭，焦慮的皺眉。他最後用不容爭辯的語氣說：「不准再登山了。」

「沒問題。」我平靜的答應。

查理打給局裡回報我看到的。我胡謅所看到的狼，說我看到的足跡往北。我不想讓我爸發現我進到多深的森林，這違反他的期望，還有，更重要的是，我不要任何人出現在羅倫特可能找我的地方。一想到這一點就讓我不舒服。

「妳餓了嗎？」當他掛上電話時問。

我搖搖頭，但我一定餓了。我一整天都沒吃。

「只是累了。」我告訴他，轉身上樓。

「嗨，」查理說，聲音突然又變得猜疑。「妳說雅各一整天都不在？」

「是比利說的。」我告訴他，對他的問題不解。

他研究我的神情好一會，似乎對他看到的很滿意。

「嗯哼。」

「怎麼了？」我追問。聽起來像是他認為我早上對他說謊——除了要跟潔西卡一起念書之外。

「嗯，當我去接哈利時，我看到雅各從一間店出來，和他一些朋友在一起。我向他揮手說嗨，但他……

嗯，我猜他沒看到我。我想可能他在和朋友爭論。他看起來很奇怪，好像很沮喪。有點……不太一樣。好像你看到孩子長大了！我每次看到他，他都變得更高。」

「比利說小各和他朋友去安吉拉斯港看電影。他們可能在等人會合。」

「喔。」查理點點頭，朝廚房走去。

我站在客廳，想著雅各和朋友爭論的畫面。我好奇他是否正視安柏瑞和山姆的情況。可能這正是他今天拋棄我的原因。如果這表示他能解決和安柏瑞的事，我會為他高興。

我進房間後，又再次查看門鎖。真是蠢。這些鎖對我今天下午遇見的怪獸有什麼用？我想門把對狼有些妨礙，因為牠們沒有手指。但如果是羅倫特來……

或者……維多利亞。

我躺在床上，但我抖得太嚴重無法入睡。我蜷成球狀，縮在棉被下，面對可怕的臉。

我一點辦法都沒有。什麼都不能做。我無法做任何預防措施，沒有地方可以躲，沒有人可以幫我。

儘管反胃噁心，但我瞭解到，我現在的處境比之前更糟。因為這些事實都影響查理。我的父親，睡在另一間房內，生存陷於千鈞一髮之際，全都是因為我。我的處境會引導牠們找到我，無論我是否在這……

顫抖讓我牙齒打顫。

為了讓自己平靜，我幻想各種不可能：我想像那隻大狼在森林中抓住羅倫特，殺死那個不死之身，就像牠們屠殺人類一樣。儘管影像如此荒誕，但這念頭讓我安心多了。如果狼群抓住他，那他就無法告訴維多利亞我一個人在這。如果他無法回來，可能她會認為庫倫家還在保護我。如果狼群能贏……

我那善良的吸血鬼永遠不會回來了，而幻想其他人也都不見了，讓我安心一點。

我瞇起眼，等待睡意襲來，幾乎是熱切的希望惡夢快點開始。希望快點看到那蒼白美麗的臉龐出現在夢境中。

在我的想像中，維多利亞的眼是黑色帶著飢渴，充滿期望的神采，她的唇扭曲，高興的露出發亮的利牙。她的紅髮像火般熱烈，混亂的在她狂野的臉龐邊飛舞。

羅倫特的話出現在我腦海。**如果妳知道她對妳的計畫……**

我壓住唇，想止住自己的尖叫。

chapter 11
邪教

「首先，他嚇壞了，
然後他又躲著我，現在……
我很擔心他變成某些奇怪團體的一分子，
山姆的人馬。
山姆．烏利的人馬。」

每天當我睜開眼看見晨光，發現我又熬過一夜，都讓我倍感驚訝。當驚訝逐漸消逝後，我的心跳得更快，掌心發汗，我無法再次好好地呼吸，直到我起身，確定查理還活著，才能恢復正常。

我知道他很擔心，看我被任何的大聲響嚇得驚跳起來，或是我的臉突然為了他不明白的理由變得慘白。從他不時問的問題就知道，他似乎將我的轉變歸罪於雅各一直不來。

恐怖一直占據我的思緒，讓我沒注意到一個事實，另一週又過去了，雅各還是沒打電話給我。當我能專心過我正常的生活後——如果我的生活算得上正常的話，這事實讓我很沮喪。

我好想念他。

之前孤獨一人真的很不好受，在我被那件蠢事嚇壞之前。現在，情況更嚴重，我渴望他輕鬆自在的笑聲，和他有感染力的笑臉。我需要他家自製車庫的安全清醒，還有他溫暖的手握著我冰冷的手指。

週一時我有點期望他會打來。如果他和安柏瑞的關係已經有了進展，他難道不會想告訴我嗎？我想要相信，是因為擔心他的朋友，所以占據了他的時間，而不是他放棄了我。

週二時我打給他，但沒人接。難道電話線還是有問題嗎？還是比利花錢買了來電顯示？

週三，我每隔半小時就打去，直到晚上十一點，絕望的想聽見雅各溫暖的聲音。

週四，我坐在屋前的卡車內，按下鎖，手上握著鑰匙，整整一小時，我和自己爭論，想要找出一個合理的理由能去拉布席一趟，但我找不出來。

我知道羅倫特這時應該已經回去和維多利亞會合了。如果我去拉布席，等於是替他們帶路。萬一當小各在時，他們逮住我呢？雖然雅各這樣故意避開我讓我很心痛，但是這樣也好，這樣他才會安全。

我找不出方法讓查理能安全活命就已經夠糟了。他們最有可能會在夜裡來找我，我要怎麼說，才能讓查理出去？如果我告訴他真相，他會將我鎖在某地的隔離屋內。如果這樣能讓他安全，我願意忍受——也歡迎他這樣做。但是維多利亞還是會先到我家，來找我。可能，如果她發現我在此地，這樣對她已經足夠。可能她對付完我之後就會離開……

所以我不能跑走。就算我可以，我又能去哪裡？去找芮妮？這個念頭讓我發抖，想到致命的陰影，在陽光充沛的日子裡，圍繞著我母親。我永遠不會讓她發生危險。

這樣的擔憂蠶食我的胃，噬出一個洞。我快要胃穿孔了。

那一晚，查理再次幫我打電話給哈利，看佈雷克家是否出城了。哈利說，比利週三晚上去參加議會的會議，並沒提到會出城。查理警告我，不要再討人厭、騷擾他們。雅各想打來時自會打來。

週五下午，當我從學校開車回家時，我差點出意外。

因為開在熟悉的路上，我不太專心，引擎的聲音讓我的思緒變得麻木，降低憂慮，當我的潛意識告訴我時，事情已經發生一段時間了，我只是沒發現。

我一想到，就覺得自己真笨，怎麼沒早點想到。當然，我腦中思緒太多，著迷於復仇的吸血鬼、巨大的突變狼群，胸口的空洞等等，但當我一找出證據，就覺得很明顯。

雅各在躲我。查理說他看起來怪怪的，沮喪……比利的曖昧，不願意幫助的回答。

老天，我知道雅各發生了什麼事。

是因為山姆．烏利。就連我的惡夢都想告訴我這一點。山姆找上雅各了。無論保護區內的其他男孩身上發生了什麼事，魔掌都已經伸出，奪走我的朋友。他也成為山姆門徒的一員了。

他並沒放棄我，我突然瞭解這一點。

我將卡車停在屋前。那我該做些什麼？我衡量兩邊的危險。

如果我去找雅各，我得冒著被羅倫特和維多利亞找到我和他在一起的危險。

如果我不去找他，山姆會讓他陷入他的幫派更深，強制的幫派。萬一我沒行動，可能會來不及挽回。

已經一週了，吸血鬼並沒來找我。一週的時間應該已經足夠他們回來，所以我一定不是他們的首要目標。像我之前想的，比較可能的是，他們會在晚上來找我。他們跟我去拉布席的機率，應該比我失去雅各，讓他變成山姆的人馬，來得低多了。

冒著危險進入那與世隔絕的森林小路是值得的。不用再去看看那裡現在變成什麼樣子。我知道會變成什麼樣。這是一個拯救任務。我得和雅各談談，萬一有必要我會綁架他。我有一次在公共電視上看過如何醫治被洗腦者的節目。一定有些方法可以救他的。

我決定最好先打電話給查理。萬一在拉布席出事，會牽涉到警方。我衝進屋子，急著想趕快動身。接電話的就是查理。

「史旺警長。」

「爸，是我，貝拉。」

「怎麼了？」

我沒法說他那世界末日的假設語氣有錯。我的聲音都在抖。

「我很擔心雅各。」

「為什麼？」他沒想到我會這樣說，語氣很驚訝。

「我認為……我認為有些奇怪的事發生在保護區。雅各告訴我有些奇怪的事發生在其他跟他差不多大的男孩身上。現在他也這樣，我嚇壞了。」

「哪種事？」他的口吻變得專業，警方辦案的口氣。這樣很好，他有認真看待我說的話。

「首先，他嚇壞了，然後他又躲著我，現在……我很擔心他變成某些奇怪團體的一分子，山姆的人馬。

山姆・烏利的人馬。」

「山姆・烏利？」查理問，武裝的聲音不見了。

「是的。」

當查理再次說話時，聲音變得輕鬆多了。「我想妳弄錯了，貝拉。山姆・烏利是個好孩子。嗯，應該說已經是男人了，一個好青年。妳應該聽聽比利怎麼說他的，他對保護區的年輕人有很不錯的影響。他就是當初那時候——」查理突然中斷，我猜他是想起我在森林中失蹤的那一夜。

「爸，不是這樣的。雅各很怕他。」

「妳要和比利談談嗎？」他想讓我安心。從我一提起山姆他就不怎麼理我了。

「比利不關心。」

「嗯，貝拉，我確定沒事的。雅各還是個孩子，他可能只是一團亂。我很確定他沒事的。他不能每分每秒都跟妳在一起。」

「這跟我無關。」我堅持，但我的努力失敗了。

「我不認為妳要擔心這個。讓比利照顧好雅各就行了。」

「查理……」我的聲音變得嗚咽。

「貝拉，我桌上有一堆工作。兩位遊客在新月湖外的登山口附近失蹤了。」他聲音中滿是焦慮。「可能被狼吃了。」

我不怎麼專心，但被他說的話嚇得愣住了。狼群不可能打得過羅倫特的……

「你確定他們被吃了嗎？」我問。

「恐怕是，親愛的。又——」他猶豫了一下。「又找到足跡，還有……一些血跡。」

「喔！」所以他們一定沒有開打。羅倫特一定從狼群手下逃掉了，但為什麼？我在草地看到的事，愈來愈奇怪，無法瞭解。

「聽著，我真的得掛電話了。別擔心小各，貝拉。我確定沒事的。」

「好吧。」我簡短的說，他說的話讓我想起手上更急切的危機，更感沮喪。「再見。」我掛斷電話。

我瞪著電話好一會。管他去死，我想。

才響兩聲，比利就接起來了。

「哈囉？」

「嗨，比利，」我幾乎是大吼。當我繼續說時，我試著友善些。「我能跟雅各說話嗎？麻煩你。」

「小各不在家。」

又一個驚訝。「你知道他去哪了嗎？」

「他和朋友出去了。」比利的聲音很小心。

「喔，是嗎？是我認識的人嗎？奎爾？」我是隨口提起這個名字。

「不是，」比利緩緩的說：「我不認為他今天是和奎爾出去。」

我知道最好別提起山姆的名字。

「是安柏瑞嗎？」我問。

比利似乎比較高興回答這一個。「是的，他和安柏瑞出去了。」

這樣就行了。安柏瑞是其中一個。

「嗯，當他回來時請他打給我，好嗎？」

「行，行。沒問題。」喀答掛斷。

新月

我決定開車到拉布席等候。萬一有必要，我要坐在他屋外等上一夜都行。我要翹課，這群男孩遲早一定會回來，等他回來，他就得和我談談。

我全心都是開車去拉布席等他的計畫，不怎麼害怕。比我想的還快，路邊的森林變得濃密，我知道很快就能看到保護區的第一間屋子。

在馬路左邊，有個高大男子，戴著棒球帽走著。

我差點無法呼吸，希望這次我的運氣夠好，遇見的就是雅各。但這男的還比較壯，帽子下的頭髮很短。就算從後方，我也能確定是奎爾，雖然他看起來比上次我見到他時更高大。保護區這些男孩是怎麼回事？有人餵他們吃實驗用的荷爾蒙食物嗎？

我將車開到另一邊馬路，停在他身邊。他聽見我的車聲抬起頭來。

奎爾的表情嚇壞我，而不是驚訝。他臉色陰冷，沉思，前額緊皺，充滿憂慮。

「喔，嗨，貝拉。」他無精打采的和我打招呼。

「嗨，奎爾……你還好嗎？」

他憂鬱的看著我。「很好。」

「我能載你一程嗎？」我問。

「當然，我猜。」他低聲說。繞過卡車前方，打開乘客門，爬進來。

「去哪？」

「我家在北邊，商店後面。」他告訴我。

「你今天見到雅各了嗎？」他一開口說話我就不由自主的衝出這個問題。

我急切的看著奎爾，等著他的答案。他看著前方的擋風玻璃好一會才回答。「遠遠的。」他最後總算回答。

「遠遠的？」我本能反問。

「我想跟蹤他們，他和安柏瑞。」他聲音很低，引擎聲害我幾乎聽不清楚。我靠得更近。「我知道他們看見我了。但他們轉身很快就進入森林內，然後就不見了。我不認為只有他們，我想山姆和他那群人也在一起。」

「我在森林內找了一小時，大喊他們的名字。當妳開過來，我幾乎才剛找到路出來。」

「所以山姆吸收他了？」我氣急敗壞的說，緊咬著牙。

奎爾瞪著我。「妳知道這事？」

我點點頭。「小各……之前告訴過我。」

「之前。」奎爾重複我說的話，嘆口氣。

「雅各現在和那些人一樣壞嗎？」

「從不離開山姆身邊。」奎爾轉過頭，搖下車窗，探頭出去。

「在那之前——他躲著大家嗎？他沮喪嗎？」

他聲音變得低沉沙啞。「不像其他人那麼久。可能只有一天。他就成為山姆那幫人的一分子了。」

「你有什麼看法？毒品之類的嗎？」

「我看不出來雅各或安柏瑞有吸毒……但我怎麼會知道？還有什麼可能？為什麼那些大人不擔心？」他搖搖頭，眼中充滿恐懼的神情。「雅各不想成為邪教的……其中一員。我不知道是什麼改變了他。」他看著我，臉色充滿害怕。「我不想成為下一個。」

我雙眼反射他的神情。這是第二次我聽見有人提起邪教。我發抖。「你父母親能幫忙嗎？」

他苦笑。「最好是能喔。我祖父和雅各的父親都是議會的成員。據他說，山姆．烏利是這地方曾有過的最好的事。」

我們相互瞪著對方好久。我們已經到達拉布席，我的卡車是空曠道路上唯一的聲音。我能看見村莊的唯一商店就在不遠的前方。

「我要在這下車了，」奎爾說：「我家就是前面那間。」他比著商店後面一間小小的長方形木屋。我停在路肩，他跳下車。

「我要去等雅各。」我用堅毅的聲音告訴他。

「祝妳好運。」他關上車門往前走，低著頭，垂著肩。

當我回轉，回頭開往佈雷克家時，奎爾的臉讓我難過。他害怕自己成為下一個。這裡發生了什麼事？

我停在雅各屋前，關上引擎，搖下車窗。這天很悶，沒有風。我腳離開踏板，開始等。

周圍的移動人影引起我的注意，我轉過頭。比利從前窗用困惑的眼神看著我。我向他揮揮手，緊張的笑笑，但還是繼續等。

他瞇起眼，放下窗簾遮住窗子。

我準備能等多久就等多久，但我希望能找些事來做。我從背包底部找出一枝筆，一本老測驗本。我開始在後面心不在焉地亂畫。

我只畫了一排星星，就聽見猛烈的拍打聲，拍打我的車門。

我嚇一跳，抬起頭，希望是比利。

「妳在這做什麼？貝拉？」雅各大吼說。

我驚訝的瞪著他。

雅各從我上次見他之後，這一週改變了好多。我第一個注意到的是他的頭髮，他美麗的頭髮不見了，剪得很短很短像平頭，猶如黑緞。他的臉好像更緊張……也更老成。他的頸肩都變得不同，更為厚實。他的雙手，此時正抓住車窗框緣，看起來好巨大，紅褐色肌膚下青筋血路突出。但身體上的改變並不是最明顯的。明顯的是他的表情，讓我幾乎認不出他。原本開朗友善的笑容，像頭髮一樣不見了，黑色眼眸中的溫暖變成沉思的憤慨，讓我煩憂。雅各身上多了股黑暗感，像我的太陽爆開了似的。

「雅各？」我低聲問。

他只是瞪著我，雙眼緊張又憤怒。

我發現不是只有我們。他身後站了四個人，都很高，也都是紅褐膚色，黑色頭髮理成小平頭，像雅各現在一樣。他們看來就像是兄弟，我甚至無法認出哪個是安柏瑞。唯一相似處，是他們的雙眼都滿含敵意。每雙眼睛都瞪著我。大幾歲，也是最老的山姆，站在最後面，臉色莊嚴堅定。我壓下反胃噁心感，我想避開他。不，我想做的更多。更多，我要拼死戰鬥，看誰今天敢惹我。一定得有人給山姆．烏利一點教訓。

我要成為一個吸血鬼。

這個念頭在我毫無防備時突然湧上心頭，讓我震驚不已。雖然此時，我只不過一時湧上這個惡意的想法，希望這樣能打贏對手，但這一直以來被禁止的希望，想到，仍舊讓我滿是痛楚。我的未來不存在了，這讓我喘不過氣。當胸口空洞的痛楚蔓延時，我努力控制自己。

「妳要幹麼？」雅各追問，當他看到我臉上的表情時，他的表情變得更生氣。

「我想跟你談談。」我虛弱的說。我想要專心，但我那禁忌的惡夢仍舊讓我暈眩不已。

「那就說吧。」他咬牙切齒的說。怒目注視的眼神含有敵意。我從未看過他用這樣的眼神看人，至少沒這樣看過我。驚訝之餘，我感到受傷——身體上的痛苦，腦中刺痛不已。

「私下談談！」我低聲說，聲音變得堅持。

他看看身後，我知道他在看誰。所有人都轉頭看山姆的反應。

山姆點了一下頭，臉色很鎮定。他用一種我沒聽過，流利的語言說出一些指令，我只知道那既不是法文也不是西班牙文，但我猜應該是奎魯特語（印第安語）。他轉身走進雅各家。其他人，保羅、賈德及安柏瑞，我猜，也跟著他走進去。

「好吧。」雅各似乎有點緊張，當其他人都離開後。他的臉色平靜多了，但也變得更無助。他的唇似乎總是下垂。

我深吸口氣。「你知道我想談什麼。」

他沒回答。只是苦澀的看著我。

我也瞪著他，讓沉默延續。他臉上的痛苦讓我氣餒。我感覺喉嚨卡住了。

「我們能走走嗎？」等我能再度開口時我說。

他沒有回應，臉色沒有改變。

我下車，感覺屋內看不見的眼睛跟著我，開始朝北方的樹叢走去。我的腳踩在路邊濕軟泥濘的草地，只有一個腳步聲，我一開始以為他沒跟過來。但當我看看四周，他就在我身邊，他的腳步聲很輕。

我在樹叢邊覺得好多了，山姆應該看不見這裡。當我們一起走時，我掙扎著在想該說什麼，但什麼都想不出來。我只是愈走愈生氣，雅各竟然陷入……比利竟然允許這樣的事……山姆竟然能這樣莊嚴平靜的站在那邊……

雅各突然加快腳步，他的長腿很快超在我前方，轉過身面向我，擋住我的路，我只好停下來。

我被他突然的動作分心。雅各不斷長高，與他相比，我就像個小矮人。什麼時候改變的？

但雅各沒給我時間多想。

「我們快點解決。」他用堅定嘶啞的聲音說。

我等著。他知道我要什麼。

「不是像妳想的那樣，」他聲音突然變得疲憊。「不是我想的那樣——差多了。」

「那是怎樣？」

他研究我的神情好久好久，思索著。眼眸仍舊滿是憤怒。「我不能告訴妳。」他最後說。

我下巴一緊，咬著牙說：「我以為我們是朋友。」

「我們曾經是。」這句話些微的強調過去式。

「而你已經不需要朋友了，」我酸酸的說：「你有了山姆。這不是很好嗎——你一直很尊敬他。」

「我之前不瞭解他。」

「現在你看見光明了。哈利路亞。」

「不是像我想的那樣。這不是山姆的錯。他盡可能幫助我。」他聲音變得冷淡，看著我身後，眼中充滿憤怒。

「他在幫助你，」我懷疑的重複他說的字。「當然。」

但雅各似乎沒在聽。他深深的、緩緩的呼吸，想讓自己平靜。他是如此生氣，連雙手都在發抖。

「雅各，拜託，」我低語：「你為什麼不告訴我怎麼了？也許我能幫忙。」

「現在沒有人可以幫我。」話語像低沉的嗚咽，聲音都斷斷續續。

「他對你做了什麼？」我追問，眼中充滿淚水。我朝他伸出手，像我之前做過的一樣，走向前，張開雙臂。

但這次他退開，交叉雙手，擺出防備的姿勢。「別碰我。」他低聲說。

「山姆會逮到你嗎？」我低聲問。愚蠢的淚從眼角落下。我用手背擦去，雙手交叉胸前。

「別再責怪山姆了。」這話說得很快，像本能的反應。他手抓著已經不長的頭髮，然後無力的垂在身體兩側。

「那我該怪誰？」我回嘴。

他苦笑，陰冷的苦笑。

「妳不會想知道的。」

「見鬼的我不會！」我頓聲說：「我想要知道，我現在就要知道。」

「妳錯了。」他也頓聲回我。

「你竟敢說我錯了——我不是被洗腦的人！告訴我這是怎麼回事，如果不是你那寶貝山姆的錯的話！」

「是妳要知道的，」他朝我大吼，眼中閃閃發光。「如果妳要怪，怎麼不怪妳那下流臭氣的嗜血愛人？」

他的話讓我張大嘴，突然呼吸不過來。我愣住，他尖銳的話像拿刀刺我一樣。痛楚沿著熟悉的路線襲遍全身，心口的傷洞從內部破得更大，但還有第二個地方，混亂的背景音樂在我腦中嗡嗡作響。我不敢相信他剛剛說的話。他臉上沒有表情。只有盛怒。

我還是張大著嘴。

「我說過妳不會想知道的。」他說。

「我聽不懂你的意思。」我低聲說。

他不敢置信的抬起一邊眉毛。「我想妳完全知道我在說什麼。妳不會想要我再說一次吧？我不想傷害妳。」

「我不懂你在說什麼。」我機械式的反覆說著。

「庫倫家，」他緩緩的說，一字一字清楚的說出來，邊說邊查看我的神情。「我看到了——當我說出這個名字時，我從妳眼中看到這名字對妳的意義。」

我猛搖頭，想否認，同時也想弄清楚。他怎麼會知道？這件事又跟山姆的邪教有什麼關係？這群人是吸血鬼獵殺者嗎？可是福克斯此時已經沒有吸血鬼了，那組成這種幫派又有什麼意義？雅各怎麼現在又會相信起庫倫家的故事？他們存在的證據很久之前就消失了，不會再回來。

我呆了好久才能夠正確的反應。「別告訴我你也相信比利無聊的猜疑。」我用嘲諷的口吻無力的說。

「他知道的夠多，讓我相信他說的話。」

「正經點，雅各。」

他瞪著我，眼中充滿批判。

「先將猜疑放一邊，」我說得很快。「我還是看不出來你指控……庫倫家，」——我瑟縮了一下——「他們已經離開快半年了。你要如何為山姆的事責怪他們？」

「山姆什麼都沒做，貝拉。我知道他們走了。但有時……事情會改變，來不及了。」

「什麼叫事情會改變？為什麼來不及了？你為什麼要怪他們？」

他突然看著我的臉，眼中更生氣了。「因為他們的——存在。」他嘶吼說。

我既驚訝又因為腦中聽見愛德華的聲音而分心，但是我沒有被嚇到。

「別再問了，貝拉。別逼他。」愛德華在我腦中警告我。

既然提到愛德華的名字，已經打破我築起的高牆，我就無法再鎖起來。已經不會受傷了，不會在我每次聽見他的聲音時受傷。

我面前的雅各很憤怒，因為生氣而發抖。

我不瞭解，為什麼愛德華的幻音會不請自來。雅各還活著，但他是雅各，沒有興奮或危險。

「給他機會平靜下來。」愛德華的聲音堅持。

我困惑的搖搖頭。「你真的瘋了。」我告訴這兩個。

「好吧，」雅各回答，再度深呼吸。「我不想和妳吵。反正已經不重要了，危險已經來了。」

「什麼危險？」

我話一說出口，他就畏縮。

「我們走回去吧。沒什麼好說的了。」

我目瞪口呆。「多得是要說的！你根本什麼都沒說！」

他走過我身邊，朝屋子走回去。

「我今天遇見奎爾。」我在他身後大喊。

他停下腳步，但沒回頭。

「你還記得你的朋友奎爾嗎？是的，他嚇壞了。」

雅各轉身面對我。表情充滿痛苦。「奎爾」是他唯一說的話。

「他也很擔心你。他嚇壞了。」

雅各用絕望的眼神望著前方。

我再度刺激他。「他害怕成為下一個。」

雅各抓住一棵樹撐住自己，在他紅褐色的肌膚下，隱隱看得出來有些發青。「他不會是下一個，」雅各對自己低語。「他不會的。已經結束了。不會再發生了。為什麼？為什麼？」他的拳頭重重擊打樹身。那不是一棵大樹，細瘦，比雅各高幾呎而已。但當樹幹被他的拳頭打斷時，還是讓我嚇了一跳。

雅各看著樹幹，先是驚訝然後轉成恐懼。

「我得回去了。」他轉身，很快走開，我得用跑的才跟得上。

「回去山姆身邊？」

「那只是妳的一種看法罷了。」聽起來像是他說的。他自言自語，轉過臉。

我追上他，回到卡車處。「等一下！」當他轉身朝屋子走去時，我大喊。

他轉身面向我，我看見他雙手又再發抖。

「回家，貝拉。我不能再跟妳在一起了。」

愚蠢，不合理的受傷，令人難以假裝。我淚流滿面。「你……要跟我分手？」我用錯字眼，但這是我唯一想到最好的問話方法。畢竟，小各和我的關係不只是校園羅曼史，而是更深刻才對。

他擠出笑聲。「難說。如果是這樣，我會說，就讓我們當朋友吧。但我永遠不會這樣說。」

「雅各……為什麼？山姆不讓你和其他朋友在一起嗎？拜託，小各。你答應過的。我需要你。」我的生活在雅各帶來一些類似理性的東西之前是一片空虛，他出現之後讓我安心。但此刻，孤寂塞滿喉嚨。

「我很抱歉，貝拉。」雅各每個字都以冰冷的聲音說出，聲音似乎不屬於他。

我不敢相信這真的是雅各的真心話。他憤怒的雙眼中似乎想表達其他訊息，但我猜不出來。

可能不完全是因為山姆。可能和庫倫家無關。可能他只是想讓自己從沒有希望的情境中脫身。可能我應該讓他這樣做，如果這樣對他比較好的話。我應該這樣做，這樣才是對的。

但我聽見自己的低語。

「我很抱歉我無法……之前……我希望我能改變對你的感覺，雅各。」我很絕望，伸出手，說出真相，變成謊言。「可能……可能我也會改變。」我低語。「可能，如果你給我多點時間……不要現在離開我，小各。我受不了。」

他的臉馬上從憤怒變成痛苦，一隻發抖的手伸向我。

「不。事情不是這樣的，貝拉。不要責怪自己，不要認為是妳的錯。都是我，我發誓，跟妳無關。」

「不是你，是我，」我低語。「是真的。」

「我說的是真的，貝拉。我不是……」他聳聳肩，聲音變得更嘶啞，當他想控制自己的情緒時。雙眼滿是飽受折磨的神情。「我不配當妳的朋友，或任何人的朋友。我和以前不一樣。我不夠好。」

「什麼？」我瞪著他，困惑又驚駭。「你在說什麼？你一定比我好，小各。你很好！誰告訴你你不夠好的？山姆？這是邪惡的謊言，雅各！不要相信他說的話！」我突然大叫。

雅各的臉變得沒有表情。「沒人告訴我任何事。我知道我是什麼樣子。」

「你是我的朋友，就是這樣。小各——不要！」

他轉身離開我。

「我很抱歉，貝拉。」他再次說，這一次是斷斷續續的低語。他轉身，幾乎是用衝的跑進屋子內。

我站在那邊，完全無法動彈。我看著小屋，小屋看起來小小的無法容納四個大男孩和兩個大人。屋內沒有反應。沒有人拉起窗簾看，沒有聲音或移動的人影，我面對茫然。

天空開始飄著小雨，打在我皮膚上。我無法將眼光移開屋子。雅各會回來的。他一定會。

雨變大了，風也是。雨滴不再是從天上落下，而是從西邊打過來，我能聞到海洋的味道。我的頭髮撲打臉頰，黏在臉上，睫毛上。我等著。

終於，門又開了，我放鬆的向前走一步。

比利推著輪椅出現在屋簷下。我看到他身後沒有人。

「查理剛打來，貝拉。我告訴他妳已經開車回家了。」他眼中充滿同情。同情像是最後一擊，讓我說不出話來。我機械般的轉身，爬上卡車。我之前搖下車窗，所以座椅都濕了。不過沒關係，我也已經濕了。

不可能這麼糟！不可能這麼糟！我腦中不停讓自己安心。這是真的，不可能那麼糟。這又不是世界末口，不會再一次。只是小小的和平結束。就是這樣。

不可能那麼糟。我同意，又補了句，但已經夠糟的了。

我想起小各如何治癒我破洞的心，或是至少幫我補了起來，讓我不至於如此受傷。我錯了，他挖的是自己的洞，所以我現在才能像起司一樣滿是坑洞。我不知道自己怎麼還沒裂成碎片。

查理在陽臺等我。我一停下車，他就走出來接我。

「比利打來。他說妳和小各吵架了——說妳很沮喪。」他邊幫我開車門邊說。然後他看著我的臉。他的臉龐出現驚恐瞭解的神情，我試著想瞭解，他從我的臉上看到什麼。我覺得自己的臉又空洞又冰冷，我知道這讓他想起什麼。

「不是你想的那樣。」我低聲說。

查理用手環住我，扶我下車。對我全身都濕了倒是沒說話。

「那發生了什麼事？」等我們進屋後他問。他拿起沙發上的大衣，邊說邊用大衣包住我。我知道我還在發抖。

我聲音像無生命的人。「山姆．烏利說，雅各不能再當我的朋友。」

查理用奇怪的眼神看我。「誰告訴妳的？」

「雅各。」我說，但又想起，他不是這樣說的。但意思差不多。

查理皺眉。「妳真的認為烏利那群孩子們有些不對勁？」

「我知道是。但雅各不肯告訴我。」我聽見濕衣服的水滴在地板上，打在油布上的水花聲。「我要去換衣服了。」

查理想都沒想就說：「好吧。」

我決定淋浴，因為我很冷。但熱水並沒讓我的肌膚變溫暖。當我洗完後，關上水，我聽見查理在樓下和某人說話的聲音。我用毛巾包住自己，安靜的打開浴室門。

查理的聲音充滿憤怒。「我才不信，這不合理。」

安靜了一會，我知道他還在講電話。經過一分鐘。

「你竟敢這樣對貝拉！」查理突然大吼。我嚇一跳。當他再度開口，聲音變得小心低沉。「貝拉說得很清楚，她和雅各只是朋友……嗯，如果是這樣，那為什麼你一開始不說？不是，比利，我認為她是對的……因為我瞭解我的女兒，如果她說雅各之前嚇壞了——」他突然住口，當他回答時他幾乎是大吼。

「什麼叫我一點都不像我說的那樣瞭解我的女兒！」他又聽著對方說了好一會，他的回答低得讓我幾乎聽不見。「如果你認為我會提醒她這一點，你最好再想想。她才剛熬過來，多半是因為雅各，我想。既然雅各是因為山姆的原因，害她如此沮喪的回家，那雅各就得回答我。你是我的朋友，比利，但這件事傷害到我的家人。」

接著應該是比利的回答。

「你說得沒錯——那些男孩只要敢跨越一步，我會知道的。我們會盯著的，你小心點。」這不是查理，他現在是以史旺警長的口吻說話。

「好。嗯。再見。」電話重重的掛上。

我很快溜進房間。查理在廚房生氣的自言自語。

所以比利怪我囉？我和雅各在一起太過頭，他受夠了。

真奇怪，我害怕自己，但雅各今天下午說的最後一件事，讓我不敢相信。比無解的衝擊更嚴重，讓我驚訝比利會挺身而出這樣說。讓我想起他們的祕密，一定比我想的還嚴重。至少查理站在我這一邊。

我換上睡衣，爬上床。生命似乎變得更黑暗，這一瞬間，我欺騙自己。空洞——又是空洞——已經痛得不得了，那為什麼不？我喚起回憶——真的回憶已經不會造成太多傷害了，但今天下午，在我腦海中愛德華聲音的虛幻回憶，還在迴響不停，直到我帶著淚睡著，淚流滿面。

今晚作了一個新的夢。下著雨，雅各無聲的走在我身邊，雖然我腳下的聲音像是踩在乾碎石地上。但他不是我的雅各，他是一個新的、激烈的、更優雅的雅各。他平靜柔軟的行走，讓我想起其他人，當我想看時，他的外表開始改變。紅褐色的肌膚退去，臉色變成像白骨一樣蒼白。眼眸變成金色，又變成深紅色，然後又變回金色。他的短髮在微風下飛舞，當風吹過變成棕色。他的臉變得好俊美，讓我的心跳個不停。我朝他伸出手，但他退後一步，舉起手像保護盾。然後愛德華消失。

當我在黑暗中醒來，我無法確定，我是才剛開始哭泣，或者我的淚是在我入睡時就一直流到現在。我看著黑暗中的天花板，知道現在是午夜，我半夢半醒著，可能不只一半。我疲憊的閉上眼，祈禱無夢的入睡。

當我聽見噪音，吵醒了我。某種尖銳的東西刮在我的窗戶上，發出刺耳的噪音，像是指甲畫過玻璃的聲音。

chapter 12

闖入者

一個高大的黑影怪異不穩的攀在窗邊，
朝我爬來，好像要溢進來。
我往後退，嚇壞了，
我叫不出聲。
維多利亞。
她來找我了。
我要死了。

我雙眼帶著驚恐，睜得大大的。雖然我又累又頭昏腦脹，我不確定自己是醒著還是作夢。

有東西刮畫著我的玻璃，發出刺耳的聲音。

我帶著睡意，困惑又笨拙地爬下床，走到窗邊，帶著兩行淚望著窗外。

一個高大的黑影怪異不穩的攀在窗邊，朝我爬來，好像要盪進來。我往後退，嚇壞了，我叫不出聲。

維多利亞。

她來找我了。

我要死了。

不要連查理都死了。

我嗆著想尖叫出來，但我還是叫不出。我一定得想法子讓查理不要過來檢查……

突然一個熟悉嘶啞的聲音從黑暗中叫我。

「貝拉！」這聲音嘶嘶地說：「噢！該死，打開窗戶！噢！」

我過了好一會才回過神來，衝到窗邊，打開窗戶。雲層很模糊，但已足以讓我認出這黑影。

「你在幹什麼？」我喘不過氣來。

雅各搖搖晃晃的爬在查理小前院的杉樹上。他的重量壓著樹彎向屋子，他晃來晃去，雙腿離地約二十呎，離我不到一碼遠。杉樹頂端細瘦的樹枝壓著屋子。

「我想要維持——」他氣惱的說，並且隨著晃動的樹枝調整身體的重心——「我的承諾。」

我迷茫的眨眨眼，突然確定我在作夢。

「你幾時答應要從查理的樹上摔下來自殺來著？」

他不高興的哼了一聲，搖晃雙腿保持平衡。「讓開。」他命令。

「什麼？」

他再次搖晃雙腿，前後搖動，增加衝力。我知道他要幹麼了。

「不，小各！」

但我閃到一邊，因為來不及了。大喊一聲，他跳進我敞開的窗戶。

尖叫聲卡在我的喉嚨，因為我等著他摔到地上而亡，或是因為撞到木板而受傷。但讓我吃驚的是，他靈活的盪進我的房間，雙腿穩穩的落在地板上。

我們馬上反射性的看向房門口，屏住呼吸，想知道這麼大的聲音是否吵醒了查理。沉靜了一會後，我們聽見查理打呼的聲音。

雅各臉上緩緩露出大笑，他似乎真的很高興。但那不是我熟悉的笑容——是一種新的笑容，和他原本的真誠相比，顯得有點嘲諷，這新的神色屬於山姆。

我有點承受不了。

他的出現讓我哭了出來。他之前刺耳的拒絕，在我心口擊出一個新的大洞。他留下一個新的惡夢，像一種疼痛傳染，傷害後的羞辱。如今他卻在我房內，對我嘻嘻笑，好像什麼都沒發生過。更糟的是，雖然他出現的方式又吵又笨，卻讓我想起愛德華之前在夜晚從我窗口溜進來的記憶，一想起又讓我無法治癒的傷口發疼。

總而言之，根據幾個事實，我對他已經不再有友誼的感覺。

「出去！」我嘶聲說，盡可能讓自己的語氣惡毒。

他眨眨眼，臉因為驚訝而空白。

「不，」他抗議。「我是來道歉的。」

「我不接受！」

我想要推他從窗戶出去，畢竟，如果這是夢，那樣他又不會受傷。但沒用，我搬不動他一分一毫。我很快放下手，遠離他。

他沒穿T恤，雖然從敞開的窗戶吹進的風如此冷冽，讓我冷得發抖。但我還是無法將雙手放在他裸露的胸膛，就是感覺不自在。他的肌膚發燙，像我上次摸他頭一樣，好像他還在發燒。

但他看起來不像生病的樣子。他看起來好高大。他靠向我，大得遮住窗戶，我憤怒得說不出話來。

突然，事情已經不是我能控制的了，好像我失眠的夜全部倒下。我殘忍的想，我應該現在倒在地板上。我搖搖晃晃站不穩，掙扎著想睜開眼。

「貝拉？」雅各焦慮的低聲問。他扶著我的手肘，當我又晃動時，扶我回到床上。我一碰到床邊，雙腿便變得無力，我倒在床墊上。

「嗨，妳還好嗎？」雅各問，一臉焦慮。

我抬起眼看他，兩頰的淚還沒乾。「為什麼我應該沒事，雅各？」

他臉上的神情不再是悲痛而是苦惱。「好吧，」他說，深呼吸。「該死。嗯……我——我真的很抱歉，貝拉。」毫無疑問，他的道歉是真心的，雖然神情仍舊憤怒。

「你為什麼要來這裡？我不要你的抱歉，小各。」

「我知道，」他低聲說：「但我不能讓今天下午的事就這樣，那太可怕了。我很抱歉。」

我虛弱的搖搖頭。「我不懂。」

「我知道。我想解釋——」他突然住口，嘴張得很大，好像空氣被切斷了。然後他深吸氣。「但我無法解釋，」他還是很生氣。「我希望我可以。」

我用雙手撐住頭。自動脫口而出。「為什麼？」

他靜默了一會。我歪著頭想看他的表情，但這樣捧著太累了。他的表情讓我很訝異，他瞇起眼，牙齒發抖，眉心用力皺起。

「有什麼不對嗎？」我問。

他重重的呼吸，我知道他在控制呼吸。「我辦不到。」他低聲說，很沮喪。

「什麼事情辦不到？」

他不理會我的問題。「聽著，貝拉，妳是否有些祕密從未告訴別人？」

他用一種早已知道內情的眼神看著我，我突然想起庫倫家。我希望自己的表情沒有太內疚。

「有些事妳覺得妳不想讓查理知道，不想讓妳母親……？」他又說：「甚至妳從沒告訴過我。連現在也不願意說？」

我覺得雙眼緊繃。我不想回答他的問題，雖然我知道我的沉默代表默認。

「妳能否瞭解我也可能有同樣的……情況？」他掙扎著再次開口，好像很難找到正確的字眼。「有時候，誠實是上策。有時候，妳的祕密就是不能說。」

沒錯，這我沒法不同意。他說的再正確不過了，我也有個無法告訴別人的祕密，我得保護的祕密。只不過，突然間，他似乎很瞭解那個祕密。

我還是不知道這是他、山姆還是比利的意思？既然庫倫家已經搬走，他們為什麼如此介意？

「我不知道你為什麼來這裡，雅各？如果你只是想讓我猜謎而不是說答案。」

「我很抱歉，」他低聲說：「這真沮喪。」

我們在黑暗的房間內看著對方，兩人的臉色都充滿無助。

「這讓我難受死了，」他突然說：「妳已經知道了。我已經告訴妳一切了。」

「你在說什麼？」

他又重重的呼吸，然後靠向我，他的臉從無助變成緊張。他看著我的雙眼，聲音又快又高亢。他對著我的臉說話，呼吸吐息撫過我臉龐。

「我想，我找到解決的辦法了——因為妳知道，貝拉！我不能告訴妳，但如果妳猜到！就能讓我從這僵局脫身。」

「你要我猜？猜什麼？」

「我的祕密！妳做得到的——妳知道答案。」

我眨兩次眼，想讓腦中清楚。我好累，他說的一點都沒道理。

他看著我茫然的神情，然後臉色變得費力。「撐住，讓我想想能不能給妳一些提示。」他說。無論他想怎麼做，似乎都很費力。

「提示？」我問，想跟上他的想法。我想闔上眼，但我撐著張開。

「是的，」他很難呼吸。「像是一些線索。」

他用巨大發燙的雙手捧著我的臉，離他的臉只有幾吋之遠。他邊低聲說邊研究我的神情，好像除了他說的話之外，還能有其他的溝通。

「還記得我們第一次見面時——在拉布席的海灘？」

「我當然記得。」

「告訴我。」

我深呼吸想專心。「你問起我的卡車……」

他點點頭，要我繼續說。

「我們談到你的車……」

「繼續。」

「我們往下走向海灘……」我一想起，他掌心下的兩頰就發燙，但他似乎沒注意到，因為他的肌膚一樣燙。是我要他陪我一起走，想挑逗他，而且很成功，為了套出他的話。

他點點頭，更焦慮了。

我聲音小得幾乎聽不見。「你告訴我一個可怕的故事……印第安保護區的傳說。」

他閉上眼，又張開。「是的。」回答很緊張、熱情，好像他在求生的邊緣。他緩緩的說，每個字都清清楚楚。「妳記得我說了什麼嗎？」

就算在黑暗中，他也能看到我臉色的轉變。我怎麼可能忘掉？雖然當時他不知道自己在幹什麼，雅各卻告訴了我當天我需要的資訊——愛德華是吸血鬼。

他用那種知道太多的眼神看著我。「用力想。」他說。

「是的，我記得。」我吐著氣說。

他深深吸氣，掙扎著。「妳記得整個故——」他無法說完整句話，張大嘴，好像有東西卡在喉嚨裡。

「整個故事？」我問。

他無言的點頭。

我腦袋轉個不停。只記得唯一有關的部分。我知道他一開始說了些其他的，因為不合理的前奏，讓我腦中精疲力竭充滿烏雲。我搖著頭。

雅各怒吼，跳下床。他用拳抵住前額，呼吸變得又快又憤怒。「妳知道的，妳知道的。」他對自己自言自語。

「小各？小各？拜託，我累死了。我不想現在做。或許早上……」

他勉強穩住呼吸，點點頭。「也許妳會再想起來。我想我知道為什麼妳只記得一部分的故事，」他用帶點挖苦的語氣說，將坐墊丟在我旁邊。「妳介意我問妳一個問題嗎？」他問，語氣還是很諷刺。「我不知道的話會死。」

「什麼樣的問題？」我虛弱的問。

「關於我告訴妳的吸血鬼故事。」

我用防備的眼神看著他，無法回答。他還是問出來了。

「妳真的不記得了？」他問，聲音變得嘶啞。「不就是我告訴了妳他是什麼樣的人嗎？」

他怎麼會知道？他為什麼會決定相信，為什麼是現在？我緊緊咬著牙，看著他，不敢開口。他看得出來。

「現在妳能瞭解我說的忠誠的意思了嗎？」他自言自語，雖然還是很嘶啞。「對我來說也是一樣，甚至還更糟。妳無法想像我必須多麼嚴格地緊守……」

我不喜歡——不喜歡他閉著眼，當他說非這樣不可時的痛苦。更不喜歡的是，我知道我討厭這樣，討厭會讓他痛苦的事。討厭極了。

山姆的臉出現在我腦海。

為了我，這是基本的自願。我因為愛而保護庫倫家的祕密，無條件的，但是真誠。但是雅各看起來卻不是這樣。

「難道沒有別的方法能讓你脫身嗎？」我低聲問，伸手摸著他腦後短短的髮。

他雙手發抖，但沒睜開眼。「不，我一輩子都逃不掉了。一生的宣判。」虛弱的微笑。「可能更長。」

「不，小各，」我呻吟。「那如果我們逃走呢？你跟我。如果我們離開，留下山姆在這裡？」

「我無法逃開，貝拉。」他低語。「我願意和妳一起走，如果可以的話。」他連肩膀都在發抖。他深吸口氣。「聽著，我得走了。」

「為什麼？」

「因為，妳看起來隨時都會昏過去。妳需要睡覺，我需要妳解開僵局。妳會想出來的，妳非想出來不可。」

「還有呢？」

他皺眉。「我得溜走了——我不應該來見妳。他們會奇怪我去哪了。」他扭曲著唇。「我想我應該讓他們知道。」

「你不用告訴他們任何事。」我嘶聲說。

「結果都一樣，我會的。」

我心中浮起一陣憤怒。「我討厭他們！」

雅各用大大的雙眼看著我，驚訝的說：「不，貝拉。別討厭他們。不是山姆也不是其他人的錯。我之前告訴過妳——是我。山姆其實……嗯，真的很酷。賈德和保羅都很棒，雖然保羅有點……還有安柏瑞一直都是我的朋友。事情並沒有改變——唯一沒改變的。我對於以往對山姆的看法覺得抱歉……」

山姆真的很酷？我用不可置信的眼神看著他，但不想在這話題上打轉。

「那你為什麼不想再見到我？」我追問。

「因為不安全。」他咕噥著低下頭。

他說的話讓我顫抖。

他知道了嗎？除了我以外沒人知道。但他說得沒錯——現在是半夜，獵人最棒的時間。雅各不應該在我房間。如果有人來獵捕我，我應該是一個人。

「如果我的想法太……太冒險，」他低聲說：「我就不應該來。但貝拉，」他再次看我，「我答應過妳。我不知道為什麼要維持我的承諾會如此困難，但並不表示我不願嘗試。」

他看到我不理解的神情。「在那愚蠢的電影後，」他提醒我。「我答應妳我永遠都不會傷害妳……所以我真的在今天下午毀了一切是嗎？」

「我知道你不想這樣做，小各。沒關係。」

「謝謝，貝拉。」他握住我的手。「為了妳，我會盡力做到一切，就像我承諾過的。」他突然對我一笑。那個笑容不是以往我見過的，也不是屬於山姆的，而是兩者的混合。「如果妳能自己想出來，那就太好了，貝拉。請努力些。」

我虛弱的笑笑。「我會的。」

「我會想辦法很快再來看妳的。」他嘆口氣。「不過他們會叫我不要這樣做。」

「別聽他們的。」

「我會努力的。」他搖搖頭，好像懷疑自己能否成功。「妳一想出來就告訴我。」又出現了，他的雙手又在發抖。「如果妳……如果妳願意的話。」

「我為什麼會不想見你？」

他臉色強硬，有點苦澀，現在百分之百屬於山姆。「喔，我能想到一個理由。」他用嘶啞的聲音說：「聽著，我真的得走了。妳能幫我一個忙嗎？」

我本能的點點頭，害怕他的改變。

「至少要打給我，如果妳不願意再見我的話，讓我知道。」

「這不會發生的——」

他舉起一隻手，不讓我再說。「只要讓我知道。」

他起身，朝窗戶走去。

「別做傻事，小各，」我抱怨。「你會摔斷腿的。從門口出去吧。查理不會知道的。」

「我不會受傷的。」他低聲說，但他還是走向門口。當他經過我身邊時，猶豫了一下，用某種神情看著我，就像有東西刺中他似的。他伸出一隻手，請求。

我握住他的手，突然他猛地一拉我，太猛了，我倒在他胸膛。

「以防萬一。」他抵著我頭髮低聲說，給我一個猛烈的擁抱，我肋骨差點斷了。

「無法——呼吸！」我喘不過氣地說。

他馬上放開我，一手還是摟住我的腰，我才不會摔倒。他推開我，這一次溫柔多了，讓我躺回床上。

「好好睡，貝拉。妳會想起來的。我知道妳行的。我需要妳瞭解，我不想失去妳，貝拉。不可以。」

他慢慢走向門口，安靜的打開門，然後就走了。我想聽他走在樓梯的腳步聲，但什麼聲音都沒有。

我躺回床上，腦子裡轉個不停。我很困惑，太難了。我閉上眼，想理出頭緒，但潛意識慢慢打敗我。

我渴望有個平靜無夢的睡眠，但當然不可能。我又出現在森林內，我不知道為什麼總是這樣。

我很快就知道這個夢和以往不同。首先，我沒有那種徘徊或尋找的衝動，我沒有像之前一樣習慣性的遊蕩，好像在期望些什麼。老實說，這也不是以往的森林。味道不同，光線也不同。聞起來不像潮濕的泥地，但像是海洋的腥味。但我還是看不見天空，好像太陽應該會出來，上面的樹葉有點亮綠色。

那是在拉布席附近的森林，靠近海灘，我很確定。我知道如果我能找到海灘，我就能看見太陽，所以我急急往前走，跟著遠遠的海潮聲。

然後雅各在那邊。他抓住我的手，拉我走回黑暗的森林。

「雅各，怎麼啦？」我問。他臉像害怕的男孩，他的頭髮又是以前美麗的模樣，綁成馬尾在腦後晃呀晃。他用力猛勁一拉，但我抗拒，我不想走進黑暗中。

「跑，貝拉，妳得跑！」他害怕的低語。

突然某種似曾相識的感覺讓我驚醒。

我知道為什麼我記得那個地方了。因為我以前去過那邊，在另一個夢中。幾百年前，當時整個人生完全不同。當我和雅各在海灘漫步之後那一夜，我就作過這個夢，也是我知道愛德華是吸血鬼的第一晚。想起今晚和雅各在此，讓我的夢衝破記憶。

我靜下心來，等著夢境結束。一道光芒從海灘的方向射向我。一會後，愛德華就會從樹叢走出來，他的肌膚閃爍著光芒，他的眼眸深黑又危險。他會召喚我過去，笑著。他像天使一樣俊美，他的牙又尖又利……

但我無法向前，有事發生了。

雅各放開我的手，大吼。發抖扭曲，他跪在我腳邊。

「雅各！」我尖叫，然後他就消失了。

他原本站的地方出現一隻巨大紅褐色的狼，有著深黑充滿智慧的雙眸。

夢變了，像脫了軌的火車。那不是我上次夢見的同一隻狼，是我在一週前，草地中央見過的那匹紅褐色的狼。這匹狼很巨大，一隻怪獸，比熊還大。

狼熱切的看著我，充滿智慧的雙眸好像想說些什麼。黑褐色，像雅各．佈雷克熟悉的雙眼。

我尖叫著醒來，喘不過氣。

這一次我預期查理會上來看看我的情況，因為這和我平常的尖叫不同。我將頭埋在枕頭裡，不想讓他聽見我的尖叫聲。我將枕頭緊緊貼住臉，不知道是否會因此窒息。

但查理沒有上來，最後我難過地克服喉嚨中這種奇怪的尖叫。

我想起一切了，雅各說過的每一個字，那一天在海灘上，雖然一部分和吸血鬼有關，冷血人，特別是第一部分。

「妳聽過我們的故事嗎？關於印第安保留區的古老傳說？」他開始說。

「不太清楚。」我承認。

「嗯，有許多不同的傳說，有些從洪水時期開始，據說古代的印第安人把他們的獨木舟綁在山頂最高的樹木上，因此存活下來，像諾亞方舟一樣。」他笑著用一些小樹枝在沙灘上畫出這個故事。「另一些傳說則說我們是狼的後裔，那些狼仍然是我們的兄弟，殺狼是違反部落法的。還有一個故事是關於冷血人。」他的聲音更低了。

「冷血人？」我驚訝地問，忘記要偽裝我的意圖。

「是的。有些吸血鬼的故事跟狼人一樣古老，有些是近來的傳說。根據傳說，我們的曾祖父認識其中一些冷血人，他是唯一能和他們協商，讓他們遠離我們土地的人。」他轉動眼珠。

「你的曾祖父？」我鼓勵地問。

「他是部落長老，像我父親一樣。妳知道的，冷血人是狼的天敵……嗯，不只是狼，當狼變成人後，像我們祖先一樣，妳可以稱呼他們為狼人。」

「狼人有敵人嗎？」

「只有一種。」

某種感覺卡在我的喉嚨，讓我嗆到。我想吞口水，但卡在那裡，無法吞嚥。我想吐出來。

「狼人。」我喘著氣說。

是的，這個字正是我嗆住的原因。

整個世界突然傾斜，向不對的方向歪斜。

這是什麼樣的地方呀？世界上真的存在古老傳說，還發生在一個微不足道的小鎮？面對神祕的怪獸？這表示所有不可能的神話故事都有某種程度的真實嗎？一切都瘋了還是這才是正常，還是一切都是魔法和鬼故事？

我將頭埋在雙掌內，以免腦子爆炸。

一個小小，乾澀的聲音在我腦中自問，這有什麼大不了？我不是已經接受吸血鬼存在的事了嗎？又沒有歇斯底里。

老實說，我想要尖叫。一個神話故事難道還不夠嗎？對人的一生還不夠嗎？

再說，我馬上就認知到愛德華．庫倫相當不平凡。我發現他的身分時並不驚訝，因為他很明顯就是某種其他的生物。

但是雅各？雅各，雅各，不是這樣的。雅各，我的朋友？雅各，我唯一能倚靠的人類……

如今他已經不是人了。

我得用力壓下想尖叫的感覺。

這跟我有什麼關係？

我知道答案了。我錯了。我的生活怎麼會充滿這些可怕電影中的生物？當他們神祕失蹤這麼久，在我胸口打出大洞後，為什麼我還這麼關心？

在我腦中，思緒轉個不停，重新排列，變得清清楚楚。

不是邪教。從來就不是邪教，從來就不是幫派。不是，比這更糟，是一夥。

一夥五隻，有人類智商的、各色的巨大狼人，已經知道愛德華的草地……

突然，我發狂似的匆匆行動。我看鐘，還太早，但我不在乎。我現在就得去拉布席。我得看看雅各，他能告訴我，我沒瘋。

我抓出一把乾淨的衣服，不確定上下身是否搭配，兩步一階的跑下樓。我衝進客廳時差點撞到查理，我繼續衝向門。

「妳要去哪？」他問，驚訝於我看到他的反應。「妳知道現在幾點嗎？」

「是的，我得去見雅各。」

「我以為山姆的事——」

「沒關係，我現在就得跟他談。」

「太早了。」他皺眉，看我神情堅定。「妳不吃早餐嗎？」

「不餓。」我脫口而出。他擋住門口不讓我出去。我想溜過他身邊，跑出去，但我知道之後會很難對他解釋。「我很快就會回來，好嗎？」

查理皺眉。「直接去雅各家嗎？不會中間去別的地方？」

「當然不會，我還能去哪？」因為匆忙，我連話都說不清楚。

「我不知道，」他承認。「只是……嗯，又有另一個人受到攻擊——又是狼。很靠近噴泉區附近的旅館，這一次有目擊者。受害者在距離馬路只有十幾碼遠的地方消失。幾分鐘後，他妻子看見一頭巨大的灰狼，她跑去求救，同時四處尋找他。」

我的胃重重的落下，彷彿搭著雲霄飛車翻轉了三百六十度。「一匹狼攻擊他？」

「沒見到他——但是有一些血。」查理神情很痛苦。「森林巡防員已經配槍，自願的。有許多獵人想來幫忙，抓到狼有重賞。也就是說，在森林附近會有槍火，這讓我很擔心。」他搖搖頭。「當人們太激動時，可能會發生意外……」

「他們要射殺狼？」我聲音高八度。

「不然我們還能怎麼辦？這有什麼不對嗎？」他問，緊張的雙眼研究我的神情。我覺得虛弱，我一定比平常還蒼白。「妳該不會又變成了什麼激進的環保分子吧？」

我無法回答。如果不是他正看著我，我一定會將頭埋在膝間，我忘了那失蹤的登山客、血跡……我一開始瞭解的和這沒有關聯。

「聽著，親愛的，不要讓這嚇壞妳。但待在城裡或高速公路上，不准停下來，好嗎？」

「好的。」我虛弱的答應。

「我得走了。」

我第一次這麼近的看他，看見他已經配槍在腰間，穿上登山鞋。

「你不會也要去獵狼吧，爸？」

「我得去幫忙，貝拉。有人失蹤了。」

我聲音飆高，幾乎是歇斯底里。「不！不，不要走。太危險了！」

「這是我的工作，孩子。不要這麼悲觀，我不會有事的。」他轉向門，打開。「妳要走了嗎？」

我猶豫一下，胃還是反轉，不舒服。我該怎麼說才能制止他？我太昏，想不出方法。

「貝拉？」

「可能現在去拉布席真的太早了。」我低聲說。

「我同意。」他說，他走出屋外，下著雨，門在他身後關上。

他一離開視線，我就跌坐在地板上，將頭垂在膝間。

我應該在查理之後走嗎？我應該怎麼說？

還有雅各呢？雅各是我最好的朋友，我得警告他。如果他真的是，我一想到這個字就退縮──狼人（我知道是真的，我感覺得出來），那人們會射殺他！我得告訴他和他的朋友，人們想殺害他們，如果他們像巨狼一樣奔跑的話。我需要叫他們停止。

他們得停止！查理出去到森林中了。他們會關心這點嗎？我不知道……直到現在，只有陌生人失蹤。這表示事情有改變嗎？

我得相信雅各，至少，關心這點。

無論如何，我該警告他。

還是……我真的應該嗎？

雅各是我最好的朋友，但他不也是一個怪物嗎？一個真的怪物？一個壞東西？我應該警告他，如果他和他的朋友是……獵殺者？如果他們冷血的殺了那些無辜的登山客？如果他們真的像我看過的恐怖電影中的怪獸一樣，那保護他們不就是錯的嗎？

不可避免的，我將雅各和他的朋友與庫倫家進行比較。當我一想起他們，我用雙手環住自己，和胸口的傷洞對抗。

顯然，我不瞭解狼人。我知道的都是電影中的，又大又毛的半人怪物，其他我就不知道了。所以我不知道他們獵殺什麼，當他們飢渴時，是否會想獵殺。我不瞭解他們，很難判斷。

但和一直努力想成為善良一方的庫倫家相比，情況不會更糟。我想起艾思蜜，當我一想起她善良可愛的臉龐，就不由自主流淚，她是如此充滿母性又可愛，她捏住鼻子，覺得羞愧，在我流血時跑出去，一定很難。我想起卡萊爾，幾百世紀以來，他掙扎著咬著牙不理會血的誘惑，他能像醫生一樣救人。沒有比這更艱難的了。

狼人顯然選擇不同的道路。

那我該怎麼辦？

chapter 13

殺手

「雅各，我得警告你——」

「關於巡防員和獵人的事？

別擔心。我們已經知道了。」

「別擔心？」

我不敢相信的說：

「小各，他們有槍耶！

他們設下陷阱還提供賞金——」

當我邊搖著頭邊開車在沿著森林的高速公路前往拉布席時，我告訴自己，可以是其他人就不能是雅各。我還是不確定我現在做的是否正確，但我答應自己。

我無法原諒雅各和他的朋友所做的事，他那一夥。我現在知道他昨夜說的意思了，我可能不想再見他，我可以像他建議的打電話給他就好，但那樣太膽小了。至少，我欠他一個面對面的溝通機會。我會當著他的面告訴他，我無法忽略。我無法和兇手做朋友，無法讓殺戮繼續……這樣會讓我也變成怪獸。

但我不能不警告他。我得保護他。

我將車停在佈雷克屋前，我的唇緊繃成一直線。我最好的朋友是狼人已經夠了。他還是怪獸？

房子很暗，沒有燈，但我不在乎吵醒他們。我敲門的第一聲充滿憤怒的能量，聲音讓牆面震動。

「進來吧。」一會後我聽見比利的聲音，然後燈亮了。

我轉開門把，沒有鎖。比利靠在敞開的玄關，就在小廚房門口，肩上搭著浴衣，沒坐在輪椅上。當他看見我，雙眼睜得老大，但馬上又恢復成沒有表情。

「嗯，早安，貝拉。這麼早來有事嗎？」

「嗨，比利。我得和小各談談，他在哪？」

「嗯……我不知道。」他臉色很奇怪。

「你知道查理今天早上要做什麼嗎？」我追問，不想寒暄。

「我該知道嗎？」

「他和其他半數鎮上的人，都配槍進入森林內，要獵巨狼。」

比利臉上閃過一絲神情，很快又變得面無表情。

「所以如果你不介意的話，我想和小各談談這件事。」我繼續說。

比利咬著肥厚的唇好一會。「我想他應該還在睡，」他最後說，頭朝小小長廊尾的房間比著。「他這幾天都很晚回來。那孩子需要休息——可能妳不應該吵醒他。」

「輪到我了。」我邊往走廊走去，邊喃喃自語地低聲說。比利嘆口氣。

雅各的小房間是長廊上唯一有門的那一間。我懶得敲門，將門用力打開，碰地一聲撞上牆。

雅各還是穿著同樣的黑色無袖衫——他來我房間時那一件，斜對角躺在雙人床上。他睡得很沉，輕輕打呼，嘴張開。開門的聲音甚至沒讓他翻身。

入睡的他臉色很和平，那些憤怒的神情都不見了。眼周有些皺紋，我之前沒注意到。雖然他長得高大，現在的他看起來卻很年輕，很虛弱。我心軟了。

我走出去，輕輕關上門。

比利小心的看著我，當我緩緩走回前廳時，他眼神充滿防備。

「我想我應該讓他多休息。」

比利點點頭，然後我們相互凝視了好一會。我好想問他，他對於兒子現在變成這樣子有什麼看法？但我知道他一開始就支持山姆，所以我想謀殺的事應該不會讓他煩心。但我無法想像他要如何讓自己過得去。

我從他的黑色眼眸中看到一堆問號，但他沒開口。

「聽著，」我盡量輕聲。「我會去海灘那邊。等他醒來，告訴他我在那邊等他，好嗎？」

「當然，當然。」比利說。

我不知道他會不會照做。嗯，如果他不會。那我就再試。

我往下開往一號灘，將車停在空曠的停車場。天色還是很暗，烏雲密布，當我關上頭燈，什麼都看不見。我讓雙眼適應一會，才看得見通往大樹叢的小路。這裡很冷，風吹起黑色海水，我將手插在外套口袋內。至少雨停了。

我朝北方的海堤走去。我看不見另一邊聖詹姆斯或是其他的小島，只看見海水邊緣的隱隱堤岸。我小心選擇岩石，擔心可能會是浮木而被騙。

我發現自己在找，但過了一會才知道我在找什麼。有隱隱的光，我在幾呎遠處看見，長長蒼白的浮木靠著岩石。根部纏滿海草，像幾百個易碎的觸角。我不確定這是不是之前雅各和我進行第一次談話時的同一棵浮木，那場談話讓我的生活出現許多不同有形的威脅，但似乎是同樣的地方。我坐下之前，望著看不見的海洋。

看見雅各這麼無辜和脆弱的身影，讓我不再反感，並且溶化了我的憤怒。我無法盲目無視於發生的事，像比利似乎就是這樣，但我無法責怪雅各。我想，愛就是這樣。一旦妳開始關心另一個人，就無法再理性而冷靜地看待他們了。無論雅各是否有殺人，他都是我最好的朋友。我不知道我會怎麼做。

當我想起他沉睡的祥和臉龐，我覺得想保護他。完全不合理。

無論是否合理，我憂慮的回想他祥和的臉龐，想要找出一些答案，一些能保護他的方法，天空慢慢變灰。

「嗨，貝拉。」

雅各的聲音出現在黑暗中，讓我嚇了一跳。聲音輕柔帶著羞怯，但我以為能從踩在岩石上吵雜的腳步聲事先得到告知，所以還是嚇到我。我看到他的身影遮住剛升起的太陽，看起來好巨大。

「小各？」

他站在離我幾呎遠處，焦慮的換腳。

「比利說妳來過——妳沒花多久時間，我知道妳會想通的。」

「是呀。我想起故事了。」我低聲說。

安靜了好一會，雖然還是很暗不太容易看見，當他眼神搜尋我的神情時，我的肌膚就像被刺痛。對他來說光線應該足以看見我的神情，因為當他開口時，他的聲音突然充滿痛楚。

「妳應該打電話來就好。」他嘶啞的說。

我點點頭。「我知道。」

雅各沿著岩石岸邊走。無論我多用力聽，都聽不見他踩在岩石路上的腳步聲，只有海浪聲。對我來說岩石就像響板一樣吵死了。

「妳為什麼要來？」他追問，絲毫沒有停下憤怒的踱步。

「我覺得面對面談比較好。」

他嗤之以鼻。「喔，好多了。」

「雅各，我得警告你——」

「關於巡防員和獵人的事？別擔心。我們已經知道了。」

「別擔心？」我不敢相信的說：「小各，他們有槍耶！他們設下陷阱還提供賞金——」

「我們會照顧自己的，」他大聲說，還在踱步。「他們什麼都抓不到。只是讓事情變得更困難——而且，很快他們也會開始消失。」

「小各！」我啞聲。

「怎麼了？這是事實。」

我聲音充滿反感。「你怎麼能……這樣說？你認識這些人。查理也在其中！」一想到這就讓我胃痙攣。

他突然停下腳步。「那我還能做什麼？」他回嘴。

太陽升起，雲層像加了銀色的粉紅色，在我們頭頂。我現在能看見他的神情，是憤怒，沮喪，被背叛。

「你能……嗯，試著不要變成……狼人？」我低聲建議。

他高舉雙手。「好像我能選擇似的！」他大喊。「這樣又有什麼幫助，如果妳擔心這些失蹤的人？」

「我不瞭解你。」

他瞪著我，眯起眼，雙唇露出苦笑。「妳知道什麼讓我這麼生氣嗎？」

他充滿敵意的表情讓我後退。他似乎在等我回答，所以我搖搖頭。

「貝拉，妳真是個偽君子——妳竟然會被我給嚇壞了！這怎麼公平？」他雙手因為憤怒而發抖。

「偽君子？害怕怪獸怎麼會讓我變成偽君子？」

「吼！」他大吼，顫抖的拳壓在太陽穴，把雙眼擠突。「妳聽聽妳自己說的？」

「什麼？」

他向前走兩步，靠向我，帶著憤怒的眼光。「嗯，我很抱歉對妳來說我不是正確的怪物，貝拉。我不像吸血鬼一樣好是嗎？」

我嚇得向後跳。「不，你不是！」我大喊。「不是你是什麼樣的東西，笨蛋，而是你做的事！」

「這是什麼意思？」他大吼，整個人氣急敗壞。

我驚訝的在腦中見愛德華的聲音。「小心一點，貝拉，」他迷人的聲音警告我。「不要再逼他。妳得讓他先冷靜下來。」

今天連我腦中的聲音都莫名其妙。

我邊想邊聽著他的聲音。我可以為這聲音做任何事。

「雅各，」我乞求，讓我聲音輕柔平穩。「真的得殺人嗎，雅各？沒有其他方法嗎？我是說，如果吸血鬼能找到方法不要謀殺人來生活，你不能也試試嗎？」

他猛地站直身軀，好像我的話像通電一樣電到他。他揚起眉頭，雙眼睜得老大。

「殺人？」他追問。

「不然你以為我們在談什麼？」

他不再發抖了。他用無法相信的神情看著我。「我以為我們在談妳覺得噁心的狼人。」

「不，不，不。與你是不是……狼人無關。那沒有關係，」我告訴他，我知道我說的是真心的。我真的不在乎他變成一隻巨狼，他還是雅各。「如果你能找到方法不要傷害人類……是這個讓我沮喪。那些都是無辜的人，小各，像查理一樣的人，當你——我看不下去。」

「只是這樣嗎？真的？」他打斷我，臉上綻開笑容。「妳沒因為我是怪物而嚇壞？這是唯一的原因？」

「這樣還不夠嗎？」

他開始大笑。

「雅各．佈雷克，這一點都不好笑。」

「當然，當然。」他同意，還是笑個不停。

他笑了好久，然後用另一種像熊一樣的大擁抱抱住我。

「妳真的，真的不介意我變成一隻巨犬？」他問，聲音變得快樂。

「不，」我喘著氣。「無法——呼吸——小各！」

他鬆開手，但牽著我的手。「我不是兇手，貝拉。」

我研究他的神情，顯然他說的是真的。我頓時覺得鬆了一口氣。

「真的？」我問。

「真的。」他嚴肅的說。

我用手臂環著他。讓我想起騎車的第一天，他又變高了，我覺得自己更像個孩子。

就像上一次，他拍著我的頭。

「抱歉說妳是偽君子。」他道歉。

「抱歉說你是殺手。」

他笑了。

我想了一下，然後退開，這樣我才能看到他的臉。我焦慮的皺起眉。「那是山姆？還是其他人？」

他搖搖頭，還在笑，好像雙肩的重擔都不見了。「當然都不是。妳不記得我們怎麼稱呼自己？」

回憶很清晰，我想了一整天。「保護者？」

「沒錯。」

「那我不懂。森林中發生了什麼事？失蹤的登山客？血跡？」

他臉色變得嚴肅、擔憂。「我們試著做我們的工作，貝拉。我們想保護他們，但我們總是到得太晚。」

「保護他們什麼？那裡真的有熊嗎？」

「貝拉，親愛的，我們只保護人員遠離一種——我們的天敵。這是我們存在的原因——因為他們。」

我茫然的看著他好一會，我才聽懂。剎時間，我變得面無血色，張嘴無聲地驚叫。

他點點頭。「我想妳是所有人中唯一知道發生了什麼事的人。」

「羅倫特，」我低聲說：「他還在這邊。」

雅各眨兩次眼，頭歪向一邊。「誰是羅倫特？」

我想理出思緒，這樣才能回答。「你知道的——你在草地中看到他。你在那邊……」我幾乎說不出話來。「你在那邊，你讓他沒殺我……」

「喔，那黑髮的吸血蟲？」他笑了，緊張兇猛的笑容。「這是他的名字？」

我聳聳肩。「你想做什麼？」我低聲說：「他會殺了你！雅各，你不知道他有多危險——」

他的笑聲打斷我。「貝拉，一隻落單的吸血蟲，不是一群大狼的對手。簡單極了，一點都不有趣！」

「什麼簡單極了？」

「殺了那隻想殺妳的吸血鬼。不過，我想那應該跟整個謀殺事件無關吧。」他說得很快。「吸血鬼根本不能算人……」

我說不出話來。「你……殺了……羅倫特？」

他點點頭。「大家一起完成的。」他說。

「羅倫特死了？」我低聲說。

他表情改變了。「妳不是沮喪吧？他要殺妳耶，他準備要殺妳，貝拉，我們在攻擊他之前就知道了。妳也知道不是嗎？」

「我知道。不，我不是沮喪——我是……」我得坐下。我蹣跚後退一步，直到小腿碰到浮木，然後坐下。「羅倫特死了。他不會再來找我了。」

「妳沒瘋吧？他不是妳那一群朋友嗎？」

「我的朋友？」我看著他，困惑頭昏，但帶著輕鬆。我茫然看著，眼睛濕潤。「不，小各，我真是……鬆了一口氣。我以為他會找到我——我每晚都在等他，希望他殺了我之後不會殺害查理。我嚇壞了，雅各……但怎麼會？他是吸血鬼耶！你是怎麼殺他的？他那麼強壯有力，像大理石一樣……」

他坐在我身邊，手臂環著我讓我安心。「這是我們的天命，貝拉。我們也很強壯。我希望妳告訴我妳在怕什麼。妳不應該這樣。」

「你不在附近。」我自言自語，無法思考。

「喔，是呀。」

「等一下，小各，我想你知道。昨晚，你說你來我房間不安全。我以為你知道吸血鬼會來。那不是你的意思嗎？」

他看起來茫然了好一會，然後敲敲頭。「不，那當然不是這個意思。」

「那為什麼你認為那對你不安全？」

他用內疚的神情看著我。「我不是說對我不安全。我是說對妳。」

「你是什麼意思？」

他低下頭，踢著石塊。「我不應該在妳身邊還有另一個原因，貝拉。我不應該告訴妳我們的祕密。這只是其一。其他部分對妳不安全。如果我瘋了……太沮喪……妳可能會受傷。」

我仔細想。「當你之前生氣時……當我對你大喊時……你在發抖……」

「是的。」他臉垮了下來。「我真是太蠢了。我得好好控制我自己。我發誓我不想生氣，無論妳對我說了什麼。但是……失去妳讓我太沮喪了……妳不知道我……」

「那會發生什麼事……如果你太生氣？」我低聲問。

「我會變成一匹狼。」他也低聲說。

「你不用等到滿月？」

他翻翻白眼。「好萊塢電影演的不是真的。」然後他嘆口氣，又變得認真。「妳不需要自己忍受這樣的壓力，貝拉。我們會處理的。我們會盯著查理和其他人——我們不會讓他出事。相信我。」

事情很清楚，清楚到我能看清，但我被雅各和他朋友對抗羅倫特這件事分心了，我完全沒注意，當雅各又變得緊張時我才想起。

我們會處理這一切的。

還沒結束。

「羅倫特死了。」我喘不過氣來，全身發冷。

「貝拉？」雅各焦慮的問，輕觸我發冷的臉頰。

「如果羅倫特死了……一週前……那是誰殺了這些人。」

雅各點點頭，緊咬著牙，他開口說話：「他們有兩個人。我們認為他的女伴要對付我們——在我們的故事裡，當你殺了其中一人，他們的伴侶通常會氣死——但她還是跑走了，然後又回來。如果我們能知道她要什麼，要逮到她就容易多了。但她的舉動不合理。她一直在繞圈圈，好像在測試我們的能力，要找出方法——但為什麼？她要什麼？山姆認為她想要分化我們，所以她才能有更好的機會……」

他聲音漸漸淡去，好像消失在長長的隧道中，我聽不見他說的每一個字。我額頭發汗，胃抽搐，好像我又得了腸胃炎感冒。

我很快轉身靠在樹幹上。我的身體因為反胃的嘔吐感抽搐個不停，空洞的胃全都是驚恐噁心的感覺，但什麼都吐不出來。

維多利亞在這裡，要找我，在林中殺死陌生人，在查理搜尋的森林中……

我腦袋轉個不停。

雅各雙手抓住我的肩膀——不讓我跌到岩石上。他熱燙的呼吸吹在我臉上。「貝拉！怎麼了？」

「維多利亞。」我喘著氣說，努力壓下反胃的噁心感。

我腦中，愛德華怒吼著同樣的名字。

雅各把我抱了起來，斜躺在他的腿上，讓我的頭靠在他肩頭。他掙扎著想讓我平衡，讓我不再下滑。他濕淋淋的頭髮刺著我的臉。

「誰？」雅各問：「妳聽得見我嗎？貝拉？貝拉？」

「她不是羅倫特的伴侶，」我透過他肩頭呻吟說：「他們只是老朋友……」

「妳需要一些水嗎？還是醫生？告訴我該怎麼辦？」他狂亂的追問。

「我不是生病──我嚇壞了。」我低聲解釋，嚇壞還不足以解釋。

雅各拍拍我的背。「被維多利亞嚇壞了？」

我點點頭，仍在發抖。

「維多利亞是紅髮女的？」

我站不住，低聲說：「是的。」

「妳怎麼知道她不是他的伴侶？」

「羅倫特告訴我詹姆斯才是她的男伴。」我解釋，自動的縮起手上的疤痕。

他抬起我的臉，用手緊緊捧住。專心研究我的眼神。「他告訴妳其他的嗎？貝拉。這很重要。妳知道她要什麼嗎？」

「當然，」我低聲說：「她要我。」

他雙眼睜得好大，然後瞇成一條線。「為什麼？」他追問。

「愛德華殺了詹姆斯，」我低聲說。雅各緊緊抱住我，我不需要抓住洞──他讓我不會碎成碎片。

「她……很生氣。但羅倫特說她認為殺了我會比殺死愛德華來得公平。伴侶對伴侶。她不知道──我猜，還不知道……」我難以吞嚥。「我和愛德華的關係已經不一樣了。不一樣了。」

雅各心神不寧，臉上閃過好幾種神情。「是這樣嗎？這是庫倫家離開的原因嗎？」

「我什麼都不是，只是一個人類。一點都不特別。」我解釋，虛弱的聳聳肩。

一種像怒吼聲——不是真的怒吼，是人類的聲音——從雅各胸口傳到我耳中。「這愚蠢的吸血鬼如果真的笨到敢——」

「請，」我呻吟。「請……不要。」

雅各猶豫了一下，點一下頭。

「這很重要，」他又說，神情非常認真。「我們真的需要知道。我們得馬上告訴其他人。」

他起身，拉我站起來。兩手扶住我的腰，直到確定我不會倒下去。

「我沒事。」我說謊。

他一手扶住我的腰。「我們走。」

他帶著我走回卡車。

「我們要去哪？」我問。

「我不確定，」他承認。「我會召開會議。嗨，在這等一下好嗎？」他讓我靠在卡車邊，然後鬆開我的手。

「你要幹什麼？」

「我馬上回來。」他說。然後他轉身，朝停車場去，跨過馬路，進去無邊的森林。他衝進樹叢，像鹿一樣。

「雅各！」我在他身後嘶啞的大喊，但他已經不見了。

這時候獨自一人真的很難熬。看不見雅各，我的呼吸變得極度急促。我勉強坐上卡車，按下兩邊的鎖，但是並沒讓我好過些。

維多利亞已經開始尋找我了。只是很幸運她還沒找到我，幸運的有五隻狼。我急促的呼吸。無論雅各說什麼，一想到他接近維多利亞就讓我嚇壞。我不關心他要多氣才會變身。我在腦中能看見她，她狂野的臉，像火焰的髮，死亡，無法破壞的……

但是，依雅各說的，羅倫特已經死了。這真的可能嗎？愛德華──我胸口馬上一痛，告訴我，要殺死吸血鬼有多困難。只有另一個吸血鬼才做得到。但小各說狼人也能……

他說他們會特別看著查理──我應該相信狼人會保護我父親的安全。我真能相信嗎？我們都不安全！至少雅各，如果要他在維多利亞和查理之間……在維多利亞和我之間……

我覺得自己快不行了。

一個尖銳的聲音，敲打在卡車玻璃上，讓我嚇了一跳，但只是雅各，他回來了。我以顫抖的手指驚恐地打開門鎖。

「妳真的嚇壞了是嗎？」他邊爬上車邊問。

我點點頭。

「不用再害怕了。我們會照顧妳的──還有查理。我保證。」

「想到你找到維多利亞，比想到她找到我還讓我害怕。」我低聲說。

他笑了。「妳得對我們有點信心。這樣說真是太侮辱我們了。」

我只能搖搖頭。我看過太多吸血鬼的行動。

「你剛去哪？」我問。

他緊閉著唇，沒說話。

「怎麼？又是祕密？」

他皺眉。「不算是。但很奇怪。我不想嚇壞妳。」

「我已經習慣奇怪的事了，你知道的。」我想笑，但沒成功。

雅各輕鬆回我一笑。「我想也是。好吧。是這樣的，當我們變成狼時，我們能……聽見對方。」

我困惑的揚起眉。

「不是聽見聲音，」他繼續說：「但我們能聽見……腦中所想的事——其他人的，無論多遠。這在我們狩獵時真的很有幫助，但有點痛苦，也很尷尬，彼此就沒有祕密。夠怪吧？」

「你是說，昨晚，雖然你不想說，但你還是得告訴他們你來看我？」

「妳真聰明。」

「謝了。」

「妳對這些怪事好像適應得很好，我以為這會讓妳不舒服。」

「不會……嗯，你不是我認識的第一個怪人。所以對我來說已經不怪了。」

「真的……等等，妳說的是妳那群嗜血怪物們？」

「我希望你不要再這樣稱呼他們。」

他笑了。「好吧。庫倫家，這樣行嗎？」

「只是……只是愛德華。」我用一手緊緊抵著胃部。

雅各很驚訝——也不高興。「我以為只是故事。我聽過吸血鬼的傳說，他們能……其他的，但我以為只是神話。」

「有什麼只是神話嗎？」我古怪的問他。

他沉下臉。「我猜沒有。好吧，我們要去見山姆和其他人，到我們騎車的地方。」

我發動卡車，往目標開去。

「你剛才只是變成一隻狼，告訴山姆？」我小心的問。

雅各點點頭，好像有點糗。「我盡量快，我沒想到妳，所以他們不會知道發生了什麼事。我擔心山姆會說我不能帶妳去。」

「他沒法阻止我。」我就是無法擺脫山姆是壞人的感覺。我緊咬著牙，當我聽見他的名字時。

「嗯，會阻止我，」雅各說，有點不高興。「還記得昨晚我無法把話說完？我無法告訴妳整個故事？」

「是的。你看起來好像嗆到。」

他陰沉的笑笑。「是的。很接近了。山姆要我不能告訴妳。他……是我們這一群的首領，妳知道的……他是狼王。當他告訴我們要做什麼時，或是不准做什麼時，只要他說的是真的，我們就無法不理會。」

「真奇怪。」我自言自語。

「很怪，」他同意。「像狼群會做的事。」

「嗯哼！」這是我唯一能說的話。

「是呀，有一堆能力像——狼的事。我還在學習。我無法想像，如果我得像山姆一樣自己面對那些恐怖的經驗，即使有這一群夥伴在支持著我，感覺還是非常的糟。」

「山姆一個人？」

「是呀。」雅各聲音變低。「當我……變身時，是最……我有過最可怕的經驗，比我能想像的還糟。但我不是一個人——還有其他聲音，在我腦海，告訴我會發生什麼事，我該怎麼做。讓我不會迷失，我想。但山姆……」他搖搖頭。「山姆沒有別人在幫助他。」

這讓我改變念頭。當雅各這樣解釋時，很難不對山姆產生好感。我不斷提醒自己，沒理由再討厭他了。

「我和你在一起，他們會生氣嗎？」我問。

他做個鬼臉。「可能。」

「也許我應該——」

「不，沒關係的，」他向我保證。「妳知道一堆事能幫助我們。妳不像無知的人一樣。妳像……我不知道，間諜或之類的，妳在敵人後面。」

我皺眉。我不知道雅各要我做什麼？獲得資訊，好幫助他們摧毀敵人？我不是間諜，我不想收集這些資訊。但他說的話已經讓我覺得自己像叛徒。

但我希望他阻止維多利亞嗎？

不。

我希望維多利亞能被阻止，可能在她殺了我，或殺了查理，或殺了其他陌生人前。我只是不希望雅各是那個阻止她的人，或是想去試的人。我不希望雅各接近她一百哩處。

「像會讀思緒的吸血鬼，」他繼續說，對我的白日夢不以為意。「那些事正是我們需要知道的。真討厭，這些故事竟然是真的，讓一切變得更複雜。嗨，妳認為維多利亞有什麼特別能力嗎？」

「我不知道，」我猶豫了一下，然後嘆口氣。「他有提到。」

「他？喔，妳是說愛德華——喔喔，抱歉，我忘了，妳不喜歡提到他的名字。或是聽見。」

我努力集中思緒，不理會我胸口的痛楚。「不是那樣的。」

「抱歉。」

「你怎麼這麼瞭解我，雅各？有時候我覺得你可以知道我在想什麼。」

「不是，我只是很留心。」

我們開上小路，雅各第一次帶我騎機車的地方。

「停這？」我問。

「當然，當然。」

我停下車，熄火。

「妳還是不高興是嗎？」他自言自語。

我點點頭，茫然的看著微亮的森林。

「妳認為……可能……妳能克服？」

我緩緩吸氣，然後吐氣。「不。」

「因為他不是最佳——」

「拜託，雅各，」我打斷他，近乎低聲的請求。「你能不能不要談？我受不了。」

「好吧。」他深呼吸。「我很抱歉說了那些話。」

「別抱歉。如果事情不同，可能最後我能談談。」

他點點頭。「是的，我對妳隱瞞祕密兩星期，真難受。無法告訴任何人一定像活在地獄。」

「地獄。」我同意。

雅各深呼吸。「來吧，我們走。」

「你確定？」當他打開車門時我問：「可能我不應該來這。」

「他們能處理的，」他說，然後他一笑。「誰會怕大壞狼？」

「哈哈。」我下車，匆匆繞過車前，站在雅各身邊，站得很近。我記得草地中的巨大怪獸。我雙手抖個不停，像雅各之前那樣，但是是因為恐懼而不是生氣。

小各牽起我的手，壓一下。「我們走吧。」

chapter 14
家人

再一次，他們讓我想起兄弟，
四胞胎。他們的移動幾乎是同步，
站在我們對面的路邊，有同樣修長的雙腿，
同樣紅褐色的肌膚，
下面是發達的肌肉，同樣短黑平頭，
他們的神情充滿同樣的警戒。

我發抖著站在雅各旁邊，雙眼巡視森林，想看到其他的狼人。當他們出現時，站在樹叢間，我腦海中有狼人的影像，但不像我所期望的，那只是四個高大半裸的男孩。

再一次，他們讓我想起兄弟，四胞胎。他們的移動幾乎是同步，站在我們對面的路邊，有同樣修長的雙腿，同樣紅褐色的肌膚，下面是發達的肌肉，同樣短黑平頭，他們的神情充滿同樣的警戒。

他們小心警戒的看。當他們看見我半躲在雅各身後，他們同時顯得不高興。

山姆還是最大個的，雖然雅各快要跟他一樣高了。山姆不算是男孩。他臉比較老，不是年歲皺紋的老，而是成熟，耐心的表情。

「你在做什麼？雅各？」他追問。

其中一人，我不知道是賈德、還是保羅，從山姆身邊衝出，對著雅各大叫，雅各來不及反應。

「你為什麼不遵守規則，雅各？」他大吼，雙手在空中亂揮舞。「你見鬼的在想什麼？她比其他事重要嗎？比整個部落？比那些被殺的人？」

「她能幫忙。」雅各安靜的說。

「幫忙！」盛怒的男孩大吼。他手臂在發抖。「喔，還真像一回事！我確定這個吸血蟲的愛人還真的會想幫我們咧！」

「不要這樣說她！」雅各喊回去，被這男孩的批評引發怒火。

另一個男孩也氣得雙肩和身體直發抖。

「保羅，放鬆！」山姆下令。

保羅搖搖頭，回到四人一組的隊伍，不是放棄，而是想要專心。

「老天，保羅，」其中一個男孩，可能是賈德，低語。「冷靜一點。」

保羅朝賈德轉過頭，唇諷刺的扭曲。然後他又轉回來瞪著我。雅各向前一步，擋在我前面。

這個動作把他們給惹毛了。

「真好，保護她！」保羅盛怒的大吼。全身抽搐不已。他仰起頭，從齒間發出怒吼。

「保羅！」山姆和雅各同時大喊。

保羅似乎跌向前，全身劇烈地抖動。朝地面倒下的半途，響起撕裂的聲響，這男孩彷彿裂開了。

黑銀色的毛從男孩身上長出，體型變得比他原本身材大上五倍，巨大，蹲伏，想要衝過來。

狼的低吼聲從他齒間傳來，另一聲怒吼出自他胸口。他黑色憤怒的雙眸盯著我。

同一秒，雅各奔向那怪物。

「雅各！」我尖叫。

半路上，雅各脊椎抖動，他跳向前，畫過空氣。

另一個尖銳的聲音，雅各也裂開。他的肌膚爆出黑白的毛。事情發生得很快，我差點看不清。我錯過整個變身的過程。才一秒雅各已經畫過空氣，然後變成巨大紅褐色的狼，有著銀色胸毛，巨大得讓我無法想像牠是怎樣塞進雅各體內的。

雅各衝向前迎擊另一頭狼。兩人憤怒的吼聲迴盪在樹叢間像雷聲。

黑白碎片，應該是雅各的衣服，當他消失時，落在地上。

「雅各！」我再次尖叫，蹣跚向前。

「站著別動，貝拉。」山姆下令。在狼群的鬥毆吼聲中很難聽見他的聲音。兩隻狼都想撕裂對方，利牙對著彼此的喉嚨。雅各變身的狼似乎占上風，他比另一隻大，看起來也比較強壯。他用肩膀抵住那隻灰狼，一次又一次，將他逼回樹叢。

「帶她去艾蜜莉家。」山姆大聲朝另兩個男孩說，兩人全神貫注的看著這場爭鬥。雅各成功的將灰狼逼回去，他們同時消失在森林內，雖然還聽得見他們嘶吼的聲音。山姆追了過去，並且踢掉腳上的鞋子。當他也衝進樹林內後，他從頭到腳全身都在顫抖。

吼聲和嘶啞聲遠遠的聽不見了。突然，所有聲音通通消失，變得非常寧靜。

然後其中一個男孩笑了起來。

我轉頭瞪著他，兩眼用力大睜，表達出我的憤怒，好像我再也不能眨眼了。

那男孩似乎在取笑我的表情。「嗯，這不是妳每天都能看到的事。」他竊笑。臉色相當熟悉，比其他人瘦……安柏瑞．寇。

「沒錯，」另一個男孩賈德也笑著說：「不是每天。」

「喔，保羅不是每天都會發脾氣的，」安柏瑞不同意，但還在笑。「可能三天發作個兩次吧。」

賈德從地上揀起白色的東西。他遞給安柏瑞，白色東西軟軟地垂在他手中。

「都碎了，」賈德說：「比利說這是他能買的最後一雙——我猜雅各以後得光腳了。」

「這一隻沒事，」安柏瑞說，拿著另一隻運動鞋。「小各可以單腳跳。」他笑著說。

賈德開始在地上收集所有碎片。「你去拿一下山姆的鞋子，好不好？其他的都碎了。」

安柏瑞抓起鞋子，跳進山姆消失的樹林內。一會又回來，手上拿著一條牛仔短褲。賈德找到零星的碎片，應該是雅各和保羅的衣服，將之捲成球狀。突然，他似乎想起我的存在。

他小心的看我，打量著。

「嗨，妳不會快要昏倒吧？」他追問。

「我想不會。」我喘著氣說。

「妳看起來不太好。可能妳需要坐下。」

「好。」我低聲說。今天第二次，我將頭埋在膝間。

「小各應該警告我們。」安柏瑞抱怨。

「他不應該帶女朋友來的。他到底在想什麼？」

「嗯，祕密洩露了。」安柏瑞嘆口氣。「做得好，小各。」

我抬起頭看著這兩個男孩，他們好像覺得這沒關係。「你們一點都不擔心他們嗎？」我追問。

安柏瑞驚訝的眨眼。「擔心？為什麼？」

「他們可能傷害對方！」

安柏瑞和賈德大笑。

「我希望保羅能把他咬一口，」賈德說：「給他一點教訓。」

我臉色蒼白。

「是呀，沒錯！」安柏瑞不同意。「你看見小各嗎？就算山姆也無法這麼快速地完成變形。他一看見保羅失態，不到一秒就能發動攻擊？這男孩有天賦。」

「保羅打鬥太久了。我敢賭十元，他會有傷。」

「賭定了。小各是天生好手。保羅沒機會的。」

他們握握手，相視一笑。

我試著要自己對他們的淡然反應別多擔心，但我無法揮去腦中相鬥的兩匹狼的身影。我胃抽搐，又酸又空，我的頭因為擔憂而疼痛。

「我們去見艾蜜莉吧。妳知道她總會準備好食物等我們。」安柏瑞低頭看著我。「介意讓我們搭個便車嗎？」

「沒問題。」我嗆到。

賈德揚起一邊的眉毛。「可能你來開比較好，安柏瑞。她看起來還是不妙。」

「好主意。鑰匙呢？」安柏瑞問我。

「還插在車上。」

安柏瑞打開乘客門。「妳先請。」他高興的用單手將我從地上拉起來，讓我坐下，然後看看空間。「你得坐後面。」他告訴賈德。

「沒問題。我胃不好。萬一她吐的話，我可不想在前面。」

「我敢說她不會的。她和吸血鬼在一起。」

「賭五元？」賈德問。

「賭了。我覺得內疚，這麼容易贏你的錢。」

安柏瑞上車，發動引擎，賈德跳上後車廂。他一關上門，安柏瑞就對我低語，「別吐喔？我只有十元，萬一保羅咬了雅各……」

「好。」我低聲說。

安柏瑞載我們往村裡開去。

「嗨，小各的強制令是怎麼回事？」

「……什麼？」

「呃，命令。妳知道的，不能說出祕密。他是怎麼跟妳說的？」

「喔，那個呀，」我說，想起雅各試著在昨晚對我說實話。「他沒有。是我自己猜中的。」

安柏瑞咬著唇，看起來很驚訝。「嗯哼。我想那有用。」

「我們要去哪？」我問。

「艾蜜莉家。她是山姆的女友……不，未婚妻，我猜。他們待會會在那邊跟我們會合，等山姆制服他們兩個。還要等保羅和小各找到一些新衣服可以穿，因為保羅衣服都碎了。」

「艾蜜莉知道……」

「是的。嗨，別看她。那會讓山姆不高興。」

我對他皺眉。「為什麼我會盯著她看？」

安柏瑞看起來有點不適。「像妳剛剛看到的，和狼人在一起有些風險。」他很快改變話題。「嗨，妳對草地那的黑髮吸血鬼那件事，感覺還好吧？他看起來不像是妳朋友，不過……」安柏瑞聳聳肩。

「不，他不是我朋友。」

「那就好。我們不想挑起事端，破壞協約，妳知道的。」

「喔，是呀，小各告訴過我協約的事，很久以前。為什麼殺死羅倫特會破壞協約？」

「羅倫特，」他重複，嗤之以鼻，好像他覺得吸血鬼不值得有名字。「嗯，我們技術上來說是住在庫倫家的範圍內。我們被禁止去攻擊他們——庫倫家，至少，在我們的土地上——除非他們先破壞協約。我們不知道黑髮的是否是他們的親戚。好像妳認識他。」

「怎麼樣他們才會算破壞協約？」

「如果他們咬了一個人類。不過，小各並不希望坐視這種事發生。」

「喔。嗯，謝謝。我很高興你沒有等。」

「不客氣。」聽起來像是真心誠意的。

安柏瑞開過高速公路最東邊的房子，轉出去，朝一條很窄的泥濘小徑開去。「妳的卡車很慢。」他注意到。

「抱歉。」

小路盡頭，是一間小屋，原本應該是灰色的。只有一個小窗戶，有歷史的藍色大門，加上窗框下明亮的橙色和黃色金盞花，讓整個地方看起來充滿生氣。

安柏瑞打開車門大喊，「嗯，艾蜜莉在煮東西。」

賈德從車後跳下來，衝進門，但安柏瑞用一手抵住他胸口止住他。他別有深意的看看我，清清喉嚨。

「我身上沒有錢。」賈德說。

「沒關係。我會記得的。」

他們爬上臺階，沒敲門就進去。我羞怯的跟在他們後面。

前廳，像比利家一樣也是廚房。一位年輕女性，有日曬的健康古銅膚色和一頭又直又長全黑的秀髮，站在水槽旁的流理臺，從一個錫罐內拿出鬆餅，放在紙盤上。一時間我心想，安柏瑞告訴我不要瞪大了眼看她的原因，是因為那女孩美極了。

然後她用優美的音調問：「你們這些小傢伙餓了嗎？」轉過身，看著我們，臉上的笑容只有一半。

她臉的右邊都是疤，從髮線到下巴有三條粗紅疤，從顏色看來是舊傷。一條疤痕到她黑色的右眼角下，另一條轉向她唇邊，像鬼臉。

感謝安柏瑞的事先提醒，我很快將視線移往她手中的鬆餅。聞起來好香——像新鮮的藍莓。

「喔，」艾蜜莉驚訝的問：「這位是？」

我抬起頭，想專注在她左臉。

「貝拉・史旺，」賈德告訴她，聳聳肩。顯然，我是他們之前談話的話題。「還會是誰？」

「這讓雅各自己解決，」艾蜜莉低語。她看著我，原本美麗的臉龐還算友善。「所以，妳是吸血鬼的女朋友。」

我僵住。「是的。而妳是狼人的女朋友？」

她笑了。安柏瑞和賈德也笑了。她左邊臉很溫暖。「我想我是。」她轉向賈德。「山姆呢？」

「貝拉，呃，今早讓保羅吃了一驚。」

艾蜜莉那隻完好的眼向上翻。「噢，保羅，」她嘆口氣。「你認為他們要很久嗎？我本來打算開始煎蛋。」

「別擔心，」安柏瑞告訴她。「如果他們晚了，我們不會浪費食物的。」

艾蜜莉笑了，然後打開冰箱。「我想也是，」她說：「貝拉，妳餓嗎？別客氣，吃些鬆餅。」

「謝謝。」我從盤中拿起一個，小小口的吃著邊緣。很可口，讓我緊張的胃放鬆些。安柏瑞已經吃了第三個，整個塞進他口中。

「留一些給你兄弟。」艾蜜莉斥責他，用木湯匙打他的頭。她說的話讓我吃驚，但其他人似乎不以為意。

「豬。」賈德說。

我靠在流理臺上，看著他們三人像家人一樣打鬧取笑。艾蜜莉的廚房是個友善的地方，明亮的白色廚具、淺色木地板。一張小圓桌，藍白水壺中插滿野花。安柏瑞和賈德似乎整個人都放鬆了。

艾蜜莉在打蛋，幾十個蛋，放在一個很大的黃色碗內。紫色襯衫的袖子拉高，我看見她右手臂上都是疤痕。和狼人在一起的確有風險，就像安柏瑞說的。

前門打開，山姆走進來。

「艾蜜莉。」他聲音中滿含愛意，連我都覺得困窘，好像自己是個闖入者。我看見他一大步越過房間，用寬大的雙手捧住她的臉。他低下頭，親吻她右臉頰的傷疤，然後親吻她的唇。

「嗨，不要又來了，」賈德抗議。「我在吃東西耶。」

「那就閉上眼繼續吃，」山姆說，再次親吻艾蜜莉破了相的唇。

「嘔。」安柏瑞呻吟。

這比愛情電影還糟。因為這是真實的，唱出喜樂和生命的真愛。我放下鬆餅，將雙手交疊胸前。我看著花，想忽視他們的聲音，還有我傷口的抽痛。

當雅各和保羅走進來，我很感激他們讓我分心，但看到他們有說有笑，讓我震驚。我看著他們，保羅捶打雅各肩頭，雅各也回以一拳。他們又笑了。兩人看起來都沒有受傷。

雅各看看房間內，當他發現我在，才停下搜尋的目光，我靠著廚房的流理臺，尷尬的站著。

「嗨，貝拉。」他高興的問候我。一把抓起兩個鬆餅，走過桌邊，站到我旁邊。「剛才的事很抱歉，」他低聲說：「妳沒事吧？」

「別擔心。我沒事。鬆餅很好吃。」我拿起原本吃的那個，開始小口的啃。當雅各站在我身邊時，我胸口覺得好多了。

「喔，老天！」賈德怪叫，打斷我們。

我抬起頭，他和安柏瑞看著保羅前手臂的一條淺色傷口。安柏瑞笑了，大口吸氣。

「十五元。」他說。

「你做的嗎？」我對雅各低聲說，想起打賭的事。

「我才輕輕碰了他一下呢。他在日落時就會好。」

「日落？」我看著保羅手臂的線條。古怪，但是傷口看起來已經好幾週那麼久。

「狼的能力。」雅各低聲說。

我點點頭，盡量不顯示我的擔心。

「你還好嗎？」我低聲問。

「我沒受傷。」他表情很得意。

「嗨，孩子們，」山姆大聲的說，打斷小屋內所有的談話。艾蜜莉在爐子旁，用一個大平底鍋正在煎蛋，但山姆還是一手摟著她的腰，「雅各有資料告訴我們。」

保羅看起來一點也不驚訝。雅各一定解釋給他和山姆知道了。還是……他們只是從他的思想得知。

「我知道紅髮的要幹麼了，」雅各對著賈德和安柏瑞說：「我之前就想告訴你們。」他踢保羅坐的椅腳。

「嗯？」賈德問。

雅各臉色變得凝重。「她要為她的伴侶報仇──但不是我們殺的那個黑髮的。庫倫家去年殺死她的伴侶，她現在要殺死貝拉。」

對我來說這不是新聞，但我還是抖個不停。

賈德、安柏瑞還有艾蜜莉都張大嘴，驚訝的看著我。

「她只是個普通女孩子。」安柏瑞抗議。

「我沒說這合理。但這是為什麼那個吸血鬼想逃過我們。她打定主意來福克斯。」

他們還是瞪著我，嘴還是張得大大的。我低下頭。

「好極了，」賈德嘴角揚起笑容。「我們有餌了。」

以令人震驚的速度，雅各從流理臺拿起一個開罐器，丟向賈德的頭。賈德用手很快接住，我根本沒想到，他在那東西還沒打到他的臉之前就接到。

「貝拉不是餌。」

「你知道我的意思。」賈德說，毫不羞愧。

「我們要改變模式，」山姆說，不理會他們的口角。「我們留下一些破綻，看她會不會上鉤。我們得分開，我不喜歡這樣。但如果她真的在追蹤貝拉，她可能會試著利用我們落單時動手。」

「奎爾得快點加入我們，」安柏瑞低語。「那我們才能平均分開。」

每個人都低下頭。我看著雅各的臉，沒有表情，就像昨天下午在他家屋外時一樣。無論他們對自己的使命多有信心，在這個快樂的小廚房內，這些狼人都不希望朋友出事。

「嗯，我們不能靠這個方法，」山姆低聲說，然後恢復成原本的音調。「保羅、賈德與安柏瑞在外圍，雅各和我在內圈。我們一逮到她就集合。」

我注意到艾蜜莉不喜歡山姆把自己分派在內圈。她的擔心讓我看著雅各，他也在擔心。

山姆注意到我的眼神。「雅各認為如果妳能在拉布席多花點時間會好些。她不會知道該怎麼找妳，以防萬一。」

「那查理呢？」我問。

「三月大瘋狂（球賽）馬上就來了，」雅各說：「我想比利和哈利能在查理不上班時盡量把他留在這裡。」

「等一下，」山姆舉起一隻手。他看一眼艾蜜莉然後又看我。「雅各認為這個方法最好，但妳要自己決定。妳要認真的衡量兩種方法的風險。妳今早看到，事情多麼容易就會擦槍走火，失去控制。如果妳選擇和我們待在一起，我無法保證妳的安全。」

「我不會傷害她。」雅各垂下頭低語。

山姆像是沒聽到他說的話似的。「如果有其他地方妳覺得安全……」

我咬著唇。我能去哪才不會害那些人陷入危險？我不想害芮妮捲入——讓她成為目標之一……「我不想帶維多利亞去任何地方。」我低聲說。

山姆點點頭。「這倒是。那留在這裡可能比較好，我們在這邊搞定。」

我退縮。我不希望雅各或這裡的任何人去解決維多利亞。我看著小各的臉，放鬆了些，和我在與他談起狼人的事之前一樣，顯然獵殺吸血鬼他並不擔心。

「你們要小心，好嗎？」我說，聽得出我的聲音有一點哽咽。

男孩們大笑。大家都在笑我——除了艾蜜莉。她迎上我的眼神，我突然在她殘缺的眼中看見同情。她的臉還是很美，她的關心情意比我還濃。我得轉開頭，免得關心之後的愛意，又刺痛我。

「食物好了。」她說，然後話題改變了。男孩們匆匆圍著桌子，將艾蜜莉做的大蛋餅放進口中。這張桌子看起來好小，都快被他們壓扁似的。艾蜜莉像我一樣靠在流理臺旁，避開桌子，用充滿深情的眼神看著他們。她的表情就像這是她的一家人。

這裡的一切，和我想像中的狼人幫派一點都不相同。

我這一天都待在拉布席，多半時候都待在比利家。他在查理家中及警局的答錄機留言，於是查理在晚餐時帶了兩個大披薩過來。帶兩個來真是好主意，因為雅各就吃掉一個。

整晚，查理猜疑的眼神在我和雅各身上打轉，多半是在雅各身上。他問起他的頭髮，雅各聳聳肩，告訴他純為方便。

當查理和我開車回家時，我知道，雅各會馬上行動，像狼一樣在路上奔跑，他得這樣間歇的過上一整天。他和他的兄弟們得一直監看，找出維多利亞回來的蹤跡。但因為他們昨晚把她趕離了噴泉區——依雅各的說法，幾乎一路趕到加拿大去了——她應該還會再次前來突襲。

我知道她不可能就這樣放棄。我沒那麼好運。

雅各在晚餐後陪我走到卡車旁，靠在車窗邊，等著查理的車先開走。

「今晚別害怕，」雅各說，此時查理正在弄安全帶。「我們會去監看的。」

「我不是擔心自己。」我說。

「妳真傻。獵殺吸血鬼很好玩，是整件事最棒的部分。」

我搖搖頭。「就算我傻，跟你的危險還是不能相比。」

他笑了。「多休息，貝拉，親愛的。妳看起來累壞了。」

「我會的。」

查理不耐的按喇叭。

「明天見，」雅各說：「休息是最重要的。」

「我會的。」

查理開在我車後，一路到家，我沒怎麼從後照鏡看他。我好奇的想著山姆和賈德以及安柏瑞、保羅他們晚上的路線。我不知道雅各是否已經加入他們了。

當我們到家後，我匆匆上樓，但查理跟在我後面。

「怎麼了？貝拉。」我還來不及走開他就問。「我以為雅各已經加入了幫派，而且你們兩個吵架了。」

「我們和好了。」

「那幫派呢？」

「我不知道——誰知道青少年在想什麼？他們很神祕。但我今天遇見山姆．烏利和他未婚妻艾蜜莉。他們對我很好。」我聳聳肩。「一定有些誤會。」

他臉色變了。「我沒聽說他和艾蜜莉訂婚了。這真好。可憐的女孩。」

「你知道她怎麼了嗎？」

「被一頭熊抓的，在北方那邊，鮭魚季時，那是個可怕的意外。應該是一年前吧，我聽說山姆差點崩潰。」

「這真可怕。」我回應。一年前，我敢說這表示當時在拉布席只有一匹狼。我想起山姆每次看見艾蜜莉的臉時的想法就不寒而慄。

這一晚，我躺了好久都沒能入睡，想把今天的事情弄清楚。我倒著想，先回想晚餐時比利、雅各和查理，然後想起在佈雷克家的整個下午，焦慮的等著聽雅各說，然後是艾蜜莉家的廚房，到可怕的狼之戰，然後是和雅各在海灘的談話……

我想起雅各早上說過的偽善。我想了很久。我不喜歡自己被認為是個偽君子，可是對自己說謊又有什麼意義？

我蜷成球狀。不，愛德華不是兇手。即使在他最黑暗的那段時光，他也不會謀殺無辜的人。

但萬一是他做的呢？萬一，在我不知道的那段時間裡，他就像其他的吸血鬼一樣呢？萬一就是現在，森林中的人就此消失呢？這樣我會遠離他嗎？

我悲傷的搖搖頭。愛是不理性的，我提醒自己。你愛某人愈多，就愈不理性。

我動動身子，想想別的，我想到雅各和他的兄弟們，在黑暗中奔跑。我睡著時，想起狼群，在黑暗中看不見，在危險中守護我。當我入夢時，我又站在森林中，但我不好奇。我握著艾蜜莉有疤痕的手，我們一起面對黑暗，焦慮的等著我們的狼人回家。

chapter 15

壓力

「妳為什麼這樣做？」他問。輕輕扯著我的一邊手臂，

我把手交叉在胸前。然後他放棄了，

因為拉不動。我甚至不知道自己做出了這個動作。

「妳沮喪時就會這樣。為什麼？」

「一想起他們就讓我傷心，」

我低聲說：

「我無法呼吸……好像整個人都碎了……」

又到了福克斯的春假。當我在週一清晨醒來，我賴在床上想了好一會。上一次春天，我被吸血鬼獵殺。我希望這不會變成傳統儀式。

我已經成為拉布席的常客。我週六多半待在海灘，查理則和比利待在佈雷克家。我照理說，應該是和雅各在一起，但雅各有其他事得做，所以我多半是一個人，好將祕密瞞住查理。

當雅各過來看我的情況，他總是抱歉拋下我一人。他告訴我他的時間表不是總這樣瘋狂，但除非維多利亞停止，狼群都會戒備。

當我們現在沿著海灘走時，他總是牽著我的手。

這讓我憂慮的想起賈德說的，關於雅各和他的「女朋友」。我想外人看我們應該是如此，但小各和我都知道真相，我不應該讓這樣的假設搞得自己煩心。如果我裝作不知道雅各可能會愛上事情表面上的樣子，他們也可能不會這麼想。但他的手很舒服，能溫暖我，我沒拒絕。

我在週二下午工作，雅各騎著機車跟著我，要確定我安全抵達，麥克注意到了。

「妳在和拉布席那個孩子約會嗎？那個二年級生？」他聲音中有種不以為然的語氣。

我聳聳肩。「技術上來說不是。但我的確和雅各常在一起。他是我最好的朋友。」

麥克瞇起眼精明的說：「妳別騙自己了，貝拉。那傢伙根本就愛上妳了。」

「我知道，」我嘆口氣。「生活挺複雜的。」

「女孩真難懂。」麥克咬著牙說。

我想這是很簡單的假設。

這一晚，山姆、艾蜜莉加入查理和我，在比利家吃點心。艾蜜莉帶了蛋糕來，贏得查理這個硬漢的心。我看得出來，談話自然圍繞著隨性的主題，查理對拉布席這群幫派的擔心都消失了。

小各和我很早就溜出來，想有些私人空間。我們溜到他車庫，坐在他的車上。雅各靠著椅背，臉上滿是精疲力竭。

「你需要睡覺，小各。」

「我會找時間睡個覺的。」

他伸出手，牽住我的。他的肌膚發燙。

「這也是狼的能力嗎？」我問他。「我是說熱度。」

「是呀。我們會變得比平常人還燙。大約四十二度左右。我不覺得冷。我可以忍受像這種——」他比著裸露的上半身——「在暴風雪中，也不會怎麼樣。雪花打在身上馬上就會變成雨水。」

「你恢復得很快——也是狼的能力？」

「是呀，想看嗎？很酷耶。」他邊笑邊眨眼，繞過我，在雜物箱內找了一會。拿出一把小刀。

「不，我不要看！」我一知道他要幹麼馬上大叫。「放下！」

雅各笑了，但將刀子放回去。「好啦。我們能自己治好是件好事。當你溫度那麼高時，通常表示你快死了，不方便去看醫生。」

「嗯，我想也是。」我想了一會。「……還有變高大——也是一部分嗎？所以你才會一直擔心奎爾？」

「奎爾的祖父說，孩子能在自己的額頭煎蛋（擔憂）。」雅各臉變得沒有表情。「不會太久。年紀不對……就是突然發生——」他住口，過了好一會他才開口。「有時候，如果你真的沮喪或之類的，會發生得比較早。但我從未沮喪，我一直很高興。」他笑笑。「多半是因為妳。所以我才沒早點發生。相反的，一直在我體內擴大——我像顆定時炸彈。妳知道是什麼原因讓我爆發嗎？我看完電影回來後，比利說我看起來很奇怪。就是這樣，我就突然發生了。然後我——就爆發了。我幾乎撕毀他的臉——我自己的父親。」他聳聳肩，臉色蒼白。

「真的這麼可怕嗎？小各。」我焦慮的問，希望我能有方法幫助他。「你覺得可悲嗎？」

「不，我不覺得悲慘，」他告訴我。「不再了，因為妳知道了。之前真的很難。」他靠向前，臉頰貼在我頭上。

他安靜了一會，我不知道他在想什麼。可能我不該問。

「最難的部分是什麼？」我低問，還是希望能幫助他。

「最難的部分是感覺……無法控制自己，」他緩緩的說：「覺得無法確定自己的作為——像妳不應該跟我在一起、像沒有人知道。妳看過艾蜜莉，山姆只不過一秒間失態……她站得很近，而他永遠無法挽回。我聽見他想的——我知道那是什麼感覺……」

「誰會想變成一場惡夢，一個怪物？」

「然後，事情對我來說變得簡單多了，我比其他人都擅長——這會讓我比安柏瑞或山姆更不像人類嗎？有時我擔心自己失態。」

「這很難嗎？要找回自己？」

「一開始，」他說：「要練習才能前後變身。但對我來說很簡單。」

「為什麼？」我好奇。

「因為埃夫萊姆・佈雷克是我父親的祖父，奎爾・亞德瑞是我母親的祖父。」

「奎爾？」我困惑的問。

「我說的是他的曾祖父，」雅各說明。「妳認識的那個奎爾，算是我遠房的表兄弟。」

「那這跟你的祖先們有什麼關係？」

「因為埃夫萊姆和奎爾都有狼人血統。李唯．烏利也是。我有兩邊的血親。所以我肯定也是，就像奎爾也絕對會是。」

他臉色蒼白。

「那最棒的部分呢？」我問，想讓他開心。

「最棒的，」他突然笑了起來，「是速度。」

「比機車還棒？」

他興奮的點頭。「根本沒得比。」

「你能多快……」

「跑？」他替我問完。「超快的。我該怎麼比？我們抓到……他的名字？羅倫特？我想這對妳比較有意義。」

的確，我無法想像——狼跑得比吸血鬼快。當庫倫家的人跑時，幾乎看不見。

「所以，告訴我一些我不知道的事，」他說：「關於吸血鬼的事。妳怎麼能忍受和他們在一起？妳沒被嚇壞嗎？」

「沒。」我簡短的說。

我的聲音讓他沉思了一會。

「嗯，為什麼妳的吸血鬼會殺了詹姆斯？」他突然問。

「詹姆斯想要殺我——對他來說只不過是場遊戲。你還記得去年春天，我在鳳凰城醫院住院的事嗎？」

雅各嗆住了。「他做的？」

「他差點成功了。」我摸著傷疤。雅各注意到了，因為他牽起我的手。

「這是什麼？」他觸摸右手的傷疤。「這是妳的有趣傷疤，冷血人造成的。」他靠近點看，新的眼神，氣息激動。

「是的，就像你想的，」我說：「詹姆斯咬我。」

他張大眼，臉色變得奇怪，紅褐色皮膚變暗。看起來很不舒服。

「但如果他咬妳……妳不是會變成……？」他嗆到。

「愛德華救了我兩次。」我低聲說：「他將毒液吸出來──你知道的，像毒蛇毒液。」心口的傷洞讓我不由自主地顫慄。

但我不是唯一顫慄的人。我能感覺到雅各在我身邊抽搐，連車子都在抖動。

「小心，小各。放鬆，冷靜。」

「是呀，」他喘著氣說：「冷靜。」他前後搖頭，搖得很快。一會後，只有雙手還在抖。

「你還好嗎？」

「是的，沒事了。告訴我其他的。告訴我更多。」

「你想知道什麼？」

「我不知道，」他閉上眼，專心。「我猜是其他的東西。其他庫倫家人有什麼樣的……超能力天賦嗎？像讀心術之類的？」

我猶豫了一下。他問這個問題，讓我覺得他像間諜，不是朋友。但隱瞞我所知道的這些事有什麼用？那都已經不重要了，如果能幫助他平靜的話。

所以我說得很快，腦中一想到艾蜜莉被毀容的臉，我就寒毛直豎。我無法想像車內這匹紅褐色的狼，萬一雅各變身一定會將整個車庫都毀了。

「賈斯柏會……控制他周圍人的情緒。不是壞的那種，是讓人們冷靜，那種好的。可能可以幫助保羅，」我虛弱的補了句。「還有艾利絲能看見會發生的事。未來，你知道的，但不一定絕對成真。她看到的事可能會改變，當有人的計畫改變時……」

像她看到我死了……她看到我變成他們的一分子。兩件事都沒發生，其中一件永遠都不會發生。我頭轉個不停，我看不見，呼吸不過來，肺沒有辦法作用。

雅各整個人已經平靜下來，在我身邊動也不動。

「妳為什麼這樣做？」他問。輕輕扯著我的一邊手臂，我把手交叉在胸前。然後他放棄了，因為拉不動。我甚至不知道自己做出了這個動作。「妳沮喪時就會這樣。為什麼？」

「一想起他們就讓我傷心，」我低聲說：「我無法呼吸……好像整個人都碎了……」真奇怪我能告訴雅各，我們之間沒有祕密。

他順著我的髮。「沒事了，貝拉，沒事了。我不提了。抱歉。」

「我沒事。」我喘著氣說：「已經發生了，並不是你的錯。」

「我們真是糟糕的一對，不是嗎？」雅各說：「我們兩人都無法控制。」

「真可憐。」我同意，還是喘不過氣。

「至少我們還有對方。」他說，這念頭讓他安心多了。

我也安心。「至少。」我同意。

當我們在一起，至少沒事。但雅各很糟，他得完成危險的工作，我經常是一個人，為了安全得待在拉布席，沒事好做，滿腦子都是擔心。

一直在比利家讓我覺得很尷尬。我念了一些微積分，下週就要考了。不過數學也沒法子念太久。當我手上沒有東西時，就覺得應該跟比利談話，這是正常社交的壓力。但比利也不是個擅長填滿沉默的人，因此尷尬仍舊持續。

週三下午，我在艾蜜莉家打發時間。一開始挺不賴的。艾蜜莉是個很活潑的人，不會坐著不動。她忙著打理家裡及院子時，我跟在她身後，她擦地板、播種、修門鎖、用老織布機織衣服、還有一直煮在東西。她略微抱怨這些男孩多會吃，因為跑步量太大，但看得出來，她不介意照顧他們。對她來說不難，畢竟，我們都是狼人的女友。

山姆在我待了幾小時後回來。我只待到確定雅各沒事，沒有新鮮事，然後就走了。他倆的濃情蜜意和滿足的氛圍，讓人很難專心，就算有人在旁邊也無法讓他們克制。

因此我獨自在海灘思索，走在長長的岩岸邊，來來回回，一次又一次。

獨自一人對我不好。感謝雅各最近的誠實，我能再次談論和回想庫倫家的人。無論我多努力讓自己分心——因為我有許多時間不斷思考：我真的絕望地擔憂雅各和他的狼人弟兄們，我也擔心查理和其他那些自以為不過是在巡狩獵捕動物的人們，我不斷想著雅各，不知道該怎麼辦——這些真實存在的事情，在腦海揮之不去，讓我的注意力不再放在長期以來的心口痛楚。最後，我走不下去了，因為我無法呼吸。我坐下，在一塊半乾的岩石上蜷成球狀。

雅各發現我時，我仍舊維持著同樣的姿勢，我從他的表情看得出來，他很瞭解。

「抱歉。」他馬上說。他將我從地上拉起來，雙手環住我肩膀。我不知道自己很冷，直到被他抱住。他的溫暖從我肩頭傳遍全身，至少和他在一起，我又能呼吸了。

「我毀了妳的春假。」我們邊往回走時，雅各自責著。

「不，你沒有。我沒有任何計畫，我不認為我喜歡春假。」

「我明天早上休假。其他人沒有我也可以巡守。我們去做點有趣的事。」

這字眼在我生活中缺席已久，奇怪又無法理解。「有趣？」

「妳現在正需要一些有趣的。嗯……」他看看灰色海浪，想了想。當他雙眼看著海平面時，有了靈感。

「有了！」他大叫。「還有一件我答應過的事。」

「你在說什麼？」

他鬆開我的手，指著海灘南方的尖端，一塊平坦的岩石，就在懸崖上。我不解的看著。

「我不是答應過，要帶妳做懸崖跳水？」

我發抖。

「是呀，會很冷——但不會像今天一樣冷。妳沒發現天氣變了嗎？明天會變暖的。妳要去嗎？」

黑暗的海水看起來不怎麼吸引人，從這角度看，懸崖比之前還高。

但有好幾天我都沒聽見愛德華的聲音了。這是問題的一部分。我想再聽見腦中的幻聽。如果太久沒有，不太好。從懸崖跳下去，可能可以改變這個情況。

「當然，我做得到。這很有趣。」

「這是約會。」他說，伸手環著我肩頭。

「好——不過現在你得先去睡覺。」我不喜歡他的黑眼圈，看起來快要變成永恆了。

第二天早上，我很早就醒了，偷偷將一些衣服拿到卡車上。我有種感覺，查理不會同意今天的計畫，就像他對機車的看法一樣。

讓我能暫時不再擔憂的這個分心的小主意，使我很興奮。可能會很有趣。和雅各約會，和愛德華約會……我陰沉地對自己苦笑。小各會說，他要我們成為糟糕的一對，但我才是糟糕的那一個。我讓狼人變得完全正常。

我原本以為雅各會在屋前迎接我，就像往常一樣，我吵雜的卡車引擎聲會讓他知道我來了。但他沒有，我想他可能還在睡。我可以等——讓他多睡一些，他需要睡眠，同時也等天氣暖一些。小各對天氣的看法說對了。昨晚就變了。厚重的雲，有點悶熱，灰色雲層下很溫暖。我將毛衣放在卡車內。

我輕聲敲門。

「進來，貝拉。」比利說。

他在廚房桌子吃著冷麥片。

「小各還在睡？」

「呃，不是。」他放下木湯匙，擠著眉。

「怎麼了？」我追問。從他表情知道有事發生。

「安柏瑞、賈德和保羅今天早上追蹤一條新線索。山姆和小各過去幫忙。山姆希望她在山的另一邊。他認為他們今天很有機會能結束這件事。」

「喔，不，比利，」我低聲說：「喔，不。」

他笑了，聲音低沉。「妳真的喜歡拉布席，想整學期待在這嗎？」

「別開玩笑了，比利。我嚇死了。」

「沒錯，」他同意，還是很自滿。他充滿智慧的雙眼看不出他的想法。「這很微妙。」

我咬著唇。

「對他們來說，沒像妳想的那麼危險。山姆知道自己在做什麼。妳才是應該擔心的人。吸血鬼不想跟他們對抗。她只是想法子繞過他們……來找妳。」

「山姆怎麼會知道自己在幹什麼？」我追問，因為他的關心害我都臉紅了。「他們才殺了一個吸血鬼，可能只是好運。」

「我們對自己要做的事很認真，貝拉。不會遺忘的。他們需要知道的一切都代代相傳。」

這並沒讓我安心，他可能只是故意這麼說。我回想起維多利亞，狂野、像貓一樣輕的腳步、致命的，深印在我腦海。如果她避不過狼，她會想法子打鬥。

比利繼續吃早餐，我坐在沙發上，不怎麼專心的看電視。沒看很久。我開始覺得屋內讓人窒息，像幽閉空間讓人難以忍受——幽閉空間恐慌症，因為無法從拉上窗簾的窗戶看到外面而感到沮喪。

「我要去海灘。」我簡單的告訴比利後就衝出門。

走到外面，並不如我想像的有幫助。雲層很低，有種看不見的重量，讓幽閉恐慌更嚴重。當我走向海灘時，森林奇怪的變空虛。我沒看到任何動物，沒有鳥、松鼠。我沒聽見鳥叫聲，沉默讓人毛骨悚然，連風吹過樹的聲音都沒有。

我知道是因為天氣的關係，但還是讓我不安。沉重、溫暖的氣壓，連我虛弱的人類感官都知道，這表示某種暴風雨要來。我看一眼天空，雲很厚，灰濛濛的，但在空隙間我能看見另一層紫色。天空自有計畫。動物一定躲起來了。

我一到海邊，就希望自己沒來，我已經受夠這個地方了。我幾乎每天都來這，自己一個人遊蕩。這和我的惡夢有什麼不同？但我還能去哪？我坐在浮木上，這樣我才能靠著樹根。我瞪著憤怒的天空，等著第一滴雨落下。

我努力不去想雅各和他朋友面臨的危機。因為雅各不會出事的。但這念頭還是揮之不去。我茫然許久，命運會將最後的遮蔽奪走嗎？這樣好不公平，不平衡。但可能我違反某些我不知道的規則，跨越某些界線，使我被下了詛咒。可能涉入神祕和傳說就是錯的，應該回到人類的世界。可能……

不。雅各不會出事的。我得相信，不然我無法活動。

「噢！」我呻吟，從浮木上跳下來。我不能坐著什麼都不做，這比痛楚還糟。

我今早真的很想聽見愛德華的聲音，好像這是唯一一件能讓這一天的生活平衡的方法。心中的傷洞慢慢惡化，好像要對雅各這一段時間的溫馴報仇似的。新傷口在燒。

浪打在腳邊，擊過岩石，但並沒有風。我感覺得到暴風雨快來了。身邊一切都在旋轉，但我站著還好。空氣中有種微弱的靜電，我從頭髮就知道。

遠方，浪更兇猛，比岸邊還強。我看見浪拍打到懸崖，擊出大大的白色浪花，打向天空。空氣凝結，雖然雲飄得很快。看起來很怪異，好像雲自己有意志的移動。我顫抖，雖然我知道只是氣壓造成的。

懸崖抵著天空，像黑色的刀子。看著懸崖，我想起那一天雅各告訴我關於山姆和他這一夥的事。我想起這些男孩，狼人，對著天空嘶吼。影像在我腦中，栩栩如生。我想像自由……我想像愛德華的聲音再次出現在我腦海……狂怒、迷人、完美……胸口的痛讓我難以忍受。

一定有方法能平息的。痛苦愈來愈深，每一秒都讓人無法忍受。我看著懸崖和大浪。

嗯，為什麼不？為什麼不現在平息？

雅各答應過我可以懸崖跳水的，不是嗎？因為他沒空，我就要放棄這個能讓我分心的主意嗎？我非常需要這件事，因為雅各的生活冒著風險。風險，基本上我也是。如果不是我，維多利亞不會在這邊殺人……會在別的地方，遠方。如果雅各出事，都是我的錯。一想到這就刺痛我，我走回比利家，我將卡車停在那邊。

我知道通往懸崖的小路，但我走的某些路很危險。我一邊開，一邊看著通往福克斯的轉彎，知道小各計畫帶我去較低的懸崖而不是最高的那一層，但只有一條小路，沒有其他選擇。我沒時間去找其他的路——暴風雨移動得很快。已經起風了，雲層降得更低。我到達接往石頭路突出的小路上時，第一滴雨已經打在我臉上。

無法說服自己，我沒時間去找其他的路，我想要從最高一層跳。這想像在我腦海揮之不去。我想要從高處跳下來，感受飛翔的感覺。

我知道這很笨，比我目前做的任何事都還要魯莽。這念頭讓我微笑。痛苦減輕了些，好像我身體知道愛德華的聲音馬上就會出現……

海水聲聽起來很遠，比之前遠，當我到達小路的樹叢時。想到水的可能溫度不禁讓我皺起眉頭。但我不想讓這打消我的念頭。

風吹得更強了，夾帶雨滴打在我身上。

我停在懸崖邊，雙眼看著前方的天空。腳趾頭盲目摸索前方，發現岩石有多巨大。我深呼吸，憋住氣……等著。

「貝拉。」

我笑了，吐出氣息。

是的？我沒有大聲回答，因為擔心我腦中的聲音會遮住美麗的幻覺。他似乎很認真，很近。當他不同意我要做的事時，我才會聽見這麼真實的聲音，迷人音質，音樂般的音調，讓所有聲音都為之失色。

「別這樣做。」他求我。

你要我當人類，我提醒他，好呀，你看著。

「求妳。為了我。」

但你不想跟我在一起。

「拜託。」低語聲像打在髮上和滴在衣上的雨。我整個人濕得好像我已經跳過一回似的。

我踮起腳。

「不，貝拉！」他生氣了，他的憤怒真可愛。

我笑了，伸直雙臂，好像要潛水似的，臉抬起面向雨。這是在公共泳池養成的長年習慣，先是腳，第一次。我靠向前，要轉……

接著我就掉下懸崖了。

我邊往下掉邊尖叫，像流星畫過空中，但尖叫是發洩而不是害怕。地心引力讓我不斷下墜，風阻讓我在空中不斷盤旋迴轉，像火箭即將衝撞地面。

是的！當我落進水裡時，這個字眼在我腦海中迴響。水很冰，比我擔心的還冰，高度讓寒冷更深。

我衝進冰冷的海底。我不覺得害怕，只是興奮。真的，這樣跳下來一點都不恐怖。還有什麼可以挑戰？

然後我突然意識到自己的現況。我之前只想到懸崖的高度，高度、光亮的懸崖表面所代表的明顯的危險，完全沒想到要擔心底下的海水。我沒想到在底下等著我的，是更真實的危險。

好像海浪在和我對抗，將我前後推著，要淹沒我。我馬上知道要避開浪頭，平行的游到海灘，而不是掙扎到海岸。但這知識並無法救我，因為我不知道哪邊才是海岸。

我根本不知道陸地在哪。

憤怒的海水來自四面八方，我頭上沒有亮光。當我墜落時，畫破空氣的地心引力將我往下拉，但海浪中似乎沒有地心引力，我感覺不到底下的拉力，但還是往下沉。浪潮將我拋上拋下，猛擊著我，像破損的洋娃娃似的。

我無法呼吸，只能試著閉緊嘴，想保留口中最後的一些氧氣。

我一點都不驚訝會聽見愛德華。他欠我的，想想，我就要死了。我驚訝自己如此確定。我要溺死了。我要溺死了。

「繼續游！」愛德華在我腦中急切的懇求我。

往哪游？暗得什麼都看不見。沒有地方可以游過去。

「不准這樣想！」他命令。「妳不准放棄！」

冰冷的海水凍得我手腳麻木僵硬。我之前不覺得風浪肆虐得那麼強，但現在已經有點昏沉沉的，海水無助的旋轉。

但我聽得見他。我強迫自己的手臂繼續划動，腳踢著海水，雖然每一秒我都面對一個新的方向。我不可能做得更好。這到底有什麼用？

「繼續！」他大喊。「該死的，貝拉。繼續游。」

為什麼？

我不想再游了。不是因為輕生，也不是因為冷，或是我手臂的肌肉無力了，而是我很滿意我現在的情況。我好快樂要結束了。這比我面對過的其他死亡都還好。古怪的和平。很舒服，知道結束的感覺了。我想著之前聽說過的，人在瀕死之前，你的人生將會在眼前閃過。我真是個幸運兒。誰想再一次看到這一切的重播？

我看到他，我不想再努力。這很清楚，不用再否認。我的潛意識裡有愛德華的一切細節，在這最後的片刻。我看見他完美的臉，好像他真的在，他冰冷的肌膚，他唇的形狀，下巴的線條，發怒的雙眼中的金色光芒。他當然很生氣，我要放棄了。他緊咬著牙關，鼻孔賁張。

「不！貝拉，不！」

我耳朵中都是海水，但他的聲音比之前更清楚。我不理會他說的話，專心在他的聲音。我為什麼還要再游，當我如此高興時？雖然我的肺裡快沒空氣了，我的腳在冰冷的海水中抽筋，但我滿意極了。我都快忘了高興的感覺。

高興。這讓跳水的事完美極了。

突然間我撞到更硬的東西，隱約看得出是岩石。岩石重重的撞到我胸口，將我甩到一旁，像鐵條一樣，接著我肺部沒有空氣，嘴裡吐出泡泡。水流進口中，我嗆到，好難受。鐵條似乎拖著我，拉著我遠離愛德華，更深的進入黑暗，到海洋底部。

再見，我愛你！是我最後的念頭。

chapter 16

帕里斯

我想著她最終是否會嫁給帕里斯，

讓雙親高興，讓兩家和平。

不，可能不會，我想。

但，故事對帕里斯沒著墨太多。

他只是個配角，

一個小角色，

一個威脅，

一個讓她做出決定的截止期限。

就在此時，我的頭浮出水面。

我失去判斷力。我原本確定我在下沉。

強勁的水流並沒有因此而放過我。我不斷撞向岩石，岩石打在我背後，有節奏的，將更多海水推出我的肺部。水量多得驚人，衝進我的口內，鹽分讓我很難受，我的肺像燙傷一樣，我的喉嚨都是海水，無法呼吸，岩石不斷撞擊我的背部。然後不知怎地我好像停在一個地方，雖然海水還是壓在我身上。我什麼都看不見，只看見海水打在我的臉上。

「呼吸！」一個聲音響起，帶著焦慮和命令的狂野，當我認出那聲音時，我覺得很痛苦，因為那不是愛德華。

我沒有辦法聽話。我口中的海水還是讓我無法呼吸，黑色冰冷的海水在我肺部像燃燒一樣。岩石衝擊著我的背部，撞到我的肩胛骨，又一陣海水嗆出肺部。

「呼吸，貝拉！快點！」雅各懇求。

我眼前有黑色的人影，愈來愈大，擋住了光線。

岩石抵著我好痛。

岩石不像海水那樣冷，在我的肌膚上感覺很燙。然後我發覺原來那是雅各的手，想要拍出我肺部的水。將我從海水中拉出的鐵條也很……溫暖……我頭轉個不停，黑色的點遮住一切……

我又要死了嗎？我不喜歡——不像上次感覺那麼好。現在只有黑暗，這裡什麼都不值得。海浪的聲音退去，變得安靜，連風聲都像只在我耳中……

「貝拉？」雅各問，聲音很緊張，但不像之前那麼激烈。「貝拉，親愛的，妳聽得見我嗎？」

我腦中的思緒一下子都消失了，只有噁心的感覺揮之不去，好像還在跟猛烈的海浪對抗。

「她失去意識多久了？」另一個人問。

這聲音不像雅各的讓我震驚，讓我更專心。

我知道我動彈不得。現在沒有東西在拉扯我，但是我腦中還是一片混亂。我身下的表面平坦，沒有移動，手臂像是碰到了粗粗的東西。

「我不知道。」雅各還是很生氣。他的聲音很近。雙手，還是一樣溫暖，幫我弄開兩頰的濕髮。「幾分鐘？拖她回海灘上應該沒有花很久時間。」

我耳中聽見的呼呼聲不是海浪聲，而是我自己呼吸的聲音。每一次呼吸都好痛，喉嚨很痛，好像被鋼刷刷過了似的。但我可以呼吸了。

我好冷。數以萬計尖銳冰冷的水珠刺在我的臉和手臂上，讓我更冷。

「她在呼吸了。她會沒事的。我們應該讓她保暖。我不喜歡她現在的臉色……」我聽出來，這是山姆的聲音。

「你認為現在可以移動她嗎？」

「當她跳下來時她的背有受傷嗎？」

「我不知道。」

他們猶豫了一下。

我想睜開眼。花了我一會工夫，但然後我看見黑色發紫的雲，把冰冷的雨滴潑灑在我身上。「小各？」我嗆著說。

雅各臉擋在我上面。「喔！」他喘著氣說，整個人放鬆了。雙眼濕潤。「喔，貝拉！妳沒事嗎？妳聽得見我嗎？妳有受傷嗎？」

「只有喉嚨。」我結巴的說，因為太冷嘴唇都發抖打顫。

「我們先把妳弄走。」雅各說。他抱起我，不費力的抬起我，像拿起一個空盒子。裸露的胸膛很溫暖，他低頭幫我擋雨。我頭靠在他手臂上，虛弱的看著他身後洶湧的海水與沙灘。

「你找到她？」我聽見山姆問。

「是呀，我們從這邊接手。回到醫院後，我再加入你們。謝了，山姆。」

我腦中思緒還是轉個不停。不是他的聲音。山姆沒有回音。沒有聲音，我在想他是否走了。

當雅各抱我起身後，我們身後的海浪翻捲拍打著海岸，像是對於我能逃離感到生氣。我虛弱的看著，失焦的雙眼看到不同顏色，小小的火光，在黑色海水跳躍，遠遠的。這想像不合理，我不知道我在想什麼。我腦中轉著黑色海水的記憶，如此迷失，我找不到上下。如此迷失，但不知怎地……雅各……

「你怎麼找到我的？」我嘶啞的問。

「我在找妳，」他告訴我。他在雨中奔跑，朝向馬路而去。「我跟著妳卡車的輪胎痕，然後我聽見妳尖叫……」他發抖。「妳幹麼要跳？貝拉。妳沒住意到有颶風嗎？妳就不能等等我嗎？」他雖然放心了卻很生氣。

「抱歉，」我低語。「這很笨。」

「是呀，真是笨死了，」他同意，邊甩開頭髮上的雨，邊點頭。「聽著，妳是否介意等我和妳在一起時，再進行這些愚蠢的活動？我一想到妳會趁我不在時跳下懸崖，我就無法專心。」

「當然，」我同意。「沒問題。」我聽起來像個老菸槍一樣嘶啞。我想清清喉嚨，很痛，清喉嚨像拿刀刺一樣。「今天發生什麼事？你……找到她了嗎？」這回換我發抖了，雖然我在他的環抱下已經不冷了。

雅各搖搖頭。他還是在跑，並不是用走的，朝通往他家的路上跑去。「不。她跑進水裡，吸血鬼在水中有優勢。所以我們跑回家，我擔心她會游回來。妳在海灘花太多時間……」他沒把話說完，哽住了。

「山姆和你一起回來……其他人都在家嗎？」我希望不會引她去那邊。

「是的。算是。」

即使是在大雨中，我仍想看他的表情。他的雙眼帶著憂慮或痛苦的緊張。

突然間，一個我之前沒注意的字被我想起來。「你說……醫院。之前，對山姆說。有人受傷嗎？她和你開打？」我聲音高八度，帶著嘶啞而且古怪。

「不，不。我們回來時，急診室傳來消息。是哈利．克利爾沃特。哈利今早心臟病發作。」

「哈利？」我搖搖頭，想聽懂。「喔，不！查理知道嗎？」

「是的，他也在那邊，和我爸一起。」

「哈利沒事吧？」

雅各雙眼又緊繃起來。「聽起來不太好。」

突然，我充滿內疚，對於盲目懸崖跳水這整件事覺得內疚。現在不應該有人擔心我。這種時候魯莽行事真是太不合宜了。

「我能做什麼？」我問。

此時雨停了。我不知道我們已經回到雅各家，直到他走進門。暴風雨打在屋頂。

「妳留在這邊，」雅各將我放在沙發上。「我是說——在這邊。我幫妳找些乾衣服。」

我讓雙眼適應黑暗的屋內，當雅各在他房間時，陰暗的前廳沒了比利似乎有點空曠，與世隔絕。有種奇怪的不祥惡兆，可能因為我習慣他在這。

雅各馬上就回來了。他丟了一堆灰棉衣給我。「對妳來說可能有點大，但已經是我能找到最好的了。

我，呃，妳換衣服時我會出去外面。」

「哪都別去。我太累現在動不了。陪我。」

雅各坐在我身邊的地板上，背靠著沙發。我不知他上次是何時睡的。他看起來精疲力竭。

他頭靠著我身邊的坐墊，打著呵欠。「我猜我該休息一下……」

他閉上眼。我也閉上我的。

可憐的哈利。可憐的蘇。我知道查理一定會很難過。哈利是他最好的朋友之一。雖然小各覺得情況不樂觀，但我希望哈利能熬過來。為了查理。為了蘇、利雅和賽斯……

比利的沙發就在巡邏電臺旁，我很溫暖，雖然穿著濕衣服。我肺又痛，潛意識要我醒著。我虛弱的想，現在睡是不是錯的……還是我有點腦震盪？雅各開始輕輕打呼，聲音像催眠曲。我很快睡著。

這麼久來第一次，我的夢境是正常的。從古老的回憶中，鳳凰城明亮的陽光，我母親的表情，快倒的樹屋，消退的內疚，鏡牆，黑色海水的閃光……我都快忘了的一切，像圖片改變。

最後一張圖是唯一還頑固地停駐在我腦中的。但是它沒有意義，只是舞臺上的一個道具。晚上的陽臺，月亮高掛天空。我看著女孩的晚禮服，和她自己談話。

沒有意義……但當我緩緩掙扎著醒來，茱麗葉在我腦海。

雅各還在睡，他躺在地板上，呼吸深穩。屋子比平常更黑，屋外也是黑的。我沒動，但溫暖又乾燥。我呼吸時喉嚨還是一樣痛。

我得起來，至少喝杯水。但我的身體只想躺著，永遠不要移動。

既然沒動，我又想起茱麗葉。

我好奇想著，如果是羅密歐先離開她，她會怎麼做，不是因為他被放逐，而是因為他對她不再有興趣？如果羅瑟琳給他一整天的時間，他改變心意呢？萬一，他決定不娶茱麗葉，而就此消失了呢？

我想我知道茱麗葉的感覺。

她不會回到原本的生活，這很有可能。可能無法再過自己的日子，我很確定。即使她活著，終於變得又老又醜，頭髮花白，但每當她閉上眼，都還是會看見羅密歐。她最後會接受的。

我想著她最後是否會嫁給帕里斯，讓雙親高興，讓兩家和平。不，可能不會，我想。但，故事對帕里斯沒著墨太多。他只是個配角，一個小角色，一個威脅，一個讓她做出決定的截止期限。

如果對帕里斯有更多描述？如果帕里斯是茱麗葉的朋友？她最好的朋友？如果他是她唯一有信心的人，在整個羅密歐事件中？唯一一個，真正瞭解她，讓她覺得又像是個人的人？如果他耐心又善良？如果他關心她？如果茱麗葉知道沒有他，她活不下去？如果他真的愛她，希望她快樂？而……如果她愛帕里斯呢？不是羅密歐。當然事情不是這樣。但如果她也要他高興呢？

雅各緩緩低沉的呼吸，是屋內唯一的聲音，像催眠曲或搖籃曲，撫慰著孩子，像搖椅的低吟，像老鐘的滴答聲，你隨時都需要……是令人安心的聲音。

如果羅密歐真的離開，永遠不會回來，那茱麗葉是否嫁給帕里斯就無關緊要？可是她會試著解決生命中這個難題，留給下一世。可能這樣她就會快樂。

我嘆口氣，然後呻吟，因為嘆氣讓喉嚨又痛了。我看太多故事，羅密歐不會改變心意的。這是為什麼人們一直記得他名字的原因，還有她的。羅密歐和茱麗葉。這正是為什麼這個故事這麼棒的原因。「茱麗葉情歸帕里斯」永遠不會流傳千古。

我閉上眼，漸漸入睡，讓我的思緒不要在腦海中再去想羅密歐和茱麗葉的事。專心想我真正做出來的事——懸崖，真是沒腦的錯誤。不只是懸崖，還自以為是摩托車高手，做出騎機車這種不負責任的事。

萬一我真的出事了呢？那查理怎麼辦？哈利的心臟病發讓我突然將一切看得更遠。我以前不願意看清，因為，如果我承認這個事實，就表示我該改變心意。但我能這樣活下去嗎？

可能。不容易，老實說，要我放棄幻聽，變得成熟，那讓我生不如死。但可能我應該這樣做，可能我做得到——如果我有雅各。

我無法現在決定，太痛苦了。我得想想。

一想到今天下午我腦中病態的念頭，當時我滿腦子只想到快樂面……但我躍向空中的感覺、黑色的海水、現在的痛擊……愛德華的臉……我想了好久。雅各溫暖的雙手，想要搶救我的生命……厚重雲層落下的大雨……海浪奇怪的灼熱……

水面上的色彩有種熟悉感。當然不是真的火——

我的念頭被汽車停在外面泥地上的尖銳聲打斷。我聽見腳步聲停在屋前，門打開又關上。我想坐正，然後又放棄。

比利的聲音很好認，但他將聲音放低，所以只聽見低沉的咕噥。

門打開，燈亮了。我眨眨眼，剎那間看不見東西。小各被驚醒，喘著氣跳了起來。

「抱歉，」比利咕噥的說：「我吵醒妳了嗎？」

我雙眼緩緩找到他的臉，我看到他的表情，眼中滿是淚。

「喔，不，比利！」我呻吟。

他緩緩點點頭，表情充滿悲痛。小各衝向他父親，握住他雙手。痛苦讓他的臉看來更孩子氣——像孩子卻有著成人的身體，很古怪。

山姆在比利身後，將他的輪椅推進來。他不若平常的沉靜，臉色很悲痛。

新月

「我很遺憾。」我低聲說。
比利點點頭。「要熬一陣子。」
「查理呢？」
「妳爸還在醫院陪蘇。有許多……事情得安排。」
我難以吞嚥。
「我最好先回去。」山姆低語，他從後門出去。
比利抽開手，推著輪椅經過廚房回房。
小各看著他離去的背影好一會，然後坐在我身邊的地板上。他將臉埋在雙手裡，我揉揉他的肩膀，希望自己能說出任何安慰的話語。
過了好久，雅各抓住我的手，貼住他的臉。
「妳覺得如何？妳還好嗎？我該帶妳去看醫生嗎？」他嘆氣問。
「別擔心我。」我沙啞的說。
他轉過頭看著我。雙眼紅腫。「妳看起來不太好。」
「我也不覺得好，我想。」
「我去開妳的卡車，送妳回家——等查理回來時，妳應該在家。」
「沒錯。」
我一個人躺在沙發上等他。比利在房內沒發出半點聲響。我覺得像偷窺狂，透過裂縫偷看不屬於我的私人悲傷劇。
小各沒花太久時間。我卡車引擎的聲音打破沉默，比我想的還快。他默默的扶我從沙發起身，用手環住我肩頭，因為外面的冷空氣讓我顫抖。他問也沒問就坐在駕駛座上，將我拉上車坐在他旁邊後，用手緊緊環著我。我頭靠在他胸前。

「你要怎麼回家？」我問。

「我不回家。我們還得追吸血鬼，記得嗎？」

我另一邊的肩頭也不再打顫了。

他開得很快。冷空氣讓我清醒。腦中很警覺，想得又多又快。

萬一？什麼才是對的事？

我不敢想像沒有雅各的生活——我一想到這個念頭就畏縮不已。有時，他成為我活下去的基礎。但讓事情這樣發展……多殘酷，就像麥克指控的？

我記得我曾希望雅各是我弟弟。我知道，我真的這樣希望。當他這樣抱住我時，一點都不像姊弟。感覺很好——溫暖、舒服又熟悉。安全。雅各是個安全的避風港。

我得表態，我得盡力。

我得告訴他一切，我知道，這是唯一公平的方法。我得正確的解釋清楚，這樣他才知道我不是設計陷害他，我配不上他。他已經知道我分手了，這一部分不會讓他驚訝，但他得知道其他的。我得承認我瘋了——要解釋我腦中聽到的聲音。他得知道一切，在他下決定之前。

但，雖然我知道這是必要的，儘管經歷這一切，但我知道他還是會接受我。他根本不會有任何遲疑。

我得告訴他，得讓他知道，自從那個人離開後，我整個人已經支離破碎。只有這樣，對他才算公平。

我應該這麼做嗎？我能這麼做嗎？要讓雅各快樂是錯的嗎？雖然我對他的愛不如我腦中期望的聲音的那個人，雖然我的心不在他身上，但我的羅密歐用情不專，讓我悲傷錯亂，這樣就是對的嗎？

雅各將卡車停在我家，屋內沒燈，他關上引擎，周圍突然間變得靜默。好像其他時間，他似乎和我想法一致。

他用一手環著我，讓我更貼緊他的胸口，黏著他。再次，這感覺真好，我又像一個完整的人。

我想他應該是在想哈利，但接著他放開手，聲音充滿抱歉。「抱歉。我知道妳不喜歡我這樣做，貝拉。我發誓我不在乎，妳沒事讓我高興極了，高興得想唱歌——不過可沒人想聽。」他的笑聲在我耳邊像打雷。

我的呼吸抵在喉嚨。

如果情況反過來，在這樣的情況下，愛德華會不會希望我盡可能的快樂呢？如果他也曾獲得足夠的友誼之情，他會不會也希望我能獲得呢？我想他會的。他不會妒嫉我這樣的，將他不要的愛，分一小塊給我的朋友雅各。畢竟，不是一樣的愛。

小各將他溫暖的臉頰貼在我髮端。

如果我轉過臉——如果我將唇壓在他裸露的肩頭……我知道接下來會發生什麼事。會很容易。今晚不需要解釋。

但我真的能做嗎？我能背叛遺失的心，拯救自己悲慘的生活嗎？

我想著該不該轉頭，胃中翻攪不已。

然後，就像我陷入危險時一樣，愛德華迷人的聲音出現在我耳中。

「讓自己快樂。」他告訴我。

我僵住。

雅各感覺到我的僵硬，自動鬆開我，找著門把。

等一下，我想要說，只要再一下。但我還是動彈不得，聽著愛德華的聲音在我腦海響起。

冷氣嗚嗚吹。

「喔！」雅各發出的聲音，像有人打了他肚子一拳。「該死！」

他甩上車門，同時發動引擎，他雙手發抖，我不知道他怎麼控制得了。

「怎麼了？」

他發動引擎太快，引擎發出怪異的聲響。

「吸血鬼。」他吐出這句話。

我腦中血液一衝，整個人快昏了。「你怎麼知道？」

「因為我聞得出來。該死！」

雅各雙眼充滿野性，巡視著黑暗的街道。他似乎沒注意到身體血管賁張。「分段還是在這邊解決她？」

他嘶啞的自問。

他趁隙低頭看我，看到我驚恐的雙眼和蒼白的臉，然後他再次巡視街道。「好。先保護妳。」

引擎嘶吼。輪胎尖叫，一下就發動衝出去。頭燈掃過人行道，照亮前方漆黑森林，此時我看到一輛車從對街開向我家。

「停車！」我喘著氣說。

是輛黑色的車──我認識的車。我不太愛車，但我知道這輛車的一切。是賓士頂極的 S55 AMG。我知道馬力和內裝的顏色。我知道有力引擎的感覺，我知道內裝皮革的味道，外面黑錫般的烤漆，在月光照映下，就像穿越窗戶的薄暮黃昏。

是卡萊爾的車。

「停車！」我再度大叫，這一次更大聲，因為雅各發動車子往下開去。

新月

「怎麼了？」

「不是維多利亞。停車，停車。我要回去。」

他猛地煞車，害我撞上擋風玻璃。

「什麼？」他又問，整個人嚇呆了，滿眼驚恐的看著我。

「是卡萊爾的車！庫倫家的。我知道。」

他低頭看著我的臉，臉上充滿暴力，青筋賁張。

「嗨，冷靜。沒事的。沒有危險，瞧？放鬆。」

「是呀，冷靜。」他喘著氣說，低下頭，閉上眼。他專心不讓自己變成狼人，我則透過後窗看著那部黑色的車。

只是卡萊爾，我告訴自己，不要期望是別人。可能是艾思蜜……別再想了，我告訴自己。只是卡萊爾。有許多可能，比我希望的可能還更多種。

「有吸血鬼在妳家，」雅各粗聲說：「而妳想要回家？」

我看著他，不情願地將我的雙眼從賓士移開——害怕我一轉頭它就會消失。

「當然。」我聲音平板，因為他的問題而驚訝。我當然要回去。

我瞪著他，雅各臉色漸漸僵硬，凝結成面無表情的模樣，我原本以為他這樣的神情已經不會再有。就在他變成面具般的神情前，我覺得有股火光閃過他雙眼。雙手還是發抖，他看起來比我老十歲。

他深深吸氣。「妳確定不是把戲？」他用緩緩低沉的聲音問。

「不是詭計，是卡萊爾。帶我回去。」

他寬大的雙肩下垂，但雙眼平板，沒有感情。「不。」

「小各，沒事——」

「不。不可以，貝拉。」他聲音像擊掌，我可以感覺那聲音打著我。他下巴收縮。

「聽著，貝拉，」他用同樣尖硬的聲音說：「我不能回去。無論是否有過協議，我的敵人在那邊。」

「不是那樣——」

「我得馬上告訴山姆。這讓一切改變了。我們不能在他們的領土上被抓。」

「小各，這不是戰爭！」

他沒聽進去，停下卡車，跳出車外，雅各跑著離開。

「再見，貝拉，」他邊跑邊轉過頭說：「我真的希望妳不會死。」他跑進黑暗中，快得連他身影都看不清楚，我還來不及張口叫他回來，就看不見他的身影了。

我旁邊的空座位彷彿像心中的自責般刺痛我，好久。我剛對雅各做了什麼？

但我沒自責多久。

我滑到駕駛座，將卡車開回馬路。我雙手抖著不停，就像剛才小各一樣，過了一會才能專心。然後我小心的將車調頭，開回我家。

當我關上頭燈，四周一片漆黑。查理離家時一定很匆忙，所以他沒將走廊的燈打開。我有點痛苦，看著屋子，黑暗中的黑影。萬一是詭計呢？

我回頭看看黑色的車子，在夜色中幾乎看不見。不。我認識那輛車。

但是當我將鑰匙插進門鎖時，我雙手抖得更嚴重。當我抓住門把，沒鎖，在我手中輕易的轉動。我沒有關上門。大廳是空的。

我想出聲打個招呼，但喉嚨很乾。我無法呼吸。

我走進屋內一步，摸索著想將燈打開。好暗——像黑暗的海水……開關在哪？

就像黑暗的海水，上面有橙色的火焰。火焰不是失火造成，但那會是……我手指摸索著牆面。一直找，一直抖……

突然，雅各下午說過的話在我腦海響起，沉入……他跳進水中。他說吸血鬼在那邊有優勢，也是為什麼他跑回家——他擔心她會原路折回。

我手僵住無法摸索，全身僵硬，我這才發現，我知道那奇怪的橙色火焰是什麼了。

維多利亞的頭髮，被風吹開了，像火的顏色……

她在那裡，和我及雅各一起在海裡。如果不是山姆也在那邊，如果只有我們兩個……我無法呼吸也無法移動。

燈亮了，但我麻木的手並沒找到開關。

突然的亮光讓我睜不開眼，我眨動雙眼，看見有人在那邊等著我。

chapter 17

訪客

不自然的麻木和蒼白，

她大又黑的雙眼看著我的臉，

我的訪客在大廳中央動也不動的等待，

美麗的讓我難以想像。

不自然的麻木和蒼白，她大又黑的雙眼看著我的臉，我的訪客在大廳中央動也不動的等待，美麗得讓我難以想像。

我雙膝顫抖了一秒，差點摔倒，然後我衝向她。

「艾利絲，喔，艾利絲！」我大叫，衝進她懷抱。

我忘了她有多硬，好像撞上一堵水泥牆。

「貝拉？」她聲音中有奇怪的放鬆與寬心。

我雙臂緊緊環抱著她，喘著氣，吸著她肌膚的味道。不像其他東西——不是花香、辛辣味、柑橘或麝香。世界上沒有任何一種香味可以比得上，比我記得的還棒。

當喘氣變成其他時，我沒注意——我只知道我在啜泣，於是艾利絲將我拖到客廳沙發，把我抱在她腿上。我好像抱著一具雕像，但石頭舒適的貼著我全身。她用溫柔的節奏按摩我背後，等我恢復過來。

「我很……抱歉，」我喘著氣說：「我只是……太高興……看到妳。」

「沒事了，貝拉！一切都沒事了。」

「是的。」我大哭。一時間，好像真的都沒事了。

艾利絲嘆口氣。「我都忘了妳有多活潑了。」她說，但語調明顯不贊同。

我抬起頭看著她，她堅定的抿著唇，雙眼全黑。

「喔，」我喘著氣，知道問題在哪了。她很飢渴，我聞起來很美味。有一陣子我以為我想到那種事。「抱歉。」

「是我自己的錯。我已經太久沒有狩獵了。我不應該讓自己那麼飢渴。但我今天很趕時間。」她看向我，有點生氣。「說到這，妳可以解釋一下妳為什麼還活著嗎？」

這讓我的啜泣暫停。我馬上知道發生了什麼事，以及艾利絲來這的原因。

我大聲吞嚥。「妳看到我掉下去。」

「不，」她瞇起眼。「我看到妳『跳』下去。」

我抿著唇，想著該怎麼解釋才不會像瘋子。

艾利絲搖搖頭。「我告訴過他會這樣，但他不相信我。『貝拉答應過我。』」她模仿他的聲音，真的讓我僵住，痛苦刺入我體內。「不要看她的未來，」她繼續模仿他：「我們造成太多傷害了。」

「但我沒看，並不表示我不會『看見』，」她繼續說：「我沒想盯著妳，我發誓，貝拉。只是我已經習慣妳了……當我看見妳跳下去，我沒多想，馬上搭上飛機。我知道我來不及，但我不能什麼都不做。然後我來到這，想著也許我能幫助查理，接著妳就出現了。」她搖搖頭，這次有點困惑。聲音很緊張。「我看見妳跳進海水內，我等著妳起來，但妳沒有。發生什麼事了？妳怎麼可以這樣對查理？妳沒替他想嗎？還有我弟弟？妳知道愛德華會因為這樣——」

當她一說出他的名字，我便不讓她再說。一開始我讓她繼續，我知道她有些誤會，而且我想聽見她美麗銀鈴般的聲音。但該打斷她了。

「艾利絲，我不是要自殺。」

她懷疑的看著我。「妳是說，妳沒有跳下懸崖？」

「不，但……」我露出苦笑。「是為了消遣。」

她表情僵硬。

「我看過雅各一些朋友進行懸崖跳水，」我堅持。「看起來好像……很有趣，而我又很無聊……」

她等著。

「我不知道暴風雨會影響到水流。老實說，我並沒有考慮太多水底的狀況。」

艾利絲才不相信。我從她表情看得出來，她還是認為我是想自殺。我決定改變策略。「如果妳看到我跳進去，妳為什麼沒看到雅各？」

她歪著頭，想著。

我繼續說：「老實說，我可能真的會溺水，要不是雅各跟著跳下來救了我。嗯，好吧，不是可能。但他救了，他將我拉出來，我猜，他跟在我後面，雖然我已經跳了。然而不到一分鐘，他就抓住我。妳怎麼會沒看到？」

她茫然的皺眉。「有人拉妳出來？」

「是的。雅各救了我。」

我小心的看著，她臉上表情擴散。有些事讓她困擾——她的預見不再完美？但我不確定。然後她優雅的靠過來輕揉我的肩。

我僵住。

「別傻了。」她低聲說。

「妳在幹什麼？」

她沒理會我。「妳剛才和誰在一起？聽起來好像在吵架。」

「雅各．佈雷克。他是……算是我最好的朋友，我想。至少，他是……」我想到雅各的憤怒，被背叛的表情，不知道他現在會怎麼對我。

艾利絲點點頭，好像想得出神了。

「怎麼了？」

「我不知道，」她說：「我不確定是什麼意思。」

「嗯，至少我沒死。」

她翻翻白眼。「他這個白痴，以為妳可以獨自活下去。我沒看過有人這麼喜歡讓生命受到威脅。」

「我還活著。」我指出。

她又想到其他的。「那，如果現在這樣妳都承受不了，這個叫雅各的要怎麼辦？」

「雅各很……強壯。」

她聽出我聲音中的不情願，揚起眉頭。

我咬著唇好一會。這是不是祕密？如果是，我最偉大的同盟是誰？艾利絲還是雅各？

我決定了，保守祕密很難。雅各知道一切，為什麼艾利絲不能知道？

「嗯，他是……算是狼人，」我嘶啞的坦白。「當有吸血鬼在附近時，保護區的奎魯特人會變成狼人。他們很久以前就知道庫倫家的事了。妳和卡萊爾一起回來的嗎？」

艾利絲呆呆的看著我好一會，然後恢復過來，急促的眨眼。「嗯，我想這解釋了味道，」她低聲說：「同時也解釋了我為什麼沒看見？」她皺眉，前額都是皺紋。

「味道？」我問。

「妳聞起來很可怕，」她突然說，還是皺眉。「一個狼人？妳確定？」

「很確定，」我說，想起保羅和雅各在路上打鬥的情況。「我想遠在妳還沒和卡萊爾在一起之前，福克斯就已經有狼人了」

「不。我沒發現他。」艾利絲還是出神的想。突然，她雙眼圓睜，用驚訝的表情看著我。「妳最好的朋友是一個狼人？」

我呆呆的點頭。

「這多久了？」

「沒很久，」我說，聲音滿是防備。「他變成狼人才幾週。」

她看著我。「一個年輕的狼人？更糟。愛德華是對的——妳簡直是個專門吸引危險的磁鐵。妳怎麼會讓自己陷入險境？」

「狼人又沒有錯。」我結巴的說，被她批評的語氣刺痛。

「在他們發脾氣前？」她搖搖頭，很用力。「隨便妳，貝拉。吸血鬼離開後，任何人都好。但妳竟然跟妳找到的第一個怪物約會。」

我不想跟艾利絲吵。我還是因為她真的在這而高興，我能碰到她如大理石般的肌膚，聽見她銀鈴般的聲音——雖然她是錯的。

「不，艾利絲，吸血鬼沒真的離開——不是全部，這才麻煩。如果不是狼人，維多利亞已經吃掉我了。嗯，如果不是小各和他朋友，羅倫特早就在她之前幹掉我了，我想，所以——」

「維多利亞？」她粗聲說：「羅倫特？」

我點點頭，被她黑色眼眸中的表情驚嚇。我指著胸口。「專吸危險的磁鐵，記得嗎？」

她又搖搖頭。「告訴我所有的事——從頭開始。」

我掩飾開頭，跳過機車和聲音，只告訴她別的，一直到今天做的傻事。艾利絲不喜歡我對於無聊和懸崖說的簡單解釋，所以我匆匆的說我在水中看到的，以及我認為那所代表的意義。她將眼瞇成一長條線。看她這樣很奇怪……那麼危險的神情——像一個吸血鬼。我難以吞嚥，然後說起哈利。

她聽我說，沒有打岔。有時，她會搖搖頭，然後皺起眉頭，好像大理石上出現刻痕。她沒說話，最後，我說完了，想到哈利去世而難過。我想起查理，他應該很快就會到家了。他將面對什麼樣的情況？

「我們的離開，並沒讓妳過得比較好，是嗎？」艾利絲自言自語。

我笑——有點歇斯底里。「這不是重點，好嗎？你們離開不是為了我好。」

艾利絲看著地板好一會。「嗯……我猜，我今天太衝動了。我可能不應該闖入。」

我的臉色瞬間刷白，胃沉甸甸地。「別走，艾利絲，」我低聲說。手拉著她白色襯衫的衣領，歇斯底里的求她。「請別離開我。」

她睜大雙眼。「好，」她說，每個字都帶著精確。「我今晚不會走。深呼吸。」

我試著聽話，但我還是嗆到。

她看著我的臉，當我專心呼吸時。她等著我恢復平靜。

「妳看起來好慘，貝拉。」

「我今天溺水。」我提醒她。

「比這還嚴重。妳糟透了。」

我畏縮。「聽著，我已經盡力。」

「妳是什麼意思？」

「要調適過來並不容易。我很努力。」

她皺眉。「我告訴過他的。」她自言自語。

「艾利絲，」我嘆氣。「妳認為妳能找到什麼？我是說，除了我死了以外？妳期望發現我跳來跳去，吹口哨？妳瞭解我的。」

「我知道。但我真的希望。」

「那我猜，我連在白痴市場裡都沒有立足之地了。」

電話響了。

「應該是查理。」我說，掙扎著移動腳步。我抓著艾利絲石頭般的手，拖著她和我走到廚房。我不能讓她離開我的視線。

「查理？」我拿起電話。

「不，是我。」雅各說。

「小各！」

艾利絲查看我的表情。

「只想確定妳還活著。」雅各酸酸的說。

「我沒事。我告訴過你不是——」

「好啦，我知道了。再見。」

雅各掛斷電話。

我嘆口氣，頭無奈地後仰，看著天花板。「這將會是一個問題。」

艾利絲擠擠我的手。「他們不喜歡我在這。」

「不是針對妳。但也不是他們的錯。」

艾利絲環抱著我。「那我們該怎麼辦？」她低聲，但好像是在跟自己說話。「該做些事情，收尾的工作。」

「該做什麼事？」

她的臉色突然變得小心翼翼。「我還不確定……我得見卡萊爾。」

她要離開了嗎？我的胃下垂。

「妳能留下來嗎？」我求她。「拜託？只要一下下。我好想妳。」我聲音都碎了。

「如果妳認為這是好主意。」她雙眼不太高興。

「我是。妳可以待在這——查理會很高興的。」

「我有家，貝拉。」

我點點頭，失望又認命。她猶豫了一下，研究我的表情。

「嗯，我得去拿皮箱裡的衣服，至少。」

我用手環著她。「艾利絲，妳最好了。」

「我想我需要打獵。馬上。」她用緊張的聲音說。

「喔喔。」我後退一步。

「妳能不能一小時別惹麻煩？」她懷疑的問。然後，我還沒回答，她便舉起一隻手，閉上眼。臉變得平靜無表情好一會。

然後她睜開雙眼，回答自己的問題。「是的，妳會沒事的。至少今晚。」她笑道。雖然做鬼臉，看起來還是像天使。

「妳會回來吧？」我小聲的問。

「我答應，一小時。」

我看著廚房桌上的鐘。她笑笑，親吻我臉頰，然後就不見了。

我深呼吸。艾利絲會回來的。我突然覺得好多了。

我等待時，計畫了很多事讓自己忙碌。第一件當然是沖澡。我聞聞自己的肩頭，但除了海洋的味道之外，我聞不到任何味道。我不知道艾利絲說我聞起來很糟是什麼意思。

當我洗好後，我回到廚房。我沒看到查理最近吃過飯的痕跡，他回來時可能會餓。我在廚房忙碌著。

平常週四我都會做飯，但今晚改成微波食品。我將床單和舊枕頭放在沙發上。艾利絲不會需要，但查理會需要看看。我小心的不看時鐘。沒理由讓自己痛苦。艾利絲答應過我。

我忙著自己的晚餐，食而無味——只是吞嚥時覺得有些痛。我還是很渴，我一定吞了半加侖的海水，等我吃完時。我體內的鹽分讓我有嚴重脫水的感覺。

我去看電視等。

艾利絲已經在那裡了，坐在她臨時的床上。雙眼是如水般的奶油糖果。她笑笑，拍拍枕頭。「謝了。」

「妳真快。」我好高興。

我坐在她旁邊，頭靠在她肩上。她用冰冷的手臂環著我，嘆口氣。

「貝拉。我們該拿妳怎麼辦？」

「我不知道，」我承認。「我真的努力過了。」

「我相信妳。」

沉默。

「他——他……」我深呼吸。很難大聲說出他的名字，雖然我已經能夠想起他了。「愛德華知道妳在這邊嗎？」我無法不問。這是我的痛處。等她離開後我可以處理的，我答應自己，想到這點又有點不舒服。

「不。」

只有一個方法能知道。「他沒和卡萊爾還有艾思蜜在一起？」

「他幾個月會回來一次。」

「喔。」他一定很享受他的分心。我強迫自己在安全的課題。「妳說，妳飛過來……妳從哪來？」

「我在德納利。拜訪譚雅家族。」

「賈斯柏也在這嗎？他和妳一起回來？」

她搖搖頭。「他不喜歡我介入。我們答應……」她沒說完，然後改變語氣。「妳認為查理不會介意我在這嗎？」她很擔心。

「查理認為妳很棒，艾利絲。」

「嗯，我們很快就會知道了。」

馬上，不到幾秒，我就聽見警車開上車道的聲音。我趕緊起身，打開門迎接他。查理慢慢地走著，肩膀無力的下垂，他彷彿沒看到我，直到我抱住他的腰。他堅定的回抱我。

「我很遺憾哈利的事，爸。」

「我真的很想他。」查理低聲說。

「蘇情況如何？」

「她整個人茫茫然，好像還沒搞懂怎麼回事。山姆陪著她……」他的聲音突然消失，又接上。「可憐的孩子。利雅只比妳大一歲，賽斯才十四歲……」他搖搖頭。

他緊緊抱著我，看著門。

「喔，爸？」我覺得我得先提醒他。「你絕對猜不到誰來了？」

他茫然抬頭看著我。環視四周，看見對街的賓士車，走廊的燈反映出閃亮的黑漆。他還沒反應過來，艾利絲已經出現在玄關。

「嗨，查理，」她用順從的聲音說：「抱歉在這個時候來打擾。」

「艾利絲・庫倫？」他看著身前的人影，好像懷疑雙眼見到的影像。「艾利絲是妳嗎？」

「是我，」她說：「我在附近。」

「卡萊爾……？」

「不，我一個人。」

艾利絲和我都知道他問的不是卡萊爾。他手緊緊環住我肩頭。

「她今晚能住這吧？」我懇求。「我已經問過她了。」

「當然，」查理機械似的反應。「我們很高興妳來，艾利絲。」

「謝謝，查理。我知道時機不對。」

「不，沒關係，真的。我這一陣子會很忙，為了哈利家人，妳能陪貝拉是件好事。」

「爸，晚餐在桌上。」我告訴他。

「謝謝，貝拉。」他擁了我一下，才放開我走向廚房。

艾利絲回到沙發上，我跟著她。這一次，換她將我拉過去抵著她肩膀。

「妳看起來糟透了。」

「是呀，」我承認，聳聳肩。「瀕死經驗造成的……卡萊爾對於妳在這有什麼看法？」

「他不知道。他和艾思蜜在獵遊。我要幾天後才會有他們的消息，等他回來之後。」

「妳不會告訴他吧……等他問時？」我問。她知道我說的不是卡萊爾。

「不。他會要我的小命。」艾利絲嚴肅的說。

我笑，旋即嘆氣。

我不想睡。我想要和艾利絲整晚聊天。我會這麼累真是說不過去，我已經在雅各家的沙發上睡了一整天了。但溺水真的讓我累壞，雙眼睜不開。我頭靠在她大理石般的肩頭，然後睡去。

我醒得很早，睡得很好，一夜無夢，覺得休息夠了，但麻了。我在沙發上，身上蓋著毯子，原本是給艾利絲的，我聽見她和查理在廚房談天。聽起來查理已經幫她弄好早餐了。

「有多糟?查理?」艾利絲輕輕的問，我一開始以為他們談的是克利爾沃特。

查理嘆口氣。「糟透了。」

「告訴我。我想知道我們離開後發生了什麼事。」

靜默了一會，關上碗櫥門，關上爐火。我等著，整個人畏縮著。

「我從未如此絕望，」查理緩緩開口說：「我不知道該怎麼辦。第一週，我以為我得送她去住院治療，她不吃不喝不動。葛蘭迪醫生說一些像是『緊張性精神分裂』之類的話，但我不肯讓他再看她。我擔心這樣會嚇到她。」

「她沒再振作起來？」

「我要芮妮把她接去佛羅里達州照顧她。我不想當那個……決定把她送去住院治療或之類的那個人。我想和她母親在一起，可能會有幫助。但當我開始幫她打包衣物，她卻帶著復仇醒來。我從未看過貝拉這樣發作。她從不是發怒的人，但，老天，她卻整個人狂怒。她把衣服丟得到處都是，尖叫，我們沒法讓她離開，然後她最後開始哭。我以為這會是轉捩點。當她堅持留下來時，我順著她，她一開始變得好些……」

查理沒說完。知道我讓他這麼痛苦，很難聽得下去。

「但是？」艾利絲馬上問。

「她重新上學，打工，能吃能睡，也會寫功課。有人問她問題，也能回答。但她就是……空洞。雙眼茫然。許多事都變了——她不再聽音樂，我在垃圾桶內找到一片折斷的CD。她不再閱讀，當電視開著，她不會待在屋內，不像以前那樣愛看電視。我總算弄清楚──她在躲避一些會讓她想起……他的事。」

「我們沒怎麼說話，我擔心說出一些會讓她沮喪的話，一些小事可能就會讓她退縮，她從不自願做任何事。只是回答，如果我問她的話。」

「她這樣自己一個人，過了好一陣子。不回電話給朋友，過了一陣子後，朋友們也不再來電。」

「她就像活死人一樣過日子。我聽見她在睡夢中的尖叫……」

我幾乎聽得出他在顫抖。我也在發抖，記起這一切。然後我嘆口氣，我一直沒騙過他，一點都沒有。

「我很遺憾，查理。」艾利絲說，聲音很悽然。

「這不是妳的錯。」他說得很清楚，他知道這是某人的責任。「妳一直是她的好朋友。」

「不過她現在好多了。」

「是的。自從她和雅各．佈雷克一起玩後，我注意到實在的進步。她兩頰再度恢復血色，當她回家時，眼中充滿神采。她又快樂了。」他頓了一會，再次開口時聲音變得不同。「他比她小一歲或更小，我知道她以前一直把他當成朋友，但我認為，也許事情不只是這樣，或是可能有變化。」查理用略帶好戰的口吻說。帶著警告的意味，但不是針對艾利絲，而是要她傳話說：「小各比他的年紀成熟，」他繼續說，還是帶著防衛的語氣。「他在生理上照顧他父親，就像貝拉在情緒上照顧她母親一樣。這讓他比實在的年紀成熟。他長得也很好看，遺傳了他母親這一邊。他對貝拉有好處，妳知道的。」查理堅持說。

「她能有他對她是好的。」艾利絲同意。

查理嘆了一口大氣，很快填補敵意反對的空檔。「好吧，所以我猜我說得太誇張了。我不知道……就算是和雅各在一起，我不時還是能從她雙眼中看見一些東西，我不知道我是否真的瞭解她有多痛苦。這不正常，艾利絲，這，這嚇壞我。一點都不正常。不像只是有人離開她，而是像有人死去似的。」他聲音都碎了。

的確就像有人去世似的——像我已然死去。因為這比失去摯愛還慘，好像殺死人還不夠，好像失去整個未來，失去一整個家庭，失去我選擇的整個生命。

查理帶著絕望的語氣繼續。「我不知道她是否能熬過來，我不確定她的本能是否能治癒這一切。她一直像個小東西。她沒熬過來，沒改變心意。」

「她很特別。」艾利絲語氣乾澀的同意。

「還有，艾利絲，」查理猶豫了一會。「其實，妳知道我很喜歡妳，我知道她看見妳也很高興，但我有點擔心妳來這對她的影響。」

「我也是，查理，我也是。如果我知道是這樣，我不會來的。我很抱歉。」

「別說抱歉，親愛的。有誰知道呢？可能這樣對她是好的。」

「我希望你是對的。」

接著一陣長長的靜默，只聽見叉子在餐盤攪動，及查理咀嚼吞嚥的聲音。我好奇艾利絲要怎麼能不吃。

「艾利絲，我得問妳一些事。」查理古怪的說。

艾利絲很平靜，「問吧。」

「他不打算回來看她是嗎？」我聽得出查理聲音中的猜疑與憤怒。

艾利絲以輕柔確認的語氣回答。「他根本不知道我在這裡。我最後一次和他談話，他人在南美。」

當我聽見這新消息，我僵住了。更仔細聆聽。

「至少我知道了，」查理嗤之以鼻。「嗯，我希望他享受他的旅程。」

第一次，艾利絲聲音中有種堅硬。「我不會做這種假設，查理。」我知道她雙眼中一定有種火光，當她用這種語氣說話時。

一張椅子從桌旁推開，大聲畫過地板。我想像著查理起身的畫面，艾利絲不可能弄出這種噪音。水龍頭打開，洗盤子的聲音傳來。

看起來他們不打算談愛德華，所以我認為該是讓他們知道我醒來的時候了。

我轉身，讓沙發彈簧發出聲音。然後大聲打呵欠。

廚房內突然沉默。

我再度伸展並呻吟。

「艾利絲？」我用天真的聲音問，喉嚨中的嘶啞增加了效果。

「我在廚房，貝拉。」艾利絲喊，聲音中一點都聽不出來她懷疑我竊聽。但她一直也是很會隱藏的人。

查理得出門了，他得去幫忙蘇・克利爾沃特協助喪禮的安排。從艾利絲離開後好長一段時間，她不肯談論離開這件事，我也沒問。我知道這不可避免，但我藏在心中。

相反的，我們談到她家人，除了那一個之外。

卡萊爾在紐約東部的伊薩卡上晚班，部分時間在康乃爾大學授課。艾思蜜弄了一間十七世紀的民宿旅館，那是一個歷史古蹟，在市區的北邊森林裡。艾密特和羅絲莉去了歐洲好幾個月，過另一次蜜月，但他們應該已經回來了。賈斯柏也在康乃爾，這次是念哲學。艾利絲在進行一些私人研究，我在她上次春假時不小心發現這件事。她成功的追蹤出那間精神病院，也就是她還是人類時，最後幾年所在的地方。她對那段時間的事都記不得了。

「我名叫瑪麗・艾利絲・布蘭頓，」她語氣平靜的告訴我。「我有一個妹妹叫辛西亞。她女兒，我外甥女，住在密西西比州的拜洛希。」

「妳找出他們為何將妳丟在那個地方的原因嗎？」

是什麼原因讓雙親選擇做出這樣的事？就算他們女兒能看到未來。

她只搖搖頭，黃寶石般的眼眸滿是沉思。「對於他們，找到的資料不多。我找過一切的報紙，或是微型檔案。沒怎麼提到我家人，他們不是社會事件的重心。只有我雙親的訂婚，還有辛西亞的。」她話中對這個名字充滿不確定。「還有我出生及死亡的公告。我找到我的墓地，我還在古老的療養院檔案中找到我的資料。我入院的日期和墓碑上的死亡日期是同一天。」

我不知道該說什麼，沉默了好一會，艾利絲轉談較輕快的話題。

庫倫家已經重新集合，除了那一個人，將在康乃爾的春假，去德納利和譚雅的家人在一起。我熱切的聽著，這是最讓我興奮的消息。她沒提到我最有興趣的那個人，我很感謝她。聽見他們家人的故事已經足夠，我想了好久。

查理直到深夜才回來，他看起來比平常更擔心，和前幾晚比起來。他早上第一件事就是去哈利的喪禮，所以他起得很早。我和艾利絲一樣還是擠在沙發上。

天還沒亮，查理就下樓來，像個陌生人，穿著我從未看他穿過的老西裝。外套沒扣上，我想是因為他的小腹，領帶比目前流行的還寬。他輕手輕腳的關上門，不想吵醒我們。我隨他去，假裝還在睡，艾利絲也是。

他一關上門，艾利絲就坐起來。棉被下的她衣著整齊。

「所以，我們今天要作什麼？」她問。

「我不知道，妳覺得有什麼有趣的？」

她笑笑，搖搖頭。「但時間還太早。」

我在拉布席花了太多時間，代表我忽略了一堆家事，我決定要趕上這些日常雜活。我想做些事，任何能讓查理好過些的事，可能讓他回來時，覺得家中變得乾淨有條理些。我開始打掃浴室，這是最被忽視的地方。

我忙碌時，艾利絲靠著門柱，問些跟我無關的問題，嗯，像是我們高中裡的朋友，從她離開後他們的情況。她臉上的神情很隨意，沒有情緒，但我感覺得出來，我告訴她的一些事，她不怎麼同意。但也可能是因為我偷聽她早上和查理的對話，自己產生內疚感。

我捲起衣袖忙個不停，正在洗刷浴缸時，門鈴響了。

我看看艾利絲，她表情很複雜，有點擔心，這很怪，艾利絲從未這麼驚訝過。

「等一下！」我朝著前門的方向喊，起身匆匆到水槽清潔雙臂。

「貝拉，」艾利絲聲音中帶著些微的沮喪，「我想我猜得到是誰，我想我最好離開。」

「猜？」我像回音般重複。打從何時起艾利絲得用猜的？

「這和昨天讓我震驚的情況一模一樣，我預見未來的能力出現偏差，這表示是雅各．佈雷克……或是他的朋友之一。」

我看著她，想弄懂。「妳看不見狼人？」

她苦笑，「就是這樣。」她顯然對這樣的事實不太高興，很生氣。

門鈴又響了。很快按了兩次，很沒耐心。

「妳哪都不用去，艾利絲。妳先來的。」

她笑了，銀鈴般的淺笑，但帶著點黑暗。「相信我，讓我和雅各．佈雷克在同一個屋子裡絕不是件好事。」

她親吻我兩頰，轉身從查理的屋子消失，應該是從後窗離開的，我確信。

門鈴又響了。

chapter 18

喪禮

「你告訴他查理在喪禮。」我提醒他。

艾利絲猛然看著我。

「他到底是怎麼說的？」

「他說『他不在，』當卡萊爾問查理在哪時，雅各說，『在喪禮。』」

艾利絲呻吟，身子重重落下。

我奔下樓，打開門。

是雅各．佈雷克，當然。雖然看不見，艾利絲可不傻。

他站在門邊，六呎高，遠遠都看得見鼻上的皺紋，但臉還是很光滑，像戴面具似的。他騙不過我，我從他顫抖的雙手就知道。

他充滿敵意，像那個可怕的午後，他選擇山姆而不是我一樣，我的下巴反應似的抬高。

雅各的車子停在路邊，賈德在後座，安柏瑞在駕駛座的另一邊，兩人都擔心他一個人來。這讓我難過，也有點小生氣。庫倫家人不是這樣的。

「嗨。」看他沒開口，我只得說。

小各咬著唇，還是站在門旁。雙眼掃視著屋內。

我咬牙切齒的說：「她不在這裡。你需要什麼嗎？」

他猶豫了一會。「妳一個人？」

「是的。」我嘆氣。

「我能和妳談談嗎？」

「你當然可以，雅各，進來吧。」

雅各轉頭看一眼他車內的朋友。我看到安柏瑞略略搖搖頭。不知怎麼，這讓我很煩。

我再次咬著牙低聲說：「膽小鬼。」

小各轉回來看我，他濃厚烏黑的雙眉一挑，露出憤怒眼色。下巴緊繃，大步行軍似地走進來——沒有其他方法能形容他走路的樣子，像踏正步，沿著車道，突然越過我，走進屋子。

我看著賈德，然後再看安柏瑞，我不喜歡他們看我的樣子，他們真的認為我會傷害雅各嗎？然後我才關上門。

雅各在大廳等我，他看著漆黑的客廳。

「睡衣派對？」他聲音很諷刺。

「是耶，」我用同樣的語氣回答。每次他這樣我都不高興。「你有意見嗎？」

他又皺皺鼻子，像聞到什麼討厭的味道似的。「妳朋友呢？」我聽得出他語氣中的質疑。

「她有事去忙了。聽著，雅各，你要幹什麼？」

屋內似乎有種氛圍讓他更急躁。長手臂顫抖。他沒回答我的問題。相反的，他走到廚房，雙眼忙碌地四處打探。

我跟著他。他在窄窄的流理臺前走來走去。

「嗨，」我說，擋住他的路。他停止踱步，低頭看著我。「你有什麼問題？」

「我也不想來這。」

這真刺人。我退縮，他雙眼緊繃。

「那我很遺憾你得來，」我低聲說：「你為什麼不說說你來這幹麼，然後你就可以走了。」

「我只是來問妳幾個問題。應該不用很久。我們得回去參加喪禮。」

「好吧，那就快問。」我不想有敵意，但我也不想讓他看出這有多傷我。我知道這不公平。畢竟，我昨晚選擇了吸血鬼而不是他。是我先傷了他的。

「庫倫家其中一個人在這邊跟妳在一起？」他開口。

「是的。艾利絲．庫倫。」

他沉思的點點頭。「她會在這待多久？」

「她想待多久就多久，」我聲音中仍充滿敵意。「是公開邀請。」

「妳認為妳應該向她解釋維多利亞？」

我臉色變得蒼白。「我告訴她了。」

他點點頭。「妳應該知道，當庫倫家人在這裡時，我們只能看守自己的家園。妳在拉布席應該安全，我無法在其他地方保護妳。」

他轉開臉，看著漆黑的窗外。不再說話。

「好吧。」我小小聲的說。

「就這樣？」

他還是看著窗外，然後回答。「還有一件事。」

我等著，但他沒開口。「什麼事？」最後我問。

「他們其他人都會回來嗎？」他用冷酷平靜的聲音問。提醒我山姆也是一樣的冷靜態度。雅各有一天也會變得和山姆一樣，我不知道這為什麼讓我不高興。

現在變成我不開口了。他轉身看著我的臉，雙眼充滿疑問。

「怎麼了？」他問。在他平靜的臉色下充滿緊張。

「不，」我最後終於開口，不情願的。「他們不會回來。」

他臉色沒變。「好吧。就這樣。」

我看著他，又生氣了。「嗯，那就請吧。去告訴山姆，這些嚇人的怪物不會回來吃了你。」

「好。」他還是很平靜。

就這樣了。雅各轉身走出廚房。我等著聽見前門打開的聲音，但什麼都沒聽見。我聽見爐上時鐘的滴答聲，我才發現他有多安靜。

真是糟透了。我怎麼會在這麼短的時間就和他疏離？

我坐倒在流理臺旁，臉埋在雙手裡。我怎麼會讓一切變得這樣糟？但我能讓這一切變得不同嗎？就算是後見之明，我看不出更好的方法，任何能讓事情好轉的方法。

「貝拉？」雅各困難的開口問。

我抬起頭，看見雅各猶豫的站在廚房門口，他不像我想的那樣離開。我看見一滴淚在我掌心，我才發現自己哭了。

雅各的臉色不再平靜，充滿焦慮及不確定。他很快走到我面前，低下頭，雙眼和我一樣高。

「又來了，我又來了是嗎？」

「什麼？」我問，聲音斷斷續續。

「沒有維持我的承諾，抱歉。」

「沒事，」我喃喃的說：「是我先的。」

他的臉扭曲。「我知道妳的感覺。我不應該驚訝的。」

我看得出他雙眼中的反感。我想要向他解釋艾利絲真正的樣子，要告訴他不是像他想的那樣，但某種感覺警告我，現在不適合。

我只好再說一次，「抱歉。」

「我們不要再擔心了好嗎？她只是來拜訪的是嗎？她會離開的，一切又會回到正常。」

「我不能同時和你也是朋友嗎？」我問，充滿受傷的語氣。

他緩緩搖搖頭。「不，我不認為妳能。」

我抽噎，看著他的大腳。「但你會等的，是嗎？你永遠是我的朋友，就算我愛著艾利絲。」

我沒抬頭，擔心看見他想起最後那一部分。他過了一分鐘後才回，所以我可能不看比較好。

「是的，我永遠都是妳的朋友，」他僵硬的說：「無論妳愛的是什麼。」

「說定了？」

「說定。」

我感覺他用手臂環著我，我靠在他胸膛，還是僵硬。「這真慘。」

「是呀。」然後他聞聞我的髮說：「噁。」

「怎麼了？」我問。我抬頭看見他又皺起鼻子。「為什麼每個人都這樣對我？我又不臭！」

他擠出笑容。「是呀，妳只是，只是聞起來像他們。像死神。太鮮美，噁心的甜美。還有冷，讓我的鼻子不好受。」

「真的？」這很奇怪。艾利絲聞起來不可置信的美妙。對人類來說。「那為什麼艾利絲也覺得我聞起來如此？」

他的笑容不見了。「嗯。也許她不覺得我好聞。嗯。」

「嗯，你們兩個對我來說都很好聞。」我再次將頭靠在他身上，等他離開後我會想念死他。在另一方面，這個情況真是讓我兩面為難，我希望艾利絲能永遠留在這裡。等她離開我後，我會死的——只是比喻。但要我都看不見小各我又能如何忍受？真是一團糟，我再次想著。

「我會想妳的，」雅各低語，打斷我的思緒。「每一分鐘我都希望她快點離開。」

「真的不該這樣，小各。」

他嘆口氣。「是的，真的是這樣，貝拉。妳愛她，我最好別靠近她。我不確定我能控制自己的脾氣。如果我破壞協約，山姆會氣壞的。還有，」他聲音變得諷刺，「如果我殺了妳朋友，妳可能不會太高興。」

聽見他這樣說，我抽開身子，但他的手環抱得好緊，不肯讓我走。「沒必要隱藏事實。事情就是這樣，貝拉。」

「我不喜歡事情變成這樣。」

雅各鬆開一隻手臂，這樣才能將他大又棕色的手放在我下巴，昂起我的頭，讓我看著他。「是的。當我們都是人類時，事情簡單得多了，不是嗎？」

我嘆口氣。

我們瞪著彼此好一會。他手沿著我肌膚遊走。我的臉，我知道有悲傷，此刻我不想說再見，無論多短。第一次他的神情和我一樣，然後，我們都沒轉頭，他表情又變了。

他鬆開我，用另一隻手沿著我的臉頰輕觸，直到我的下巴。我感覺得到他手指在顫抖，但這一次不是憤怒。他將掌心貼在我臉頰，我的臉困在他灼熱的雙掌裡。

「貝拉。」他低聲呢喃。

我僵住了。

不！我還沒做決定。我不知道自己是否該做，但這時沒有時間讓我思考。但如果我認為拒絕他不會有什麼後果，我就太傻了。

我看著他。他不是我的雅各，但他是。神情如此熟悉令人深愛。有許多真實的地方，我真的愛他。他撫慰我，是我的避風港。現在，我只能選擇讓他屬於我。

艾利絲馬上就會回來，但這改變不了什麼。真愛不會消失。王子永遠不會回來將我吻醒，從我無盡的睡夢中。反正我也不是公主。為什麼童話故事中不能有其他的親吻？在真實的世界中，為什麼那樣無法打破咒語？

可能很容易，像握住他的手，或是他的雙臂抱著我。可能感覺會很好，可能不會感覺像背叛。再者，我又能背叛誰？只有我自己。

他雙眸看著我，緩緩將臉低向我。我還是無法決定。

電話鈴刺耳的響起，我們都跳了起來，但沒打破他的專心。他將托住我下巴那隻手移開，越過我，抓起話筒，但還是用另一隻貼住我臉頰的手緊緊的托住我的臉龐。他漆黑的雙眸鎖定我。我無法反應，不敢利用這個瞬間。

「史旺公館。」雅各說，嘶啞的嗓音低沉又專注。

有人說話，雅各專注得更警覺。他起身，手鬆開我。雙眼茫然，臉色蒼白，我不知道除了艾利絲之外，還有什麼情況會讓他變成這樣。

我起身，伸出手想接過電話，但雅各不理我。

「他不在。」雅各說，語氣充滿了威脅的惡意。

對方簡短的回答，似乎問得更多，因為他不情願的補了句。「他在喪禮上。」然後雅各就掛斷電話了。「可惡的嗜血怪物。」他低聲說。轉向我的神情又像戴了面具。

「那通電話是誰打來的？」我生氣地問：「這是我家，是我的電話。」

「沒事。是他先掛的。」

「他？哪個他？」

他不情願的說：「卡萊爾・庫倫醫生。」

「你為什麼不讓我跟他說話？」

「他又沒問到妳，」雅各冷酷的說。臉色平靜，沒有表情，但雙手顫抖。「他問查理在哪，我告訴他。我不認為我有失禮的地方。」

「你給我聽好，雅各．佈雷克！」

但顯然他沒在聽。他很快轉過頭，好像有人在其他房間叫他的名字。他雙眼變大，身體僵硬，然後開始顫抖。我專注聆聽，但什麼也聽不見。

「再見，貝拉。」他吐出話語，朝前門走去。

我追在他身後。「怎麼了？」

然後我撞上他，因為他突然停下腳步，滿口亂罵。又開始轉個不停，將我推在一旁。我跌在地板上，腿絆住他的。

「該死！」當他匆匆鬆開我的腿時，我出聲抗議。

我掙扎著想起身，他看著漆黑的門，突然又僵住了。

艾利絲動也不動的站在樓梯口。

「貝拉。」她呢喃著。

我移動腳步朝她而去。她的雙眼茫然又遙遠，臉色蒼白，纖細的身體在發抖。

「艾利絲妳怎麼了？」我擔心的大叫，將雙手放在她臉上，想要讓她平靜。

她雙眼突然看著我，充滿痛苦。

「愛德華。」她低語。

我身體反應得比我的心還快，馬上聽懂她話語中的意思。我一開始不懂，為什麼房間在旋轉，為什麼耳鳴。我的心已經行動，在瞭解到艾利絲話中之意，和她蒼白的臉與愛德華有什麼關係，當我的心聽懂後的撞擊產生之前，我的身體已經倒下。

樓梯的角度變得很奇怪。

我突然聽見雅各狂怒的聲音，嘶吼著。我覺得虛弱，他的新朋友們顯然對他有壞影響。

我不知道自己怎麼會在沙發上，雅各還在嘶吼。好像有地震，沙發都在搖。

「妳對她做了什麼？」他追問。

艾利絲不理他。「貝拉？貝拉？快起來。我們得快點。」

「退後。」雅各警告。

「冷靜，雅各．佈雷克，」艾利絲命令。「你不會想害死她。」

「在我的監視下我不覺得她會出事。」他說，但聲音中冷靜多了。

「艾利絲？」我聲音很虛弱。「怎麼了？」我問，雖然我不想聽。

「我不知道，我不懂他在想什麼？」

我拼命要昏眩的自己醒來。我知道我抓著雅各的手臂。是他在抖，不是沙發。

艾利絲從袋子中拿出一個小小的銀色手機，當我雙眼找尋她的存在時。她手指飛快按著號碼。

「羅絲莉，我得馬上和卡萊爾說話。」她聲音像低語。「好，一等他回來。不，我會在飛機場。聽著，妳有愛德華的消息嗎？」

艾利絲停下來，聽著對方的回答，每一秒表情都更蒼白。她張大嘴，害怕的，電話在她手中猛烈抖動。

「為什麼？」她哭著說：「妳為什麼要這樣做？羅絲莉？」

無論對方回答了什麼，都讓她下巴更緊繃。瞇起的雙眼中火光閃耀。

「好吧，妳估算錯了，羅絲莉，妳沒想過這是個問題嗎？」她諷刺的問。「是的，沒錯。她顯然沒事，是我錯了，說來話長……但妳也錯了，所以我才打來，是的，正是我看到的。」

艾利絲的聲音更堅硬，咬牙切齒的說：「有點晚了，羅絲莉。把妳的自責留給相信的人吧。」艾利絲掛斷電話。

她雙眼如此痛苦，然後看著我。

「艾利絲，」我很快的問。不敢讓她說。我需要在她開口前想想，她說的話會毀了我的人生。「艾利絲，卡萊爾就快回來了。他會打給他。」

她茫然地看著我。「什麼時候的事？」她空洞的聲音問。

「在妳出現前半分鐘。」

「他說了什麼？」她總算專心了，等著我的回答。

「我沒跟他說到話。」我看向雅各。

艾利絲將專心的雙眸轉向他。他向後退，但還是在我身邊。古怪的坐著，好像要用他的身體遮住我。

「他問查理，我告訴他查理不在。」雅各不情願的低聲說。

「就這樣？」艾利絲追問，聲音像冰一樣冷。

「然後他掛我的電話。」雅各回嘴。他的脊椎一陣顫抖，讓我也跟著抖。

「你告訴他查理在喪禮。」我提醒他。

艾利絲猛然看著我。「他到底是怎麼說的？」

「他說『他不在，』當卡萊爾問查理在哪時，雅各說，『在喪禮。』」

艾利絲呻吟，身子重重落下。

「艾利絲，怎麼了？」我低聲問。

「電話上的不是卡萊爾。」她絕望的說。

「妳是說有人說謊？」雅各在我身邊悶哼地說。

艾利絲不理他，專心在我身上。

「是愛德華。」她的聲音像低語。「他以為妳死了。」

我的心又開始活動。不像剛才那樣讓我擔心，我腦子清楚多了。

「羅絲莉告訴他，我自殺了是不是？」我說，邊嘆氣邊感到輕鬆。

「是的，」艾利絲承認，雙眼更堅硬。「她辯稱說她的確信以為真。他們太依賴我對未來的預見能力，就算有些事情並未發生。但是當他問起時，她只是就事論事，將所知都告訴他。她確實相信，她真的瞭解……或是關心……嗎？」她聲音充滿恐懼。

「當愛德華打來，他認為雅各說的是我的喪禮。」我懂了。知道自己離他那麼近，離他的聲音才一吋遠，這讓我痛苦不已。我的指甲刺著雅各的手臂，但他沒退縮。

艾利絲奇怪的看著我。「妳不沮喪。」她低聲說。

「嗯，現在情況真的很混亂，但一切最後會澄清的。等他下次打來時，會有人告訴……他……真正的……」我沒把話說完。她的眼神讓我說不下去。

她為什麼如此痛苦？她的臉為什麼如此扭曲，帶著可憐和驚恐？她為什麼和羅絲莉講電話？她看到羅絲莉的自責……羅絲莉才不會因為我出事而自責。但如果傷害了她家人，她弟弟……

「貝拉，」艾利絲低聲說：「愛德華不會再打來了。他相信她說的。」

「我．不．瞭解。」我沉默的說出每一個字。我無法呼吸，無法解釋。

「他要去義大利。」

我過了好一會才聽懂她的意思。

當愛德華的聲音再次出現，不是幻想中那完美的嗓音。是虛弱的。他的聲音充塞在我的胸口，我知道他愛我。

嗯，我無法生而與妳同在，當我們在這間客廳內，看著羅密歐與茱麗葉殉情的劇情時，他說，**但我不確定該怎麼做……我知道艾密特和賈斯柏不會幫助我，所以我想也許我應該去義大利，和佛杜里打架……妳不會想挑釁他們，除非妳想死。**

除非妳想死。

「不！」否認的尖叫聲，讓所有人都驚跳起來。我覺得血色衝上臉，我知道她看見了。「不！不！不，不！他不能！他不可以這樣做。」

「當妳朋友確認他想知道的事後，他無法拯救妳，馬上就決定了。」

「但，他走了。他不想跟我在一起！現在這樣做又有什麼意義？他知道有一天我會死！」

「我不認為他真的打算活得比妳久。」艾利絲輕聲說。

「他怎麼敢！」我尖叫著站起來，雅各不確定的起身，站在艾利絲和我之間。

「喔，讓開，雅各，」我不耐煩的推開他。「我們該怎麼做？」我乞求艾利絲。一定有什麼方法。「我們不能打電話給他嗎？卡萊爾能嗎？」

她搖搖頭。「這是我試的第一件事。他的電話遺失在里約的垃圾桶內，有人撿到。」她低聲說。

「妳剛才說我們得快點。怎麼快？我們快點，無論要做什麼！」

「貝拉，我不認為我該要求妳……」她猶豫的沒把話說完。

「妳就說啊！」我回她。

她將雙手放在我肩膀，緊緊按住我，手指強調她說的話。「我們可能已經來不及了，我看見他要去沃爾苔拉市求死。」我們都畏縮，我的雙眼突然茫然，忍不住流下淚。「要看他們怎麼選擇。他們還沒決定，所以我看不見。」

「但如果他們說不，他們是有可能這麼決定，厄洛喜歡卡萊爾，不會想冒犯他。但是愛德華有備用計畫。他們非常保護他們的城市，如果愛德華做了什麼觸犯當地的事，他們會認為該採取行動制止他，愛德華是對的。他們會。」

我看著她，下巴沮喪得發抖。站在這裡，我什麼都聽不下去。

「如果他們幫忙他，我們就太晚了。如果他們拒絕，他很快就會想辦法觸怒他們，我們還是太晚。如果他用更戲劇性的方法，我們可能還有時間。」

「我們走！」

「聽著，貝拉！無論我們來不來得及，我們都要進去沃爾苔拉市中心。如果他成功，我會被認為是他的同謀。妳是一個人類，但知道太多，聞起來太香。他們有很好的機會可以同時消滅我們兩個，雖然以妳的個案來說，並不算是懲罰，而是變成晚餐。」

「難道我們就坐在這邊？」我不敢置信的問。「如果妳害怕，我可以自己一個人去。」我自動想著戶頭內有多少錢，不知道艾利絲會不會借我。

「我只擔心妳會被殺。」

我不理她。「我每天都讓自己差點死掉。只要告訴我，我該做什麼。」

「妳寫張條子給查理，我來訂機票。」

「查理。」我喘口氣。

雖然我留下來無法保護他，但我怎麼能留下他獨自面對？

「我不會讓查理出事的。」雅各低沉的聲音帶著憤怒。「去他的條約。」

我看著他，他看著我痛苦的表情。

「快點，貝拉。」艾利絲急切的打斷。

我跑向廚房，拉開抽屜，將一切東西丟在地板上，只為了找筆。一隻平滑棕色的手伸向我。

「謝了。」我低語，用牙齒咬開筆蓋。他沉默的將留言本遞給我，那是平常留話用的。我撕下第一張，墊在肩頭寫著。

爸，我寫著，**我和艾利絲在一起。愛德華有麻煩了。等我回來，你可以罰我禁足。我知道時機不對。抱歉。愛你。貝拉**。

「別走。」雅各低聲說。從艾利絲一出現他就氣到現在。

我不想花時間和他吵。「拜託，拜託，請照顧查理。」我邊說邊走向前門。艾利絲肩上掛著袋子，在玄關等我。

「拿妳的皮包，妳會需要身分證。請告訴我妳有護照。我沒時間管這些。」

我點頭，衝上樓，雙腿發軟，一邊感謝媽之前想和費爾在墨西哥海邊結婚。當然，像她其他的計畫一樣，這沒成功。但因為這樣，我之前已經辦好一切。

我衝進房間，拿出舊皮夾、一件乾淨的T恤、運動褲，塞進背包，然後將盥洗用具放在上面，匆匆下樓。有種似曾相識的感覺。但至少，和上一次我打算逃離福克斯，逃離飢渴的吸血鬼不一樣，這是去尋找。我不用當面對查理說再見。

雅各和艾利絲在前門，擺出相似的對抗姿勢，雙方隔得很遠，好像從不認識。兩人都未曾注意到我的出現，雖然我弄出的聲音很大。

「妳也許不時可以控制妳自己，但妳這廢物如果敢傷害她……」雅各沮喪的警告她。

「是的，你說得沒錯。小狗狗。」艾利絲嗤之以鼻。「佛杜里是我們這類人的基本寫照，他們才是你毛髮豎立的原因，當你聞到他們。他們是你的惡夢，你天生的惡夢。我知道。」

「妳這樣帶她去，就像帶瓶酒去參加派對似的！」他大吼。

「你以為，如果我將她留在這裡一個人會比較好？如果維多利亞來這邊殺她？」

「我們有辦法對付那個紅髮的。」

「那為什麼她還在殺人？」

雅各退縮，全身都在抖。

「別鬥了！」我對著他倆大喊，不耐又狂野。「等我們回來再吵，走吧！」

艾利絲轉身走向車子，馬上就不見了，我匆匆趕上她，但又想到回頭鎖上門。

雅各顫慄的手抓住我手臂。「拜託，貝拉。我求妳。」

「小各，我得——」

「妳不用。妳真的不用。妳可以留在這裡跟我在一起。妳可以選擇活著。為了查理，為了我。」

卡萊爾的賓士的引擎聲響起，每一聲都像是艾利絲不耐的催促。

我搖搖頭，落下淚來。我抽出手，他沒反抗。

「別死，貝拉，」他大喊。「別走，不要！」

如果我再也看不到他呢？

這念頭讓我無法沉默的哭，啜泣從胸口衝出。我用雙手環著他的腰，想留住這片刻，淚流滿面貼著他胸口。他用大手撫摸我背上的頭髮，好像想留住這一瞬間。

「再見，小各。」我拉住他撫摸頭髮的手，親吻他掌心。我無法看他的臉。「抱歉。」我低聲說。

然後我轉身奔向車子。乘客座的車門打開正等著我。我將背包丟進後座，坐上車，關上車門。

「照顧查理！」我轉身朝窗外大喊，但已經看不見雅各。艾利絲踩下油門，輪胎尖叫，像人類的尖叫聲一樣，朝路上奔馳前行。我眼角看見樹叢間一塊白色的碎布。是鞋子的殘片。

chapter 19

競速

當我焦慮得不斷起身坐下時，

艾利絲將手用力壓在我肩頭，按住我。

「這比跑還快，」

她低聲提醒我。

我只是點點頭。

我們馬上就登機，然後真正折磨人的過程才開始。飛機停在跑道上，因為乘客很慢，很隨性，上上下下，放包包，要確定一切都安好。機長靠在駕駛艙外，當乘客經過時和他們寒暄。當我焦慮得不斷起身坐下時，艾利絲將手用力壓在我肩頭，按住我。

「這比跑還快，」她低聲提醒我。

我只是點點頭。

至少飛機開始滑動，開始加速，等起飛後，我期望能放鬆些，但還是不耐。

當飛機平穩地在空中飛行後，艾利絲拿下電話，搖下座椅，空服員不太高興，但我的表情讓空服員住口，沒來抗議。

當艾利絲低聲和賈斯柏說話時，我想切到靜音，我不想再聽見那些字，但還是聽見了。

「我不確定，我一直看見不同的事，他一直改變心意，殺戮全市，攻擊保鏢，將車子抬起摔在廣場等許多事，他知道，那是引發反應最快的方法。」

「不，你不能。」艾利絲聲音更低，幾乎聽不見，雖然我就坐在她身邊。我只好更用力的聽。「告訴艾密特不……嗯，去找艾密特和羅絲莉，然後帶他們……想一想，賈斯柏。如果他看見我們任何人，你認為他會怎麼做？」

她點點頭。「沒錯。我認為貝拉是唯一的機會……如果還有機會的話，我會盡一切可能，但要卡萊爾做好準備，成功機會不大。」

她笑了，聲音中有些逮住什麼的語氣。「我想過……是的……我答應。」聲音變得乞求。「別跟來，我保證，賈斯柏。不是這樣就是那樣，我會脫身的……我愛你。」

她掛上電話，靠在椅背，閉上眼。「我討厭跟他說謊。」

「告訴我一切，艾利絲，」我求她。「我不懂。妳為什麼要賈斯柏去制止艾密特，他們為什麼不能過來幫我們？」

「兩個理由，」她低聲說，還是閉著雙眼。「第一個我告訴了他。我們能試著制止愛德華——如果艾密特能抓住他，我們可能有足夠的時間告訴他妳還活著。但我們沒法和愛德華談話，如果他看到我們去找他，他會跑得更快。他會亂丟別克車子去撞牆之類的，而佛杜里會馬上宰了他。」

「當然還有第二個原因，我無法告訴賈斯柏。因為如果他們都去那邊，佛杜里殺了愛德華，那他們全都會一起對付他，貝拉。」她張開眼，看著我，探詢著我的表情。「如果有任何機會我們能贏……如果有任何方法讓我們四個能拯救我們的弟弟，與他們對抗，可能會有不同。但我們不能，貝拉，我不能失去賈斯柏。」

我知道她眼神在乞求我的瞭解。她要保護賈斯柏，就算我們會犧牲，可能還會犧牲愛德華。我能瞭解，而且我不認為她是惡意的。所以我點點頭。

「愛德華聽不見妳嗎？」我問：「他應該知道，等他一聽見妳腦海中想的，我還活著，他那樣做就沒意義了？」

真不公平。我還是不敢相信他會這樣反應。沒理由。我想起那天在沙發上他說的話有多痛苦，當我們看著羅密歐和茱麗葉一個接一個彼此殉情後。失去妳我也無法獨活，他說，好像這就是他的結論。但和他在森林中丟下我時說的話，完全不同。

「如果他願意聽的話，」她解釋。「但無論妳信不信，腦袋裡的念頭還是有可能會說謊。如果妳死了，我還是會試著去阻止他。而且我會努力想著『她還活著，她還活著』，他也清楚知道這一點。」

我沮喪的咬牙。

「如果有任何方法不要牽連到妳，貝拉，我不會拖妳來的。都是我的錯。」

「別傻了。妳最不需要的就是擔心我。」我不耐的搖頭，想揮去那些擔心。「告訴我，妳說妳討厭對賈斯柏說謊，那是什麼意思。」

她苦笑。「我答應他，我會在他們殺了我之前逃走。但這不是我能保證的事，可能沒法逃多久。」她揚起眉毛，好像要我接受這是真正的危險。

「這些佛杜里是誰？」我低聲追問。「是什麼讓他們比艾密特、賈斯柏、羅絲莉和妳，都還要危險？」好像很難想像有這麼嚇人的東西。

她深吸口氣，然後突然看向我身後。我同時轉頭，看見走道另一邊坐著的男人，他看向另一個方向，好像並不是在聆聽我們說話。他顯然是個生意人，穿著黑西裝，領帶，膝上放著筆電。當我臉色不善地看著他時，他打開電腦，戴上耳機。

我向艾利絲靠得更近。她的唇貼著我的耳朵，好像低述著故事。

「我想妳聽過這個名字，」她說：「所以當我說他要去義大利時，妳馬上就知道這個意思。我還以為我得進一步解釋。愛德華告訴妳多少？」

「他只說，他們是一群很古老很有權的家族，像皇族。除非妳想死……不然別去招惹他們。」我低聲說。死那個字很難開口。

「妳得瞭解，」她說得很慢，挑選著合適的字眼。「我們庫倫家的人，在許多方面都比妳知道的還要獨特。我們一起這樣和平的住在一起……並不正常。同樣的，就像譚雅家住在北方的情況一樣，卡萊爾推測，放棄獵食人血讓我們更容易變得文明，愛形成一種聯繫，不只是為了生存或方便。就連詹姆斯三個混混的組合，都是不常見的大團體，妳看見羅倫特多容易就離開了他們。我們這種人通常獨自行動，或是一對，這是普遍的規則。卡萊爾的家族，是目前存在的最大家族，就我所知，只有一個例外，就是佛杜里家。他們一開始只有三個人，厄洛、凱撒和馬庫斯。」

艾利絲點點頭。

「我看過他們，」我低聲說：「在卡萊爾書房的畫裡。」

「之後，兩位女性加入他們，他們五人組成這個家族。我不確定，但我猜想，他們的年紀，讓他們有能力和平的住在一起。他們已經有三千歲了。也可能他們的天賦，讓他們有足夠的忍耐力。像愛德華和我，厄洛和馬庫斯也有天賦。」

我還沒問，她就繼續說：「也可能只是因為他們對權力的熱愛，將他們聚在一起。皇族是很貼切的形容。」

「但如果只有五個——」

「五個形成一個家族，」她糾正。「不包含他們的保鏢。」

我深呼吸。「這聽起來……很嚴重。」

「是的，沒錯，」她向我保證。「我們上一次聽說時，共有九位固定的保鏢。還有一些是……短期的。數目不時改變。他們許多人都有超能力天賦，可怕的天賦能力，跟他們比起來，我只不過是小把戲。佛杜里根據他們生理或心靈方面的能力，挑選他們。」

我張大嘴，然後閉上。我不想知道我們的機會有多渺茫。

她再次點點頭，好像她知道我在想什麼。「他們不常遭遇對抗。因為沒人會傻到去招惹他們。他們留在城內，只有出任務時才會出城。」

「任務？」我好奇的問。

「愛德華之前沒告訴妳他們是做什麼的？」

「沒有。」我說，臉上神情茫然。

艾利絲又看向我身後，看著那個生意人，然後將她冰冷的唇貼在我耳朵上。

「那是他們被稱做皇族的原因……統治階級。幾千年來，他們要確定我們的規則被遵守——並懲罰違反者。他們果斷的執行責任。」

我震驚的張大眼。「有規則？」我大聲的問。

「噓！」

「之前怎麼沒人提過？」我憤怒的低聲說：「我是說，我想要成為你們的一分子時，不該有人解釋給我聽嗎？」

我的反應害艾利絲笑了。「不複雜，貝拉。只有一個核心限制，如果妳想一想，妳可能自己猜得出來。」

我認真想。「不，我想不出來。」

她搖搖頭，不滿意。「可能太明顯了——我們要保守自己存在的祕密。」

「喔。」我低聲說。真是明顯。

「這很合理，而且我們多數人都不需要被管裡，」她繼續。「但是，經過幾世紀，有時我們有些人會覺得無聊，或是瘋了。我不知道。然後佛杜里會在被他們連累前採取行動。」

「所以愛德華……」

「他計畫侵擾他們的城市，他們保守三千年祕密的城市，自從伊特魯里亞時代起到現在。他們對城市保護得很嚴謹，市內不允許任何獵殺。沃爾苔拉市可能是全世界最安全的城市，從未有吸血鬼的攻擊。」

「但妳說他們不離開，那他們吃什麼？」

「他們不離開。他們從外面帶食物進來，有時從很遠的地方。當他們出去毀滅不服從的人時，保鏢就負責守衛城內，或是保護沃爾苔拉市不會曝光……」

「像這種情況，像愛德華這樣打算揭露……」我幫她把話說完。現在說出他的名字竟然如此容易，真讓我震驚。可能因為我已經打算好，如果無法看見他，也不要再活下去。或是，如果我們到得太晚的話。很安心知道自己能這麼放鬆。

「我懷疑他們有過這樣的情況，」她低聲說，聲音充滿厭惡。「不會有太多想自殺的吸血鬼。」

我無聲的說出那個字眼，但艾利絲似乎瞭解有多痛苦。她用細瘦但強壯的手臂環住我肩頭。

「我們會盡力的，貝拉。事情還沒到最後關頭。」

「還沒。」我讓她安慰我，雖然我知道她認為我們機會渺茫。「佛杜里會殺了我們，如果我們弄糟一切的話。」

艾利絲僵住。「妳說得好像這是一件好事。」

我聳聳肩。

「別鬧了，貝拉，不然我們就從紐約轉機回福克斯。」

「為什麼？」

「妳知道原因。如果我們比愛德華晚，我會盡一切可能把妳送回查理身邊，我不想讓妳出事。妳不知道嗎？」

「當然，艾利絲。」

她微微抽開身子，這樣才能看見我。「不准惹麻煩。」

「以童子軍榮譽發誓。」我低聲說。

她翻翻白眼。

「現在，讓我專心。我想看看他的計畫。」

她鬆開手臂，但她的頭歪在椅背，閉上眼。她將另一手貼在臉頰，手指揉著太陽穴。

我著迷地看了她好久。最後，她變得一動也不動，臉像石雕像。時間經過，如果我不知道，會以為她睡著了。我不敢打斷她，問她情況。

我希望有些安全的事可以想。我不敢讓自己去想我們將去做的可怕的事，或是，更可怕的，我們可能會失敗，我不想大聲尖叫。

我也不敢預測任何事。可能，如果我真的非常非常非常幸運，我能救愛德華。但我沒笨到這麼想，救他就等於我可以和他在一起。和以前比起來，我沒什麼改變，沒有任何特別，所以現在也沒有新的理由會讓他還要我。看到他，又再次失去他……

我抗拒著痛苦。這是我想救他要付出的代價。我會付的。

機上開始播電影，我的鄰座拿出耳機戴上。我有時看著小螢幕上的電影，但我不知道電影是愛情片還是恐怖片。

過了像一世紀那麼久，飛機開始朝紐約降落。艾利絲還是沒動。我很慌，想伸出手碰她，卻又將我的手縮回來。在飛機顛簸落地前，我這樣伸手又縮手的動作，起碼有十幾次。

「艾利絲，」等到飛機落地我才開口。「艾利絲，我們到了。」

我輕觸她手臂。

她緩緩睜開眼。搖搖頭好一會。

「有什麼新消息？」我低聲問，害怕另一邊的人聽見。

「沒有，」她低聲說，我幾乎聽不見。「他近多了。他正在思考要怎麼問。」

新月

我們得快點趕上轉機，但這很好，比等好多了。當飛機在空中時，艾利絲閉上眼，擺出與之前一樣的姿勢。我盡可能耐心等著。當機艙變暗，我打開艙窗，看著窗外一片漆黑，跟關上窗其實沒兩樣。

我感謝自己經過幾個月的練習已經能控制思緒。不再想那些恐怖的可能，無論艾利絲說什麼，我不打算獨活下來，我專心在較不可能的部分。像是，如果我回去，該對查理說什麼？好幾小時都在想這些棘手的問題。還有雅各？他答應要等我，但這個承諾還有用嗎？會不會我獨自回到福克斯的家後，一個人都沒有了？或許我不想活下來，無論發生什麼事。

好像沒多久，艾利絲搖搖我肩膀，我才發現自己睡著了。

「貝拉。」她低聲說，聲音在漆黑機艙裡一片沉睡的乘客群中，有點太大聲了。

我沒失去判斷力，很快的回應。

「怎麼了？」

艾利絲看著我們後排閱讀燈的昏暗光芒。

「沒事。」她嚴肅的笑。「沒事。他們很謹慎，但他們決定告訴他不。」

「佛杜里？」我低聲問，全身無力。

「當然，貝拉，振作點。我看得見他們要說什麼。」

「告訴我。」

一位空服員走過我們身邊。「我能給兩位小姐枕頭嗎？」他低聲說。表示我們打擾到其他乘客。

「不用了，謝謝。」艾利絲瞪著他，笑得很甜。空服員的表情有點暈眩，轉身蹣跚離開。

「告訴我。」我近乎無言的說。

她在我耳邊低語。「他們對他很有興趣，認為他的天賦有用。他們要讓他和他們住在一起。」

「他怎麼說？」

「我還看不見，但我敢說，」她再度苦笑。「這是第一個好消息，第一個好運。他們有計畫，他們真的不想毀了他，『浪費』，這是厄洛說的。這可能會逼他思考其他的做法。他得花更多時間計畫，對我們更好。」

這還不足以讓我充滿希望，讓我像她一樣的鬆一口氣。還有許多方法，我們還是有可能來不及。如果我沒法進去沃爾苔拉市，我無法阻止艾利絲把我拖回家。

「艾利絲？」

「怎麼了？」

「我有點不懂。妳怎麼能看得這麼清楚？但有時候，妳又會看到完全不同的——從沒發生的？」

她瞇起眼。我不知道她是不是猜中了我的念頭。

「因為這是很快就會發生的事情，所以很清楚，我得真的很專心。愈遠的事，有時只是一瞥，可能很模糊。再說，要看見我們這種人，比看見人類來得容易。愛德華又更容易，因為我很懂他。」

「妳也預見過我。」我提醒她。

她搖搖頭。「不能這麼說。」

我嘆口氣。「我真希望妳說關於我的是對的。從一開始，妳第一次看見關於我的事時，在我遇見……」

「妳是什麼意思？」

「妳看見我變成你們的一分子。」我幾乎說不出口。

她嘆口氣。「那時候是有這種可能。」

「那時候。」我說。

「老實說，貝拉……」她有點猶豫，然後似乎下定決心。「老實說，我認為一切都太瘋狂了。我一直跟自己爭論，是否要由我來改變妳。」

我瞪著她，震驚得僵住。本能的，我腦中抗拒著她說的話。我無法承受她改變心意所帶來的希望。

「我嚇到妳嗎？」她問：「我以為這是妳要的。」

「我是！」我喘著氣說：「喔，艾利絲，現在就做。我可以幫助妳，我不會拖累妳的。咬我！」

「噓，」她小心的說。空服員又看向我們這邊。「理智點，」她低聲說：「時間不夠。我們明天就得進去沃爾苔拉市。妳會痛上好幾天。」她做個鬼臉。「我也不希望其他乘客嚇到。」

我咬著唇。「如果妳現在不做，妳會改變想法。」

「不。」她皺眉，表情很不高興。「我不認為我會。他的確會不高興，但他又能做什麼？」

我心跳得更快。「什麼都不能做。」

她安靜的笑，然後嘆氣。「妳對我太有信心了，貝拉。我不確定我下得了手。我可能沒法殺妳。」

「我願意試試看。」

「妳真是個怪人，就算以人類來說。」

「謝了。」

「喔，對了，雖然這只是假設。我們得先活過明天。」

「說得好。」但至少我現在有個希望了。如果艾利絲真的說到做到——雖然她不想殺我——那愛德華能跑多遠就多遠，我能跟得上，我不會讓他跑掉。可能，當我變得更漂亮更強壯後，他不會想離開我。

「繼續睡吧，」她鼓勵我。「有新消息我會叫醒妳。」

「好。」我喃喃說，但確定睡意消失無蹤。艾利絲將腿抵在坐位上，用手臂環住自己，前額靠著膝頭。她專心時會前後搖擺。

我將頭靠在椅背，看著她，接下來我只記得，她將窗板拉下，遮住東邊天空微微的明亮。

「怎麼了？」我問。

「他們拒絕他。」她安靜的說。我注意到她的熱切不見了。

我的聲音痛苦地卡在喉嚨。「他會怎麼做？」

「一開始很混亂。我只能看到一些皮毛，他很快就改變計畫了。」

「哪種計畫？」我追問。

「這一小時真不好受，」她低語：「他決定去狩獵。」

她看著我，好像不懂我的表情。

「在城內，」她解釋。「他差點就動手了。但他在最後一分鐘改變心意。」

「他不想讓卡萊爾不高興……」我說，但沒說完。

「可能。」她同意。

「時間夠嗎？」我問，機艙壓力增加，我感到飛機開始降落。

「我希望夠，如果他維持這個計畫的話。」

「什麼計畫？」

「他要讓事情簡單。他要走到陽光下。」

走到陽光下？就這樣？

這樣就夠了。想到愛德華在草地的影像，閃亮，像幾百萬顆鑽石碎片組成的肌膚，閃著光芒，在我腦海燃燒。只要是人，看過後就不會忘記。佛杜里不會允許的，如果他們不想讓這個城市被人注目懷疑的話。

我看著打開窗板的窗外的暮光。「我們來不及了。」我低語，聲音充滿痛苦。

她搖搖頭。「現在，他有點戲劇化。他要吸引最多觀眾，所以他選擇大廣場，在鐘塔下。牆很高，他會等到太陽在正午時才行動。」

「所以我們還有時間，直到中午？」

「如果我們夠幸運的話——如果他維持這個計畫。」

機長進行廣播，先是法文然後是英文，我們馬上就要降落了。繫好安全帶的指示燈叮一聲亮起。

「從佛羅倫斯到沃爾茖拉市要多久？」

「要看妳怎麼去……貝拉？」

「所以？」

她雙眼饒富興味地看著我。「妳會很反對偷車這檔事嗎？」

一臺鮮黃色的保時捷，在我前方幾步尖叫著停下來，車尾以銀色字體寫著「渦輪」字樣，除了我之外，街上所有人都目不轉睛的看著。

「快點，貝拉！」艾利絲不耐的從打開的駕駛座車窗喊著。

我衝上車，覺得自己最好在頭上罩塊黑布。

「小聲點，艾利絲，」我抱怨。「妳不能偷輛比較不醒目的車嗎？」

車子的內裝是黑色真皮，黑色窗戶。在車內覺得很安全，像夜晚。

艾利絲開得很快，離開擁擠的機場交通，擠過窄小的車與車的空隙往前衝，我退縮著繫上安全帶。

「我可不這麼認為。」她糾正我，「重要的是，我們得偷一輛最快的車，我想我很好運。」

「我確定，等碰到路障臨檢，也會很好。」

她笑了。「相信我，貝拉。就算會有臨檢，也追不上我們。」她重踩油門，好像要證明自己的論點。

我應該看看窗外佛羅倫斯這個城市的景觀，還有一閃而過的托斯卡尼景色。這是我第一次出遊，可能也是我最後一次。但艾利絲開車嚇壞我，雖然我知道我該相信她。我很焦慮，無法認真欣賞窗外的山丘或遠觀像堡壘的城鎮。

「妳還有看見什麼嗎？」

「還有一些，」艾利絲低聲說：「有些慶典。街上都是人，還有紅旗。今天幾號？」

我不太確定。「十五吧。」

「嗯，這真諷刺。是聖馬庫斯節。」

「什麼意思？」

她暗自竊笑。「每年這城市都會舉行慶典。傳說，一位基督教傳教士，馬庫斯神父，也就是佛杜里的馬庫斯，在一千五百年前將沃爾苔拉市內所有的吸血鬼逐出。故事說，他在羅馬尼亞犧牲時，還試圖驅逐吸血鬼的災禍。當然這是亂說一通，他從未離開城市。但這是一種迷信，像十字架和大蒜的來源一樣，馬庫斯神父成功的運用這些東西，吸血鬼就此從未再騷擾沃爾苔拉市，所以證明是有用的。」她冷嘲熱諷的笑。「這成為城市的慶典，警方也認可，畢竟，沃爾苔拉市是個令人驚訝、安全不已的地方，而這個功勞最後全歸功於警方。」

聽她這樣諷刺的說，我才瞭解她的意思。「如果愛德華弄砸聖馬庫斯慶典，他們不會高興的，對嗎？」

我轉開頭，努力控制打顫的牙齒。現在只能祈禱。

太陽高掛在湛藍的天空。

「他還是計畫在中午執行？」我問。

「是的。他決定等。他們也在等他。」
「告訴我我該怎麼做。」
她雙眼看著路，里程表指針快破表了。
「妳什麼都不用做。只要在他走到陽光下前看到妳就行了。他得先看見妳，然後再看見我。」
「我們要怎麼做？」
當艾利絲急速狂飆時，一輛小紅車在後方追趕。
「我要讓妳盡可能靠近，然後妳得跑到我指定的地點。」
我點點頭。
「不要跌倒，」她補了句。「我們今天沒有時間腦震盪。」
我呻吟一聲。這倒像我，一瞬間便會毀了一切，毀了世界。
當艾利絲飛速開著，太陽也慢慢爬得更高。好亮，讓我更痛苦。可能他不覺得要等到正午。
「那邊。」艾利絲突然說，指著最近的小丘上，像城堡般的城市。
我看著，第一次感到某種真正的恐懼。從昨天早上起的每一分鐘——彷彿已經有一星期那麼久——當艾利絲在樓梯口第一次說出他的名字，我感到恐懼。現在，當我看著這位在山丘上的古老城牆小鎮時，有另一種毛骨悚然的感覺。
我以為這會是一個漂亮的城市。我嚇壞了。
「沃爾苔拉市。」艾利絲用平板冷酷的聲音說。

chapter 20

沃爾苔拉市

「愛德華會在鐘塔下，
在廣場北方。
在右邊有條窄巷，
他會站在陰影下。
妳得在他走到陽光下前引起他的注意。」

我們開始爬坡，道路變得擁塞。我們爬得更高，車輛也愈多愈擠，艾利絲不顧一切的在車陣中蛇行。我們跟在一輛龜速的褐色標緻汽車後方。

「艾利絲。」我呻吟著，時間似乎過得飛快。

「這是唯一的一條路。」她試圖讓我冷靜。但她的聲音中同樣充滿無力。

前方車輛似乎不動，太陽更明亮了，好像已經在頭頂。

車子一輛接一輛。等我們更近一點，我可以看見車子停在路上，行人在路邊。我一開始以為是人們塞得不耐煩，這我容易瞭解。然後我們沿著Z形山路再往上一點，我看見城外的大停車場已停滿了車，擁擠的人們得走進門內，沒有人可以開車進去。

「艾利絲。」我急切的低語。

「我知道。」她臉色像冰一樣。

我們開得夠慢，所以我能看清周遭，我發現今天風很大。湧向大門的人群，個個抓緊帽子，壓住被風吹亂的髮，衣物被風吹得鼓起飛揚。我還注意到到處都是紅色。大門旁的紅衣、紅帽、紅旗，像長長的紅色緞帶，迎風飛舞。正當我看著時，一個女人綁在頭髮上那條鮮紅色絲巾突然被風吹落。絲巾被風吹到她頭頂，在空中盤旋舞動，好像有生命似的。她朝上方一跳，伸出手想抓住，但絲巾被風吹得更高，像是貼在陰暗古老牆面的一道鮮紅色補丁。

「貝拉。」艾利絲用低沉凶猛的語氣很快的說：「我看不出保鏢的決定。如果等等還是看不到，妳得一個人行動。妳得用跑的，問人家普利歐利宮在哪，朝人們告訴妳的方向跑去。別迷路了。」

「普利歐利宮，普利歐利宮。」我一再重念這個地名，不敢忘記。

「不然就問鐘塔在哪，如果他們會說英文的話。我會到處看看，想法子找到隱蔽的地點，好讓自己進到城內。」

我點頭。「普利歐利宮。」

「愛德華會在鐘塔下，在廣場北方。在右邊有條窄巷，他會站在陰影下。妳得在他走到陽光下前引起他的注意。」

我焦慮的點頭。

艾利絲往前移動。一個身穿淺藍色制服的人引導車流，要車子調頭。前面車子回轉，接著是艾利絲。穿制服的人，懶散的走過來，不怎麼專心。艾利絲加速，繞過他，衝進大門。他在我們身後大喊，但沒追過來，只是揮手制止下一輛車，不准像我們一樣。

在大門那邊的男子，穿著一樣的制服。當我們靠近他時，人群擠過來，擠滿人行道，大家都好奇的盯著我們這臺搶眼又招搖的跑車。

警衛走到馬路中央。艾利絲小心調整車子角度，然後才停下來。太陽照在車窗上，她躲在陰影下，轉身抓起後座的包包。

警衛不耐的繞過車子，生氣的拍拍車窗。

她搖下車窗到一半，我發現，當警衛看見她戴著黑墨鏡時，多看了兩眼。

「抱歉，今天只有遊覽車可以開進城內，小姐。」他說英文，但口音很重。他的語氣相當有禮，好像希望有更好的消息給這位美麗的小姐。

「這是私人導遊。」艾利絲露出誘惑的笑容。她將手伸出車窗，在陽光下。我一開始僵住，直到我發現她戴著遮到手肘的長手套。她握住還在拍打車窗的警衛的手，拉進車內。將某個東西塞進他掌心，然後握折起他的手指。

他有點昏眩，他張開手，看著手心握著的一捆錢——最外面一張是千元大鈔。

「這是個玩笑嗎？」他低聲說。

艾利絲的笑容讓人眩目。「如果你覺得是玩笑的話。」

他看著她，雙眼睜得老大。我緊張的看著。如果愛德華真的執行他的計畫，我們只剩不到五分鐘。

「我有點趕時間。」她暗示，但仍然保持微笑。

警衛眨眨眼，然後將錢收到袋內。退後一步，揮手放行。經過的行人似乎沒人注意到這樁安靜的交易。艾利絲開進城內，我們同時放鬆的嘆了口氣。

街道很窄，和褪色紅褐色大樓一樣的彩色石頭路，讓陰暗處的街道更顯陰暗。小巷有種氛圍。牆上插滿紅旗，每隔幾碼就一面，旗子在風中飛揚，在窄狹的小巷中發出飄揚的聲音。

到處都是人，減緩我們前進的速度。

「快到了。」艾利絲鼓勵我，我抓著車門把，準備等她一開口就跳下車。

她突然加速往前開，然後猛地停住，人群對我們揚起拳頭，大聲咒罵，我很高興我完全聽不懂。她轉向一條小路，根本不適合車子通過，當我們開過去時，震驚的人們得將身子貼在兩旁的門板上。在小路盡頭，我們發現另一條街道。這邊的大樓比較高，大樓群聚相鄰，因此陽光完全照不到人行道，兩邊也沒什麼飛揚的紅旗。這裡的人也比其他地方少。艾利絲停下車。車一停我就打開車門。

她指著前方，街道變得愈來愈寬，通向一個明亮的開闊空間。「那邊——我們要到廣場的最南邊。直直跑過去對面，到鐘塔的右邊。我會自己想辦法——」

她突然喘氣，當她能再次開口時，聲音變得嘶啞。「他們到處都是。」

我僵住了，但她將我推出車外。「忘了他們。妳只有兩分鐘。跑，貝拉，跑！」她大喊，我下車時她還在喊。

我沒停下來看艾利絲消失在陰影中，我也沒關上車門。我推開前方的人往前跑，但小心腳下不平整的石頭路面。

走出黑暗小巷，照在大廣場的明亮陽光，讓我差點睜不開眼，風呼呼吹向我，飛揚的髮遮住我的視線，我沒注意到有人牆，直到我撞到人。

沒有路，沒有出口，到處都是人擠人。我焦慮的推開人群，擋開他們回推的手臂。當我努力找條出路時，我聽見人們不耐的抱怨，這讓我更加痛苦，但他們說的話我都聽不懂。人群臉上滿是憤怒與驚訝，到處都是紅色。一位金髮女子神情憤怒，她頸上圍著一條紅色絲巾，看起來像一個可怕的傷口。一個男子，將孩子高舉在肩頭，讓小孩能從高處俯看人群，那孩子低頭對我笑，他的口中裝著假的吸血鬼厲牙。

人群在我身邊推擠，將我推到錯誤的方向。鐘塔很醒目，這讓我很高興，否則我無法維持筆直前進的路線。但鐘塔上的兩支指針朝上指著無情的太陽，雖然我猛烈的推開人群，但我知道我來不及了，我連一半都還沒跑到，我不可能成功的。我真是個又蠢、又慢的人類，而我們都會因為這樣的原因死亡。

我希望艾利絲能脫得了身。我希望她能從前方的陰暗處看到我，知道我的失敗，這樣她就能回家和賈斯柏在一起。

我聽著周圍憤怒的喊叫聲，想辨認出我想找到的聲音：當愛德華被人發現時的倒抽一口氣，或是尖叫。然後我看見人潮中有個缺口——我能看見前方的圓形空間。我更急切的往前衝，直到自己的小腿撞到磚塊，才發現廣場中央有座寬大方正的噴泉。

當我發現自己能用力拖著雙腳，在到膝蓋那麼深的噴泉中，涉水前進時，我安慰得快哭了。我走過噴泉，水花濺得我一身。雖然在太陽下，風仍舊冰冷，一身濕使得冰冷更加難受與痛苦。但這噴泉很寬大，能讓我穿越廣場中央，離目的地更近了。當我撞到噴泉邊緣，我沒停下來，我用噴泉的低牆當成跳板，跳出去加入人群中。

現在大家都主動避開我了，避開我往前跑時，一身濕揚起的水花。我抬頭再次看著鐘塔。

一個深沉如雷般的報時鐘響，響徹廣場。讓我腳底下的石板路都為之震動。孩童大哭，用雙手遮住雙耳。我邊跑邊尖叫。

「愛德華！」我尖叫，知道這根本沒用。人群如此吵雜，我的聲音如此微弱。但我無法停止尖叫。

鐘聲又響。我跑過一個抱著孩子的婦人，孩子的髮在眩目的陽光下近乎白色。一個高大的男子環繞著她們，身上都穿著紅衣，當我匆忙跑過他們之間時，那男子大聲警告著。鐘聲又響了。

在身穿紅衣的男子的另一邊人群中有個缺口，廣場上的遊客們，漫無目地的在鐘塔下轉來轉去。我雙眼搜尋鐘塔下方，右邊的陰暗小巷。我看不到有任何巷弄，人還是太多。鐘又響了。

現在很難看清一切。在缺口中，風強勁的吹，鞭打我的臉，灼熱我雙眼。我不知道自己為什麼會落淚，可能是鐘聲又響，讓我挫敗的反應。

有一群人，一家四口，站在小巷口不遠處。兩個女孩穿著紅衣，黑髮上綁著同色的蝴蝶結，父親不高。我似乎看見陰暗中有個亮亮的東西，就在他肩頭後方。我衝向他們，想在滿眼淚光中看清楚。鐘聲又響了，最小的那個女孩，用雙手遮住耳朵。

我已經近得能聽見她高亢的聲音。她父親驚訝的看著我衝向他們，我口中不斷高呼愛德華的名字。較大的那個女孩咯咯笑，朝她母親說話，不耐的指著陰影。

我突然轉彎繞過那個父親，他一把抓住孩子避開我，我全力衝刺，朝他們身後那陰暗的地方衝過去，鐘塔在我頭頂。

「愛德華，不！」我尖叫，但我的聲音被群眾的大吼掩蓋。

我現在能看見他了。但我知道他並沒有看見我。

真的是他，這次不是幻覺。我知道，我那失真的幻覺對他真不公平。

愛德華站在那邊，一動也不動，像座雕像，離巷口不到幾呎遠。他雙眼緊閉，深深的黑眼圈，手臂放在兩側，掌心向前。他表情平和，好像夢見某種愉快的事。他胸口大理石般的肌膚裸露，腳邊有一小堆的白布。從廣場人行道反射的光線，映照在他肌膚上，隱隱發光。

我沒看過這麼美麗的景象，雖然我邊跑，喘不過氣還尖叫，我仍舊感激。前七個月不算什麼，他在森林中說過的話不算什麼，就算他不要我，也沒關係。除了他，我什麼都不要，無論我還能活多久。

鐘聲又響了，他跨出一大步，要踏進陽光內。

「不！」我尖叫。「愛德華，看著我！」

他沒在聽。他的笑容真美。他舉起一腳跨出，讓自己走進陽光下。

我重重撞向他，力道強得讓我滾倒在地，幸好他用雙手扶住我，撐住我。我無法呼吸地垂下頭。

當鐘又響起，他張開漆黑的雙眸。

他安靜驚訝的低頭看著我。

「真令人驚訝，」他說，迷人的聲音充滿好奇，帶著幽默。「卡萊爾是對的。」

「愛德華，」我想喘氣，但說不出話來。「你得回到陰影下，快點。」

他似乎被逗樂了。雙手輕柔的沿著我臉頰遊走。顯然不關注我要他回去的事。我再次催促他走回小巷內，盡我最大可能。鐘又響了，但他沒有反應。

這真的很奇怪，我知道我們正陷入險境，但是，本能的，我感覺很好。這一切都很美好。我能感覺我的心都快跳出胸口，脈搏中血流動得很快。他的肌膚傳遞出的美好感覺，充塞肺部。好像胸口從未有傷洞過。我很完美——不是被治好，而是從未受傷。

「我不敢相信這麼快。我什麼都沒感覺到，他們真厲害。」他愉快的說，再次閉上眼，將唇抵在我髮上。聲音像蜜一樣甜，一樣迷人。「死神雖然吸乾了妳甜蜜的氣息，它的力量卻沒有摧毀妳的美麗，」他低聲說。我知道他是在念誦羅密歐在墓室的臺詞。鐘敲出最後一響。「妳聞起來和往日一樣，」他繼續說：「可能這是地獄。我不在乎。我可以接受。」

「我沒死，」我打斷他。「你也沒死！拜託，愛德華，我們得快走。他們快來了。」

我掙扎著掙脫他的環抱，他困惑的挑高眉。

「怎麼了？」他禮貌的問。

「我們沒死，還沒死！但我們得在佛杜里過來前快——」

我邊說，他臉上同時閃過理解。我還沒說完，他突然扯著我穿過陰影，不費力地轉過我的身子，讓我的背貼著磚牆，他背對著我，臉朝著巷子。手臂張開，保護性的站在我身前。

我躲在他手臂下，看見兩個黑影。

「歡迎，先生們，」表面上聽來愛德華的聲音平靜又愉悅。「我不認為今天需要你們的服務。但如果你們能將我的感謝告訴主人，我會很感激。」

「我們這段談話能改到更適當的地方進行嗎？」一個平靜的聲音威脅說。

「我想沒這個必要，」愛德華的聲音現在變得堅毅。「我知道你們的指示，菲力克斯。我沒打破任何規定。」

「菲力克斯並不是指說你接近在陽光下。」另一個陰影以平靜的語氣說。他們兩人都披著煙灰色的斗篷，「我們得找更好的遮蔽。」

「我馬上來，」愛德華乾澀的說：「貝拉，妳為什麼不回到廣場上，享受慶典？」

「不，帶那女孩來。」第一個陰影說，聲音中不知怎地有著色瞇瞇的感覺。

「我想不了。」愛德華禮貌的說出不同意，他的聲音很平板，冷酷。他在權衡輕重，我看得出他打算抗戰。

「不。」我低聲說。

「噓。」他對我低語。

「菲力克斯，」第二個，更理性的陰影提醒。「不能在這裡。」他轉向愛德華。「厄洛只是想和你談談，如果你決定不逼我們出手的話。」

「當然，」愛德華同意。「但讓這女孩走。」

「恐怕這不可能，」禮貌的陰影遺憾的說：「我們得遵守規則。」

「那我恐怕無法接受厄洛的邀請，狄米崔。」

「很好。」菲力克斯乾脆的說。我雙眼尋找陰影，看見菲力克斯是個很高大的人，雙肩厚實。他的身材讓我想起艾密特。

「厄洛會很失望的。」狄米崔嘆口氣。

「我相信他會克服這個失望。」愛德華回答。

菲力克斯和狄米崔慢慢走近我們這個小巷，兩人分開，所以能從兩邊包抄我們。他們要在巷內動手，避開人群。陽光不會在他們肌膚上造成反光，因為在斗篷的保護下很安全。

愛德華沒動。他在保護我。

突然，愛德華猛地轉身，面對著彎彎曲曲的暗巷，狄米崔和菲力克斯也是，他們似乎能感應到某種我無法感覺的東西。

「我們該注意禮貌，」一個輕鬆的聲音建議。「有女士在場呢。」

艾利絲敏捷的走到愛德華身邊，很隨興，看不出緊張。她看起來好小一隻，像易碎的瓷娃娃，小小的手臂像孩童。

狄米崔和菲力克斯都站直身子，斗篷被風略微吹開。菲力克斯臉色一僵，顯然，他們不喜歡人數變多。

「我們不是一個人。」她提醒他倆。

狄米崔看著她身後。幾碼遠外就是廣場，那個小家庭裡身穿紅衣的女孩，看著我們。母親急切的和父親說話，雙眼也看著我們五人。當她看見狄米崔盯著他們看時，轉開頭。男子走遠幾步，走進廣場，拍拍一個穿著紅上衣的男人的肩頭。

狄米崔搖搖頭。「拜託，愛德華，講點道理。」

「你也是，」愛德華同意。「我們現在就會安靜的離開，不會鬧事。」

狄米崔沮喪的嘆口氣。「至少讓我們私下討論。」

六個身穿紅衣的男子現在加入那一家人，以緊張的神情看著我們。我察覺到，愛德華站在我身前那保護我的姿勢，正是引起他們注意的一種警訊。我想尖叫著要他們快跑。

愛德華緊咬牙關。「不。」

菲力克斯笑了。

「夠了。」

這聲音又高又尖，來自我們身後。

我從愛德華的另一隻手後偷看，看見一個小小的黑影朝我們而來。我知道一定是另一個對方的人。但是誰？

我一開始以為是個年輕人。這個新來的像艾利絲一樣個頭嬌小，細瘦蒼白的棕髮，理成平頭。也穿著斗篷，更暗的顏色，近乎黑色。身材細瘦看不出男女，但臉龐像男孩一樣俊秀。大眼睛，鵝蛋臉，連名畫家波提切利畫中的天使，與她相比，都變得像怪物一樣為之失色，連玫瑰都為之失色。

她的個頭不顯眼，但她出現造成的反應讓我困惑。菲力克斯和狄米崔馬上鬆了一口氣，後退到原本防守的位置，站在牆邊。

愛德華垂下原本護著我的手臂，站好，但還是很防備。

「珍。」他認出來人後，嘆口氣，放棄反抗。

艾利絲雙手交疊胸前，沒有表情。

「跟我來。」珍開口，她孩童般的聲音很單調。她轉過身，沉默的走進黑暗。

菲力克斯嘻嘻笑地等我們先走。

艾利絲馬上跟在珍身後。愛德華用手環住我的腰，走在她旁邊。小巷蜿蜒向下變得更窄。我抬頭看他，滿是疑問，但他只是搖搖頭。我聽不見另外兩人的聲音，但確定他們都在。

「嗯，艾利絲，」我們邊走，愛德華邊用聊天的口吻說：「我想我不應該驚訝看到妳出現在這裡。」

「這是我的錯，」艾利絲用同樣聊天的口吻說：「所以我應該要來把問題搞定。」

「怎麼了？」他禮貌的問，好像他其實不怎麼感興趣。我想像是因為身邊有人在聽。

「說來話長，」艾利絲雙眼瞄向我們又轉開。「總而言之，她真的跳下懸崖，但她不是想要自殺。貝拉只是在玩極限運動。」

我臉漲紅，雙眼看著前方，看著我沒看到的黑影。我能想像他此刻在聆聽艾利絲腦中的話。差點溺死、追蹤的吸血鬼、狼人朋友……

「嗯。」愛德華簡短的說，聲音中那種隨意聊天的語氣消失了。

小巷有個大轉彎，還是一路往下，所以我看不見盡頭，直到我們來到平坦無窗的磚牆前，小個子的珍現在已經不見了。

艾利絲完全沒猶豫，朝牆面走去，然後，優雅的，她滑進一個打開的洞內。

看起來像個無底洞，沉在地底。我沒注意到，直到艾利絲不見，但這個洞又小又黑。

我畏怯。

「沒事的，貝拉，」愛德華低聲說：「艾利絲會接住妳。」

我狐疑的看著那個洞。要不是狄米崔和菲力克斯在我們身後嘻嘻笑又沉默的等待，我想他會先走。

我往下爬，將雙腿塞進洞口。

「艾利絲？」我低聲問，聲音顫抖。

「我在這，貝拉。」她向我保證。但她的聲音太遠，我完全無法安心。

愛德華握著我的手腕，他的手就像冬天一樣冰冷，將我壓低塞進黑洞裡。

「準備好了嗎？」他問。

「放她下來。」艾利絲大喊。

我閉上眼，這樣我就不用看著黑暗，不用擔心被嚇到，我也閉上嘴，以防自己尖叫。然後愛德華推我下去。

很安靜，也很短暫。空氣撫過我，好像不到一秒，然後我吐氣，艾利絲張開的雙臂接住了我。

應該會有擦傷，但她雙臂很強壯，筆直的接住我。

雖然陰暗，但底下並非全黑。光線來自上方的洞口，隱隱約約，看得出腳下是石頭路。光線消失一會，然後愛德華出現在我身邊。他用手臂環著我，將我緊緊貼在他身側，接著轉身拖著我向前走。我用兩手環住他冰冷的腰，因為石頭路表面不平整，我不時絆倒。在我們身後，排水孔上方大鐵門關上，傳來金屬般沉重的聲音。

來自街上的光線很快地消失。我的腳步聲在黑暗的空間內響起回音，聽聲音覺得這裡很寬，但我不確定。其他人都沒聲音，只有我微弱的呼吸聲，及我走在石頭路上的腳步聲，只有一次，我身後傳來不耐的嘆氣。

愛德華緊緊抱住我。他另一隻手捧住我的臉，光滑的大拇指觸摸我的唇。我能感覺到他的臉不時輕壓我的髮。我知道這是我們唯一團聚的時刻，我緊緊貼著他。

此時，好像他要我，這樣就足以抵消這可怕隧道，及我身後的吸血鬼帶給我的驚恐。可能只是內疚——當我自殺時，當時他相信這是他的錯，那樣的內疚使得他來到此地求死。我感覺得到，他緊抵的唇抵著我前額，我不關心他為什麼這麼做，但至少我在死前可以和他在一起。這比活一輩子還好。

我希望我能問他，接著會發生什麼事。我絕望的想知道，我們會怎麼死——好像能事先知道的話，會比較好。但我無法開口，在這樣的環境下，就算是低語，其他人都會聽見——還有我的每一次呼吸，心跳。

我腳下的路面，持續通往地底，讓我的幽閉恐懼症更嚴重。幸好有愛德華的手，撫摸著我的臉龐，讓我不至於尖叫。

我說不出光線是打哪來的，但四周逐漸由一片漆黑轉為暗灰。我們在很低的拱門隧道裡，四周灰石上有黑色的漬印，像滴漏的墨水。

我在發抖，我想是因為恐懼。但等到我牙齒打顫我才知道自己很冷。我的衣服還是濕的，地底的溫度又低得像冬天一樣，再加上愛德華的肌膚。

他馬上就明白，鬆開我，只是牽著我的手。

「不——要。」我顫抖著說，手環住他。我不介意冷，誰知道我們還能感覺多久？

他冰冷的手摩擦我的手臂，想讓我溫暖。

我們在隧道內匆匆行走，也許只有我感覺很匆忙。我的緩慢讓某些人感到不耐，我想是菲力克斯，我不時聽見他重重的嘆氣。

隧道盡頭是道鐵閘，鐵條很粗，像我手臂一樣。有一扇小門，愛德華低頭走進去，那是一間寬大明亮的石室。喀噹一聲，鐵閘被猛地關上，接著傳來上鎖的聲音。我害怕得不敢看身後。

長室的另一邊，是一扇又低又重的木門。很厚實，我知道厚實是因為門開著。

我們走進門內，我驚訝的看見，然後自動放鬆。然而在我身邊，愛德華更為緊張，下巴繃得更緊了。

chapter 21

裁定

我轉身對著厄洛，

緩緩舉起手，還在抖。

他輕快地走得更近，

我相信他的表情是想讓我安心。

但他如紙的肌膚實在太奇怪了，

太像外星人，讓人害怕，

他的表情比他說的話更讓人安心。

我們在一間明亮、毫不起眼的大廳。雪白牆面，地面是商業用的灰色地毯。天花板上是普通的長方形日光燈。這裡很溫暖，我很感激。大廳似乎比鬧鬼的下水道更親切。

愛德華好像不同意我的看法。他臉色陰沈地走過長長大廳，往盡頭的電梯旁邊的一位黑衣人走去。

他將我拉在身側，艾利絲在另一邊。沉重的大門在我們身後關上，然後聽見門上的聲音。

珍在電梯口等著，一手擋著打開的電梯門，表情冷淡。

一踏進電梯，三個佛杜里的吸血鬼就更放鬆了起來。他們丟開斗篷，讓風帽垂在肩頭。菲力克斯和狄米崔的膚色，都帶點橄欖色，混合上天生的蒼白，看起來很奇怪。菲力克斯黑髮很短，但狄米崔髮長及肩。兩人深黑色瞳孔內是深紅色的虹膜。在斗篷底下，兩人穿著現代的衣物、灰白、單調。我縮在角落，畏縮的貼著愛德華。他手還是揉著我的手臂。雙眼緊盯著珍。

電梯旅程很短，我們走出來，進入一個第一流的辦公室接待區。木頭牆面，地板鋪著厚厚的深綠色地毯。沒有窗戶，但有很大的燈，牆面取而代之的是托斯卡尼的鄉村畫，到處都是。白皮沙發，隨意成群，光澤的桌子，水晶花瓶，讓大廳增色。花朵的香味讓我想起家鄉的喪禮。

在屋內中央，是高大，磨光的紅木櫃檯。我目瞪口呆，驚訝的看著櫃檯後的女人。

她很高，膚色黝黑，綠色眼珠。在其他國家可以算是個美人，但在這不是。因為她和我一樣是人類，我不知道這女人在這裡幹麼，這裡到處都是吸血鬼。

她禮貌的微笑歡迎。「午安，珍。」她說。當她看到與珍同行的我們，一點都沒有驚訝的神情。就連愛德華，他裸露的胸膛在白色燈光下閃亮，或是我，衣著凌亂，顯然有點可怕，都沒讓她驚訝。

珍點點頭。「吉娜。」她繼續朝屋子後方的一扇雙門走去，我們跟上。

當菲力克斯經過接待桌，他朝吉娜眨眨眼，逗得她咯咯笑。

在木門另一邊是完全不同的地方。身穿淺灰色西裝的蒼白男孩，應該是珍的雙胞胎。他頭髮很黑，唇很薄，但也很可愛。他走向前迎接我們。「珍。」他笑著走向她。

「亞力克。」她回應，擁抱這男孩。兩人親吻兩頰。然後他看著我們。

「他們派妳去接一個人，結果妳帶回了這兩個……半，」他看著我。「漂亮。」

她笑了，聲音像嬰兒哭一樣。

「歡迎回來，愛德華，」亞力克歡迎他。「你的心情似乎好多了。」

「還好。」愛德華用冷淡的聲音說。我偷瞄愛德華堅毅的臉龐，好奇的想著他之前來此的心情有多麼陰鬱。

亞力克輕笑，看見我黏在愛德華身邊，打量著我。「這就是引起一切麻煩的主角？」他懷疑的問。

愛德華只是笑笑，表情很輕蔑，然後身子突然僵住。

「給我一份。」菲力克斯在身後若無其事的叫。

愛德華轉身，胸口發出低沉的吼聲。菲力克斯笑了，他舉起雙手，掌心向上，彎曲手指兩次，邀請愛德華往前。

艾利絲碰碰愛德華的手臂。「沉住氣。」要他小心。

兩人交換意味深長的眼神，我希望我能聽見她從腦海中告訴他的內容。我猜得出應該是諸如不要攻擊菲力克斯之類的，因為愛德華深吸口氣，轉回身子，面對亞力克。

「厄洛會很高興再次看到你的。」亞力克說，好像剛才什麼都沒發生。

「我們別讓他久候。」珍建議。

愛德華點了一下頭。

亞力克和珍，手牽著手，帶路往下走進另一個寬廣華麗的大廳，到底有完沒完呀？

他們無視於大廳尾端的許多道門，每扇門都是金框，在大廳半路停下腳步，將一扇平凡的木門鑲板向一旁滑開。這扇門沒有鎖。亞力克替珍拉著門。

當愛德華拉我走到門的另一邊時，我好想呻吟。這裡和廣場、小巷以及下水道一樣，相同的古老石頭，再度變得黑暗冰冷。

石頭前廳不大。穿過後，很快進入一個更明亮、像洞穴般的房間，完美的圓形就像一個巨大的城堡角樓……可能這正是原本的用途。兩層樓高，明亮陽光透過長窗，在腳下的石板地面映照出長方形的光線。屋內唯一的傢俱是幾張厚實的木椅，像國王的寶座，間隔並不是等距，靠著弧度彎曲的石頭牆面擺放。在這圓形的中央，有著微微的凹陷，是另一個排水口。像街道上的排水溝洞口一樣，我懷疑他們是否拿這當成出口。

房間有人。一些人聚集在此，似乎隨興的在聊天。低聲平靜的說話聲，在空氣中形成溫和的嗡嗡聲。我正在觀看時，兩位身穿夏季服飾的女性停頓一下，在燈光下，好像會反光似的，她們的肌膚反射出彩虹般的光芒，映照在黃褐色的牆面上。

當我們進入房內，所有精緻美麗的臉龐都轉向我們。這些長生不老的人，多數都穿著不顯眼的長褲和上衣，在街上這樣一點都不突出。但第一個說話的男子，卻身穿長袍。那是一件黑色長袍，長到拖到地板。那一瞬間，我還以為他又長又黑的頭髮是他斗篷的風帽。

「珍，親愛的，妳回來了！」他顯然心情很好，高興的大喊。他的聲音像輕柔的嘆息聲。

他向前走，他的走動，超不真實的優雅，讓我看得目瞪口呆，嘴都合不攏。就連艾利絲，我覺得她走動時像個舞者，與他相比都為之失色。

當他漂浮般的走近，我是唯一驚訝的人，因為我看見他的臉了。他不像環繞著他的那些帶有不自然吸引力的臉（他不是單獨走向我們，整群人都跟著他走，有些人跟在他身後，有些人走在他前後，充滿保鏢的警覺神態）。我說不出他的臉算不算俊美，我想應該算是完美。但他和身邊這些吸血鬼們比起來，有些不同。他的肌膚像透明一樣白，好像半透明似的，好像很嬌弱，和他一頭長黑髮對比之下，更讓人震驚。我覺得有種奇怪驚恐的渴望，想碰觸他的臉頰，想看看是否和愛德華及艾利絲一樣柔軟，或者會像粉筆一樣堅硬。他眼珠是紅色的，和他身邊的人一樣，但顏色很模糊、濛濛的，我好奇他透過這樣朦朧的眼珠看，會不會影響他看到的世界。

他輕快的走向珍，用他薄如紙的雙手捧住她的臉，輕柔的親吻她的豐唇，然後漂浮似的後退一步。

「是的，主人。」珍笑了，這表情讓她更像是一個天使般的孩子。「我將他們毫髮無傷的帶回來了，正如您希望的。」

「噢，珍。」他也笑了。「妳真是讓我放心。」

他將迷濛的雙眼轉向我們，因為狂喜，笑得更開心。

「還有艾利絲和貝拉！」他欣喜的喊，細瘦的雙手鼓掌。「這真是令人高興的驚喜！太棒了！」

當他隨口喊出我們的名字時，我驚訝地看著他，好像我們是他的老朋友似的，不過是突然來此拜訪。

他轉向我們龐大的護衛隊。「菲力克斯，幫我個忙，告訴我兄弟們有貴客來了。我想他們不會想錯過的。」

「是的，主人。」菲力克斯點頭，消失在我們來時的路。

「你瞧，愛德華？」這奇怪的吸血鬼，轉身向愛德華說，宛若一個溺愛孫兒又不得不斥責的祖父。「我是怎麼跟你說的？你不是應該很高興我昨天沒答應你的要求嗎？」

「是的，厄洛，是的。」他同意，但手臂緊緊環著我的腰。

「我喜歡快樂結局。」厄洛嘆氣說：「這很少見。但我想知道全部的故事。這是怎麼發生的？艾利絲？」他那好奇朦朧的雙眼現在轉向艾利絲。「妳弟弟似乎認為妳絕對正確，但顯然中間出了差錯。」

「噢，我才不是絕對正確的。」她閃過一絲笑容。看起來好像相當自在隨意，但她雙手握成小小的拳頭狀。「像你今天看到的，我製造問題，但我也會解決問題。」

「妳太謙虛了，」厄洛責備她。「我看過妳不少次令人驚訝的輝煌成就，我必須承認，我沒看過像妳這樣的天賦能力。真奇妙！」

艾利絲很快看愛德華一眼，厄洛注意到了。

「我真失禮，我們還沒適切的介紹是嗎？只是我覺得我好像已經認識妳了，我有點操之過急。妳的兄弟昨天以相當奇怪的方式來見我們。妳瞧，我有部分的能力，和妳兄弟的天賦類似，不過我沒有他這麼厲害。」厄洛搖搖頭，聲音充滿妒嫉。

「但卻更為強大有力。」愛德華冷冷地補充。他看著艾利絲，快速的解釋。「厄洛需要身體上接觸才能聽見妳腦海中的思緒，但他能聽得比我還多。妳知道我只能在某些時候聽見妳腦海中的思緒。厄洛能聽見妳腦中所有的內容。」

艾利絲皺起美麗的眉毛，愛德華歪著頭。

厄洛也注意到了。

「但能在一定距離之外聽見……」厄洛嘆口氣，朝他們兩人打著手勢，他們兩人剛交換一瞥。「一定很方便。」

厄洛看向我們身後。所有人也都轉向同一方向，包含珍、亞力克和狄米崔，他沉默的站在我們身邊。

我是轉得最慢的一個。菲力克斯回來了，在他身後優雅走動的是兩個同樣身穿黑袍的男子。兩人都和厄洛長得很像，一位甚至有同樣平滑烏黑的長髮。另一位是亂蓬蓬的一頭及肩白髮，但同樣的臉色，他們兩人也是同樣薄如紙的透明肌膚。

這就是卡萊爾畫中的三人組，雖然經過三百年，但依然沒變。

「馬庫斯，凱撒，瞧！」厄洛充滿柔情，輕聲地說：「經過一切，貝拉還活著，艾利絲也和她一起在這裡！這不是很棒嗎！」

這兩人都沒有露出很棒的表情，也沒說話。黑髮的似乎覺得很無聊，好像他這幾千年已經看膩厄洛的興奮了。另一個白髮的臉色乖戾。

這兩人的反應並沒打消厄洛的樂趣。

「讓我們聽聽故事。」厄洛以輕柔的嗓音像唱歌般地說。

白髮的老吸血鬼轉身，優雅的走向其中一張木製王座。另一位站在厄洛身邊，一會後，伸出手，我一開始以為他要牽厄洛的手，但他只是輕碰厄洛的手掌後，就垂下手。厄洛一邊的黑眉一挑，我懷疑他那薄如紙的肌膚怎麼沒有就此碎掉。

愛德華悄聲哼了一下，艾利絲好奇的看著他。

「謝了，馬庫斯，」厄洛說：「這真是有趣。」

一秒後我才瞭解，馬庫斯剛才的碰觸是讓厄洛瞭解他的想法。

馬庫斯看起來一點都不像有興趣的樣子。他優雅的走開，加入另一位，坐在靠牆的王座椅上，那位應該就是凱撒。兩位陪同的吸血鬼沉默的跟過去，站在他倆身後，應該是保鏢，像我之前猜的。我看到那兩位身穿夏衫的女性也走了過去，以同樣的姿勢站在凱撒身旁。一想到吸血鬼需要保鏢這件事，就讓我覺得隱隱有種荒謬感，但可能古老的吸血鬼像他們的肌膚一樣虛弱。

厄洛搖搖頭。「真令人吃驚，」他說：「完全地令人吃驚。」

艾利絲表情很沮喪。愛德華轉向她，用低沉的聲音說：「馬庫斯看見關係。他對我們之間的強烈感情感到很驚訝。」

厄洛笑了。「真方便，」他對自己說，然後又對著我們說：「這讓馬庫斯相當驚訝，我確定。」

我看著馬庫斯木然的臉，我相信。

「但就算現在，還是很難瞭解，」厄洛低聲說，看著愛德華手臂環著我。我很難跟上厄洛的思緒。我想跟上。「你和她貼得這麼近有什麼感覺？」

「並非毫不費力。」愛德華平靜的說。

「但還是──la tua cantante（你的小歌手）！這真是浪費。」

愛德華笑了，但不是覺得有趣。「我認為這是代價。」

厄洛狐疑的說：「代價真高。」

「機會成本。」

厄洛笑了。「如果我沒透過你的記憶聞過她，我無法相信有哪個人的血液的吸引力會如此強大。我從未有這種感覺。我們多數都願意付出極大的代價來換取這個禮物，但你……」

「白白浪費了它。」愛德華替他把話說完，聲音滿是挖苦。

厄洛又笑了。「噢，我多想念我的朋友卡萊爾！你讓我想起他，但他沒那麼憤怒。」

「卡萊爾在許多方面都比我優秀。」

「我確定，沒想過卡萊爾能自我控制，但你讓他丟臉。」

「很難說。」愛德華聽起來不耐煩。好像他想要開打。這讓我更害怕，我不斷想像，他究竟會怎麼做。

「我感激他的成功，」厄洛幽默的說：「你對他的記憶，對我來說是個好禮物，雖然這讓我相當驚訝。我很驚訝是如何……但我很高興，他選擇了一條非正統的路，但他成功了。我希望他不要浪費，不會隨時間衰弱。我曾經嘲笑過他的計畫，認為他無法找到能與他分享這種特別看法的人。是的，某種程度上，我很高興我是錯的。」

愛德華沒回答。

「但是你的克制力！」厄洛嘆氣。「我不知道會這麼強壯。讓你自己適應抗拒迷人的誘惑，不只是抵抗一次，而是一再的抗拒——如果不是我自己感受，我不會相信。」

愛德華面無表情的迎上厄洛承認的眼神。我太熟悉他的臉，時間並沒有改變他，我猜得出他外表底下的情緒。我努力維持自己的呼吸。

「只是想起她對你多有吸引力……」厄洛竊笑。「就讓我飢渴。」

愛德華很緊張。

「別衝動，」厄洛安撫他。「我是說，我不會傷害她。但我很好奇，特別是一件事。」他雙眼帶著興味看著我。「可以嗎？」他急切的，舉起一隻手。

「問她。」愛德華用平板的聲音說。

「當然，我真是粗魯！」厄洛大叫，「貝拉，」他轉向我。「我對妳是愛德華唯一的例外感到著迷，很想知道怎麼會這樣！我很好奇，因為我們的才能在許多地方都很相似，如果妳能讓我試試，看看妳是否也是我的例外，可以嗎？」

我驚恐的看著愛德華。儘管厄洛很有禮貌，我不相信我有機會。一想到他要碰我，我就快嚇死了，但同時也對他奇怪的肌膚著迷。

愛德華鼓勵似的點點頭，因為他確定厄洛不會傷害我，也可能是因為沒有選擇，我看不出來。

我轉身對著厄洛，緩緩舉起手，還在抖。

他輕快地走得更近，我相信他的表情是想讓我安心。但他如紙的肌膚實在太奇怪了，太像外星人，讓人害怕，他的表情比他說的話更讓人安心。

厄洛伸出手，好像要跟我握手，將他的肌膚貼在我的手上。很硬，但感覺更脆，比我期望的更冷。

他堅定的眼神向我微笑，無法轉開。他們有點古怪，令人不悅。

當我望著他時，厄洛臉色改變。信心不見，先是懷疑，然後是無法置信，最後才冷靜下來又換回了友善的表情。

「真有趣。」他鬆開我的手，退後。

我雙眼轉向愛德華，雖然他的臉還是一樣，但我想他有點得意。

厄洛繼續遊走，帶著深思的神情。他安靜了一會，雙眼在我倆之間游移。然後，突然，他搖搖頭。

「起先，」他對自己說：「我好奇她是否對我們的天賦才能都免疫。珍，親愛的？」

「不！」愛德華嘶吼。艾利絲捉住他手臂，他甩開她。

個頭嬌小的珍快樂的笑，迎上厄洛。「是的，主人？」

愛德華真的在吼，聲音像從他身上衝破撕毀出來，他瞪著厄洛，房間所有人都不敢置信的看著，好像他做出什麼不得體的事似的。我看見菲力克斯充滿希望地向前一步。厄洛看他一眼，他僵住，然後變回原本陰沉的表情。

接著厄洛對珍說：「我好奇，親愛的，貝拉是否也對妳免疫。」

在愛德華沮喪的吼叫下，我聽不見厄洛的話。愛德華放開我，移動站在我身前遮住我。凱撒和他的保鏢看著我們這邊。

珍轉身朝我們露出快樂的微笑。

「不要！」當愛德華衝向這個小女人時，艾利絲大叫。

我還來不及反應，還沒有任何人跳起來，厄洛的保鏢還沒來得及緊張，愛德華已經躺在地上。

沒人碰他，但他生氣的躺在地上，我驚恐的看著他。

珍對著他笑，現在我兜在一起了。艾利絲說過可怕的天賦，為什麼所有人都對珍懼怕三分，為什麼愛德華要在她對付我之前先衝向她。

「住手！」我大叫，我的高音打破沉默，衝向他倆之間。但艾利絲拉住我，我無法掙脫。愛德華在地上無聲躺著。光看他這樣，就讓我的頭痛苦得快爆炸。

「珍！」厄洛用迷人的聲音說。她很快抬頭，還是高興的笑容，但雙眼充滿疑問。珍轉開眼神，愛德華仍然動也不動。

厄洛頭歪向我。

珍的笑容轉向我這一邊。

我不敢看她的眼神。我看著愛德華，在艾利絲強而有力的控制下，還是絕望的想掙脫。

「他沒事。」艾利絲用緊張的聲音低聲說。當她說話時，他坐起來，然後緩緩起身。雙眼迎上我的，看得出他嚇壞了。我一開始以為他的驚恐是因為他剛才的遭遇。但他很快看著珍，又回到我，臉色變得放鬆。

我也看著珍，她笑容消失了。她看著我，下巴緊繃，專心。我退縮，等待著痛苦。什麼事都沒發生。

愛德華回到我身邊。他碰一下艾利絲，她將我推向他。

厄洛笑了。「哈哈哈，」他輕笑。「棒極了！」

珍沮喪的嘶吼，傾身向前，好像她準備衝過來。

「別太過分，親愛的，」厄洛用安撫的聲調說，有力的手按住她肩頭。「她讓我們不知所措。」

珍上唇露出牙齒，還是繼續瞪著我。

「哈哈哈，」厄洛笑。「你真勇敢，愛德華，沉默的忍受。我請珍對付過我一次，只是好奇。」他崇拜的搖搖頭。

愛德華瞪著他。

「我們該拿你們怎麼辦？」厄洛嘆氣。

愛德華和艾利絲哼了一聲。這正是他們等待的。我開始發抖。

「我不認為你們有機會改變想法？」厄洛充滿希望地問愛德華。「你的天賦才能對我們這個小團體會很有幫助。」

愛德華猶豫了一下。從我眼角，我看見菲力克斯和珍兩人都在苦笑。

愛德華似乎在選擇合適的字眼。「我寧願不。」

「艾利絲？」厄洛問，還是充滿希望。「妳可有興趣加入我們？」

「不，謝了。」艾利絲說。

「妳呢，貝拉？」厄洛揚起眉頭問。

愛德華的嘶吼，在我耳中低聲迴響。我茫然看著厄洛。他在開玩笑吧？還是他只是問我要不要留下來晚餐？

此時白髮的凱撒打破沉默。

「怎麼？」他問厄洛，他的聲音雖然不像低語，但很平板。

「凱撒，你當然看得出潛力，」厄洛告訴他。「自從我們找到珍和亞力克後，我還沒看過這種天賦才能。你能想像她能為我們做到的嗎？」

一臉刻薄神情的凱撒，轉過頭去。相較之下，珍雙眼閃避著憤怒的光芒。

愛德華在我身邊。我聽見他的怒吼，我不希望他生氣而受傷。

「不，謝了。」我低聲說，聲音充滿驚恐。

厄洛嘆氣。「真不幸。真浪費。」

愛德華咬牙切齒的說：「不加入就得死，是嗎？當他們把我們帶進這屋子時我就想過。這是你們的法律。」

他的聲音讓我驚訝。他聽起來很生氣，但有種感覺，好像他故意選用這樣的字眼。

「當然不是，」厄洛眨眨眼，一臉驚訝。「我們在這邊集會，愛德華，是等著海蒂回來，不是為了你。」

「厄洛，」凱撒嘶聲說：「法律要制裁他們。」

愛德華怒目注視著凱撒。「要怎樣？」他追問。他一定知道凱撒在想什麼，但他似乎決定大聲說出來。

凱撒用骷髏般的手指指著我。「她知道太多了。會暴露我們的祕密。」他聲音很薄，像他的肌膚一樣。

「在你的謎堡內也有一些人類，是吧。」愛德華提醒他，我認為他說的是之前的接待員。

凱撒的臉扭曲成新的表情。是微笑嗎？

「是的，」他同意。「但當他們對我們不再有用後，他們會供養我們。然而這不是你的計畫，如果她說出我們的祕密，你準備要毀了她嗎？我覺得不會。」他嗤之以鼻。

「我不會——」我開口，還是低語。凱撒冷酷的看著我。

「你不想讓她成為我們的一員，」凱撒繼續說：「因此，她是弱點。這是事實，除非她死。如此一來你想走就可以走。」

愛德華露出牙齒。

「正如我想的。」凱撒說，有點高興。菲力克斯急切地靠向前。

「除非，」厄洛打斷，他似乎不太高興這段對話的發展。「除非你想讓她永生？」

愛德華抿著唇，猶豫了好一會，才回答：「如果我想呢？」

厄洛笑了，又高興起來。「哦，那麼你就可以回家，將我的問候帶給卡萊爾。」他表情有點猶豫。「但你必須是認真的。」

厄洛舉起一隻手放在他面前。

凱撒之前的焦慮，變得放鬆。

愛德華唇抿得更緊。他看著我的雙眼，我看著他。

「我是認真的，」我低聲說：「拜託。」

這真是一個令人討厭的主意？他真的寧願死也不願改變我？我覺得胃裡一陣翻滾。

愛德華看著我，神情飽受折磨。

然後艾利絲向前走向厄洛，我們轉身看著她。她手舉高像他一樣。

她什麼都沒說，當她向前時，保鏢擋在前面，厄洛揮手要焦慮的保鏢退開。他半路迎上她，熱切牽起她的手，雙眼貪婪的發亮。

他低頭親吻她的手，雙眼專注。艾利絲沒動，臉色木然。我聽見愛德華牙齒咬得更緊。

沒人移動。牽著艾利絲的手的厄洛似乎僵住。時間經過，我覺得壓力好大，不知過了多久，不知是哪裡出錯，可能已經錯得太多。

煩惱的時間經過，然後厄洛的聲音打破沉默。

「哈哈哈，」他笑了，頭還是低著。緩緩抬起頭時，雙眼充滿興奮的光彩。「這真迷人。」

艾利絲乾澀的笑。「我很高興你很享受。」

「看到妳看見的事——特別是還沒發生的事！」他搖搖頭。

「但仍是事實。」她提醒他，聲音很平靜。

「是的，是的，很難決定。當然沒問題。」

凱撒不同意，他似乎和菲力克斯以及珍一起分享這種感覺。

「厄洛。」凱撒抱怨。

「親愛的凱撒，」厄洛笑著說：「別煩惱。想想可能性！他們今天沒加入我們，但未來永遠有希望。想像年輕的艾利絲一個人帶給我們的……再者，我實在太想知道貝拉會變成什麼樣子。」

厄洛似乎被說服了。他不知道艾利絲預見的影像有多主觀嗎？她可能會在今天決定要改變我，然後明天又改變心意？她的決策和其他的，還有愛德華，那百萬個小決定，都會改變她所看見的未來。

艾利絲真的願意這樣做嗎？如果我死了變成吸血鬼，會有什麼不同嗎？這主意為什麼讓愛德華如此厭惡？死，比起讓我永生，不再是凡人，對他來說是更好的選擇，這是為什麼？我嚇壞了，我覺得自己陷入絕望，無助下沉。

「那我們可以走了嗎？」愛德華用平靜的聲音問。

「是的，是的，」厄洛愉快的說：「但請再來看我們，真是太迷人了。」

「我們一定會去拜訪你們的，」凱撒承諾，他突然半閉著眼，好像蜥蜴似的。「為了確定你們走對。如果我是你，我不會拖太久。我們不提供第二次機會。」

愛德華下巴繃得更緊，但他只點了一下頭。

凱撒露出一個不自然的笑容，然後退回馬庫斯坐的地方；馬庫斯還是坐著，沒動也沒興趣。

菲力克斯發出不平的呻吟。

「噢，菲力克斯，」厄洛笑了，被逗樂。「海蒂馬上就到了，耐心點。」

「嗯，」愛德華聲音變得尖銳。「在這樣的情況下，我們最好早點離開。」

「是的，」厄洛同意。「這是個好主意，總有意外。請等到天黑，如果你不介意。」

「當然。」愛德華同意，我還沉溺在自己的想法，我們能逃出去。

「還有這個，」厄洛補充，用一隻手指對著菲力克斯。菲力克斯馬上向前，厄洛解開巨大吸血鬼穿的灰色斗篷，從他肩頭拿下，丟給愛德華。「拿去，你有點太引人注目。」

愛德華穿上長斗篷，沒戴帽。

厄洛嘆口氣。「真適合你。」

愛德華輕笑，但突然安靜，看向後方。「謝謝你，厄洛。我們在下面等。」

「再見，年輕的朋友們。」厄洛雙眼看向同樣的方向。

「我們走。」愛德華急切的說。

狄米崔示意要我們跟著他，然後朝我們來時的路，也是唯一的出口走去。

愛德華將我拉到他身邊，艾利絲在我另一邊，她臉色僵硬。

「不夠快。」她低聲說。

我看著她，嚇壞了。但她只是懊惱。我聽見模糊不清的聲音，大聲，粗啞的聲音，從接待室傳來。

「這不平常。」一個男人的聲音像雷聲一樣大。

「真老派。」不高興的尖銳女聲說。

一大群人穿過門，擠在小小的石室前廳。狄米崔要我們讓開，我們全側身貼在牆上。

前面兩個，聽口音像是美國人。

「歡迎，貴客們，歡迎來到沃爾苔拉市！」我能聽見厄洛在大塔樓說。

其他人，散布在那兩人身後大約有四十多位，有些像遊客，研究著廳內陳設。少數幾個甚至拍起照片。有些人看起來神情困惑，好像不知道自己怎麼會被故事吸引到這間房裡。我特別注意到一位矮小黝黑的女子，她戴了一串念珠，一手緊緊抓著十字架。她走得比其他人慢，不時碰碰別人，用奇怪的語言發問。但似乎沒人聽得懂她的問題，她的聲音愈來愈驚恐。

愛德華將我的臉埋在他胸口，但來不及了。我已經知道了。

門才剛剛被推開，愛德華馬上快速的將我推向門口。我感覺得出來自己臉上驚恐的神情，眼角不自覺落下淚水。

華麗的金色長廊一片寂靜，只有一位美麗優雅的女性。她好奇的看著我們，特別是我。

「歡迎回家，海蒂。」狄米崔在我們身後歡迎她。

海蒂心不在焉的笑笑。她讓我想起羅絲莉，雖然兩人一點都不像——只不過是因為她的美麗，同樣異常的美，令人難忘。我無法移開目光。

她的衣著更增添她的美麗。短短的迷你裙下是一雙迷人的長腿，包裹在黑色的絲襪裡。上身穿的是長袖高領，完全貼身的紅色尼龍布上衣。一頭紅色長髮充滿亮澤，雙眼是奇特的紫羅蘭色，那種顏色應該是藍色隱形眼鏡及紅色角膜造成的。

「狄米崔。」她絲綢般輕柔的聲音回應，雙眼看看我，再看看披著灰斗篷的愛德華。

「釣魚順利。」狄米崔問候她，我突然間瞭解，她這身引人注目的穿著的意思了……她不只是釣魚的人，還是魚餌。

「謝了，」她閃過一絲令人震驚的微笑。「你不來嗎？」

「馬上就來。幫我留一些。」

海蒂點點頭，再次好奇地看了我一眼，然後低頭穿過門的另一邊。

愛德華調整腳步，好讓我能跑步趕上他。但還是來不及在大廳尖叫聲揚起之前，穿越盡頭的華麗大門。

chapter 22

飛航

在飛機上，他無法逃離我，

嗯，至少，不容易逃離。

誰都聽不見我們，除了艾利絲，

很晚了，多數的乘客都關上燈，

默默跟空服員索取枕頭。

談話應該能幫助我抵抗精疲力竭。

狄米崔將我們留在歡樂豐富的接待區，名叫吉娜的女人還是在光澤的櫃檯後方。明亮無害的音樂，從隱藏的喇叭播送。

「等到天黑再走。」他警告我們。

愛德華點點頭，狄米崔匆匆離開。

吉娜似乎對這樣的改變並不驚訝，雖然她狐疑的看著愛德華披著斗篷。

「妳還好嗎？」愛德華輕聲問，低得讓這人類女性聽不見。他聲音很沙啞——如果天鵝絨也能沙啞的話——還有焦慮。我們的情況還是很嚴重，我想像。

「你最好在她昏倒前讓她坐下，」艾利絲說：「她快裂成碎片了。」

這時我才發現自己在發抖，抖得很嚴重，我整個人抖個不停，連牙齒都在打顫，我眼中看到的房間都在旋轉。在這一秒，我好奇想著，這是否就是雅各變身成狼人前的感覺。

我聽見聲音，不合理，奇怪的聲音。我全身發抖，聽不出聲音從哪來。

「噓，貝拉，噓。」愛德華說，將我拉到離那好奇女人桌旁最遠的沙發上。

「我想她歇斯底里快要發作了。或許你應該讓她躺平。」艾利絲建議。

愛德華給她一個發狂的眼神。

然後我瞭解了。喔。這噪音是我，來自我胸口。是我在發抖。

「沒事了，妳很安全，沒事了。」他不斷說。同時將我拉到他膝上，用厚重的毛斗篷包住我，以防他冰冷的肌膚讓我抖得更嚴重。

我知道這樣的反應很蠢。誰知道我還能看他的臉多久？他得救，我得救，等我們一安全他就會離開我。我雙眼都是淚，看不清他的樣子，這真是太浪費了，太瘋狂了。

但，在淚眼朦朧間，我看到那握著念珠的小女人痛苦的臉龐。

「那些人全部……」我啜泣。

「我知道。」他低聲說。

「好可怕。」

「是的，是的。我希望妳不用看這些。」

我將頭靠在他冰冷的胸口，用厚毛斗篷拭淚。我深吸好幾口氣，想讓自己冷靜。

「我可以幫妳拿點什麼嗎？」一個聲音禮貌的問。那是吉娜，越過愛德華肩頭，以關心，但同時專業冷靜的眼神看著我們。她的臉離一個深懷敵意的吸血鬼不到一吋遠，但她似乎毫不在意。她要不是完全不以為意，就是擔任這個工作極為出色。

「不用了。」愛德華冷酷的回答。

她點點頭，對我笑笑，然後離開。

我等到她走到聽不見我們談話的範圍外後問。「她知道自己以後會發生什麼事嗎？」我的聲音低沉又沙啞。我已經比較能控制自己，又能平順的呼吸了。「是的。她知道一切。」愛德華告訴我。

「她知道他們有一天會殺了她？」

「她知道會有這個可能。」他說。

這讓我震驚。

愛德華的臉上沒有表情。「她希望他們有天會決定留下她。」

我覺得臉上失去血色。「她想要成為他們其中一分子？」

他點一下頭，雙眼銳利的看著我的臉，等著我的反應。

我整個人顫抖。「她怎麼會這樣希望？」我低語，比較像是對著自己說，而不是在回答他。「她在看過這間可怕的屋子內的這些人後，怎麼還會希望變成他們的一部分？」

愛德華沒有回答。但我說的話讓他臉色為之扭曲。

我看著他俊美的臉龐，想弄清楚他為什麼有這樣的改變，突然間清醒——在這確切的瞬間——我真的在這裡，在愛德華的臂彎間，無論多短暫，無論我們是否會被殺。

「喔，愛德華。」我哭著說，再度啜泣。這真是愚蠢的反應。淚多得讓我看不清他的臉，這真是不可原諒。我得等到太陽下山才能確定。像一個神話故事，截止時間一到，魔力就會結束。

「怎麼了？」他焦慮的問，用溫柔的輕拍摩擦著我的背。

我用手臂環繞著他頸部，最糟他又能怎麼樣？把我推開？我讓自己更貼緊他。「我此刻這麼高興，是不是有病？」我泣不成聲。

他並沒有把我推開，只是將我拉得更近，貼緊他像冰一樣硬冷的胸口，緊得難以呼吸，雖然我的肺安全無傷。「我知道妳的意思，」他低語。「但我們還有許多理由值得高興。第一個，我們都還活著。」

「是的，」我同意。「這是一個好理由。」

「還有我們在一起。」他吐著氣說。他的呼吸好甜美，我頭都暈了。

我只能點點頭，確定他衡量的輕重緩急和我不同。

「還有，夠幸運的話，我們明天還會活著。」

「希望是。」我心神不寧的說。

「未來相當好，」艾利絲向我保證。她一直沒說話，我差點忘了她也在這裡。「我看見二十四小時不到，就能見到賈斯柏。」她用滿意的聲調補充。

幸運的艾利絲。她能相信她看見的未來。

我無法將眼光從愛德華臉上移走。我看著他，希望未來永遠不要來。希望這一瞬間就是永恆，否則，當這一切結束後，我無法活下來。

愛德華也看著我，他黑色的眼眸很溫柔，看得出來他也有一樣的感覺。像我一樣，我也在假裝，要讓這一刻更甜美。

他的手指沿著我眼窩遊走。「妳看起來累壞了。」

「你看起來很飢渴。」我低聲回話，研究他雙眼下的黑眼圈。

他聳聳肩。「這不算什麼。」

「你確定嗎？我可以和艾利絲一起坐。」我提議，雖然不情願，我寧願他現在殺了我，也不想移動一吋。

「別傻了。」他嘆口氣，甜美的氣息輕撫過我臉龐。「我對自己的天性，從沒像此刻控制得那麼好過。」

我有一百萬個問題想問他。其中一個差點說出口，但我及時忍住。我不想毀了這一刻，無論多不完美，無論這個房間讓我多不舒服，在那對應該是怪物的雙眸下，我不想毀了這一刻。

在他的臂彎內，很容易就會幻想成他要我。我不願意思索他現在的動機——當我們仍舊身在險境，他為何如此努力要讓我維持平靜？也許他仍舊對我們身在此處的原因感到內疚，發現他不應該為我的死亡負責。也許我們分開的時間夠久，所以此刻他還沒對我感到厭煩。但這都無所謂，我很高興能夠假裝。

我安靜的躺在他的臂彎內，一再記憶他的臉，假裝一切都……

當他和艾利絲討論該怎麼回家時，他看著我的臉，好像他也在做一樣的事。他倆話說得很快，聲音很低，我知道吉娜無法瞭解。有一半連我也錯過。不過聽起來似乎跟偷東西有關。我懶散的想著，應該還沒將黃色保時捷還給失主。

「那個歌手是怎麼回事？」艾利絲一針見血的問。

「La tua cantante（你的小歌手）！」愛德華說。他的聲音讓這句話聽起來像音樂。

「是的，就是這句。」艾利絲說，我也專心聽著。我那時候也很好奇。

我感覺環著我的愛德華聳了聳肩。「他們有個專門的名字給像貝拉這樣，血液聞起來會對人造成影響的人，他們叫她是我的歌手——因為她的血在對我唱歌。」

艾利絲笑了。

我累得快睡著，但我還是抵抗著睡意。我才不想錯過與他在一起的每分每秒。此時此刻，當他和艾利絲談話的同時，他會三不五時低下頭來吻我，他如鏡般光滑的唇撫過我的髮、我的前額、我的鼻尖。每一次都讓我像觸電般，心房差點停止跳動。心跳的聲音，整個房間都聽得見。

這是天堂——就在地獄的中央。

我完全不知道過了多久。因此當愛德華繞著我的雙臂突然一緊，他和艾利絲用警戒的眼神望著後方時，我嚇壞了。我縮在愛德華胸口，亞力克走過那道雙扇門，他雙眸如今像紅寶石一樣鮮活，但經歷了整個午後餐點，他灰色的斗篷仍舊潔淨無瑕。

是好消息。

「你們現在可以離開了，」亞力克告訴我們，他的語調很溫暖，你會以為我們是一輩子的老朋友。「我們不希望你們在城裡逗留。」

愛德華根本懶得應付。他的聲音很冷酷。「這沒問題。」

亞力克笑了，點頭，再度離開。

「沿著右邊大廳，繞過轉角，第一部電梯，」當愛德華扶我起身時，吉娜告訴我們。「大廳在往下二樓，

新月

出口通往街上。那，再見囉。」她和氣的補充。我好奇她的盡職能否拯救她自己。

艾利絲給她一個陰暗的眼神。

發現另有出路，真是讓人鬆了一口氣，我不確定自己能否承受再來一趟地底之旅。

我們從一個雅緻豪華的大廳離開。我是唯一一個回頭留戀這棟中世紀城堡大宅的精美商業外觀的人。從這邊我看不見角樓，我很感謝這一點。

街道上慶賀派對的人群仍舊活躍。當我們走過狹窄的鵝卵石街角，街燈剛剛點起。頭頂的天空漸漸昏暗，但街上成群的大樓靠得如此近，使得街道更加黑暗。

派對更加陰暗。愛德華拖到地的長斗篷，在沃爾苔拉市這樣的夜晚，一點都不引人注目。也有其他人披著黑絲緞斗篷，我今天在廣場看見小孩口中的吸血鬼厲牙，似乎大人們也很喜歡。

「真是瘋狂。」愛德華低聲說。

當艾利絲消失在我身邊時，我沒注意。等我轉過頭想問她問題時，才發現她不見了。

「艾利絲去哪了？」我驚恐的低聲問。

「她回去拿妳的背包，她今天早上藏起來的。」

我都忘了我得刷牙，那會讓我看起來好一點。

「她還打算偷輛車是嗎？」我猜。

他笑了。「等我們到城外後。」

好像過了很久才走到入口通道。愛德華看得出我精疲力竭，他用手環著我的腰，當我們行走時，撐住我大部分的體重。

當他拖著我走過黑暗石頭建造成的拱門時，我抖個不停。頂上巨大、古老的老式升降閘門，像一個籠門，威脅著像要掉下來似的，要將我們鎖在裡面。

他帶領著我，朝一輛黑色的車子走去，那輛車停在一塊陰影中等候著，引擎轟隆作響。出乎我意料之外的，他和我一起擠在後座，並沒打算開車。

艾利絲道歉。「我很抱歉。」她朝儀表板微微揮手。「選擇不多。」

「沒關係，艾利絲。」他笑笑。「不可能全都是保時捷911敞篷車。」

她嘆口氣。「我得合法的買一部。真是棒極了。」

「聖誕節時送妳一輛。」愛德華承諾。

艾利絲滿臉興奮的轉頭看著他，這讓我擔心，因為此時她正同時高速朝黑暗彎曲的山腰小徑往下開。

「要黃色的。」她告訴他。

愛德華將我緊緊抱在臂彎內。包在他的灰色斗篷中，我覺得溫暖又舒服。比舒服還要好。

「妳現在可以睡了，貝拉，」他低聲說：「一切都過去了。」

我知道他說的是危險，在這古城中的惡夢，但我還是覺得吞嚥困難，差點無法回答。

「我不想睡。我不累。」第二句是謊言。我眼睛都快閉上了。車內只有從擋風玻璃照進來的昏暗光線，但我還是能看得清他的臉。

他將唇壓在我耳下。「試著睡。」他鼓勵我。

我搖搖頭。

他嘆口氣。「妳還是一樣固執不聽話。」

我是固執，我抵抗沉重的眼皮，我贏了。

黑色路面是最困難的部分，佛羅倫斯機場明亮的燈就讓事情容易多了，還讓我有機會刷牙，換上乾淨的衣服，艾利絲也幫愛德華買了新衣服，他將陰暗的斗篷捲成一堆垃圾，丟在小巷內。飛往羅馬的航程很短，雖然很累，我還是沒睡。我知道從羅馬飛往亞特蘭大的航程，會是完全不同，特別是自從艾利絲幫我們買了頭等艙的機位，所以我問空服員能否給我一罐可樂。

「貝拉。」愛德華不同意的說。他知道我對咖啡因的忍耐力很低。

艾利絲坐在我們後面。我能聽見她在電話這頭對賈斯柏的低語。

「我不想睡。」我提醒他。我給他一個藉口，相當具有可信度，因為是真的。「如果我現在閉上眼，我會看見我不想看的影像。我會作惡夢。」

他聽完之後沒和我爭辯。

這會是談話的好機會，可以獲得我需要的答案，需要，但不是想要，從我已經聽到的，就夠讓我絕望了。我們現在有段能不受打擾的時光，在飛機上，他無法逃離我，嗯，至少，不容易逃離。誰都聽不見我們，除了艾利絲，很晚了，多數的乘客都關上燈，默默跟空服員索取枕頭。談話應該能幫助我抵抗精疲力竭。

但是，倔強地，我沉默的忍住沒有問問題。在精疲力竭下，我的理由可能是錯的，但我希望將討論時間延後，我之後，無法再有機會與他共度幾小時，這些可以等到另一晚，我暗自幻想。

所以我只是不斷喝著汽水，甚至抗拒眨眼的衝動。愛德華抱著我，似乎很滿意，他的手指沿著我的臉龐游移，我也觸摸他的臉。我控制不了自己，雖然我擔心這之後會傷害自己，當我再次變得孤獨一人時。他不斷親吻我的髮、我的前額、我的手腕……但沒親我的唇，這很好，畢竟，一顆心重創後，怎麼能期望它依舊跳動呢？我活得夠久了，我經歷的那些事，在幾天前差點要了我的小命，但這並沒讓我變得更加強壯。相反地，我覺得非常脆弱，好像一個字就能毀滅我。

愛德華沒有說話。可能他希望我會睡著。可能他沒什麼好說的。

我打贏沉重的眼皮。當我們到達亞特蘭大機場時，我仍舊醒著，我還看著太陽穿透西雅圖的雲層，但還來不及照耀大地，愛德華就關上窗戶。我為自己感到驕傲。我一分鐘都沒錯過。

在西雅圖西塔國際機場，艾利絲和愛德華看見在出口等待我們的人時，都沒感到驚訝，但這讓我措手不及。我先看到賈斯柏，他似乎完全沒看到我，雙眼只專注在艾利絲身上。她很快跑到他身邊，他們並沒有像其他情侶重逢那樣擁抱。他們只看望著彼此的雙眼，但不知怎地，那一刻卻是如此私人，讓我覺得應該離開，讓他們獨處。

卡萊爾和艾思蜜在一個安靜的角落等候我們，那地方離一排金屬電梯不遠，兩人站在一根大柱的陰影中。艾思蜜朝我伸出手，熱烈的擁抱我，有點尷尬，因為愛德華的手臂還是環著我。

「謝謝妳。」她在我耳邊說。

然後她朝愛德華伸出手，她看起來像快哭了似的。

「你不准再這樣對我。」她幾乎是大吼著說。

愛德華露出懺悔的笑容。「抱歉，媽。」

「謝謝，貝拉，」卡萊爾說：「我們欠妳一份情。」

「沒事。」我喃喃地說。一夜沒睡突然讓我難以抵抗。我的頭好像快掉下去了。

「她快昏倒了，」艾思蜜告訴愛德華。「我們帶她回家吧。」

我不確定我現在想回家，我腳步蹣跚，幾乎睜不開眼，走出機場。愛德華和艾思蜜在兩旁扶著我，拖著我走。我不知道艾利絲和賈斯柏是否在我們身後，我累得沒法看。

我想我快睡著了，雖然我還在走個不停，當我們走到他們車子旁時，在停車場內的昏暗燈光下，看見艾密特和羅絲莉靠在黑色房車旁，讓我又醒了過來。愛德華整個人僵住了。

「不要，」艾思蜜低聲說：「她糟透了。」

「她應得的。」愛德華說，一點都不打算壓低音量。

「這不是她的錯。」我說，我聲音滿是精疲力竭。

「讓她賠罪，」艾思蜜懇求。「我們會載艾利絲和賈斯柏回去。」

愛德華怒視著這位等候著我們，美得驚人的金髮吸血鬼。

「拜託，愛德華。」我說，我和他一樣不想和羅絲莉同車回去，但我對他的家庭造成的麻煩已經夠多了。

他嘆口氣，拖著我走向車子。

當愛德華再度將我拉進後座時，艾密特和羅絲莉坐在前座，未發一語。我知道我快要抵擋不住下垂的眼皮了，失敗的我，將頭靠在他胸前，等著眼睛閉上。我感覺車子引擎噗噗響。

「愛德華。」羅絲莉開口。

「我知道。」愛德華直率的語調，聽起來一點都不寬宏大量。

「貝拉？」羅絲莉輕柔的問。

我的眼皮因為震驚而張開，這是她第一次直接朝我開口。

「是的，羅絲莉？」我猶豫的問。

「我真的很抱歉，貝拉。這一切讓我難受極了，我也很感激，在我做出這一切後，妳勇敢的救了我兄弟。請告訴我妳原諒我。」

因為她的困窘，這些話聽來笨拙，但似乎是真心的。

「當然，羅絲莉，」我喃喃低聲說，想抓住任何一絲機會，讓她不要再那麼討厭我。「這完全不是妳的錯。我才是那個跳下懸崖的人。我當然原諒妳。」

我這些話，軟乎乎的衝出口。

「這些話不算，等她清醒再說，小羅。」艾密特咯咯笑。

「我很清醒。」我說，但聽起來像胡言亂語。

「讓她睡。」愛德華堅持，但他的聲音溫暖多了。

接著是一片沉寂，只有引擎聲。我一定是睡著了，因為沒多久門就打開，愛德華小心的將我抱下車。我無法睜開雙眼，一開始還以為自己在機場。

然後我聽見查理的聲音。

「貝拉！」他從遠方大喊。

「查理。」我咕噥說，想要擺脫恍惚不醒人事的感覺。

「噓，」愛德華低聲說：「沒事了，妳已經到家，而且很安全，睡吧。」

「我不敢相信你還有臉出現在這裡。」查理對著愛德華怒吼，他的聲音現在近多了。

「別這樣，爸。」我呻吟著，但他沒聽見。

「她怎麼了？」查理追問。

「她只是累壞了，查理。」愛德華平靜的向他保證。「請讓她休息。」

「別告訴我該做什麼！」查理大吼。「把她交給我，把你的手拿開。」

愛德華試圖將我交給查理，但我的手指緊緊抓住他。我知道父親扯著我的手臂。

「放手，爸，」我大聲的說，勉強睜開睡眼惺忪的雙眼看著查理。「要氣，氣我就好。」

我們在我家屋前，前門大開，頭上的雲層很厚，我猜是白天。

「妳還敢說，我當然會，」查理說：「進屋去。」

「好啦。放我下來。」我嘆氣。

愛德華放下我，扶我站穩。等我站直身子後，我看得見，但感覺不到雙腿。我步履艱難的往前走，直到人行道在我面前旋轉。在我倒地之前，愛德華用手臂捉住我。

「讓我扶她上樓，」愛德華說：「然後我就會走。」

「不。」我痛苦的大叫。我還沒得到我要的答案。他待得還不夠久，不是嗎？

「我不會走遠的。」愛德華答應我，低聲在我耳邊說，查理不會聽見。

我沒聽見查理的回答，但愛德華直接往屋內走。我睜開的雙眼看見樓梯，之後就不記得了。我記得的最後一件事，是愛德華冰冷的雙手，鬆開我緊握住他襯衫的手指。

chapter 23

真相

「我——」他深吸口氣。

「我欠妳一個道歉。

不，我當然欠妳很多，比這還多。

但妳得知道——」

話說得很快，我想起有次他激動時，也是這樣說話，

我得很專心才能跟上。

「我毫無頭緒。

我不知道我在這裡造成的混亂。

我以為妳在這裡會很安全，

相當安全。我不知道維多利亞——」

我覺得自己睡了好久好久——我身體都僵了，好像我中間一次都沒動過。我的頭仍舊暈眩，遲緩、奇怪、色彩鮮豔的夢，有一般夢也有惡夢，在我腦中盤繞轉個不停。夢境如此栩栩如生。有恐怖，有天堂，全都混在一起，變成異常的混亂。有銳利的焦急和恐懼，在那令人沮喪的夢中，我雙腳怎麼移動都不夠快……還有許多怪獸，紅眼的惡魔，看似彬彬有禮，卻像鬼一樣恐怖。夢境如此強烈，我還記得那些名字。但夢中最奇怪的、最清楚的部分，並不是驚恐，而是天使。

我不願讓天使離開，也不願醒來。我不想再夢到那個地窖，但這個夢卻揮之不去。我的心變得更加警戒，我努力想要專注在現實。我不記得那幾天是怎麼過來的，但我確定雅各、學校和工作之類的，在等著我。我深呼吸，不知道該怎麼面對其他的日子。

有個冰冷的東西輕壓在我前額。

我擠擠雙眼，更緊密的閉上，我還在作夢，但這個夢似乎反常得像真的一樣。我快醒了……隨時都有可能，然後夢就會結束。

但我發現這感覺好真實，太真實了，對我來說不好。我想像中那像石頭般堅硬的雙臂環繞著我，不可能是真的。如果我讓夢境繼續這樣發展，我之後會後悔的。懷著遺憾的嘆息，我捏著眼皮，想驅散這些幻像。

「噢！」我喘不氣來，用力揉著雙眼。

很顯然，我又過頭了，一定出了什麼錯，導致我的想像不受控制。好吧，「導致」不是正確的字眼，應該說，是我強迫夢境不受控制——放任我的幻覺蔓延，現在我的心突然猛地斥責自己。

不到半秒我就發現，我真的瘋了，我可能真的很享受這樣的幻覺，因為真的很令人欣喜。

我再次睜開眼，愛德華還在，他完美的臉離我不到一吋。

「我嚇到妳了嗎？」他焦慮的低聲問。

幻覺還在，這真好。他的臉、他的聲音、他的氣息，這一切，比溺水淹死還棒。我那想像力所虛構出來的帥哥，用警戒的眼神看著我表情的變化。他的眼睛又變成黑色，還有黑眼圈。這讓我吃驚，我幻想中的愛德華通常不會這樣。

我眨了兩次眼，絕望地想回憶起，我記得的最後一件真實的事。艾利絲也出現在我的部分夢中，我不知道她究竟有沒有真的回來，可能只是預兆。我想起來了，我溺水那天她回來過……

「喔，該死。」我發牢騷。喉嚨因為睡意還很混濁。

「怎麼了？貝拉。」

我不高興的皺眉望著他，他的臉色比之前更焦慮。

「我死了是嗎？」我呻吟。「我溺水死了。該死，該死，該死！這會毀了查理的。」

愛德華也皺起眉頭。「妳沒死。」

「那為什麼我還沒醒來？」我挑戰的問，揚起眉毛。

「妳是醒著，貝拉。」

我搖搖頭。「當然，當然。你當然想要我這麼想。然後等我真的醒來，會更糟。等我醒來，其實我不會，因為我死了。這真可怕，可憐的查理。還有芮妮和小各……」我驚恐得說不下去。

「我知道妳因為惡夢而把我弄混了。」他露出一個短暫的笑容，看起來很嚴厲。「但我無法想像妳為什麼還要停留在地獄中。當我不在時，妳做出許多謀殺案嗎？」

我苦笑。「當然沒有。就算我在地獄，你也不會和我在一起。」

他嘆氣。

我腦中愈來愈清醒。雙眼在他的臉龐與黑暗、敞開的窗戶間來回游移——不情願地，很快閃過窗戶，又回到他。我開始想起細節……當我緩緩地發現愛德華是真的在我面前時，我覺得有股模糊不熟悉的暖意，湧上雙頰，我竟然像白痴一樣浪費時間。

「這些真的發生過了是嗎？」一想到我的夢竟然都是真的，就覺得不可思議。我滿腦子都是那些事。

「看情況，」愛德華的笑容仍舊嚴厲。「如果妳說的是我們在義大利差點被殺，那，是的。」

「多奇怪，」我沉思著。「我真的去過義大利了。你知道我最遠只去過新墨西哥州的阿布奎基嗎？」

他翻翻白眼。「可能妳該再睡一下。妳有點神智不清。」

「我一點都不累。」現在一切都清楚了。「幾點了？我睡了多久？」

「現在是淩晨一點，所以大概是十四個小時。」

他邊說，我邊伸懶腰，我整個人都僵硬了。

「查理呢？」我問。

愛德華皺眉。「在睡覺。應該要讓妳知道，我打破規定了。嗯，技術上來說不算，因為我沒有從妳家大門走進來，而是從窗戶進來……不過，意圖還是一樣。」

「查理不准你來？」我問，從不敢置信變成生氣。

他雙眼神色悲傷。「妳以為他還會有別的反應嗎？」

我氣瘋了。我得跟我爸好好談談——可能這是個好機會，提醒他，我已經是法定的成年人了。當然，除了原則，這沒多大用處。很快就沒理由禁足了。我將思緒轉向較不痛苦的方面。

「故事是什麼？」我問，真的很好奇，但也絕望的想讓對話更為隨性，我得好好控制自己，免得我發狂似的盛怒及渴望的痛苦，把他嚇跑。

「妳是什麼意思?」

「我要怎麼跟查理說?我離家的藉口……我到底離開家多久?」我在腦海中計算時間。

「只有三天。」他雙眼緊繃,但這次笑容自然多了。「老實說,我希望妳能有比較好的藉口。我想不出來。」

我呻吟。「好極了。」

「嗯,也許艾利絲能想出來。」他試圖安撫我。

我安心多了。誰在乎我之後才需要面對的事?他在這裡的每一秒,這麼近,他那完美的臉龐,在我鬧鐘的朦朧光線下,閃閃發光,這珍貴的時刻,片刻都不能浪費。

「所以,」我開口,雖然還是很有興趣,但挑了一個最不重要的問題做為開場。我已經被安全送回家,他可能隨時都會決定離開。我得讓他開口。再說,聽不見他的聲音,這短暫的天堂就算不上完整。「這三天前的那段時間裡,你都做了些什麼?」

他神情馬上變得充滿警惕。「沒什麼特別刺激的。」

「當然沒有。」我喃喃自語。

「妳幹麼露出那種神情?」

「嗯……」我咬住唇,思考。「因為,如果到頭來你只是一個夢,這就像是夢中你會說的話。我的想像力一定用光了。」

他嘆氣。「如果我告訴妳,妳最後會願意相信妳不是在惡夢中嗎?」

「惡夢!」我輕蔑的說。他等著我的回答。「可能,」我想了一會後說:「如果你告訴我。」

「我在……狩獵。」

「這是你能做的最好的事？」我批評。「這絕對無法證明我醒著。」

他猶豫了一下，然後緩緩開口，小心遣詞用句。「我不是在狩獵食物……我其實是在……追蹤。我不是很拿手。」

「你在追蹤什麼？」我著迷的問。

「不是什麼重要的東西。」他說的話，和他的神情不搭，他看起來很沮喪、不安。

「我不懂。」

他猶豫了一下，他的臉，因為鬧鐘的光芒，閃耀著一種古怪的綠光，那是淚。

「我——」他深吸口氣。「我欠妳一個道歉。不，我當然欠妳很多，比這還多。但妳得知道——」話說得很快，我想起有次他激動時，也是這樣說話，我得很專心才能跟上。「我毫無頭緒。我不知道我在這裡造成的混亂。我以為妳在這裡會很安全，相當安全，我不知道維多利亞——」當他說出這個名字時，他嘴角下垂，「會回來。我承認，我看到她那一次，我大部分時間都專心在聆聽詹姆斯腦中的念頭。但我看不出來她會做出這種反應。沒想到她和他之間的關係那麼深。我想我知道原因——她對他很有信心，她從未想過他會失敗。她這種過度自信，遮蔽了她對他的感情——讓我看不見他們之間的深度與連結。

但我沒有理由留妳一個人面對。當我聽見妳告訴艾利絲——她親眼目睹妳跟她說之後——當我知道妳的生命繫於一個未成年的、易爆發的狼人之手，那是比維多利亞還糟的事——」他全身發抖，過了好一會才又開口說：「請瞭解我對這一切都不知情。我覺得生氣，對我自己生氣，就算現在，當我看見妳安全的在我臂彎內，能感覺得到妳，我是最卑鄙的藉口——」

「住口。」我打斷他。他充滿歉意的雙眼看著我，我想要找出合適的字眼，能讓他從想像的責任中脫身，能不再讓他如此痛苦的話語。很難說得出口。我不知道自己能不能成功，但我得試著做對。我不想要成為他這一輩子內疚和痛苦的原因。他應該要快樂，無論這要讓我付出多少代價。

我真的希望能將這段談話拖延。這會讓事情更快結束。

幸虧這幾個月我不斷練習，在查理面前佯裝正常，我能讓臉色維持平靜。

「愛德華。」一說出他的名字，喉嚨像被火燒一樣疼痛。我又感覺到心口的那個大洞，等他消失後，會被撕裂得更大。我看不出來這次我要怎麼活下去。「這現在就得停止。你不可以這樣想。你不能讓……內疚……毀了你的生活。我在這邊發生的事，不是你的責任。不是你的錯，這是我的生活。所以，如果下一次我在巴士面前失足，或發生之類的事，你得瞭解，都不關你的事，你不該責怪自己。你不可以因為覺得自己救不了我而自責，再跑去義大利。就算我跳下懸崖而死了，也是我自己的選擇，不是你的錯。我知道你……你的天性，讓你將這一切擔在身上，但你真的不該這麼極端！這是很不負責的——想想艾思蜜和卡萊爾和——」

我說不下去了。我住口，深吸口氣，想讓自己平靜。我得讓他自由，我得確定這一切不會再發生。

「伊莎貝拉．瑪麗．史旺，」他低語，臉上閃過一絲奇怪的神情。他看起來快瘋了。「妳真的以為，我是因為內疚，所以要佛杜里殺了我嗎？」

我感覺自己臉上露出不瞭解的神情。「你不是嗎？」

「內疚的感覺當然很強烈，比妳能瞭解的還強。」

「那……你為什麼這樣說？我不懂。」

「貝拉，我去找佛杜里，是因為我以為妳死了，」他說，聲音輕柔，眼神狂熱。「雖然不是我害死妳——」當他低聲說出這個字時，全身顫抖——「雖然不是我的錯，我還是會去義大利。當然，我應該更小心的——我應該直接和艾利絲談，而不是接受羅絲莉的二手資訊。但是，說真的，當一個男孩說查理在喪禮上時，妳覺得我會怎麼想？那種機會有多大？」

「機會……」他又低語，心煩意亂的。他的聲音低得我幾乎不確定自己是否聽對。「機會總是對我們不利。一再出錯。我絕對不會再苛責羅密歐了。」

「但我還是不懂？」我說：「這就是我的看法。所以呢？」

「對不起？」

「所以如果我死了呢？」

他用猶豫不定的眼神看了我好久後才回答。「妳不記得我之前對妳說過的話？」

「我記得你告訴過我的每一句話。」包含那些否認的部分。

他用冰冷的手指撫過我的下唇。「貝拉，妳似乎誤解了。」他閉上眼，前後搖搖頭，臉上笑容若隱若現。這不是一個快樂的笑容。「我以為我之前解釋得很清楚。貝拉，我不可能活在一個沒有妳的世界。」

「我很……」當我尋找合適的字眼時，頭好暈。「困惑。」這就對了。我不知道他在說什麼。

他那真誠、嚴肅的目光，深深望進我眼中。「貝拉，我是個很棒的說謊者。我必須是。」

我僵住，全身似乎被這樣的衝擊鎖住了。我胸口那條錯誤的線輕輕盪漾，痛苦得讓我無法呼吸。

他搖搖我肩膀，想讓我僵硬的姿勢放鬆。「讓我說完！我是個很棒的說謊者，但是，為了要讓妳能很快的相信。」他退縮。「那真是……讓人無法忍受。」

我等著，還是僵住。

「當我們在森林中時，當我向妳說再見時——」

我不想主動想起。我強迫自己專心在現在。

「妳不肯放棄，」他低語。「我看得出來。我也不想——做這件事和殺了我沒有兩樣——但我知道，如果我無法讓妳相信，我已經不再愛妳，妳就無法很快恢復正常生活。我希望，如果讓妳以為我已經走出了這段感情，那麼妳也會。」

「一個乾脆的分手。」我麻木的唇低聲說。

「沒錯。但我從未想像到，竟會這麼容易！我以為會無法做到──我得說謊好幾個小時，在妳腦中種下懷疑的種子，才能讓妳相信這個事實。我說謊──我很抱歉──抱歉我傷害了妳，抱歉這個無用的努力。抱歉我無法保護妳。我說謊是為了救妳，卻一點用都沒有。我很抱歉。

但妳怎麼會這樣就相信我？我說了幾千次我愛妳，妳怎麼會這樣輕易的對我失去信心？」

我沒回答。我太震驚，無法理性的反應。

「我從妳的眼中知道，妳真的相信我不再要妳了。這最荒謬、最可笑的念頭──好像我不需要妳也能活下去。」

我還是僵住。他說的話我全都聽不懂，因為不可能。

他再度搖我的肩膀，力氣不大，但足已讓我牙齒為之打顫。

「貝拉，」他嘆氣。「說真的，妳到底在想什麼？」

然後我開始哭。淚流得我滿臉都是。

「我就知道，」我啜泣。「我就知道我在作夢。」

「妳真是不可理喻，」他又笑了一下，沮喪艱難的笑。「我要怎麼樣妳才會相信我？妳沒在睡覺，妳也沒死。我在這裡，而且我愛妳。在我離開的每一秒我都在想念妳，腦海中不斷浮現妳的臉。當我告訴妳我不要妳時，就像是最黑暗的褻瀆。」

我搖搖頭，淚還是不斷從眼角落下。

「妳還是不相信我是嗎？」他低聲說，臉色比平常蒼白──就算在陰暗的光線下我也看得出來。「為什麼妳相信謊言，卻不相信真相？」

「你愛我根本就說不通，」我解釋，我的聲音斷斷續續。「我早就知道。」

他瞇起眼，下巴緊繃。

「我會證明妳是醒著的。」他承諾。

他用鋼鐵般強韌的雙手牢牢地抓住我的臉，當我試圖轉過頭去時，絲毫不理會我的掙扎。

「請住手。」我低聲說。

他停手，唇離我不到一吋。

「為什麼？」他追問。呼吸撫過我臉龐，讓我暈頭轉向。

「等我醒來。」——他張開口想抗議，我只好修正。「好吧，忘了這個——當你再次離開後，會更難忍受沒有你的時光。」

他向後拉開一吋，看著我的臉。

「昨天，當我想碰妳時，妳也很……猶豫，很小心，現在還是一樣。我得知道為什麼。是因為我來晚了嗎？因為我傷妳太深嗎？因為妳已經走出來了，像我要妳做的那樣？這……很公平。我不會質疑妳的決定。但請不要試著饒恕我的感情——只要告訴我，經過我對妳做的這一切後，妳是否依舊愛我。可以嗎？」他低語。

「這是什麼笨問題？」

「只要回答我。拜託。」

我陰沉地瞪著他好一會。「我對你的感覺永遠不會改變。我當然愛你——你對這件事永遠無能為力！」

「我只需要聽見這個。」

他的唇貼上我的，我無力抗拒。不是因為他比我強壯幾千倍，而是因為當我們的唇相遇時，我已經碎成千萬個碎片。這個吻一點都不像我印象中的小心翼翼，這讓我覺得很好。如果我想進一步撕裂自己，我可以用這個交換。

所以我回吻他，我的心跳不穩，快跳出胸口似的，我的呼吸變成喘氣，手指摸索著他臉上每吋肌膚。我感覺得到他大理石般的身軀緊貼著我每一吋曲線，我好高興他聽不見我的思緒——全世界任何痛苦都比不上對這的思念。他雙手摸索著我的臉龐，我也同樣對他，當他的唇突然自由的瞬間，他低呼我的名字。

我又開始頭暈，他略微退開，但耳朵貼著我胸口。

我躺著，暈眩不已，等著氣喘恢復正常平緩。

「對了，」他用輕鬆的語調說：「我不會離開妳。」

我沒說話，他似乎聽見我沉默的懷疑。

他抬起頭，迎上我的目光。「我哪都不會去。除非跟妳在一起，」他嚴肅的補充。「我之前留下妳，是因為我要給妳一個機會，能夠擁有一個正常快樂的人類人生。我知道自己對妳做了什麼——讓妳不斷陷入險境，奪走妳原本歸屬的世界，我和妳在一起的每一刻都讓妳的人生陷入危險。所以我得試試。我得做些什麼，離開妳似乎是唯一的方法。如果我不是以為妳會過得更好，我永遠都不會離開。我真是太自私了。妳比我想要的……我需要的都還要重要。我想要，需要的，就是和妳在一起，我知道我不夠堅強，無法再離開妳一次。我有太多藉口可以留下來——感謝上帝！看起來妳不夠安全，不論我們的距離有多遠。」

「不要承諾我任何事。」我低語。如果我給自己希望，然後破滅……我會活不下去的。這些無情的吸血鬼無法毀滅我，但是希望可以。

他黑色的雙眸，因為憤怒而發出金屬似的光芒。「妳以為我又在騙妳？」

「不——不是騙我。」我搖搖頭。想要專心思索。想驗證他說他愛我的假設，帶著客觀，查驗般的態度，這樣我才不會又落入希望的陷阱。「你可能是真心的……現在。但明天呢，當你又想起你之前想離開的那些理由呢？或是下個月，等賈斯柏又想咬我時？」

他退縮了。

我回想他離開我後的那一段日子，試著用他現在告訴我的話來過濾。宏觀看來，想像他因為愛我而離開我，為了我好而留我一人，他沉思和冷酷的沉默，如今有了不同的意義。「看起來你第一次的想法並不周全是嗎？」我猜。「你最後還是會做出你認為是對的的事。」

「我不像妳想的那麼強壯，」他說：「對和錯對我沒有意義，總之我回來了。在羅絲莉告訴我那個消息前，我已經試著忍受每週一次的艱熬，或是一天一次。我努力抵抗，變成一小時一次，那只是時間的問題——那沒什麼——想要出現在妳窗前，求妳再次接受我。我很高興現在可以再求妳，如果妳要的話。」

我苦笑。「拜託，認真點。」

「喔，我是認真的，」他堅持，臉上露出笑容。「妳可不可以認真聽聽我告訴妳的話？妳能不能讓我對妳解釋，妳對我的意義？」

他等著，邊說話邊研究我的神情，好確定我聽懂了。

「在妳出現之前，貝拉，我的生活就是無月的夜晚。黑暗，但有些星星——點出光芒和理性……然後，妳像一道流星畫過我的天際。突然間，一切都像著火似的，變得明亮、美麗。當妳離開後，當流星殞落消失在地平線，一切又變得黑暗。什麼都沒有改變，但夜晚中的我卻像盲眼的人。我再也看不見星辰。一切都失去理性。」

我想要相信他。但他說的就像是我失去他的生活，而不像是他失去我。

「你的雙眼會適應的。」我咕噥。

「這正是問題——沒辦法做到。」

「你不是有別的東西要想？」

他笑了，但不是好心情的笑。「親愛的，那是一部分的謊言。除了痛苦之外，我沒有別的東西可想。我的心已經有將近九十年沒有這樣激動的跳動了，但這不同。好像我的心遺失了——好像是個空洞。好像我將體內的所有，都留在妳這裡了。」

「這真有趣。」我低聲說。

他完美的眉挑得高高的。「有趣？」

「我是說奇怪——我以為只有我。我有好多部分都遺失。我一直無法好好的呼吸。」我猛吸氣，盡情享受這種感覺。「還有我的心，也遺失了。」

他閉上眼，耳朵再次貼著我胸口。我用胸口貼著他的髮，我的肌膚可以感覺到他頭髮的質感，聞到他迷人的味道。

「追蹤不會讓你分心嗎？」我好奇的問，也想讓自己分心。我陷入希望的險境。我再也無法制止自己。我的心跳個不停，在胸口歌唱。

「不。」他嘆氣。「從來就不算是一種分心。那是一種義務。」

「這是什麼意思？」

「意思是，雖然我沒想到來自維多利亞的危險，我也不能讓她僥倖逃脫……嗯，就像我說過的，我追蹤的本事並不好。我一路追蹤她，遠至德州，然後我被一個錯誤的線索引導，追到巴西——而她卻來到這裡。」他呻吟著。「我甚至在錯誤的大陸！這一切，比我最糟的恐懼還要糟糕……」

「你在獵殺維多利亞？」我聽見自己近乎尖叫的問，聲音高了兩個八度。

查理的鼾聲斷斷續續，然後又恢復規律。

「結果不盡理想，」愛德華回答，帶著困惑的眼神，研究我生氣的表情。「但我這次會做得好一點。她活不了多久的。」

「這是……不可能的。」我差點嗆住。就算他有艾密特和賈斯柏的幫忙，這仍舊太瘋狂了。這比我的另一個想像畫面還糟：雅各．佈雷克和邪惡狡猾的維多利亞近距離對峙。我無法想像愛德華也在的情景，即使他比我那半人半狼的朋友還要厲害。

「太遲了。我原本還可能放過她，但現在不可能，在發生這些之後——」

我又打斷他，努力讓聲音聽來平靜。「你不是才剛剛答應過，你永遠不再離開？」我問，抗拒這個我剛說出口的字眼，不想讓這個字眼停留在我心頭。「這和無窮盡的追蹤探險完全無法相容，不是嗎？」

他皺眉。胸口傳出低吼聲。「我會做到我的承諾。貝拉。但是維多利亞——」吼聲更大了。「一定得死。馬上。」

「別倉促行動，」我說，試著隱藏我的痛苦。「可能她不會再回來了，小各那一票人可能把她嚇走了。沒有理由去找她。再說，我有比維多利亞還更嚴重的問題。」

愛德華瞇起眼，但點點頭。「這倒是。狼人是個問題。」

我哼了一聲。「我說的不是雅各。我的問題比幾個讓自己惹上麻煩的未成年狼人嚴重多了。」

愛德華看著我，好像想說什麼，然後又放棄。他咬牙切齒的說：「真的嗎？那什麼才是妳最嚴重的問題？連維多利亞可能回來對付妳這件事，相比之下都顯得不重要？」

「說第二嚴重的如何？」我模稜兩可的說。

「好吧。」他同意，心中充滿懷疑。

我頓了頓。我不確定我說得出這個名字。「還有其他的要找我。」我用輕輕的低語提醒他。

他嘆氣，但反應不如他對維多利亞那樣嚴重。

「佛杜里是第二大麻煩？」

「你似乎對這一點不太沮喪。」我注意到。

「嗯，我們有很多時間能好好計畫。時間對他們的意義，和對妳我不同。他們的一年，就像我們的一天。我不會驚訝，等妳三十歲時才又和他們相遇。」他輕快地補充。

恐懼湧上全身。

三十歲。

所以到頭來，他的承諾根本不算數。如果我有一天會三十歲，那就表示他不打算久留。想到這一點的刺痛，讓我知道，我已經開始期望了，我原本答應自己不要期望的。

「妳不用擔心，」當他看到我眼角又落下淚來時，他焦慮的說：「我不會讓他們傷害妳的。」

「到時候你又不在這裡。」等他離開後，他才不會關心我發生了什麼事。

他用石頭般堅硬的手捧住我的臉，緊緊的捧住，他漆黑的雙眸，像地心引力的大黑洞，望著我的眼。

「我永遠都不會再離開妳。」

「但你說三十歲，」我低語，淚又流下來。「為什麼？你要留下來，但讓我一天天變老？是嗎？」

他眼神變得輕柔，但唇變得堅毅。「這正是我想要做的。我還能有什麼選擇？我不能沒有妳，但我不能摧毀妳的靈魂。」

「真的是……」我試圖平穩的說話，但這問題太難了。當厄洛幾乎懇求他考慮讓我獲得永生時，我還記得他那時的表情。讓我維持人類身分真的就能維持我的靈魂嗎？還是純粹因為他不確定他想跟我在一起那麼久？

「嗯？」他等我提出問題。

我問另外一個。還是難以開口，但沒那麼難。

「但等我老得人們以為我是你母親後，又會如何？或是以為我是你祖母？」我聲音中帶著強烈的嫌惡——我彷彿看見夢中鏡內祖母的臉。

他整張臉變得輕柔，用唇吸乾我的淚。「這對我來說不算什麼，」他的氣息撫過我的臉。「妳永遠是我的世界中，最美麗的一個。當然……」他猶豫了一下，略略退縮。「如果妳已經厭倦了我——如果妳想要別人——我能瞭解的，貝拉。我答應妳，如果妳想離開我，我不會阻擋妳。」

他的眼眸像瑪瑙一樣水盈盈的，充滿真誠。聽他說的，好像這個愚蠢的計畫，他已經想過無數次了。

「你不瞭解我有一天會死嗎？」我追問。

他想了想。「那我馬上就會隨妳而去。」

「這真的很……」我找尋合適的字眼。「病態。」

「貝拉，這是唯一正確的方法，能離開——」

「我們暫停一下，」我說，覺得憤怒讓我更加清醒，更容易決定。「你還記得佛杜里是嗎？我無法永遠維持人類身分。他們會殺了我。也許他們不想等到我三十歲——」我嘶聲說出這個字——「你真的認為他們會忘記？」

「不，」他緩緩的回答，搖搖頭。「他們不會忘記。但是……」

「但是？」

當我警惕的看著他時，他露出一絲苦笑。可能我不是唯一發瘋的人。

「我有一些計畫。」

「那些計畫，」我說出的每一個字都很酸。「那些計畫都是以我維持人類作為中心思想。」

我的態度讓他的表情更為嚴肅。「那當然。」他很直率，俊美的臉充滿自負。

我們怒視對方好久。

然後我深吸口氣，拱起肩膀，推開他手臂，這樣我才能坐起來。

「妳要我離開嗎？」他問，我一發現這個念頭傷了他，心就不規則的跳動，雖然他努力想要隱藏。

「不，」我告訴他。「我會離開。」

他懷疑的看著我爬下床，蹣跚走過黑暗的房間，找我的鞋子。

「我能請問妳要去哪裡嗎？」他問。

「我要去你家。」我告訴他，還是茫然地摸索著。

他起身攔住我。「這是妳的鞋子。妳打算怎麼去那裡？」

「開我的卡車。」

「那可能會吵醒查理。」他用這一招阻止我。

我嘆氣。「我知道，但老實說，不過就是被禁足好幾週。我還能惹上多少麻煩？」

「不會，他會怪我，不會怪妳。」

「如果你有更好的主意，我洗耳恭聽。」

「待在這裡。」他建議，但表情不帶希望。

「門都沒有。但你可以先走，先回你家。」我鼓勵他，驚訝自己聲音中的戲弄成分如此自然，然後朝門走去。

他比我快，攔住我。

我皺眉，然後轉向窗戶。其實離地面不遠，底下還有草叢……

「好吧，」他嘆氣。「我載妳去。」

我聳聳肩。「都一樣。但或許你應該要在場。」

「這是為什麼？」

「因為你相當堅持己見，我確定你會希望有機會表達你的看法。」

「我對什麼的看法？」他咬著牙問。

「這已經不是你一個人的事了。你不是宇宙的中心，你該知道。」當然，他是我這個宇宙的中心，不過這是另一個故事。「如果你寧願讓我維持人類的身分，讓佛杜里跨越重洋來到這裡，做出蠢事。那你家人應該說說話。」

「說什麼？」他問，每個字都冷漠遙遠。

「我的生死，我要用投票決定。」

chapter 24

投票

「請讓我說完。你們都知道我要什麼，
我確定你們也都知道愛德華的想法。
我認為唯一能公平解決這個問題的方法，
是讓大家都有投票的機會。
如果你們決定不要我，那……
我猜，我會獨自去義大利。
我不能讓他們來這裡。」

他很不高興，看他神情就知道。但是，他沒和我爭辯，只是抱起我，輕盈的從我房間的窗戶往下跳，像貓一樣落地。這高度比我想的還高。

「那好吧，」他說，聲音聽得出不同意。「隨便妳。」

他把我背在背上，開始奔跑。經過這些事後，現在這對我來說已經不算什麼。小事一樁。就像你不會忘記的事一樣，例如騎腳踏車。

當他在樹林中奔跑時，周圍既安靜又黑暗。他的呼吸平緩勻稱，森林中很暗，我連錯身而過的樹都看不見，只有撫過我臉龐的空氣，讓我知道我們的速度。空氣潮濕，不像大廣場的風，沒有灼熱我雙眼，也很舒服。在夜晚，沒有讓我害怕的明亮。好像我孩童時把玩的厚棉被，這黑暗彷彿熟悉又保護著。

我想起，以前像這樣在森林中奔跑，會嚇壞我，我那時得閉上眼。現在我覺得那種反應很蠢。我睜大眼睛，下巴抵在他肩頭，臉頰靠著他頸部。速度讓人振奮，比騎機車好上幾百倍。

我將臉轉向他，唇貼在他冰冷的頸子上。

「謝了，」他說，模糊不清的黑色樹影掠過。「這是否表示妳決定妳是醒著的了？」

我笑了。笑聲如此輕鬆、自然、毫不費力，聽起來好正常。「不盡然。應該說，我試著不要醒來。別在今晚。」

「我會想辦法贏回妳的信任的，」他低聲對自己說：「這是我最後的行動。」

「我相信你，」我向他保證。「我不信任的是我自己。」

「請解釋。」

他因為說話而慢了下來，我知道是因為風停了，我猜我們離他家應該不遠。事實上，我可以聽見在黑暗的不遠處，小河沖刷的聲音一聲聲傳來。

「嗯——」我試著想找出正確的形容方法。「我不……夠相信自己，能配得上你。我不相信自己能留得住你。」

他停下來，將我從他的背上拉下來。他溫柔的雙手沒有鬆開我，他幫我站穩後，用雙臂緊緊抱住我，讓我貼住他胸膛。

「妳可以永恆的留住我，」他低語。「永遠不要懷疑這一點。」

但我怎麼能不懷疑？

「妳沒告訴我……」他低聲說。

「什麼？」

「妳最大的問題是什麼？」

「你猜。」我嘆氣，用我的食指點一下他鼻尖。

他點點頭。「我比佛杜里還糟，」他苦笑著說：「我猜是我自找的。」

我翻翻白眼。「佛杜里最多也不過就是能殺了我而已。」

他溫柔的雙眼等著。

「你可以離開我，」我解釋。「佛杜里、維多利亞……都比不上這一點。」

雖然在黑暗中，我仍舊看得見他臉龐苦惱的扭曲——這讓我想起，當珍折磨的眼光看著他時他的神情，讓我覺得很不舒服，也後悔說出真話。

「不，」我低語，輕觸他的臉。「不要悲傷。」

他略微揚起嘴角，但眼中的神情與臉色不符。「如果有任何方法，能讓妳相信我不會離開妳，」他低語：「我想，只有時間，才能說服妳。」

我喜歡時間這個主意。「好吧。」我同意。

他的臉上仍舊滿是苦惱。我想用一些小事讓他分心。

「嗯──既然你會留下來，我可以要回我的東西嗎？」我問，盡可能讓自己的聲調輕快。

某種程度上，我的計畫算是成功：他笑了，雖然雙眼還是充滿痛苦。「妳的東西沒有不見，」他告訴我。「我知道那是錯的，既然我答應給妳和平的日子，就不應該再讓妳想起。這真是又蠢又孩子氣，但我想要將一部分的自己留在妳身邊。那些CD、照片、機票──都在妳的地板下面。」

「真的？」

他點點頭，看見我為了瑣碎的事實那麼高興，似乎也快樂多了。但還是無法完全趕走他臉上的痛苦。

「我想，」我緩緩的說：「我不確定，但我懷疑……我想我一直都知道。」

「妳是什麼意思？」

我一心只想趕走他眼中的苦惱，但我一開口，那些似乎比我期望的會更加真實。

「某一部分的我，可能是我的潛意識，一直不肯相信你會不在乎我的生死。可能這就是為什麼我會聽見聲音的原因。」

沉默了好一會。「聲音？」他冷漠的問。

「嗯，只有一個聲音，你的聲音。這故事很長。」他臉上小心翼翼的神情，讓我希望自己沒有提起這件事。他會不會像一般人一樣，認為我瘋了？萬一這些人是對的呢？但至少他的表情──讓他看起來像苦惱的神情──不見了。

「我有的是時間。」他聲音不自然的平穩。

「有點乏味。」

他等著。

我不確定該怎麼解釋。「你還記得艾利絲提起的極限運動？」

他不帶感情的說：「妳為了樂趣跳下懸崖。」

「呃，沒錯。在那之前，還有摩托車——」

「摩托車？」他問。我太熟他的聲音，知道他平靜聲音背後有些什麼正在醞釀。

「我猜這一部分我沒告訴艾利絲？」

「沒有。」

「嗯，關於這個……你瞧，我發現……當我從事一些危險或是愚蠢的……我就能更清楚的想起你。」我懺悔，覺得自己真的瘋了。「當你生氣時，我能記起你的聲音。我能聽得見，好像你就站在我身邊似的。多數時候我都盡量不去想你，但這沒有什麼大礙——就像你又再度保護我似的。好像你不希望我受傷。

所以，嗯，我想著，我之所以能聽見你的聲音，難道是因為，在心底深處，我一直都知道你從未停止愛我……」

再一次，當我開口說話，所有的字眼都很確定。這很公平，我心底深處知道真相。

他的聲音像被卡住似的。「妳……冒著生命危險……就為了要聽見——」

「噓，」我打斷他。「等一下。我想我有一個想法。」

我想起在安吉拉斯港那個夜晚，是我第一次的幻聽。我得到兩個選擇。一是精神錯亂，二是實現希望。我沒看見第三個選擇。

但如果……

如果你原本真心相信是真的事，你卻犯了大錯呢？萬一你如此倔強的相信你是對的，其實你根本沒看清真相呢?真相會維持沉默，還是試著想要克服?

選擇三：愛德華愛我。我們兩人中的連結不可能因為一方不在、被距離、被時間打敗。和我相較之下，無論他有多獨特、多俊美、多聰慧或多完美，他都像我一樣永遠不會改變。我永遠都屬於他，他也永遠屬於我。

這不正是我一直試著告訴自己的嗎?

「喔!」

「貝拉?」

「喔!沒事。我懂了。」

「妳的想法?」他問，聲音不穩又緊張。

「你愛我。」我驚訝的說。完全確信的感覺再次湧遍全身。

雖然他雙眼仍舊焦慮，但我最愛的帥氣笑容，又出現在他臉上。「說真的，我是。」

我的心像要從胸口蹦出來似的。填滿我胸口，塞住喉頭，讓我說不出話來。

他真的要我，就像我要他一樣，永遠永遠。只是擔心我的靈魂，他不想奪走我的人類身分，這讓他絕望的想要維持我的凡人身分。和他不想要我的恐懼相比，這個障礙——我的靈魂——似乎微不足道。

他用冰冷的雙手緊緊捧住我的臉，深深的吻我，直到我暈頭轉向，連森林都在旋轉。然後他將前額靠住我的，我不是唯一一個呼吸比平常急促的人。

「妳知道的，妳過得比我還好。」他告訴我。

「哪一方面?」

「活下來。至少，妳努力過。妳早上起來，為了查理假裝一切如常，順著日常模式生活。當我沒在追蹤維多利亞時，我……完全一無是處。我無法與家人同在——我無法與任何人同在。我太糗了，不敢承認我多多少少也會蜷成球狀，讓悲傷打擊我。」他羞怯的苦笑。「這比聽見那些聲音還要可憐。」

他似乎真的瞭解，這讓我全然放鬆——他覺得這一切都很正常，這真讓我安心。至少，他不會認為我是瘋子。他看我的神情就像……他愛我。

「只有一個聲音。」我糾正他。

他笑了，然後將我緊緊拉到他右側，帶我往前走。

「我真想念妳的幽默。」我們一邊走，他一邊揮動雙手撥開前方的黑暗。前方隱約看見白色巨大的景象——我想是房子。「無論他們說什麼都沒關係了。」

「現在也跟他們有關了。」

他漠不關心的聳聳肩。

他帶我走過敞開的前門，走進黑暗的屋子裡，打開燈。屋子內和我記得的一模一樣——鋼琴、白色沙發，白色巨大的樓梯。沒有灰塵，沒有白布。

愛德華用與我平常說話差不多的音量，喊著大家的名字。「卡萊爾？艾思蜜？羅絲莉？艾密特？賈斯柏？艾利絲？」他們就能聽見。

卡萊爾突然間就出現在我身邊，好像他一直就在那裡。「歡迎回來，貝拉。」他笑笑。「今天早上我們能為妳做些什麼？我想，這個時間，應該不是單純的社交拜訪？」

我點點頭。「我想馬上和大家談談，如果可以的話。是件重要的事。」

我邊說，忍不住偷看愛德華的表情。他的神情滿是批評，但很認命。當我將眼神轉回卡萊爾，他也看著愛德華。

「當然，」卡萊爾說：「我們到其他房間談好嗎？」

卡萊爾帶路，走過明亮的客廳，繞過轉角，進入餐廳，打開燈。牆面是白色的，天花板很高，像客廳一樣。在屋內中央，低懸的吊燈下，有一張巨大光亮的橢圓形桌子，圍繞著八張椅子。卡萊爾替我拉開最前頭那張椅子。

我之前沒看過庫倫家人使用餐桌──只是裝飾。他們在家不吃東西。

我一轉身坐到椅子上，就發現不是只有我們。艾思蜜跟著愛德華進來，她後方是其他的家人。

卡萊爾坐在我右側，愛德華在我左側。其他人各自沉默的坐好。艾利絲朝我一笑，像是心中已有計謀似的。艾密特與賈斯柏兩人一臉好奇，羅絲莉猶豫地對我笑笑。我也羞怯的回她一笑。得花一點時間才能習慣。

卡萊爾朝我點點頭。「交給妳了。」

我吞口口水。大家凝視的目光讓我緊張。愛德華在桌下握住我的手，我偷看他一眼，但他看著其他人，臉色突然變得兇猛。

「嗯，」我停頓一下。「我希望艾利絲已經告訴大家，在沃爾苔拉市發生的所有經過了？」

「所有都說了。」艾利絲向我保證。

我給她一個意味深長的眼神。「還有一路上的事？」

「也都說了。」她點點頭。

「很好，」我放下心來嘆口氣。「那大家都有一致的瞭解了。」

當我試圖整理思緒時，大家耐心的等著。

「所以，我有一個問題，」我開始說：「艾利絲答應佛杜里，我會成為你們的一分子。他們會派人過來確認，我確定這是一件不好的事——應該避免的事。」

「因此，這件事與大家都有關係。關於這一點，我很抱歉。」我看著一張張美麗的臉龐，將最俊美的那位留到最後才凝視。愛德華嘴角下垂，露出苦笑。「但是，如果你們不要我，那我不會讓我的問題連累你們，無論艾利絲願不願意。」

艾思蜜張開口想要說話，但我舉起一根手指制止她。

「請讓我說完。你們都知道我要什麼，我確定你們也都知道愛德華的想法。我認為唯一能公平解決這個問題的方法，是讓大家都有投票的機會。如果你們決定不要我，那……我猜，我會獨自去義大利。我不能讓他們來這裡。」我一想到這個，便忍不住皺起眉頭。

愛德華胸膛發出微弱的隆隆吼聲。我不理他。

「考慮到這點，所以，我也不願意連累大家陷入這個險境，我要你們每個人，針對我能否變成吸血鬼這件事，投票表示贊成或反對。」

說出吸血鬼那個字，讓我不禁露出淺笑，然後我朝卡萊爾做個手勢，表示由他開始。

「等一下。」愛德華打岔。

我瞇起眼，怒視著他。他朝我揚起眉頭，擠擠我的手。

「在我們投票之前，我想補充。」

我嘆氣。

「關於貝拉所說的危險，」他繼續說：「我不認為我們需要過度焦慮。」

他的表情變得活潑。他將沒握住我的另一隻手放在閃亮的桌面，傾身向前。

「你們瞧，」他解釋，邊說邊環視桌邊眾人，「我為什麼到最後都不願意和厄洛握手，其實還有其他的原因。有些事他沒想到，我不想給他提示。」

「是什麼？」艾利絲敦促他說。我確定自己的表情像她一樣狐疑。

「佛杜里他們過度自信，因為很好的理由。當他們決定要解決某人，通常不會是個問題。妳還記得狄米崔嗎？」他低頭看我一眼。

我打了個寒顫，他當作這是我記得的表示。

「他能找到人——這是他的天賦才能，也是他們留住他的原因。」

「現在，當我們和他們在一起的全部時間裡，我都在盡可能的聆聽那些人腦海中的訊息。所以我看得見狄米崔的才能是如何發揮作用的。他是個追蹤者——比詹姆斯還厲害千倍的追蹤者。他的能力和我的，以及厄洛的能力，略有相關。他進行追蹤時，要依靠……味道？我不知道該怎麼形容……聲音……或是某人的心，然後他就能追蹤。無論距離多遠，都能發揮作用。」

「但在厄洛的小實驗後，嗯……」愛德華聳聳肩。

「你認為他無法找到我。」我冷漠的說。

他有點得意。「我確定他找不到妳。他必須仰賴其他感官。既然對妳沒用，他們等於像瞎子一樣。」

「那這要如何解決問題？」

「相當明顯，艾利絲會預先知道他們計畫來此拜訪的時間，我會將妳藏起來。他們一點辦法都沒有。」他似乎相當享受這個主意。「這將會像是在稻草堆中，要找出一根稻草一樣。」

他和艾密特交換一個眼神和嘻笑。

這一點都說不通。「但是他們找得到你。」我提醒他。

「我能照顧自己。」

艾密特笑了，伸出手越過桌面，朝他弟弟比了一個拳頭手勢。

「妙招，老弟。」他熱情的說。

愛德華也伸出手，和艾密特的拳頭互擊。

「不。」羅絲莉不滿的噓聲說。

「當然不。」我同意。

「漂亮。」賈斯柏聲音滿含讚賞。

「白痴。」艾利絲低語。

艾思蜜只是看著愛德華。

我在椅子上坐正身子，專心。這是我的會議。

「那，好吧。愛德華提供大家另一個選擇可供考慮，」我冷酷的說：「投票吧。」

我這次看著愛德華，最好讓他與眾不同的意見先說出來。「你要不要我加入你的家人？」

他眼神堅毅，黑眸晶亮。「不是以這種方法。妳要維持人類身分。」

我點一下頭，維持公事公辦的表情，然後繼續。

「艾利絲？」

「贊成。」

「賈斯柏？」

「贊成。」他說，聲音很嚴肅。我有點小吃驚，我一直不確定他的態度，但我隱藏我的反應，繼續下去。

「羅絲莉？」

她有點猶豫，咬著她豐滿完美的下唇。「反對。」

我讓臉色維持沒有表情，微微轉頭，繼續下一個，但她伸出兩隻手，掌心向前。

「聽我說，」她懇求。「我不是說，不願意接受妳成為我的姊妹。只是……如果我有機會，這不會是我會選擇的生活。我希望能有機會讓別人為我投下反對票。」

我緩緩點頭，然後轉向艾密特。

「嗨，贊成！」他咧嘴一笑。「我們能找出其他方法，好好對付狄米崔。」

當我轉向艾思蜜時，我還在苦笑。

「當然贊成，貝拉。我已經認為妳是我們家的一分子了。」

「謝謝妳，艾思蜜。」我低語，邊轉向卡萊爾。

我突然有點緊張，希望我剛才第一個就是要他先投票。我確定整個投票事關重大，而他的意見也比其他人更有意義。

卡萊爾沒有看我。

「愛德華。」他說。

「不。」愛德華怒吼。他的下巴緊繃，威脅著張開嘴，露出牙齒。

「這是最合理的方法，」卡萊爾堅持。「你之前選擇失去她也不願獨活，這讓我別無選擇。」

愛德華鬆開握著我的手，轉身離開餐桌。他大步走出餐廳，邊走邊咬牙切齒的嘶吼。

「我想妳知道我的意見了。」卡萊爾嘆氣。

我還是瞪著愛德華的背影。「謝謝。」我低聲說。

另一個房間內傳出震耳欲聾的碎裂聲。

我瑟縮著，然後很快的說：「這就是我需要的。謝謝大家願意接受。我對大家也有同樣的感覺。」因為這結果突然湧起的情緒，讓我的聲音不甚穩定。

艾思蜜馬上就走到我旁邊，用她冰冷的手臂環住我。

「我親愛的貝拉。」她輕聲說。

我也擁抱她。從我眼角，我注意到羅絲莉低頭看著桌子，我知道我說的話可以有兩種解釋。

「嗯，艾利絲，」當艾思蜜鬆開我後，我說：「妳要在哪裡動手？」

艾利絲看著我，雙眼驚恐，睜得大大的。

「不！不！不！」愛德華大吼，衝進餐廳。我連眼睛都來不及眨，他已經衝到我面前，彎下身子，臉色因為憤怒而扭曲。「妳瘋了嗎？」他大吼。「妳得了失心瘋嗎？」

我畏縮，雙手遮住耳朵。

「嗯，貝拉，」艾利絲焦慮的打斷。「我不認為我準備好了。我需要準備……」

「妳答應過的。」我提醒她，從愛德華的手臂下方看著她。

「我知道，但是……說真的，貝拉，我不知道該怎麼在不會殺死妳的情況下做到。」

「妳做得到的，」我鼓勵她。「我相信妳。」

愛德華憤怒的嘶吼。

艾利絲很快搖搖頭，神情痛苦。

「卡萊爾？」我轉身看著他。

愛德華用手抓住我的臉，強迫我看著他。他朝卡萊爾伸出另一隻手，掌心向前。

卡萊爾不理他。「我能做，」他回答我的問題。我希望我能看見他的表情。「在我的掌控下，妳不會有危險的。」

「聽起來很好。」我希望他能夠瞭解，當愛德華這樣緊握我的下巴時，很難清楚的說話。

「等一下，」愛德華咬著牙說：「不必現在就動手。」

「沒有理由不要現在動手。」我說，聲音咕噥不清。

「我可以想到幾個。」

「你當然可以。」我狠狠的說：「現在放開我。」

他鬆開我的臉，雙手環抱胸前。「再過兩小時，查理就會來這裡找妳了。我不想因為他，讓警方介入。」

「他們三個。」我皺眉。

這是最難的部分。查理，芮妮，現在還有雅各。我不想失去這些人，我不想傷害他們。我希望能有其他方法，讓我自己承受就好，但我知道這是不可能的。

同時，只要我還維持人類身分，就是在傷害他們。因為和我住在一起，我害查理陷入險境。拖著他的敵人，跨過他守衛的家園，讓雅各陷入危險。還有芮妮——我甚至無法冒險去看我自己的母親，讓會導致我死亡的問題留給我吧。

我是危險磁鐵，我已經能接受這一點。

接受後，我知道我要能照顧自己，保護我愛的人，雖然這表示我無法和他們在一起。我得更強壯才行。

「既然要不引人注目，」愛德華說，還是咬牙切齒的，但已經看著卡萊爾了。「我建議我們的談話到此告一段落，直到貝拉高中畢業，從查理家搬出來。」

「這是一個合理的要求，貝拉。」卡萊爾指出。

我想想查理的反應，當他今天早上醒來，發現我床上沒人。上一個禮拜哈利過世已經讓他很不好受，萬一我又什麼都沒說的就消失……不該這樣對查理。還有時間，離畢業又不久……

我噘起嘴。「我會考慮的。」

愛德華放鬆了，下巴不再緊繃。

「我可能該帶妳回家了，」他說，現在比較平靜，但顯然想趕快帶我離開這裡。「以免查理提早醒來。」

我看著卡萊爾。「畢業後？」

「我說到做到。」

我深吸口氣，笑了，然後轉回身子，對著愛德華。「好吧。你可以帶我回家了。」

卡萊爾還來不及答應我其他的，愛德華就匆匆帶我走出屋子。他帶我從後門出去，這樣我才不會看見破碎的客廳。

我們一路安靜地回家。我覺得勝利而有點欣喜。但當然，也有點嚇到，但我試著不想這一部分。擔心痛苦對我並不好——無論是身體或心理上——所以我就不想。等到我不得不做再說。

等我們到家時，愛德華並沒停頓。他跳上牆，從我的窗戶帶我回房，不到半秒。然後他將我繞著他頸彎的雙手扯下來，讓我在床上躺好。

我想，我猜得出來他打什麼主意，但他的表情讓我驚訝。不是發怒，而是計畫。他在我漆黑的房內，沉默的來回踱步，我看著他，疑惑漸深。

「無論你有什麼計畫，都不會成功的。」我告訴他。

「噓。我在思考。」

「呃。」我呻吟，躺回床上，用被子遮住頭。

沒有聲音，但突然間，他就在這裡了。他拉開被子，這樣他才看得到我。他躺在我旁邊，伸出手撫開我臉頰上的髮絲。

「如果妳不介意。我希望妳不要藏起妳的臉。我已經好久沒看見，快受不了。現在……告訴我。」

「什麼？」我不情願的問。

「如果妳有全世界可以選，什麼都可以選，妳會要什麼？」

我知道自己滿臉狐疑。「你。」

他不耐地搖搖頭。「妳已經有的東西之外的。」

我不確定他要引導我往哪去，所以我很小心的思考後才回答。我想了一些真的，還有一些不可能的。

「我想要……卡萊爾不用動手，我想要由你來改變我。」

我小心地看著他的反應，以為他會比剛才在他家的反應更為憤怒。當他表情沒有改變時，我有點驚訝。他還在計畫、思索。

「妳要拿什麼來交換？」

我不敢相信我聽到的。我目瞪口呆的望著他平靜的神情，不加思索的衝口而出。

「任何都行。」

他黯然的笑笑，然後噘起嘴。「五年？」

我的臉色扭曲，因為懊悔和驚恐。

「妳自己說任何都行。」他提醒我。

「沒錯，但是……你會利用這段時間，找出其他方法脫身的。我得打鐵趁熱。再說，當人類太危險了——至少，對我來說。所以，別的都行，這不可以。」

他皺眉。「三年？」

「不！」

「難道這不值得嗎？」

我思考著我有多想要。最好維持木然的神情，我決定了，不要讓他知道太多。不然，會讓他更有優勢。「六個月？」

他翻翻白眼。「不夠好。」

「那一年，」我說：「這是底限。」

「至少給我兩年。」

「門都沒有！到時我就十九歲了。但在我滿二十歲之前，我哪都不能去。如果你永恆停留在現在的年紀，我也要。」

他想了一會。「好吧。忘了時間限制。如果妳要我動手——那妳得符合一個條件。」

「條件？」我聲音變得冷漠。「什麼條件？」

他雙眼充滿小心翼翼——緩緩的說：「先嫁給我。」

我瞪著他，等著……「好吧。笑點在哪？」

他嘆息。「妳在傷害我的自尊，貝拉。我剛才向妳求婚，妳卻認為這是笑話？」

「愛德華，認真點。」

「我再認真不過了。」他凝視著我，臉上沒有一絲戲謔的神情。

「喔，得了，」我說，聽得出自己快要歇斯底里。「我才十八歲。」

「嗯，我已經快一百一十歲。該是定下來的時候了。」

我轉開臉，望著漆黑的窗戶，想在洩露之前，控制內心的痛苦。

「聽著，結婚目前不是我最優先要做的事，你懂嗎？那對芮妮和查理來說，就像是死之吻（毀滅性行為）。」

「說得好。」

「你知道我的意思。」

他深吸口氣。「請不要告訴我，妳不敢許下承諾。」他的聲音充滿懷疑，我瞭解他的意思。

「不是這樣的，」我閃爍其詞。「我……擔心芮妮，她很認真的要我等到三十歲後再結婚。」

「因為她寧願妳變成永生受詛咒者，也不願妳結婚。」他悽然的笑。

「不好笑。」

「貝拉，如果妳衡量兩個承諾的程度，一邊是婚姻的結合，一邊是拿妳的靈魂交換成為永恆的吸血鬼……」他搖搖頭。「如果妳膽小得不敢嫁給我，那——」

「嗯，」我打斷他。「那如果我敢呢？如果我告訴你，現在就帶我去拉斯維加斯呢？我會在三天內變成吸血鬼嗎？」

他笑了，一口白牙在黑暗中閃亮。「當然，」他說，要我攤牌。「我去開車。」

「該死，」我咕噥。「我給你十八個月。」

「不行，」他笑著說：「我喜歡這個條件。」

「好。等到我畢業，我再請卡萊爾動手。」

「如果這真的是妳要的。」他聳聳肩，笑容突然變得像天使般動人。

「你真是讓人受不了，」我呻吟。「一個怪物。」

他輕笑。「這是妳不嫁給我的原因嗎？」

我再次呻吟。

他靠向我，漆黑的雙眸溶化，悶燒，粉碎我的專注。「拜託，貝拉？」他輕聲說。

我馬上忘了該怎麼呼吸。當我恢復過來後，我很快搖搖頭，試圖讓突然暈眩的頭腦恢復清醒。

「如果我有時間準備戒指，結果會比較好嗎？」

「不！不要戒指！」我幾乎是大喊。

「看看妳做的好事。」他低聲說。

「喔喔！」

「查理起來了，我最好離開。」愛德華放棄的說。

我的心停止跳動。

他打量著我的神情好一會。「如果我藏在妳的衣櫥裡，會不會太孩子氣？」

「不會，」我熱切的低語。「請留下來。」

愛德華笑笑，下一瞬間就不見了。

我邊等著查理上樓來看我，邊在床上伸懶腰。愛德華很清楚自己在做什麼，我敢說這些受傷的驚訝都是他計謀的一部分。當然，我有卡萊爾這個備案，但現在，我知道有機會能讓愛德華親自改變我，我渴得不得了。他真是一個騙子。

我的房門砰地被打開。

「早安，爸。」

「喔，嗨，貝拉。」被我逮到，他似乎有點糗。「我不知道妳醒了。」

「是呀，我等你先起來，這樣我才能沖澡。」我開始起身。

「等一下，」查理說，打開燈。突然的燈光讓我猛眨眼，小心不讓眼光盯著衣櫥。「我們先談談。」

我無法壓抑臉上的苦笑。我忘了要艾利絲編一個好理由。

「妳知道妳有大麻煩了。」

「是的，我知道。」

「這三天我都快瘋了，我從哈利的喪禮回來，妳不見了。雅各只告訴我，妳跟艾利絲・庫倫走了，他以為妳有麻煩了。妳沒留電話號碼給我，妳也沒打來。我不知道妳去哪了，也不知道妳何時才會回來——或是妳不會再回來。妳知不知道這……有多……」他說不下去。他重重吸氣，然後繼續說：「妳能不能至少給我一個理由，我為什麼不該現在馬上把妳送去傑克遜維？」

我瞇起眼。現在是在威脅我囉？一個巴掌拍不響。我坐起來，將被子拉過來蓋在身上，好像很冷似的。「因為我不想離開。」

「給我等一下，小姑娘——」

「聽著，爸，我對這次的行為，願意負起一切責任，你有權可以罰我禁足，愛多久就多久。我也會做一切日常雜務，洗衣、洗碗，直到你認為我學到教訓為止。我猜，如果你想要我搬出去，你也有權這樣做——但就算這樣，我也不會去佛羅里達的。」

他臉氣得漲紅，深呼吸後才開口。

「妳要不要解釋一下，這幾天妳去哪了？」

喔，該死。「情況有點……緊急。」

我絕妙的解釋，讓他挑高了眉。

我深深吸氣，然後大聲吐出來。

「我不知道該怎麼告訴你，爸。一切都是誤會。他說，她說，然後就失去控制了。」

他一臉不相信的等著。

「是這樣的，艾利絲告訴羅絲莉我跳下懸崖……」我發狂似的想讓這聽來可信，要盡量接近真相，這樣我不擅說謊的本能，才能讓我說的藉口聽來可信，但在我繼續說下去之前，查理的表情讓我想起，他對懸崖這件事一無所知。

大糟糕。我完蛋了。

「我猜我沒告訴過你，」我差點說不下去。「這沒什麼。只是鬧著玩，和小各一起游泳……總之，羅絲莉告訴愛德華，他很沮喪。她說的內容好像是我打算自殺之類的。他不肯接電話，所以艾利絲連忙拖著我和她一起去洛杉磯……要當面解釋清楚。」我聳聳肩，絕望的希望，他不會注意到我的疏忽，希望他注意到我絕妙的解釋就好。

查理的臉色僵住了。「妳真的打算自殺嗎，貝拉？」

「不，當然沒有。只是和小各一起玩。懸崖跳水，那些拉布席的孩子常常這樣做。像我說的，這沒什麼。」

查理的臉色又變紅——從震驚到憤怒。「那愛德華．庫倫是怎麼回事？」他大吼，「這段時間以來，他什麼都沒說，丟下妳一個人——」

我打斷他。「另一個誤會。」

他臉又漲紅了。「所以他回來了？」

「我不確定真正的計畫，但我想他們都回來了。」

他搖搖頭，前額青筋畢露，隱隱跳動。「我要妳離他遠遠的，貝拉。我不相信他。他毀了妳，我不准他再這樣糟蹋妳。」

「行。」我簡短的說。

查理連連後退。「噢！」他慌亂了一下，驚訝得大口吐氣。「我以為妳會很難搞。」

「我是。」我直接望著他的雙眼。「我是說，行，我會搬出去。」

他臉漲了起來，臉色變紫。我擔心他的健康，有點搖擺不定。他的年紀和哈利差不多……

「爸，我不打算搬出去，」我用輕柔的聲調說：「我愛你。我知道你很擔心，但你這次得相信我。如果你要我留下來，你就得放愛德華一馬。你要不要我繼續住在這裡？」

「這不公平，貝拉，妳知道我要妳留下來。」

「那就對愛德華好一點，因為無論我在哪裡，他都會和我在一起。」我充滿自信的說。我的信念如此強烈。

「不能在我家。」查理暴跳如雷。

我重重嘆氣。「聽著，我不會要你今天晚上就決定——我猜已經早上了。想個幾天好嗎？但請記得愛德華和我，算是一種全套交易。」

「貝拉——」

「請好好想想，」我堅持。「在你思考的時候，可以給我一點隱私空間嗎？我真的需要沖個澡。」

查理的臉色變成奇怪的紫色，但離開了，他重重關上我的房門。我可以聽見他大步下樓的腳步聲。

我扔開被子，愛德華已經出現了，坐在搖椅上，好像整段對話他一直都在。

「抱歉。」我低聲說。

「我不值得妳這樣做，」他低語：「請不要因為我和查理吵架。」

「別擔心，」我邊說，邊抓起盥洗用具及另一套乾淨衣物。「除非必要，否則我不會的，不會比這更嚴重了。還是你是要告訴我，我沒有地方可去？」我眼中閃著警戒，睜大眼。

「妳打算搬進一間滿是吸血鬼的屋子？」

「對我來說，那可能是最安全的地方。再說……」我苦笑。「如果查理把我趕出去，畢業期限這件事就不算數了，是嗎？」

他繃緊下巴。「這麼急切想進入永恆的詛咒？」他低聲說。

「你知道，你並不真的相信。」

「喔，我沒有嗎？」他氣沖沖的問。

「是的，你不相信。」

他怒視著我，打算開口。但我制止他。

「如果你真的相信，你失去了你的靈魂，那當我在佛杜里那裡找到你時，你馬上就會瞭解發生的事，而不是認為我們都死了。但你沒有——你說，『真令人驚訝，卡萊爾是對的。』」我提醒他，帶著勝利的口吻。

「所以，你還是對此充滿希望。」

這是第一次，愛德華詞窮了。

「所以讓我們開始希望吧，好嗎？」我建議：「無論怎樣，只要有你在身旁，我就不需要天堂。」

他緩緩起身，用雙手捧著我的臉，看著我的雙眼。「永遠。」他發誓，但還是有點畏縮。

「這就是我要的。」我踮起腳尖，親吻他。

epilogue 協約

雅各還是怒視著愛德華，

但回答我：「協約相當明確。

如果他們任何一個人，咬了一個人類，

那停戰協約就此罷休。『咬』，不是殺。」

他強調。最後，他總算看了我一眼。雙眼冷酷。

幾乎一切都恢復正常——回到麻木之前那令人滿意的正常——我有時都不敢相信這是真的。醫院歡迎卡萊爾回到急診室，根本懶得隱藏他們的欣喜，艾思蜜在洛杉磯找到打發日子的方法，但她不怎麼喜歡。感謝我錯過微積分的測驗，艾利絲和愛德華看起來會比我先畢業。突然間，升學成為優先要務（升學是B計畫，愛德華用這來跟我交換，畢業後讓卡萊爾動手）。我身邊好多截止期限，愛德華每一天都會拿出一份申請書要我填寫。他已經念過哈佛，所以他不怎麼擔心，感謝我的延畢，我明年可能有機會能到半島社區大學就讀。

查理還在生我的氣，也不跟愛德華說話。但至少愛德華可以——在我被規定可見訪客的時間——再度進到我家。因為我還是不准出門。

學校和工作是唯二的例外，教室沉悶暗黃的牆面，讓我老是不想進去而遲到。和坐在暗處等我的人在一起，多得是事情可以做。

愛德華在年初重新開始他的課表，讓他能再度和我上所有的課。自從庫倫家搬去洛杉磯後，我的行為不太正常，所以我旁邊的位子並沒有人坐。就連老是想找機會和我說話的麥克，也和我保持安全距離。當愛德華再度回來，好像過去這八個月只是一場惱人的惡夢。

幾乎一切都恢復，但不是全部。被禁足在屋內，是其中一件。另一件則是，到秋天之前，我都沒見到我最好的朋友雅各。當然，我不怎麼想念他。

我不能出門，所以沒法去拉布席，雅各也沒來看我，同時他也不接我的電話。

我多半是晚上打給他，等愛德華被我老爸趕走後——查理快樂嚴厲的，準時在九點要他離開——然後等查理入睡，愛德華從我房間的窗戶偷溜進來之前。我選擇在這段空檔撥打明知無結果的電話，因為我注意到，每次我提起雅各，愛德華的表情就不太好。有點反對、警惕……甚至是憤怒。我猜他對狼人也有些成見，雖然他沒像雅各會用「吸血怪物」這樣的字眼談論他們。

所以，我也不太提起雅各。

有愛德華在我身邊，很難想起不快樂的事，就算是我的前摯友，他可能正因為我這樣而不太高興。當我想起雅各，我總是覺得沒有想到他更多，而深感內疚。

童話故事又回來了。王子回來，惡咒破解。我不真的確定接下來會怎樣，故事書沒有說。快樂結局之後呢？

時間經過好幾週，雅各還是不接我的電話。這讓我持續擔心。好像水龍頭不斷滴水，我心深處，我無法不在意。滴、滴、滴。雅各、雅各、雅各。

所以，雖然我不太提起雅各，有時候還是會露出沮喪和焦慮。

「真是無禮！」週六下午，當愛德華接我下班回家時，我氣呼呼的說。生氣比內疚容易。「真是可惡！」我改變我的模式，希望能引起不同的反應。我上班時打給雅各，但只找到沒用的比利——再一次。

「比利說，他不想和我說話，」我煩惱的說，看著雨打在乘客座前方的玻璃。「他明明就在，卻不肯走過來接電話！通常，比利只說他出去了，或在忙，或睡著了之類的。我是說，我不是不知道他在騙我，但至少是禮貌的方式。我猜比利現在也討厭我了。真不公平！」

「跟妳無關，貝拉，」愛德華平靜的說：「沒有人討厭妳。」

「真搞不懂。」我咕噥，雙手交叉在胸前。這是一個很難擺脫的姿勢，雖然心口現在已經沒有洞了，我都快記不得那空洞的感覺了。

「雅各知道我們回來了，我相信他也知道我和妳在一起，」愛德華說：「他不想出現在我附近。敵意根深蒂固。」

「這真是蠢。他知道你不是……不像其他的吸血鬼。」

「但還是有好理由，該維持安全距離。」

我的眼睛，看著明亮的擋風玻璃而感到眩目，我看見雅各的臉，戴著我討厭的面具。

「貝拉，我們生來如此，」愛德華平靜的說：「我可以控制自己，但我懷疑他能不能。他太年輕了，很容易就會動起手來，我不知道，我能不能在殺——」他沒說完，然後很快又繼續。「在我傷害他之前停下來。妳不會高興的，我也不希望會發生這樣的事。」

我想起來，雅各在廚房說過的話，腦中清楚的聽見他嘶啞的話語。我不確定我能控制自己的脾氣……萬一我殺了妳的朋友，妳可能不會太高興。但他可以控制的，到那時……

「愛德華．庫倫，」我低聲說：「你剛才原本要說的是殺了他，是嗎？」

他沒看我，望著車外的雨。在我們前方，我沒注意到紅燈轉成綠燈了，他開始往前開，開得很慢。不像他平常開車的速度。

「我會試著……努力試著……不要那樣做。」愛德華最後說。

我張大嘴，看著他，但他只是望著前方。我們在街角的停止號誌前停下來。

突然間，我想起來，當羅密歐回來後，帕里斯發生了什麼事。舞臺劇的說明很簡單：他們互戰，帕里斯輸了。

但這真是可笑。不可能。

「嗯，」我深吸口氣，搖搖頭，趕走腦中的字。「這種事不會發生的，所以沒理由擔心。你知道查理看得很緊。你最好在我又惹上麻煩，太晚回家前，快點送我回家。」

我轉過臉看著，不怎麼認真的笑笑。

每次我望著他的臉，美得令人不敢置信的臉，我的心就跳得好快，像要從胸口跳出來似的。這一次，心跳聲比平常跳得更快。我知道他雕像般的神情是什麼意思。

「妳已經惹上大麻煩了，貝拉。」他咬著牙，低聲說。

我靠向他，當我順著他的目光想知道他在看什麼時，不自覺抓住他手臂。我不知道我在期望什麼——可能是維多利亞站在馬路中間，她火紅的髮在風中飛舞，還是一列身披黑斗篷的訪客……或是一群憤怒的狼人。但我什麼都沒看到。

「怎麼了？是什麼？」

他深吸口氣。「查理……」

「我爸？」我尖叫。

他低頭看著我，表情很平靜，解除了我的痛苦。

「查理……可能不會宰了妳，但他正在認真考慮。」他告訴我，然後開始發動車子往前開，朝我家前進，但他開過我家，將車停在森林邊。

「我做了什麼？」我驚呼道。

愛德華回頭看著查理家。我順著他的視線，第一次注意到，車道上有輛車停在他的警車旁。閃耀的亮紅色，不可能錯過——我的機車，在車道上炫耀。

愛德華說查理打算宰了我，所以他一定已經知道了——那是我的。知道這件事的只有一個人，他背叛了我。

「不！」我喘著氣說：「為什麼？為什麼雅各要這樣對我？」被背叛的感覺像針刺痛我全身。我一直相信雅各——相信他會保守我的所有祕密。他應該是我的安全避風港，一個我永遠可以依靠的人。當然現在情況有點沉重。但我不認為這基本的基礎已經改變。我不認為會改變。

我做了什麼，要得到這種結果？查理會氣瘋的——更糟的是，他受傷了，又擔心。他受的還不夠嗎？我從未想過雅各會這麼心胸狹窄，要出這麼卑鄙的手段。我淚流不止，眼睛好痛，但不是悲傷的淚。我被背叛了。突然間我好生氣，我的頭痛得都快爆炸了。

「他還在嗎？」我不滿的說。

「是的。他在等我們。」愛德華告訴我，點頭向我示意，比著森林前小徑的黑影。

我跳下車，朝樹林奔去，手握成拳頭，向那個人影揮去。

為什麼愛德華比我快那麼多？

他在我還沒跑到小徑時，就抓住我的腰。

「讓我去！我要宰了他！叛徒！」我大聲朝著樹林前的人影喊。

「查理會聽見的，」愛德華警告我。「他一旦要妳進屋，他就會鎖上門。」

我本能的回頭看著屋子，只看見紅色機車。我看見紅色，頭又痛了。

「讓我打雅各一拳，然後我再解決查理。」我掙扎著想掙脫他。

「雅各．佈雷克要見的人是我。所以他才會在這裡。」

這讓我冷靜下來——收回我的抵抗，鬆開拳頭。他們互戰，帕里斯輸了。

我很生氣，但沒那麼氣了。

「談話？」我問。

「算是。」

「多算是？」我聲音顫抖。

愛德華撥開我臉上的髮絲。「別擔心，他不是來這找我開打的。他只是……他們這一群的發言人。」

「喔！」

愛德華再次看看房子，然後手臂緊緊環住我的腰，拉我往前走向樹林。「我們得快點，查理快沒耐心了。」

我們不用走多遠，雅各就在小徑入口等我們。他靠著一棵滿是青苔的大樹，等著我們，臉色僵硬，有點不滿，我知道原因。他看著我，再看看愛德華。雅各的唇，露出譏諷的冷笑，靠著樹幹，聳聳肩。他光腳站著，微微向前傾，顫抖的手握成拳。他看起來，比我上次見到他時，又更高大了。真是不可置信，他還在長大。他可能比愛德華還高，如果他們站在一起的話。

但我們一看到他，愛德華就停下腳步，讓我們和雅各維持一個寬廣的距離。愛德華調整姿勢，將我藏在他身後。我靠著他，看著雅各，用我的眼神指控他。

看到他忿恨、嘲諷的表情，原本應該會讓我更生氣。但相反地，卻讓我想起上次見到他的情形，他眼中滿是淚水。當我看著雅各，我的怒氣消退，整個人搖搖晃晃。距離我上次看到他已經好久，我討厭我們之間變成這樣。

「貝拉，」雅各向我打招呼，朝我點點頭，但是目光一直停在愛德華身上。

「為什麼？」我低語，想隱藏喉嚨中那種難以吞嚥的感覺。「你怎麼能這樣對我，雅各？」

他的譏諷不見了，但他的臉還是堅毅憤怒。「這樣最好。」

「這是什麼意思？你要查理宰了我嗎？還是你要他像哈利一樣心臟病發作？無論你有多氣我，你都不能這樣對他。」

雅各退縮了，揚起眉，但沒回答。

「他不想傷害任何人——他只是想讓妳被禁足，這樣妳就沒有辦法和我在一起。」愛德華低聲說，解釋雅各腦中沒說出的話。

雅各雙眼惡毒地怒視著愛德華。

「噢，小各！」我呻吟。「我已經被禁足了！要不然你想，我怎麼可能不去拉布席找你，為了你都不接我電話揍你一頓？」

雅各的眼神回到我身上，一開始很困惑。「是這樣嗎？」他問，然後繃起下巴，好像對他說的一切感到抱歉。

「他以為是我不讓妳去，而不是查理。」愛德華又解釋。

「夠了。」雅各頓聲說。

愛德華沒回答。

雅各全身發抖，然後用力咬緊牙關，像他用力將手指握成拳頭一樣。「貝拉對你的……能力，沒有誇大，」他咬著牙說：「所以你一定已經知道我在這裡的原因了。」

「是的，」愛德華輕柔的說：「但是，在你說之前，我得先說一些事。」

雅各等著，一下放開，一下握拳，試圖控制顫抖。

「謝謝，」愛德華說，聲音帶著深深的真誠，讓人感動。「我永遠無法告訴你，我有多感謝你。我這……一輩子都欠你這份人情。」

雅各茫然的看著他，因為驚訝，顫抖停住了。他很快看我一眼，但我一樣聽不懂。

「因為你讓貝拉活著，」愛德華解釋，他的聲音粗啞熱烈。「當我……無法做到時。」

「愛德華——」我想開口，但他舉起手制止我，雙眼看著雅各。

雅各臉上閃過瞭解的神情，然後又恢復面具似的神情。「我不是為了你才做的。」

「我知道。但我還是一樣感激你。我想你應該知道。如果在我的能力範圍內能為你們……做任何事……」

雅各揚起濃黑的眉頭。

愛德華搖搖頭。「這不是我能力所能做到的。」

「那誰做得到？」雅各號叫。

愛德華低頭看著我。「她。我是個很快的學習者，雅各．佈雷克，同樣的錯，我不會犯第二次。除非她要我走，否則我不會走的。」

我專注的凝視著他金色的雙眸。我知道他們在說什麼。雅各只會要求愛德華一件事，就是要他離開。

「永不。」我低語，還是深深望著愛德華的雙眼。

雅各發出怪聲。

我不情願的鬆開對愛德華的凝視，皺眉望著雅各。「你還有別的事嗎？雅各。你要我惹上麻煩嗎？你的任務達成了。就算查理可能會把我送去軍校。但這不會讓我和愛德華分開。沒有什麼事能讓我們倆分開。你還要什麼？」

雅各雙眼盯著愛德華。「我只是要提醒妳的吸血鬼朋友，他們同意的協約中的幾個重點，協約是唯一讓我不至於在此時撕裂他的喉嚨。」

「我們並沒有忘記。」愛德華回答，同時我追問。「哪些重點？」

雅各還是怒視著愛德華，但回答我：「協約相當明確。如果他們任何一個人，咬了一個人類，那停戰協約就此罷休。『咬』，不是殺。」他強調。最後，他總算看了我一眼。雙眼冷酷。

我馬上就聽懂這其中的差別，我的臉像他一樣冷酷。

「這不關你的事。」

「見鬼了——」他嗆得說不下去。

我沒想到，自己倉促輕率的字眼，會引發他這麼強烈的反應。雖然他說的警告，他自己並不真的瞭解。他一定以為這個警告只不過是個預防措施。他不瞭解——也不會想相信——我已經做出選擇。我真的打算要成為庫倫家的一員。

我的回答讓雅各大為震驚。他將雙拳壓住太陽穴，緊緊閉上眼，彎曲自己，好像試著控制痙攣。他紅褐色的臉龐開始發青。

「小各？你還好嗎？」我焦慮的問。

我朝他往前走半步，然後愛德華抓住我，將我拉回來，用身體遮住我。「小心！他還沒法完全控制自己。」他警告我。

但雅各已經慢慢恢復了，只剩下雙手還在顫抖。他沉下臉，用嫌惡的目光看著愛德華。「哼。我永遠都不會傷害她。」

愛德華和我都注意到他聲音中的轉變，以及他話中隱含的指控意味。愛德華口中傳出陣陣低吼。雅各反射性地握緊拳頭。

「貝拉！」查理的吼聲，從屋子那頭傳來。「妳馬上給我進來！」

我們全都愣住了，接下來一片沉默。

我第一個開口，聲音顫抖。「該死。」

雅各狂怒的神情變得畏縮。「我真的很抱歉，」他低語。「我得做我該做的——我得試……」

「謝了。」我聲音中的顫抖毀了譏諷的意味。我看著路，半期望會看到查理像頭憤怒的公牛，衝過濕蕨叢出現在這。我就像是鬥牛場的紅旗。

「還有一件事，」愛德華對我說，然後他看著雅各。「我們這一邊沒找到維多利亞的痕跡——你們呢？」

雅各一想他就知道答案了，但雅各還是開口說：「上次當貝拉……離開時。我們讓她以為她逃過——我們縮小範圍，準備埋伏她——」

我全身都涼了。

「然後她就不見了。我們不知道原因，她發現妳這小女人的氣味就溜走了。從此之後我們就沒看過她在這裡出現。」

愛德華點點頭。「等她回來，她不會再是你們的問題。我們會——」

「她在我們的土地殺戮，」雅各不爽的嘶吼。「她是我們的！」

「不——」我不想讓兩邊宣戰。

「貝拉！我看到他的車，我知道妳在那邊！如果妳不在一分鐘之內給我進屋來……」查理根本懶得把他的威脅說完。

「我們走。」愛德華說。

我回頭看看雅各，像撕裂般痛苦。我還會再見到他嗎？

「抱歉，」他無聲地說，但我從他的唇形知道。「再見，貝拉。」

「你答應過的，」我絕望的想提醒他。「還是朋友，是嗎？」

雅各緩緩搖頭，然後塞住我喉嚨的那股感覺，讓我快窒息了。

「妳知道我試著維持承諾，但……我看不出該怎麼努力才能做到，現在不行……」他努力又要戴上面具般的神情，但猶豫不定，然後卸下他的武裝。「我會想念妳。」他說。他朝我伸出一隻手，手指伸展，好像他希望手指夠長，能跨越我們之間的距離。

「我也是。」我哽咽地說，朝他伸出手，想跨越中間的距離。

好像我們心意相通。他的痛苦傳到我體內。他的痛苦，我的痛苦。

「小各……」我朝他走近一步。我想要我雙臂抱著他的腰，消除他臉上的悽慘神情。

愛德華將我拉回來，他雙臂防備著。

「沒事的。」我向他保證，抬頭看他，讓他看見我眼中的信任。他會瞭解。

我看不出他眼中的神情，臉上沒有表情，一片漠然。「不，不可以。」

「放開她，」雅各嘶吼，又生氣了。「她要來！」他朝前走兩大步。雙眼閃過期待的火光。胸膛顫抖。

愛德華將我推到他身後，轉身面對雅各。

「不！愛德華——」

「伊莎貝拉．史旺！」

「快點！查理氣壞了！」我聲音充滿驚恐，但不是因為查理！「快點！」

我拖著他，他放鬆了一些。他拉著我緩緩往後走，但邊走，他雙眼仍舊盯著雅各。

雅各悽然的臉上充滿怒容，看著我們離開。眼中期待的神色不見了，在我們走到森林前時，他的臉色突然充滿痛苦。

我知道，日後當我想起他，他最後的神情，會讓我永遠縈繞心頭，直到我再次見到他的笑容為止。

此時，我發誓，我一定要再見到他的笑容，而且要快。我一定要找出方法留住我的朋友。

愛德華的手臂緊緊環著我的腰，緊緊抱住我。這個力量讓我能忍住不掉淚。

我的問題可嚴重了。

我最好的朋友認為我是他敵人的同夥。

維多利亞還沒被逮到，讓我愛的人都陷入險境。

如果我沒法變成吸血鬼，佛杜里會殺了我。

而如今假如我真的變了，保護區的狼人就會要完成他們的使命——試著殺死我未來的家人。我不認為他們真的有機會，但萬一我最好的朋友被吸血鬼殺死了呢？

多嚴重的問題。但當我們走出樹林，我看見查理蒼白臉上的神情時，這一切為什麼都變得微不足道了？愛德華溫柔的抱抱我。「我在這裡。」

我深吸口氣。

這是真的。愛德華在這，用他的手臂環著我。

只要這是真的，我就能面對一切。

我挺起胸膛，走向前，迎向我的命運，而我命中註定的那個人，緊密的靠在我身邊。

acknowledgments 謝詞

無數的愛與感謝，獻給我的丈夫和兒子。

因為他們的瞭解與犧牲，支持我的寫作生涯。

至少我不是唯一獲益的人——我確定本地許多餐廳，都很感謝我不常煮飯這件事。

謝謝妳，母親，是我最好的朋友，讓我在妳耳邊傾訴一切難題。也感謝妳，狂熱的創意和智慧，將這些部分遺傳給我。

感謝我的兄弟姊妹們，艾蜜莉、海蒂、保羅、賽斯和雅各，讓我借用你們的名字，我希望我沒做出你們不希望的事。

特別感謝我的兄弟保羅幫我上的摩托車課程——你在授課方面真的很有天賦。

我無法表達對我兄弟賽斯的感謝之情，他耗盡心力才能，將 www.stepheniemeyer.com 網站弄得極有創意。我也很感謝他繼續當我的網管所做的貢獻。看看郵件，孩子，我這次說的是真的。

再次感謝我的兄弟賈斯柏，他持續提供我汽車方面的專業諮詢。

大力感謝我的代理商，茱蒂．李默，在我的寫作生涯裡，她持續指導我、協助我。還面帶笑容的長久忍耐我的瘋狂，但我知道她其實很想用一些忍者的招式來對付我。

我的出版商，我愛你們、獻上我的吻、感謝你們。美麗的伊莉莎白．尤柏格，讓我的巡迴之旅的經驗不像是例行雜務，而像是一場睡衣派對，協助和幫忙我的網路版圖，說服「伊莉莎白．尤柏格俱樂部」的會員讓我加入，喔耶，還讓我登上紐約時報暢銷作家排行榜。

大大感謝 Little, Brown and Company，他們的支持，以及對我未完成的故事的信心。

最後，感謝那些啟發我的才華洋溢的音樂家，特別是繆思合唱團——出自繆思歌曲的新奇音樂中，充滿感情、場景、情節，沒有他們的天賦才華，無法做出這麼美妙的作品。還有聯合公園樂團、崔維斯合唱團、肘樂團、酷玩樂團、紅色芭蕾伶娜樂團、我的另類羅曼史樂團、新異樂團、鼓擊樂團、沉睡盔甲樂團、拱廊之火樂團、瑕疵樂團，都在我靈感枯竭時，幫助了我。

奇炫館

暮光之城：新月

（原名：New Moon）

作者／史蒂芬妮・梅爾（Stephenie Meyer）
譯者／瞿秀蕙
執行長／陳君平　榮譽發行人／黃鎮隆
協理／洪琇菁　國際版權／黃令歡、梁名儀
美術編輯／李政儀　企劃宣傳／陳品萱
出版／城邦文化事業股份有限公司　尖端出版
台北市中山區民生東路二段一四一號十樓
電話：（〇二）二五〇〇七六〇〇　傳真：（〇二）二五〇〇二六八三
E-mail：7novels@mail2.spp.com.tw
發行／英屬蓋曼群島商家庭傳媒股份有限公司城邦分公司　尖端出版
台北市中山區民生東路二段一四一號十樓
電話：（〇二）二五〇〇—七六〇〇（代表號）
傳真：（〇二）二五〇〇—一九七九
中彰投以北經銷／楨彥有限公司
（含宜花東）電話：（〇二）八九一九—三三六九
傳真：（〇二）八九一四—五五二四
雲嘉經銷／智豐圖書股份有限公司　嘉義公司
電話：（〇五）二三三—三八五二
傳真：（〇五）二三三—三八六三
南部經銷／智豐圖書股份有限公司　高雄公司
電話：（〇七）三七三—〇〇七九
傳真：（〇七）三七三—〇〇八七
香港經銷／一代匯集
香港九龍旺角塘尾道六十四號龍駒企業大廈十樓B&D室
電話：（八五二）二七八三—八一〇二
傳真：（八五二）二七八二—一五二九
新馬經銷／城邦（馬新）出版集團Cite (M) Sdn. Bhd.
E-mail：cite@cite.com.my
法律顧問／王子文律師　元禾法律事務所
台北市羅斯福路三段三十七號十五樓
二〇〇八年十二月一版一刷
二〇二三年八月一版六十四刷

■中文版■

郵購注意事項：
1. 填妥劃撥單資料：帳號：50003021戶名：英屬蓋曼群島商家庭傳媒(股)公司城邦分公司。2. 通信欄內註明訂購書名與冊數。3. 劃撥金額低於500元，請加附掛號郵資50元。如劃撥日起 10～14日，仍未收到書時，請洽劃撥組。劃撥專線TEL：(03)312-4212 ・ FAX：(03)322-4621。E-mail：marketing@spp.com.tw

國家圖書館出版品預行編目資料

暮光之城：新月 / 史蒂芬妮・梅爾（Stephenie Meyer）
著；瞿秀蕙 譯.
—1版.—臺北市：尖端出版，2008.12
面；公分.—(奇炫館)
譯自:New Moon
ISBN 978-957-10-3981-7(平裝)

874.57 97020322